EXCALIBUR

Fantasy bei Knaur

herausgegeben
von Kai Lindberg
und Sophie Loewen

Die Legende vom Eisernen Turm

Band 1: Die schwarze Flut
Band 2: Die kalten Schatten
Band 3: Der Schwärzeste Tag

Über den Autor:

Dennis L. McKiernan, geboren 1932 in Missouri, lebt mit seiner Familie in Ohio. Mit seiner Trilogie *Die Legende vom Eisernen Turm* legte er den Grundstein für einen Romanzyklus um die magische Welt Mithgar, der ihn international berühmt machte.

Dennis L. McKiernan

# DIE LEGENDE VOM EISERNEN TURM 3

## Der Schwärzeste Tag

Aus dem Amerikanischen
von Fred Kinzel

Knaur

Die amerikanische Originalausgabe erschien 1984 unter dem Titel *The Darkest Day*. Diese Ausgabe beruht auf der vom Autor komplett überarbeiteten und ergänzten Taschenbuchausgabe, erschienen 2000 bei ROC, an imprint of New American Library, a division of Penguin Putnam Inc., New York.



Deutsche Erstausgabe 2003

Redaktion: Alexander Groß
Umschlaggestaltung: ZERO Werbeagentur, München
Satz: Ventura Publisher im Verlag
Druck und Bindung: Nørhaven Paperback A/S
Printed in Denmark
ISBN 3-426-70246-0

2 4 5 3

Für meine eigene Merrili
(Martha Lee)

Und für Laurelin
(Tina)

Mein besonderer Dank gilt
Ursula K. LeGuin

# KARTE

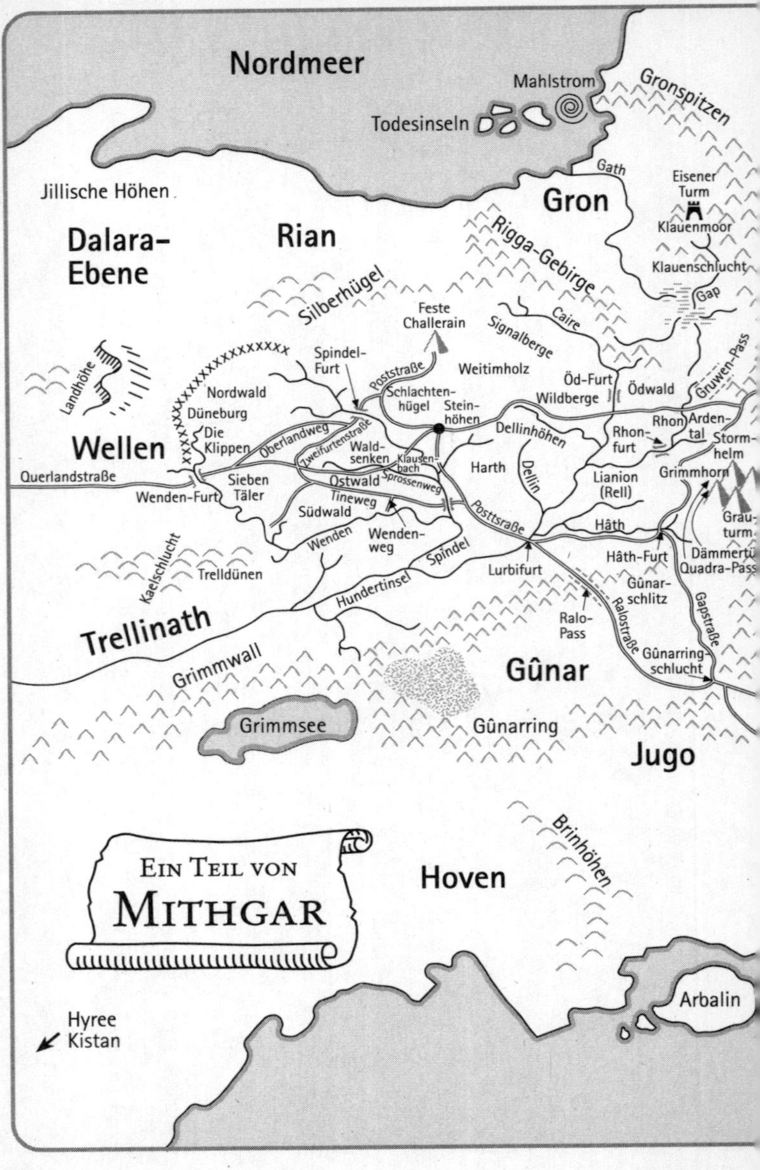
Nordmeer
Mahlstrom
Todesinseln
Gronspitzen
Gath
Eisener Turm
Klauenmoor
Klauenschlucht
Gap
Gron
Jillische Höhen
Dalara-Ebene
Rian
Rigga-Gebirge
Silberhügel
Feste Challerain
Caire
Signalberge
Gruwen-Pass
Landhöhe
Spindel-Furt
Poststraße
Weitimholz
Öd-Furt
Ödwald
Nordwald
Schlachtenhügel
Steinhöhen
Wildberge
Düneburg
Die Klippen
Oberlandweg
Zweifurtenstraße
Dellinhöhen
Rhon
Ardental
Rhonfurt
Stormhelm
Wellen
Waldsenken
Klausenbach
Harth
Dellin
Grimmhorn
Querlandstraße
Sieben Täler
Ostwald
Sprossenweg
Lianion (Rell)
Wenden-Furt
Tineweg
Südwald
Posttsraße
Hâth
Wenden
Wendenweg
Spindel
Lurbifurt
Hâth-Furt
Kaelschlucht
Trelldünen
Gûnarschlitz
Hundertinsel
Ralo-Pass
Ralostraße
Gapstraße
Trellinath
Grimmwall
Gûnarringschlucht
Gûnar
Grimmsee
Gûnarring
Jugo
Brinhöhen
Ein Teil von
Mithgar
Hoven
Arbalin
Hyree
Kistan

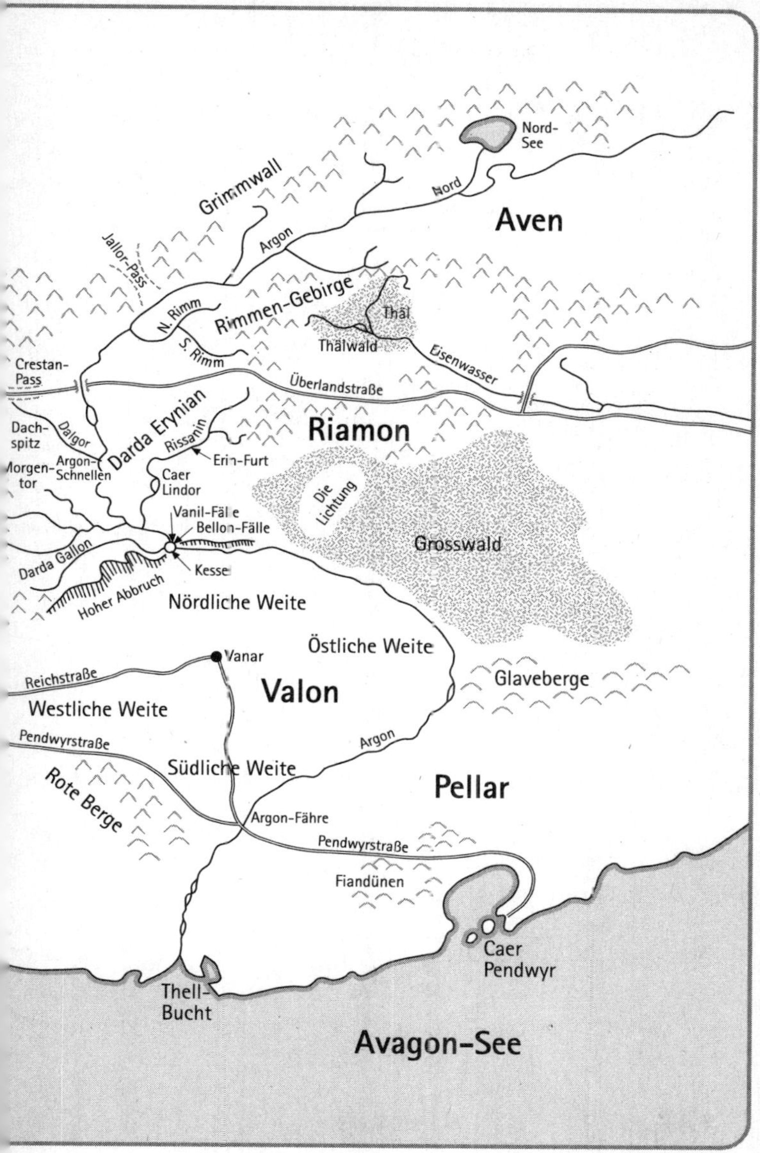

Aven
Nord-
See
Nord
Grimmwall
Jallor-Pass
Argon
Rimmen-Gebirge
N. Rimm
S. Rimm
Thäl
Thälwald
Eisenwasser
Crestan-
Pass
Überlandstraße
Riamon
Darda Erynian
Dach-
spitz
Dalgor
Rissanin
Argon-
Schnellen
Caer
Lindor
Die
Lichtung
Grosswald
Darda Gallon
Hoher Abbruch
Nördliche Weite
Östliche Weite
Vanar
Reichstraße
Valon
Glaveberge
Westliche Weite
Pendwyrstraße
Argon
Südliche Weite
Rote Berge
Pellar
Argon-Fähre
Pendwyrstraße
Fiandünen
Caer
Pendwyr
Thell-
Bucht
Avagon-See

# Zusammenfassung

Dies ist der dritte Teil der *Legende vom Eisernen Turm.*

Der erste Teil, *Die schwarze Flut,* erzählt von unruhigen Zeiten in den Sieben Tälern, wo sich das Kleine Volk – die Wurrlinge – auf Schwierigkeiten gefasst macht. Während Gerüchte von Wölfen und Leuten, die auf rätselhafte Weise verschwinden, von Krieg und drohendem Unheil im Norden die Runde machen, brechen fünf junge Wurrlinge – Tuck, Danner, Hob, Tarpi und ihr Führer Patrel – von Waldsenken auf, um sich den Dorngängern anzuschließen, die an der Spindelfurt Wache halten. Unterwegs werden die Bokker von den bösen, wolfsartigen Vulgs angegriffen, wobei Hob getötet wird.

Die vier überlebenden Bokker setzen ihren Weg fort, um die Nachricht zu verbreiten, dass Vulgs in den Sieben Tälern umherstreifen; an der Spindelfurt nehmen sie in Patrels Einheit ihren Dienst als Dorngänger auf. Als einige Tage später ein Bote des Hochkönigs eintrifft, um dessen Ruf zu den Waffen zu verkünden, wird Tarpi bei einem weiteren Angriff der Vulgs getötet.

Tuck, Danner und Patrel schwören Rache und brechen mit zwei Einheiten von Wurrlingen auf, um dem Ruf des Königs zur Feste Challerain Folge zu leisten.

Bei ihrer Ankunft in der Festung erfahren sie vom Dusterschlund, einem gespenstischen Schattenlicht im Norden, in dem die Sonne nicht scheint und Adons Bann nicht herrscht; deshalb können Vulgs, Rukhs, Hlöks, Ogrus, Ghule und Hélrösser, die schändlichen Geschöpfe Modrus, ungehindert umherstreifen.

Die Wurrlinge werden zur Burgwache eingeteilt; Tuck schließt Freundschaft mit Prinzessin Laurelin, der Verlobten von Prinz Galen, dem ältesten Sohn von Hochkönig Aurion.

Galen befindet sich nicht in der Burg, sondern auf einer Mission im Dusterschlund.

Laurelin lädt Tuck, Danner und Patrel zu ihrem Geburtstagsfest ein. Auf dem Höhepunkt der Feier bringt ein verwundeter Krieger die Nachricht, dass sich der schreckliche Dusterschlund nach Süden in Bewegung gesetzt hat. Der Winterkrieg hat begonnen.

Am folgenden Tag verlässt Prinzessin Laurelin mit dem letzten Flüchtlingszug die Feste Challerain in Richtung Süden. Sie wird begleitet vom jüngeren Sohn des Königs, Prinz Igon, der nach Pellar reisen soll, um das Heer des Königs eiligst nach Norden zu führen.

Bald darauf bricht der Dusterschlund über die Festung herein. Das Schattenlicht trübt das Sehvermögen: Menschen sehen höchstens zwei Meilen über offenes Gelände, Elfen etwa doppelt so weit. Die Wurrlinge jedoch, mit ihren seltsamen, juwelenartigen Augen, sehen am weitesten – bis zu fünf Meilen. Die Wurrlingskompanie wird deshalb aufgelöst, und die Jungbokker verteilen sich über die verschiedenen Einheiten der Festung, um ihnen im Dusterschlund ihre Sehkraft zu leihen.

Schließlich taucht eine von Modrus Horden aus dem Dunkel auf, greift die hoffnungslos unterbesetzte Festung an und überflutet die Verteidiger. Am letzten Tag der Schlacht gibt die verbliebene Streitmacht des Königs die Feste Challerain auf und versucht die Reihen der Horde zu durchbrechen.

Im Gefecht von den Übrigen getrennt, entgeht Tuck einer Patrouille der Rukhs, indem er Zuflucht im alten Grabmahl von Othran dem Seher sucht. Er ist ohne Waffen, entdeckt aber im Sarkophag eine Klinge aus Atala und einen einzelnen roten Pfeil für seinen Bogen. Der Zufall führt Prinz Galen ebenfalls in die Grabstätte. Allein und nur mit Atala-Klinge und rotem Pfeil bewaffnet, fliehen Mensch und Wurrling nach

Süden, in Richtung Steinhöhen, zu einem vereinbarten Treffpunkt mit etwaigen anderen Überlebenden.

Bevor sie Steinhöhen erreichen, stoßen Tuck und Galen auf die Überreste von Laurelins Flüchtlingstreck, an dem Ghule ein Massaker verübt haben. Weder die Prinzessin noch Igon sind jedoch unter den Getöteten. Tuck und Galen nehmen die Verfolgung auf; sie hoffen, die Ghule auf deren Hélrössern einzuholen und Laurelin und Igon irgendwie befreien zu können – falls die beiden tatsächlich gefangen genommen wurden.

Zwei Dunkeltage später kommen Mensch und Wurrling ins Weitimholz, dem Ort einer dreitägigen Schlacht, in der ein Bündnis aus Menschen, Elfen und Wurrlingen eine Horde Modrus zurückschlagen konnte. Von den Hauptleuten des Bündnisses erfahren Tuck und Galen, dass eine Gruppe von Ghulen etwa sechs Tage vor ihnen am Weitimholz vorbeigekommen ist. Ihnen folgte später ein einzelner Reiter.

Die beiden setzen ihre Jagd in östlicher Richtung fort und kommen schließlich zu einer Elfenfestung im Arden-Tal. Als Talarin, der Führer der Elfen, von ihrem Unterfangen hört, bringt er sie zum Haus der Heiler, wo sie Prinz Igon, verwundet und im Fieber liegend, vorfinden. In einem klaren Augenblick bestätigt ihnen Igon, dass sich Laurelin tatsächlich in der Gewalt der Ghule befindet.

In diesem Moment trifft Elfenfürst Gildor im Arden-Tal ein und teilt Galen mit, dass Aurion tot und Galen der neue Hochkönig von Mithgar ist.

Der zweite Teil, *Kalte Schatten*, erzählt von Laurelins Gefangennahme und der Reise zum Eisernen Turm, Modrus Festung in Gron, wo man sie in eine schmutzige Zelle ohne Licht wirft.

Inzwischen haben sich Danner und Patrel, die aus der zerstörten Feste Challerain fliehen konnten, nach Steinhöhen durchgeschlagen und ziehen von dort weiter in die Sieben Täler; sie müssen feststellen, dass räuberische Ghule in die Heimat der Wurrlinge eingedrungen sind.

Durch Merrili vor dem sicheren Tod gerettet, organisieren die beiden Bokker den Kampf gegen die Ghule; einem Plan Merrilis folgend, gewinnen sie die Schlacht von Lammdorf und beginnen damit, einen Angriff auf das Ghulenlager in Farnburg vorzubereiten.

Im Arden-Tal ist unterdessen Galen, der neue König, hin- und hergerissen zwischen Pflichtgefühl und Liebe und entscheidet sich für die Pflicht: Er bricht mit Tuck und dem Elfenfürsten Gildor nach Süden auf, um das Heer gegen Modrus Horde zu sammeln. Zur gleichen Zeit machen sich Gildors Bruder Vanidor und drei weitere Krieger der Lian nach Gron im Norden auf, um Modrus Kräfte auszukundschaften und einen Versuch zur Rettung Laurelins zu unternehmen.

Galen, Tuck und Gildor stoßen zufällig auf den Zwergenkrieger Brega, den einzigen Überlebenden eines Kampfes zwischen Zwergen und dem Gezücht. Brega schließt sich dem Trio an, und von ihm erfährt Galen, dass der Süden von weiteren Scharen Modrus besetzt ist – den Seeräubern aus Kistan und den Lakh aus Hyree. Aus diesem Grund war das bedrängte Heer nicht in der Lage gewesen, dem Ruf des Königs zur Feste Challerain Folge zu leisten.

Die vier Kameraden werden von den Ghulen entdeckt und bis zur Dämmertür von Drimmenheim verfolgt, die Brega öffnet, indem er die geheimen Worte spricht, die den Zwergen aus alter Zeit überliefert wurden. Als die vier gerade im Innern des Berges Zuflucht suchen wollen, werden sie vom Krakenwart, dem Ungeheuer des Schwarzen Teichs, angegriffen.

Hoch oben im Norden wird Laurelin aus ihrer Zelle im tiefen Verlies geholt und zu Modrus Heiligtum an der Spitze des Eisernen Turms geführt. Dort zwingt man sie, die Folterung

Vanidors mit anzusehen, denn dessen Mission zur Rettung der Prinzessin ist fehlgeschlagen, und er wurde gefangen genommen. Modru versucht von dem Elfen Informationen über mögliche weitere Eindringlinge in Gron zu erhalten.

Während der Folter prahlt Modru damit, dass sein Meister Gyphon, ein böses Wesen von ähnlicher Macht wie die hohe Gottheit Adon, durch die Kraft des Myrkensteins, einem Bruchstück aus dem Drachenstern, wieder zurück nach Mithgar gelangen werde. Modru enthüllt auch, dass die Kräfte des Myrkensteins für den Dusterschlund verantwortlich sind.

Vanidor verweigert die Antwort auf Modrus Fragen und wird auf der Streckbank getötet.

Tief im Süden, an der Dämmertür, schreit Vanidors Zwillingsbruder Gildor im Augenblick von Vanidors Tod dessen Namen und bricht während des Angriffs des Kraken zusammen. Brega schleppt Gildor mit sich und flieht zusammen mit Tuck und Galen in die von Furcht beherrschten Gänge von Drimmenheim.

Eingeschlossen vom Krakenwart, können sie die Dämmertür nicht mehr öffnen und machen sich deshalb auf den Weg durch die finsteren Höhlen von Drimmenheim, um den östlichen Ausgang, das Morgentor, zu erreichen. Ehe sie dort ankommen, werden sie vom Gargon angegriffen, einem gewaltigen, scheußlichen und Angst verbreitenden Ungeheuer. Durch Zufall gelingt es ihnen, die Kreatur zu töten und aus dem Morgentor zu fliehen.

Darauf marschieren die vier – Mensch, Elf, Zwerg und Wurrling – von den Bergen der Quadra nach Süden; sie können schließlich dem Dusterschlund entrinnen und kommen in den Lerchenwald, wo der Elfenkönig Eiron regiert. Mit einem Boot der Elfen eilen sie den Fluss Nith hinab zum Hohen Abbruch, und von dort weiter auf dem mächtigen Fluss Argon zur Argon-Fähre im Süden, wo sie die Unterstützung des Heeres zu finden hoffen.

Während dieser Flussfahrt entsinnt sich Gildor endlich des Rätselspruchs, den ihm sein Zwillingsbruder im Augenblick seines Todes zukommen ließ. Aus diesem Spruch folgern die Kameraden, dass Modru während einer bevorstehenden Sonnenfinsternis auf irgendeine Weise Gyphon nach Mithgar bringen will, womit dann die gesamte Schöpfung in der Gewalt Gyphons wäre.

Die vier treffen bei der Argon-Fähre ein, wo sie ein geschlagenes Heer auf dem Rückzug vorfinden.

Dem Rat Bregas und eines valonischen Reichsmarschalls namens Ubrik folgend, galoppieren die vier zusammen mit Ubrik Tag und Nacht, bis sie die Gûnarring-Schlucht erreichen. Dort gehen ihre Hoffnungen in Erfüllung, denn sie treffen auf eine siegreiche Armee der Harlingar. Diese verfügen über die feurigen Rösser, die nötig sind, um den fernen Eisernen Turm vor der Sonnenfinsternis, vor dem Anbruch des Schwärzesten Tages, zu erreichen. Denn Galen hat beschlossen, dass nur ein Angriff auf den Eisernen Turm dem Bündnis die Möglichkeit eröffnet, Modrus schändliche Pläne zu vereiteln und zu verhindern, dass er den bösen Gyphon nach Mithgar bringt.

Als sich die valonische Kavallerie aber zum Aufbruch von der Gûnarring-Schlucht rüstet, stürmt ihnen eine unbekannte berittene Streitmacht vom Pass her entgegen ...

Doch mit Beginn des dritten Teils, *Der Schwärzeste Tag,* kehren wir in die Sieben Täler zurück – es ist der Tag nach der Schlacht von Lammdorf.

»... es ist unsere Lebensweise, die von unserer Gesinnung Zeugnis ablegt, und vielleicht die Art unseres Todes ...«

*Tuck Sunderbank*
*1. Februar 4E2019*

# ERSTES KAPITEL

## Die Versammlung

Es war der Dunkeltag nach der Schlacht von Lammdorf, und vor Biskens Scheune schwang sich ein atemloser Wurrlingskundschafter von seinem schweißnassen, schnaubenden Pony und stürmte in den riesigen Stadel.

»Hauptmann Patrel!«, rief er. »Die Ghule! Die Ghule haben Lammdorf niedergebrannt!«

»Was?« Patrel blickte ruckartig von der Karte hoch, die auf dem grob gezimmerten Tisch vor dem Rat lag, und er fuhr zu dem Kundschafter herum, der schlitternd vor ihm zum Stehen kam. »Was war das, Arco? Sagtest du Lammdorf?«

»Jawohl, Hauptmann Patrel, Lammdorf!«, stieß Arco, rot im Gesicht und wild gestikulierend, hervor. »Die Ghule sind gekommen, eine große Schar von ihnen, und sie haben nach Wurrlingen gesucht. Und als sie keine fanden, haben sie den ganzen Ort in Brand gesteckt.«

Lutz schlug mit der geballten Faust auf die Bretter, Merrilis Hand flog zum Mund, und ihre Augen weiteten sich. Ein Ausdruck der Verbitterung senkte sich auf die Mienen mancher Leutnants, während andere vor Wut mit den Zähnen knirschten.

»Sie sinnen auf Rache für das, was wir ihnen angetan haben«, sagte Patrel grimmig. »Wehe dem Wurrling, der ihnen in die Hände fällt, denn sein Tod wird langsam kommen, aber die Todesqual schnell.«

Orbin sprang auf und rannte aufgebracht hin und her. »Wir müssen sie ein für alle Mal aus den Sieben Tälern vertreiben, bevor hier alles zerstört ist! Denn selbst wenn wir diesen Krieg gewinnen sollten, stehen den Überlebenden schwere Zeiten bevor, und sie werden noch schwerer, wenn sie keine Zuflucht, keinen Platz zum Leben haben.«

»Harrr!«, knurrte Norv, und seine Kiefermuskeln zuckten. »Ich sage, wir müssen sie alle töten, oder wenigstens so viele, dass wir sie vertreiben können, sonst wird keiner von uns hier überleben, ob mit oder ohne Zufluchtsort!« Zustimmende Rufe wurden laut.

»Beruhigt euch!«, bellte Patrel an den Rat gewandt. Dann drehte er sich wieder zu dem Kundschafter um. »Nachdem die Ghule Lammdorf angezündet haben, Arco, wohin sind sie da geritten?«

»Nach Süden, Hauptmann«, erwiderte Arco, »zurück zur Querlandstraße.«

Lutz brummte. »Wahrscheinlich kehren sie nach Farnburg zurück. Wie sieht es mit der Patrouille aus, Arco, die wir zu den Ruinen geschickt haben?«

»Die war schon weitergezogen, als die Ghule kamen, deshalb wurden Hauptmann Danner und seine Kundschafter überhaupt nicht aufgehalten«, antwortete der Bokker.

Bei der Erwähnung des Kundschaftertrupps, den man zu den Ruinen von Farnburg geschickt hatte, runzelte Merrili besorgt die Stirn, denn Danner war mit vier anderen Bokkern nach Süden durch den Dusterschlund geritten, um aus dem Schutz der Hügel um den zerstörten Ort die Bewegungen der Ghule auszuspionieren. Und Merrili war voller Zweifel, denn dieser Auftrag war sehr gefährlich – und er ging auf ihren eigenen Vorschlag zurück.

»Nun denn«, sagte Patrel, »ehe Danner nicht zurück ist, unternehmen wir gar nichts.«

Während der nächsten beiden Tage lief Patrel zähneknirschend in der Scheune auf und ab, dann wieder stürzte er sich eifrig ins Befiedern von Pfeilen, und oft ritt er im Schattenlicht zu Biskens Hügel hinauf, um nach Danner Ausschau zu halten; doch von dem Bokker aus Waldsenken und seinen vier Kundschaftern war nichts zu sehen. Und wenn Patrel dann zurück in die Scheune kam und Merrilis fragenden Blick mit einem matten Kopfschütteln erwiderte, sank ihnen beiden der Mut.

Auch Merrili spähte lange Stunden durch den Dusterschlund, um eine Spur von Danners Gruppe zu entdecken; doch wie Patrel kehrte sie anschließend stets niedergeschlagen ins Hauptquartier der Wurrlinge zurück und stürzte sich in irgendeine Beschäftigung.

Und insgeheim begannen sich beide zu fragen, ob etwas schief gelaufen war; vielleicht waren Danner und die anderen verwundet oder tot ... oder, noch schlimmer, in Gefangenschaft des Madenvolks geraten. Doch von diesen geheimen Befürchtungen sprachen sie nicht zueinander, auch wenn beide um die verborgenen Ängste in der Brust des anderen wussten.

Gegen Ende des dritten Dunkeltags jedoch traf Danner mit seinem Trupp überraschend bei der Scheune ein. Er platzte beinahe vor frohen Nachrichten, und er umarmte Merrili, hob sie hoch und drehte sie im Kreis, bis ihr schwindlig wurde, und dann setzte er sie ab und schlug Patrel auf die Schulter. »Freunde! Ich habe meinen Vater gesehen! Er lebt! Und er sagt, meiner Mutter geht es ebenfalls gut! Die beiden und viele andere Wurrlinge sind in den Ostwald geflüchtet, Leute aus Moos, Mittwald und Weidental, und auch welche aus Lammdorf und Waldsenken ... und Farnburg. Sie bauen den Wald zu einer Festung aus, so wie es Gildor vom Weitimholz berichtet hat. Vater hilft, den Widerstand zu organisieren – er hat eine eigene Kompanie von Bogenschützen: Hanlos Reya nennen sie sich in der alten Sprache, Hanlos Füchse. Noch haben sie nicht gekämpft, aber sie stoßen bei Farnburg zu uns, wenn wir dort angreifen.«

Danner und die Kundschafter wurden in die Scheune gezogen, sie bekamen ein warmes Mahl und heißen Tee. Und in Merrilis Augen glänzten Tränen des Glücks, denn der Spähtrupp war wohlbehalten zurück.

»Wir sind erst den Südbach entlanggezogen, bis wir zum Hügelland rund um Farnburg kamen.« Danner pausierte, um seine Pfeife zu stopfen und anzuzünden, dann lehnte er sich zurück und blies ein paar Rauchkringel in die Luft. »Als der Ort ein gutes Stück westlich von uns lag, sind wir in die Hügel geschlichen, vorsichtig wie Feldmäuse, die am Wiesel vorbeischlüpfen.

Stellt euch unsere Überraschung vor, als plötzlich, bevor wir in Sichtweite der Ruinen kamen, eine zweite Gruppe von Wurrlingen wie Rauch aus dem Farnkraut auftauchte und wissen wollte, wer wir seien und was wir hier trieben.

Als ich ihnen unsere Namen nannte und von unserem Vorhaben berichtete, sagten sie, wir sollten ihnen folgen, sie würden uns zeigen, womit wir es zu tun hätten. Anscheinend hatten sie die Ghule in Farnburg ebenfalls ausspioniert. Die acht Bokker hatten alle in dem Dorf gewohnt, bevor der Dusterschlund kam und mit ihm die Räuber. Aber sie waren in den Ostwald geflohen, hatten Kampfeinheiten gebildet und kundschafteten nun die Ghule aus, denn auch die Ostwäldler denken über einen Angriff nach.

Wir kamen schließlich zu den Hügeln, die unmittelbar an Farnburg grenzen, und wir glitten alle von unseren Ponys und schlichen zu Fuß zu den Kuppen, von denen man einen Blick auf den Ort hat.

Das Dorf ist völlig zerstört, Patrel, alles niedergebrannt, bis auf wenige Gebäude. Und überall wimmelt es von Ghulen; sie schwärmen ein und aus wie eine Heuschreckenplage, die kommt und geht. Es müssen etwa tausend sein –«

»Tausend!«, unterbrach ihn Lutz. »Aber wir haben nur drei-, vierhundert Wurrlinge. Wir können es nicht mit einer dreifachen Übermacht aufnehmen!«

»Sehr richtig, Lutz«, erwiderte Danner. »Genau das habe ich zunächst auch gedacht. Aber ich glaube, dazu wird es nicht kommen: weil nämlich nie alle tausend Ghule gleichzeitig in Farnburg sind. Solange wir sie beobachtet haben, sind Kompanien von Ghulen hinein- und hinausgeritten, manchmal waren bis zu acht-, neunhundert von ihnen da, *aber zu anderen Zeiten waren es gerade mal hundert.«*

*Gerade mal hundert*, dachte Merrili. *Noch vor wenigen Tagen wären uns hundert Ghule wie eine unbesiegbare Streitmacht vorgekommen, nun aber denken wir erneut daran, eine solche Anzahl der scheußlichen Räuber anzugreifen, wie schon in Lammdorf. Aber diesmal werden sie nicht in einer Falle mit hohen Wänden eingeschlossen sein.*

Merrilis Gedanken kehrten zum Rat zurück, als Danner weitersprach. »Und so lagen wir bäuchlings hinter den Hügelkämmen und sahen den ganzen Dunkeltag lang die Ghule kommen und gehen. Und während wir sie beobachteten, erzählten die Ostwäldler, wie Farnburg niedergebrannt wurde und wie sie und andere Wurrlinge in die Wälder geflohen waren, wenngleich sie viele Tote zurücklassen mussten.

Und sie erzählten, wie sie aus rund sechshundert Bogenschützen Kompanien gebildet haben und sich auf die Verteidigung des Ostwalds vorbereiteten; einer ihrer Hauptleute in den Wäldern habe jedoch die Ansicht vertreten, sie sollten sich nicht nur verteidigen, sondern die Ghule auch angreifen, wenn sie eine Möglichkeit sähen, sie zu töten. ›Ach, übrigens‹, sagte einer der Ostwäldler, wie wir da so lagen, ›du heißt doch Brombeerdorn. Bist du vielleicht irgendwie verwandt mit diesem Hauptmann? Hanlo ist sein Name, Hanlo Brombeerdorn.‹

Ha! Ich hätte diesen Ostwäldler packen und auf der Stelle

abknutschen können, aber den Ghulen unten hätte es womöglich nicht gefallen, uns da oben zu sehen, deshalb bin ich einfach liegen geblieben und habe auf den zerstörten Ort hinabgeschaut, in dem es von Feinden wimmelte, und ich konnte nicht aufhören, vor Freude zu grinsen.

Ich hatte ein paar von den Bokkern ins nördliche Umland geschickt und andere nach Süden, und als sie schließlich Bericht erstatteten, verglichen wir untereinander, was wir an jenem Dunkeltag gesehen hatten, und wir verglichen es mit dem, was die Ostwäldler an anderen Tagen gesehen hatten.

Und wir entschieden an Ort und Stelle, dass ein Angriff auf den Feind nur möglich ist, indem wir unsere Kräfte bündeln und über Farnburg herfallen, wenn die Zahl der Ghule besonders gering ist. Wir können vielleicht neunhundert oder tausend Bogenschützen aufbieten, und wenn der Feind nur über etwa einhundert Kämpfer verfügt, können wir sie besiegen, auch wenn sie nicht so bewegungsunfähig sein werden wie in Lammdorf.«

Zustimmendes Gemurmel erhob sich in der Schar der Leutnants.

»Was meinen die Ostwäldler dazu?«, fragte Patrel.

»Sie sind dafür«, antwortete Danner. »Wir sind von Farnburg aus tief in den Ostwald geritten und haben uns am nächsten Tag mit ihren Hauptleuten und Leutnants getroffen. Bei dieser Gelegenheit habe ich meinen Vater getroffen. Ach, ihr hättet seine Freude sehen sollen, als sein Blick auf mich fiel. Fast erdrückt hätte er mich in seiner innigen Umarmung.

Im Rat habe ich ihnen dann erzählt, wie man Ghule töten kann und was wir in Lammdorf vollbracht haben. Sie hatten noch nichts davon gehört, und es war eine freudige Nachricht für sie, denn nun wussten sie, dass es eine Möglichkeit gab zu kämpfen. Ich erzählte ihnen auch von der Feste Challerain und vom Tod König Aurions; diese schreckliche Kunde bestärkte sie nur in ihrer Entschlossenheit.

Sie wollen, dass wir unsere gesamte Kompanie in den Ostwald führen, Patrel, uns mit ihnen zusammenschließen und Farnburg angreifen, bis der Feind vertrieben ist – aus diesem Ort, aus allen Orten, aus den ganzen Sieben Tälern.«

Danner machte eine Pause, ehe er fortfuhr. »Mein Vater hat es genau getroffen: ›Oben an der Feste ist jetzt eine Horde frei‹, sagte er, ›und bald wird sie nach Süden marschieren, fürchte ich. Wir müssen diese Ghule aus den Sieben Tälern vertreiben und den Dornwall fest verschlossen haben, bevor Modrus Schwarm an unsere Tür klopft. Denn wenn sie hier sind, ehe wir sie aussperren können, wird nichts überleben. Alles wird sterben, dafür sorgt Modru schon. Sie werden die Wälder abholzen und die Bäume verrotten lassen, wo sie liegen; sie werden die Felder umpflügen und versalzen, die Brunnen, Bäche, Seen und Flüsse vergiften, die Tiere, wilde wie zahme, schlachten und die Wurrlinge töten oder langsam in Gefangenschaft verhungern lassen. Dieses Schicksal darf die Sieben Täler nicht treffen!‹« Danners Gesicht war blutleer, die Lippen zu einem schmalen Strich zusammengepresst. »Mein Vater hat Recht. Wir haben viel zu tun und wenig Zeit dafür. Wir müssen die Ghule angreifen, und zwar jetzt!«

Am folgenden Dunkeltag ritt die gesamte Kompanie – dreihundertsechzig Bokker und eine Mamme – auf Schleichwegen nach Süden in den Ostwald, wo sie auf die dort wartenden Wurrlinge stießen. Patrel und Danner bildeten zusammen mit den vier Hauptleuten der Ostwäldler und allen Leutnants einen großen Rat, und lange berieten sie ihre Pläne. Und als alles geplant war, stellte Ned Fink, ein Leutnant aus Mittwald, die letzte Frage: »Jetzt bleibt nur noch eine Sache zu entscheiden, und deshalb frage ich: Wann greifen wir an?«

Hanlo Brombeerdorn ergriff das Wort. »Ihr wisst alle, wie ich in dieser Angelegenheit denke: Je eher wir zuschlagen, desto besser. Doch obwohl meine Reya jetzt bereit sind, sollten wir uns lieber vorher ausruhen, denn der Kampf könnte lang und hart werden und die Jagd unbarmherzig. Doch ich sage auch, nicht ein Tag soll vergehen, ohne dass wir gegen die Ghule kämpfen, deshalb lasst uns morgen in die Schlacht ziehen.« Damit setzte sich der bernsteinäugige Bokker mit dem kastanienbraunen Haar. Merrili schlug das Herz heftig in der Brust, aber als abgestimmt wurde, stimmte sie wie alle anderen mit *Ja*.

Sie ritten aus dem kahlen Ostwald hinaus, überquerten erst den Südbach, folgten dann dem Pfad, der von Nord nach Süd verlief, und schließlich erreichten sie die Farnburger Hügel. Sie waren sechs Kompanien stark, vierundfünfzig Einheiten, eintausendsechsundachtzig Wurrlinge, nur bewaffnet mit Pfeil und Bogen, um gegen die Speere, Krummsäbel und Hélrösser der Ghule anzutreten.

Zwischen den Kompanien der Wurrlinge ritten die Führer aus Farnburg, Bokker, die mit den Hügeln und Tälern rund um den Ort vertraut waren. Und sie führten die Einheiten hinter die Kämme und durch die Niederungen, bis Farnburg von den Wurrlingskriegern umzingelt war.

Lange warteten sie, versteckt in den Hängen, und beobachteten, wie Kompanien von Ghulen auf Hélrössern auf dem Farnburger Steig in Verfolgung ihrer schändlichen Ziele kamen und gingen.

Nun schlichen die Wurrlinge ungesehen durch das Farnkraut nach unten, bis direkt an den Rand des zerstörten Ortes, und wieder warteten sie, diesmal auf das Signal.

Ghule ritten ins Dorf und Ghule ritten hinaus, und doch blieben immer noch zu viele in den Ruinen. Merrilis Pulsschlag hämmerte ihr laut in den Ohren, und sie verlor die Hoffnung, dass das Kräfteverhältnis je zu Gunsten der Wurrlinge kippen würde. Und mit jedem Augenblick, der verging, wuchs die Gefahr, dass man sie entdeckte. Schließlich aber schienen mehr Ghule den Ort zu verlassen als kamen, und die Zahl der verbleibenden Räuber begann zu schwinden.

Die Strategie der Wurrlinge war denkbar einfach: Sobald sich die Reihen der Ghule zu ihren Gunsten gelichtet hatten, würden die Bogenschützen schnell und gnadenlos zuschlagen. Und wenn sie die Ghule überwältigt hatten, die in Farnburg verblieben waren, würden sich die Bogenschützen entlang des Steigs auf die Lauer legen und die Ghulenkompanien erledigen, die der Reihe nach von ihren schändlichen Unternehmungen zurückkamen. Sollten sich die Kräfteverhältnisse zu Gunsten der Ghule verschieben, würden sich die Wurrlinge im Schattenlicht zurückziehen, erst in die Hügel, dann in den Ostwald, und dabei ihre Spuren im Schnee verwischen und so den Feind im Dusterschlund abhängen. Doch obwohl der allgemeine Plan schlicht war, hatten die Wurrlingskrieger doch ihre einzelnen Schritte und Signale bis ins kleinste Detail geplant, mit Ausweichmöglichkeiten, falls sich die Ereignisse anders als vorhergesehen entwickelten. Und nun nahte der Augenblick, da sich erweisen würde, ob ihre Strategie ein Erfolg oder ein Fehlschlag war.

Die Anzahl der Ghule war unter fünfhundert gesunken; und noch immer beobachteten die Wurrlinge. Merrilis Herz raste, denn zwei weitere Kompanien der Ghule rüsteten zum Aufbruch. Und Merrili wusste, wenn sie fort waren, würde das Signal ertönen und der Angriff beginnen. Noch einmal überprüfte sie ihren Bogen; sie hatte sich zwei volle Köcher umgehängt, und Kisten mit zusätzlichen Pfeilen standen in der Nähe.

Nun donnerten die Hufe der Hèlrösser, und die beiden

Kompanien der Ghule machten sich auf den Weg; sie folgten dem Farnburger Steig, der erst nach Westen und dann nach Norden zur Querlandstraße verlief. Und die Zeit schien Flügel zu bekommen.

Schließlich verschwanden die Kompanien hinter den Hügeln aus dem Blickfeld, doch noch erklang das Signal nicht, denn die Wurrlinge warteten, bis die Ghule auch außer Hörweite waren – es wäre nicht gut, wenn die Räuber den Hornruf oder Gefechtslärm hörten.

Zuletzt blinkte die abgedeckte Laterne einmal auf, und alle wussten, dass die Schlacht nur noch einen Wimpernschlag entfernt war.

Pfeile wurde an Sehnen gelegt ...

Herzen pochten laut ...

Augen suchten die nahesten Ghule, die nahesten Ziele ...

Alles hielt den Atem an ...

Die Zeit schien stillzustehen.

Und Patrel setzte das silberne Horn des Reichs – das Horn von Valon – an die Lippen, und ein heller Ruf durchschnitt die Luft: ein Ruf zu den Waffen, ein Ruf zum Krieg, ein Ruf zum Angriff.

*Ta Tahn! Ta Tahn! Ta Tahn !*

Und noch ehe der silbrige Ton verklungen war, zischte ein Hagel von Pfeilen durch die Luft und flog seinen Zielen entgegen; Wurrlinge sprangen auf, rannten los und legten neue Pfeile an die Sehnen; dann blieben sie stehen und feuerten ihre todbringenden Geschosse ab, ehe sie erneut vorwärts stürmten.

Wieder und wieder erschallte der silberhelle Ruf, und überall ließ er tapfere Herzen höher schlagen und befeuerte kühnen Geist. Die Ghule jedoch zitterten bei solchen Tönen, und Hélrösser bäumten sich erschrocken auf.

Hagel von Pfeilen drangen in Leichenfleisch, und mit durchbohrtem Herzen sanken Feinde tot zu Boden. Andere Ghule aber sammelten sich, bestiegen ihre Reittiere und stürmten dem Kleinen Volk entgegen. Speere mit Widerhaken und Krummsäbel stachen zu und schlugen wild um sich, und manche Wurrlinge wurden überrascht und von Spitzen, Schneiden oder Hufen getötet, denn die Hélrösser waren dazu ausgebildet, Feinde niederzutrampeln. Doch auch wenn Wurrlinge starben, regneten weiter Pfeile in die Reihen der Ghule.

Merrili legte ein Geschoss nach dem anderen an, ihre Augen folgten heranstürmenden Ghulen, und Tuck flüsterte ihr in Gedanken zu, während sie methodisch Pfeil um Pfeil fliegen ließ. Und wohin sie zielte, dort fiel ein Räuber.

Aber Danner war einfach großartig, denn seine Bernsteinaugen waren überall innerhalb der Reichweite seines Bogens, und er fällte Ghule links und rechts. Zusammen mit einigen wenigen anderen hatte man ihn dazu bestimmt, nach Ghulen Ausschau zu halten, die unbemerkt Wurrlingen zu nahe kamen, und diese Feinde zu töten, ehe sie selbst Tod verbreiten konnten. Und in Danners Abschnitt fiel nur ein Bokker durch Ghulenhand, ihn traf ein geschleuderter Speer.

Beinahe so schnell, wie sie begonnen hatte, war die Schlacht wieder zu Ende: Die Ghule hatten kaum eine Chance gehabt, denn ihnen hatte eine fünffache Übermacht gegenübergestanden. Und die Wurrlinge hatten den Tod aus der Distanz geschickt und stellten sich nicht zum Kampf, sondern schlüpften beiseite, flüchtig wie die Schatten, aus denen sie auftauchten und in die sie wieder verschwanden. Die Wurrlinge hatten gesiegt, aber nicht alle Ghule waren tot, denn rund zwanzig von ihnen hatten auf Hélrössern fliehen können, einige den Farnburger Steig entlang, andere hinauf in die Hügel.

Überall in den Reihen der Wurrlinge brach Jubel aus, der aber rasch wieder verstummte, denn nur dieses eine Scharmützel war gewonnen, nicht die Schlacht von Farnburg, nicht der Krieg um die Sieben Täler: Die Kämpfe gingen weiter. Einheiten wurden zusammengestellt, die rasch den Steig entlangtrabten, um Hinterhalte für die zurückkehrenden Kompanien der Ghule zu legen, die nun wahrscheinlich auf der Hut waren, da die entflohenen Feinde sie gewarnt hatten.

Die sechs Wurrlingskompanien lagen entlang des Farnburger Steigs im Schutz des Schattenlichts im Hinterhalt, drei auf der nördlichen Seite, drei auf der südlichen. Und so sah ihr Plan aus: Sobald die zurückkehrenden Ghule in der Falle saßen, würden die Kompanien sie in tödliches Kreuzfeuer nehmen. Und wenn die Feinde tot waren, würden die Kompanien falls nötig an der Straße weiterrücken und in einigem Abstand von dem Gemetzel einen neuen Hinterhalt legen.

So hatten sie es geplant, aber noch war kein Ghul gefallen, denn es waren noch keine zurückgekehrt. Lange warteten die Wurrlinge schon, und die ganze Zeit raschelte eine Brise aus Westen durch das wintertrockene Farnkraut.

»So lange sind sie noch nie weggeblieben«, sagte Rollo Bruth, einer der Farnburger Kundschafter. »Inzwischen müsste der Ort wieder voll von ihnen sein.«

»Mhm. Die Entflohenen haben sie gewarnt«, brummte Hanlo. »Bestimmt kommen sie mit geballter Kraft, und dann werden wir uns zurückziehen müssen.«

Patrel blickte zur Hügelspitze mit dem Wachposten darauf und war besorgt, denn kein Signal kam von dem Ausguck, dass Ghule im Anmarsch seien: Grün bedeutete, die zurückkehrende Streitmacht war klein und konnte aus dem

Hinterhalt angegriffen werden, Rot dagegen bedeutet Rückzug.

Auf eine Vorahnung hin sagte Patrel: »Rollo, reite hinauf auf den Hügel. Vergewissere dich, dass Chubb nichts Widriges zugestoßen ist. Gerade fällt mir ein, dass ich ein, zwei fliehende Ghule in diese Richtung reiten sah.«

Rolle rannte durch das wogende Farnkraut und sprang auf den Rücken seines Ponys. Als der Bokker den schneebedeckten Hügel hinaufstürmte, brummte Danner: »Gute Idee«, und sie sahen dem Kundschafter nach, wie er zwischen dem dürren Farngestrüpp verschwand.

Lange hielten sie Ausschau, sowohl entlang der Straße als auch den Hügel hinauf. Doch sie sahen nichts. Dann hob Hanlo die Hand und bellte: »Psst! Ich höre ... etwas.« Und bevor jemand ein Wort sagen konnte, ließ sich der ältere Brombeerdorn zu Boden sinken und presste das Ohr auf die Erde. »Hufe! Viele Hufe! Sie kommen wie Donner!«, schrie er.

In diesem Augenblick brach Rollo auf seinem Pony durch das Farnkraut. »Hauptmann! Die Ghule! Die Ghule kommen!« Rollo sprang neben Patrel von seinem Reittier, und atemlos purzelten all die Worte durcheinander, die es den Kundschafter loszuwerden drängte. »Chubb ist tot, von einem Ghulenspeer durchbohrt, und nicht weit davon liegt ein toter Räuber, aber ich habe die Spuren von *zwei* Hélrössern gesehen. Chubb hat einen Ghul erwischt, aber der andere hat ihn erwischt. Chubbs Lampen sind zerstört, deshalb konnte ich euch kein Signal geben, als ich die Ghule unten auf dem Steig sah. Ghule kommen auf Hélrössern, Hunderte von ihnen ... und sie kommen schnell. Und etwa drei Meilen dahinter kommt noch ein Haufen, und das sind fünf, sechs Mal so viele! Wir müssen weg, sofort! Es sind zu viele.«

»Zu spät«, fauchte Hanlo und legte einen Pfeil an. »Da sind sie schon!« Und um einen Biegung des Farnburger Steigs kamen fünfhundert Hélrösser gedonnert, auf ihren Rücken heulende Ghule, nach Vergeltung heulende Ghule.

Patrel sah Danner Rat suchend an, aber der Jungbokker legte wie sein Vater einen Pfeil an die Sehne und bereitete sich auf den Kampf vor.

»Wartet!«, rief Merrili. »Rollo hat Recht. Wir können nicht gegen sie kämpfen! Es sind zu viele, und eine noch größere Streitmacht folgt ihnen. Gib das Zeichen zum Rückzug, Patrel, dann werden die meisten von uns überleben, um ein andermal zu kämpfen!«

Patrel sah Merrili durchdringend an, dann blickte er zu den heranstürmenden Ghulen, die nicht einmal mehr eine halbe Meile entfernt waren und deren rasende Hélrösser die Distanz rasch verringerten.

*Zurück! Zurück! Zurück!* Das stumme Handzeichen blitzte zu beiden Seiten der Straße in den Reihen der Wurrlinge auf, als Patrel das Zeichen zum Rückzug gab. Und überall begannen Bokker im Schattenlicht mit der sprichwörtlichen Verstohlenheit des Kleinen Volkes leise ins Farngestrüpp zu schlüpfen.

Doch dann trug der Wind den fauligen Geruch der angreifenden Hélrösser zu Rollos Pony, das dieser durch das Farnkraut führte, und das kleine Tier bockte, bäumte sich auf und wieherte schrill vor Angst, und es riss Rollo die Zügel aus der Hand und schoss erschrocken durch den Farn auf die Straße hinaus, wo es in östlicher Richtung floh.

Beim Anblick des durchgehenden Ponys hielten die Ghule schroff ihre Rösser an, und einige pirschten sich in das raschelnde Farnkraut entlang des Steigs und versuchten es mit ihren trüben, toten schwarzen Augen zu durchdringen. Es war den Ghulen nicht in den Sinn gekommen, dass man ihnen unterwegs auflauern könnte – sie hatten vielmehr geglaubt, der Feind würde nun die Ruinen von Farnburg besetzt halten.

Ein Ghul an der Spitze stieß ein raues Bellen und Heulen aus, und die berittene Streitmacht teilte sich in zwei Gruppen auf: Die eine ritt ins Farnkraut auf der linken Seite, die andere in das auf der rechten. Und jetzt waren sie gewarnt und wachsam: Sie hielten die Speere gesenkt und hatten die Krummsäbel gezückt. Und die Hélrösser pflügten durch das Farnkraut, wogend, Schneisen schlagend, während vor ihnen – noch unentdeckt – die zurückweichenden Wurrlinge mit den Schatten verschmolzen.

Doch ein Hélross ist schneller als ein Wurrling zu Fuß, und plötzlich ertönte das Geheul eines Ghuls, das jäh von einem zischenden Pfeil beendet wurde. Dennoch waren die flüchtenden Wurrlinge auf der Nordseite des Steigs damit entdeckt, und fast zur gleichen Zeit stürmten Hélrösser auch in Wurrlingsnester auf der Südseite. Markerschütterndes Geheul durchschnitt die Luft, dann ertönte das heisere Blöken der Rukhenhörner, erwidert vom Zischen tödlicher Pfeile, da Wurrlinge stehen blieben, um ihre Geschosse auf den Feind loszulassen, ehe sie weiter durch das Farnkraut zurückwichen.

Nun kannten die Ghule ihren Gegner, aber ungeachtet der Tatsache, dass sie in Farnburg geschlagen worden waren, schätzten sie das Kleine Volk noch immer gering und trieben ihre Hélrösser durch den dürren Winterfarn. *Wusch! Wosch!*, raschelte der Farn, wenn das Gezücht vorüberstrich, während die verborgenen Wurrlinge zwischen die schützenden Pflanzen flohen.

Aber das Gleichgewicht zwischen Räubern und Bogenschützen begann sich zu verschieben, denn der dicht stehende Farn war eine zweischneidige Sache: Er beschirmte nicht nur das Kleine Volk, sondern verbarg auch die Ghule, und die Wurrlinge sahen nicht genug, um ihre Pfeile abzuschießen.

Und Ghule fielen über Wurrlinge her, Speere stießen hinab und forderten ihren Tribut; herabsausende Krummsäbel schlugen blutgetränkte Schneisen und Wurrlinge wurden unter Klumphufen zertrampelt. Auf diese Weise starben Regin Burk und Albin Weidner, Ned Fink und viele andere, denn nun waren Speere, Klingen und vorwärts drängende Rösser im Vorteil, und die Wurrlinge fielen zu Dutzenden, während sie durch das Farnkraut und die Hänge hinaufflohen.

Danner, Patrel und Merrili rannten durch das Farnkraut, und links und rechts stürmten Hélrösser vorbei, die sie nicht sahen. Hin und wieder erhaschte das Trio einen Blick auf andere Wurrlinge, die durch das Schattenlicht flitzten, aber die meiste Zeit sahen sie niemanden, obwohl das Geheul der Ghule und das Blöken der Hörner, die Grunzlaute der Hélrösser und das Hämmern der unförmigen Hufe überall waren, und überall waren auch die grausigen Todesschreie.

Merrilis Atem ging in rauen Stößen, während sie sich neben Danner und Patrel durch die Farnbüsche zwängte, und das Blut rauschte ihr in den Ohren. Nach Norden, über die Hügel, hatten sie fliehen wollen, aber stets schien es, als hörten sie Ghule in dieser Richtung, und so wurden sie nach Osten getrieben, zurück zu den Ruinen von Farnburg, und Merrili kam es vor, als würde sie von grausamen Jagdhunden gehetzt. Nach Osten liefen sie, immer weiter nach Osten. Und nachdem sie endlos lange gerannt waren, wurden sie schließlich aus dem raschelnden Farnkraut herausgetrieben und fanden sich in den verkohlten Resten des verwüsteten Farnburg wieder, und nun flohen die Wurrlinge über Straßen, die von jenen Leichen der Ghule übersät waren, die sie zuvor getötet hatten. Und ein Stück voraus um die Ecke hörten sie das Donnern der Klumphufe auf den Pflastersteinen, deshalb verkroch sich das Trio zwischen großen Trümmerstücken vor einer rußgeschwärzten Mauer.

»Wir müssen hier raus«, keuchte Danner. »Die Ghule werden kommen, und bis dahin müssen wir weg sein.«

Patrel blickte mit zusammengekniffenen Augen zu den Hügeln oberhalb von ihnen und atmete schwer. »Unsere Ponys stehen da hinten, hinter den nächsten Erhebungen, aber auf den Hängen zwischen hier und dort jagen die Ghule. Vielleicht könnten wir –«

Patrels Worte wurden von einem grässlichen Geheul abgeschnitten, als ein Ghul auf einem Hélross um die zerstörte Mauer herumkam und die drei sah.

*Ffff ... ftock!* Danners Pfeil traf den Räuber in die Brust, und der Feind stürzte tot aus dem Sattel. Ein lebloser Fuß aber hatte sich im Steigbügel verfangen, und das Hélross grunzte und kreischte vor Angst, weil etwas an ihm zerrte, und es stürmte bockend davon. Doch auch wenn der Ghul tot war, hatte sein letztes Heulen andere angelockt, und drei weitere galoppierten um die Ecke.

*Ssstock! Ffftock! Tschock!* Die todbringenden Pfeile zischten durch die Luft und fällten zwei weitere Räuber, während der dritte sein Hélross zu scharf zügelte und zu wenden versuchte, so dass die Kreatur auf das eisige Pflaster stürzte. Und als sich der Ghul auf die Beine erhob, drangen drei Pfeile in ihn, von denen ein jeder tödlich gewesen wäre, und er fiel, während sich sein Ross aufrappelte und fortstürmte.

Doch nun hörten die drei Wurrlinge noch mehr Klumphufe über das Pflaster donnern, und um die Ecke bogen weitere Ghule.

*Taa-tahn! Taa-tahn!* Der silberne Ruf des Horns von Valon durchschnitt die Luft, als Patrel das runenverzierte Instrument an den Mund setzte und blies. Und die Ghule verhielten ihre Hélrösser und verzagten vor dem reinen, glockengleichen Klang, denn er erfüllte das Leichenvolk mit Furcht. Danner und Merrili streuten unterdessen zischenden Tod in die Schar der Ghule, und zwei fielen, während die verbliebenen unter Wutgeheul weiter vorwärts preschten.

Ruhig pflückte Merrili Pfeile aus ihrem Köcher und legte sie an die Sehne, und ihre Geschosse flogen dem heranstürmenden Feind entgegen. Auch Danners und zuletzt Patrels Pfeile zischten in tödlichem Flug durch die Luft. Die Ghule griffen mit gesenkten Lanzen an, um die drei Wurrlinge aufzuspießen, und die Hufe ihrer Hélrösser hallten übers Pflaster.

Doch zielgenau sausten die Geschosse und durchdrangen Brust und Herz der Ghule, tot fiel der Leichenfeind, und herrenlose Rösser drehten in weitem Bogen ab. Noch einmal vier Ghule stürmten heran ... dann drei ... dann zwei; und als dieses Paar auf die Wurrlinge zudonnerte, sprangen Danner, Patrel und Merrili zwischen dem Schutt zur Seite und rollten sich ab, während die Hufe an ihnen vorbeihämmerten. Die gezackten Speere verfehlten ihre Ziele, nur eine Spitze durchdrang Patrels Wams und rutschte von der goldenen Rüstung darunter ab. Danner sprang fluchend auf und fällte einen der beiden davonrasenden Räuber. Der einzige Überlebende aber ließ sein Hélross abdrehen, und Merrilis Pfeil drang nur in die Seite des Ghuls und durchbohrte nicht sein Herz.

Dann war das Ross außerhalb der Reichweite von Pfeilen, und der Ghul wendete und verhielt es. Er zog den lästigen Pfeil aus der Seite und warf ihn fort, und dann hob er ein ehernes Horn an die Lippen und blies einen Versammlungsruf. Blökende Rufe naher Rukhenhörner antworteten scheppernd aus den umliegenden Ruinen.

Ruhig begann Danner Pfeile vor sich auf einem herabgestürzten Balken auszulegen, wo er sie bequem erreichen konnte. »Sie haben uns in die Enge gedrängt, Freunde, und sie werden in Mengen kommen, gegen die wir nicht bestehen können, aber wir nehmen so viele mit ins Verderben wie nur möglich.«

Das raue Blöken drang näher, und auf den Pflastersteinen war das Klappern der Klumphufe zu hören. Mehrere Reiter des Leichenvolks kamen in Sicht und gesellten sich zu dem überlebenden Ghul am nördlichen Ende der Straße. Heisere Hornstöße drangen aus dem Süden, und in der Ferne kamen weitere Ghule zum Vorschein, und auch aus östlicher und westlicher Richtung ertönten Signale.

Merrili platzierte ihren Köcher vor sich und legte einen Pfeil an die Sehne. Sie reckte das Kinn entschlossen vor, ihr Atem ging tief und regelmäßig, und ihre klaren, saphirblauen Augen verrieten keine Spur von Angst.

Patrel griff zum Reichshorn. »Ich blase ein letztes Signal. Dann liefern wir ihnen einen Kampf, von dem Barden noch in fernen Zeiten singen würden, falls welche davon erführen.«

Und mitten im Dröhnen und Blöken der ehernen Hörner des Gezüchts stieg ein silberner Signalton in den Himmel und wehte übers Land, als sich drei Wurrlinge – zwei Bokker und eine Mamme – auf eine letzte Schlacht, auf einen Kampf bis zum Tod vorbereiteten.

Und während der Ruf des Reichshorns über das Land schallte, verstummte das blecherne Rukhengeblöke, wenngleich es so schien, als ertönten in der Ferne andere Hörner, als das silbrige Echo von den Hügeln zurückkam. Und die Ghule hielten kurz inne und blickten sich unbehaglich um.

Zuletzt aber hob der Anführer der Ghule das Gesicht zum dunklen Himmel und stieß ein markerschütterndes Geheul aus. Und von Westen – hinter der stehen gebliebenen Mauer – war der Klang donnernder Hufe auf den Pflastersteinen Farnburgs zu hören und das Schmettern von Hörnern.

»Sie kommen!«, schrie Patrel und wandte sich der Mauerecke zu, den Bogen bis zum Anschlag gespannt.

Nun trommelten die Hufe noch lauter – ein Donnern in den

Ohren –, die Hörner erschallten klar, und dann kam der erste von vielen Reitern hinter der Mauer in Sicht.

*Es waren Männer auf Pferden.*

*»Nein!«*, schrie Danner und stieß Patrels Arm nach oben, so dass der Pfeil himmelwärts über den Kopf des silberbärtigen Reiters hinwegflog. *»Das ist Vidron!«*

Und durch die Straßen von Farnburg kamen auf ihren schnellen Pferden tausend Männer herangedonnert: Krieger mit den blau-weißen Farben von Wellen, Krieger, die die Hornsignale jenes Landes im Westen ertönen ließen, Krieger, angeführt von General Vidron, dem Rossmarschall von Valon. Mannschaften und Kompanien jagten zwischen die Ruinen von Farnburg, Schwerter und Lanzen wüteten, und die Ghule wurden vollständig aufgerieben, da Schäfte ihnen durchs Herz drangen und Klingen ihren Kopf vom Rumpf trennten.

Und inmitten der tobenden, tosenden Schlacht, und während die Hufe von Rössern vorüberdonnerten und Hörnerstöße die Luft durchschnitten, sah man drei Wurrlinge – zwei Bokker und eine Mamme – umhertanzen und wie von Sinnen schreien, und sie umarmten einander und weinten.

»Jawohl, Hauptmann Patrel, als ich dieses silberne Horn hörte – Elgos Horn aus dem Hort von Schlomp –, da wusste ich, das seid Ihr, und Ihr seid in verzweifelter Not!« Ein breites Lächeln trat auf das Gesicht von Feldmarschall Vidron, der auf einer Kiste neben der ausgebrannten Mauer saß, wo er die Wurrlinge gefunden hatte. Es war wie das Wiedersehen eines Großonkels mit seinen Lieblingsneffen. Und als man dem alten Krieger Merrili vorstellte, machte er große Augen. Er verbeugte sich zwar förmlich vor der Mamme, aber durch seine herzliche Art fühlte sie sich sofort wohl in seiner Gegenwart. Nun saßen sie alle im Gespräch beisammen. »Und deshalb habe ich, um eure mageren Hälse zu retten, den Angriff auf Farnburg befohlen, und keine Kompanie von Guula kann es mit tausend berittenen Kriegern aus Wellen aufnehmen.«

»Aber General Vidron«, widersprach Merrili leise, »das hier waren noch nicht alle Ghule. Noch einmal etwa vierhundert von ihnen durchkämmen das Farnkraut und die Hügel und suchen nach unseren Verwandten. Das Leichenvolk bedrängt die Wurrlinge hart, die Ghule hetzen sie, wie Jagdhunde Füchse hetzen.«

»Ja, das wissen wir, mein Mädchen«, erwiderte Vidron und sah die Mamme strahlend an. »Ein paar von euren Burschen haben uns auf der Straße angehalten und es uns erzählt. In diesem Augenblick jagen noch einmal zweitausend Männer aus Wellen die widerliche Brut; horcht, dann hört ihr ihre Hörner.«

»Noch einmal zweitausend?« Patrel machte große Augen. »Wie seid Ihr zu dieser Armee gekommen, Feldmarschall? Und das noch dazu in den Sieben Tälern!«

»Na, ich bin nach Wellen geritten und hab sie geholt«, entgegnete Vidron. »Und dass wir hier sind, das kam so: Als wir uns am Nordtor der Feste Challerain aus der Umzingelung der Guula befreit hatten, ritten wir in einem weiten Bogen, bis wir schließlich Steinhöhen erreichten –«

»Steinhöhen!«, platzte Danner hervor. »Aber wir – Patrel und ich – waren auch in Steinhöhen. Wir haben drei Tage lang dort gewartet.«

»Zweieinhalb«, warf Patrel ein.

»Dann eben zweieinhalb«, fuhr Danner fort, »und niemand ist gekommen.«

»Wann war das?«, fragte Vidron.

»Mal sehen«, sagte Danner und überlegte, während Patrel die Tage an den Fingern abzählte. »Ich komme auf genau zwei Wochen, seit wir dort früh am Tag eingetroffen sind. Wir sind diesen Tag und den ganzen nächsten geblieben ... und am dritten sind wir dann zeitig aufgebrochen. Und wenn ich richtig gerechnet habe, müsste das der achte Januar gewesen sein.« Patrel nickte zur Bestätigung.

»Na, dann habt ihr einen schnelleren Weg nach Steinhöhen gefunden als ich«, erwiderte Vidron und riss kurz darauf überrascht die Augen auf. »Moment mal! Wenn ihr am achten in der Früh aufgebrochen seid, dann müsst ihr bei dem einen Tor hinausgeritten sein, während wir zum anderen hereinkamen!«

Danner und Patrel sahen einander an, dann blickten sie zu Vidron, und allen dreien wurde bewusst, wie knapp sie sich in Steinhöhen verfehlt hatten. Es wurde ihnen aber auch bewusst, wie ein einziger Augenblick im Leben einer Person den Gang der Ereignisse für immer ändern kann. Wenn die Wurrlinge Vidron begegnet wären, hätte die Schlacht von Lammdorf vielleicht nie stattgefunden, oder Vidron wäre möglicherweise nicht nach Wellen gereist. Vielleicht aber wären diese Dinge in jedem Fall passiert, nur das Ergebnis wäre ein anderes gewesen, in größerer oder kleinerer Hinsicht, oder ...

Eine Frage Merrilis unterbrach die Gedanken der drei. »General Vidron, sind Wurrlinge aus der Feste Challerain mit Euch geritten? Tuck vielleicht ...?« Ihre Stimme verlor sich, ihre Augen blickten ängstlich.

»Ach, leider nein, Kind«, antwortete Vidron und schüttelte traurig den Kopf. »Als wir durchbrachen, war nicht ein Waldan unter uns.«

Merrili wandte den Blick vom Rossmarschall ab und ließ niedergeschlagen die Schultern sinken. Lange Zeit herrschte Schweigen, nur von den Hügeln drangen den vieren gelegentlich Hornsignale an die Ohren, und über das Pflaster von Farnburg klapperten Hufe.

Zuletzt räusperte sich Vidron und erklärte: »Ich war die ganze Zeit in dem Glauben, von den fünftausend Verteidigern der Feste Challerain hätten nur dreiundsechzig jene letzte

Schlacht überlebt: zweiundsechzig Menschen und ein Elf – Fürst Gildor. Doch nun stelle ich fest, dass auch Danner und Patrel dem Tod ein Schnippchen geschlagen haben und somit die Liste auf fünfundsechzig erhöhen. Es besteht also noch Hoffnung – so gering sie auch sein mag –, dass noch andere diese Prüfung überlebt haben ... vielleicht auch dein Tuck.« Vidron streckte die Hand aus und zog Merrili zu sich; die Jungmamme legte den Kopf an die Seite des Kriegers, und Tränen rannen ihr übers Gesicht, doch sie gab keinen Laut von sich.

Nach einer langen Pause nahm Vidron den Faden seiner Erzählung wieder auf. »Am zweiten Dunkeltag nach unserer Ankunft in Steinhöhen kam ein Reiter aus Süden. Es war ein früherer Soldat namens Jarek; sein Häuschen steht im Alnawald in Gûnar. Seine Geschichte war Furcht erregend, sie erklärte allerdings einiges. Dennoch lässt sie genauso viele Fragen offen, wie sie beantwortet.

Dieser Jarek war also offenbar unterwegs nach Valon, nur um festzustellen, dass die Gûnarring-Schlucht von einer Streitmacht schwärzlicher Krieger gehalten wird, vielleicht aus dem Süden: Chabba, Hurn, Hyree oder Kistan, er wusste es nicht. Aber das Glück war ihm hold und wandte ihm sein lächelndes Antlitz zu, denn der Feind entdeckte ihn nicht.

So wandte sich Jarek nach Norden und ritt zur Feste Challerain, um Aurion die Nachricht zu überbringen ... oder wenn nicht dem Hochkönig selbst, dann seinen Getreuen.

Er kam über den Ralo-Pass und hinab in den Flusswald. In der Nähe der Ruinen von Luren, an der Furt über den Hundertinselfluss, durchquerte er die Schwarze Wand und befand sich in dem verfluchten Dusterschlund.

Abermals war ihm das Glück hold, denn auf seinem Ritt entlang der Poststraße durch das Schattenlicht begegnete ihm kein Gezücht, wenngleich er an der Brücke über den Bog in der Ferne Wölfe heulen hörte – ich denke, es waren eher Vulgs.

Schließlich kam Jarek nach Steinhöhen, und dort fand er uns: den kläglichen Rest von Aurions nördlicher Streitmacht. Und er erzählte mir seine Geschichte.

Ach, aber das waren schreckliche Neuigkeiten, denn ich wusste nun, warum keine Nachricht aus Süden gekommen und warum das Heer nicht zur Feste Challerain geeilt war: Sie kämpften gegen eine Invasionsarmee im Süden ... wahrscheinlich unsere alten Feinde aus Hyree oder Kistan, oder beide zusammen ... denn vor langer Zeit waren sie im Großen Krieg mit Modru verbündet.«

»Aber das bedeutet ja, dass das Heer überhaupt nicht kommen wird«, rief Patrel entsetzt. »Jedenfalls nicht in nächster Zeit. Wer wird dann gegen die Horde kämpfen? Wer wird sie von den Sieben Tälern fern halten?«

»Der Dornwall wird der Horde Einhalt gebieten«, sagte Danner, »falls es uns gelingt, ihn wieder zu verschließen. Aber wir müssen außerdem die Ghule töten oder hinausjagen, die bereits in den Tälern sind.«

»Wir müssen sie töten.« Merrilis Stimme war leise.

»Aus Rache?«, fragte Vidron.

»Nein«, erwiderte Merrili, »auch wenn Rache manchem süß schmecken würde. Aber der Grund ist ein anderer: Wir müssen den Dornwall unverzüglich schließen, um die Horde draußen zu halten. Und wir müssen die Ghule, die drin sind, töten, um zu verhindern, dass sie ihn wieder öffnen, wie sie es bereits an der Spindel-Furt getan haben, an der Brücke, und vielleicht noch an andren Übergängen. Und noch etwas: Ich glaube, Modru benutzt die Ghule, um uns zu zermürben, so dass wir mit ihnen beschäftigt sind und nicht an den Dornwall denken. Bisher hatte er damit Erfolg, und falls der Wall offen bleibt, wird der Schwarm hereinmarschieren und die Sieben

Täler auslöschen, wie es Hanlo so treffend vorhergesagt hat. Deshalb müssen wir den Dornring schließen, ehe sie kommen.«

»Du hast Recht, Merrili«, sagte Patrel. »Auch wenn wir durch Schließung des Dornwalls die Ghule mit uns einsperren, es muss sein ... Und das bedeutet, wir werden die Räuber töten müssen, statt sie zu verjagen. Denn den Dornring offen zu lassen, ist wie eine Einladung an Modrus Horde, bei uns einzufallen ... ich weiß nicht, warum sie es nicht längst getan hat.«

»Vielleicht plündern sie noch immer die Feste Challerain«, meinte Danner.

»Nein«, warf Vidron ein, »denn Modru würde nicht zulassen, dass kleinlicher Raub seine sorgsam vorbereiteten Pläne stört. Nein, es muss etwas anderes sein, das ihn zögern lässt. Vielleicht ist der Kriegsherr der Horde in jener letzten Schlacht ums Leben gekommen, und sie warten nun auf einen neuen Sklaventreiber.«

»Ha! Der Abgesandte!«, rief Patrel aus. »Der, den Danner am Nordtor getötet hat. Vielleicht war das der Kriegsherr, von dem Ihr gesprochen habt. Vielleicht war es dein Pfeil, Danner, der sie bisher zurückhält.«

»Wie dem auch sei, es wird sie nicht auf Dauer aufhalten; falls sie noch keinen neuen Kriegsherrn haben, wird Modru einen schicken«, erwiderte Danner. »Merrili hat Recht. Wir müssen den Dornwall sofort verschließen. Und dann machen wir uns daran, die Ghule zu töten.«

»Aber eure Taktik muss sich ändern«, mahnte Vidron. »Die Guula werden jetzt auf der Hut sein und nicht länger als leichte Beute in Hinterhalte gehen. Deshalb werde ich die Hälfte der Reiter aus Wellen zu eurer Unterstützung hier in den Sieben Tälern lassen. Den Rest führe ich zur Gûnarring-Schlucht, wo wir versuchen werden, sie dem Feind zu entreißen.«

»Zur Schlucht?«, fragte Patrel. »Ihr reitet zur Gûnarring-Schlucht?«

»Jawohl«, antwortete Vidron. »Als Jarek mir die Nachricht brachte, dass der Feind den Pass hält, wusste ich, es obliegt mir, ihn wieder zu befreien. Ich habe meine Männer von Steinhöhen nach Wellen geführt, Jarek aber habe ich ins Weitimholz geschickt, damit er den dortigen Bund und Fürst Gildor benachrichtigt.«

»Fürst Gildor?«, erkundigte sich Patrel. »War er denn nicht bei euch?«

»Nein, mein Sohn«, entgegnete Vidron. »Gildor hat uns bereits verlassen, als wir nördlich am Weitimholz vorbeizogen. Ich ritt weiter zu den Schlachtenhügeln und dann südlich nach Steinhöhen, während er versuchte, Kunde von seinem Verwandten Inarion zu erhalten und den Weitimholzern die traurige Nachricht vom Fall der Feste Challerain und vom Tod König Aurions zu bringen.«

»Wir haben Aurion fallen sehen«, sagte Danner mit leiser Stimme. »Er kämpfte gut und tapfer, aber es waren einfach zu viele Ghule.«

»Er war ein großer König und ein mutiger Krieger«, erwiderte Vidron, »und sein scharfes Schwert wie seine königliche Hand werden uns in der kommenden Zeit bitter fehlen. Wenn Galen überlebt hat, ist er nun König, und wenn nicht er, dann der junge Igon.«

»Augenblick mal!«, rief Patrel. »Wisst Ihr denn nicht Bescheid?« Dann schlug er sich mit der flachen Hand an die Stirn. »Ach, nein, wie solltet Ihr es denn wissen? Laurelins Wagenzug wurde von Ghulen niedergemacht. Außer Igon und der Prinzessin sind alle tot, und die beiden konnten entweder fliehen oder wurden gefangen genommen und nach Osten verschleppt; danach sah es jedenfalls aus, als Danner und ich zu dem zerstörten Zug kamen, sechs oder sieben Tage, nachdem die Ghule über die Unglücklichen hergefallen waren.«

Vidron erbleichte bei dieser schrecklichen Neuigkeit. »Wann war das, und wo?«, stieß er hervor.

»Es war auf der Poststraße, dort wo sie über die Schlachtenhügel nach Westen abdreht«, antwortete Patrel. »Und was den Zeitpunkt betrifft, so würde ich sagen, der Angriff der Ghule muss etwa am fünften Jultag stattgefunden haben – vor fast zwei Wochen.«

*»Rach!«* Vidron schlug sich mit der Faust in die offene Handfläche und sprang erregt auf. »Damit erklärt sich also das Rätsel, warum Jarek weder auf der Ralostraße noch auf der Poststraße einen Wagentreck nach Süden ziehen sah, als er mit der Nachricht von der Gûnarring-Schlucht nach Norden unterwegs war. Ai, aber er hat auch keine Reiter gesehen, es könnte also sein, dass die Ghule tatsächlich Laurelin und Igon festhalten, wenngleich das keineswegs sicher ist.«

Wie ein Tier im Käfig lief Vidron schweigend auf und ab; dann aber nahm er abrupt wieder Platz. »Ach, wie es mein Herz verlangt, etwas zu tun: hinter dem Prinzen und der Prinzessin herzureiten. Aber wohin? Sie könnten so gut wie überall sein! Und ihre Spur ist so kalt, dass ihr niemand mehr folgen kann. *Garr!«* Er verstummte erneut, bevor er noch hinzufügte: »Wenn wir zur Gûnarring-Schlucht kommen, wird der Feind für diese feige Tat bezahlen.« Und ein grausamer Zug trat in die Augen des Kriegers.

In diesem Augenblick ritt ein Krieger mit dem blau-weißen Helm von Wellen herbei.

»General, die ersten Männer kommen zurück – und mit ihnen das Kleine Volk. Die Ghule sind tot oder in alle Richtungen zerstreut und stellen im Augenblick keine Gefahr dar.«

»Hai!«, rief Vidron aus. »Wenn es das Waldfolck jetzt noch fertig bringt, den Dornwall zu verschließen, dann wird dieses

Land mit Unterstützung der Krieger aus Wellen, die hier bleiben, wieder ein sicherer Ort sein.«

Und während der Bote sein Ross wendete und davongaloppierte, sahen Danner, Patrel und Merrili einander erst erstaunt und dann mit wilder Freude an. Denn vor nicht einmal zwei Stunden waren sie in großer Verzweiflung vor einem fürchterlichen Feind geflohen – wissend, dass das Geschick der Sieben Täler möglicherweise an einem seidenen Faden hing –, doch nun hatte sich das Blatt mit dem Eintreffen der Männer aus Wellen vollständig gewendet.

Vidron schaute strahlend auf die drei hinab und sagte in herzlichem Ton: »Ich glaube, mein Versprechen an euren Hauptmann Alver habe ich gehalten.«

»Hauptmann Alver?«, entfuhr es Patrel. »Ihr kennt Hauptmann Alver? Und welches Versprechen?«

»Aber ja, mein Sohn«, antwortete Vidron. »Alver und ich haben uns kennen gelernt, als ich auf dem Weg von Steinhöhen nach Wellen durch die Sieben Täler ritt.«

»Ihr seid durch die Sieben Täler geritten? Aber natürlich, ihr *musstet* ja durchreiten. Auf der Querlandstraße, richtig?« Auf Vidrons Nicken hin rief Patrel aus: »Dann wart *Ihr* das! Ihr und Eure Männer seid im Schattenlicht vorbeigedonnert, als Danner und ich uns auf dem Heuboden des Gasthofs zum Fröhlichen Otter in Grünwies gerade zum Schlafen hingelegt hatten. Auch da haben wir Euch knapp verfehlt!«

»Das Kriegsglück wendet sich oft in einem winzigen Augenblick«, erwiderte Vidron. »Dass wir uns in Steinhöhen und dann noch einmal in eurem Grünwies verpasst haben, mag für diesen Krieg keine große Rolle gespielt haben, andererseits könnte es seinen Verlauf auch über alle Maßen verändert haben. Und wir werden nie erfahren, was geschehen wäre, wenn wir uns an einem der beiden Orte getroffen hätten.«

»Wenn ihr euch in Steinhöhen getroffen hättet«, sagte

Merrili, »dann hättet ihr euch wahrscheinlich alle zusammen an die Verfolgung der Ghule gemacht, die möglicherweise Prinzessin Laurelin und Prinz Igon geraubt haben, und die Wurrlinge in den Sieben Tälern wären mit den Ghulen nicht in der Weise verfahren, wie es nun der Fall war. Auf welche andere Weise wir ihnen vielleicht entgegengetreten wären, das können wir nicht wissen. Aber es kam nicht dazu, ihr seid euch nicht begegnet, und so waren es Patrel und Danner, die uns in der Zeit der Not angeführt haben, und es wart Ihr General Vidron, der uns gerettet hat, als alle Hoffnung verloren schien.«

»Du und ich, mein Kind, wir haben in einem Punkt bestimmt Recht: Wir werden es nie erfahren«, erwiderte Vidron. »Und wenn Hauptmann Alver mir und meinen Männern auf unserem Weg nach Wellen nicht Unterkunft und Verpflegung gewährt hätte, dann hätte ich nie von der Festung der Guula hier im zerstörten Farnburg gehört und hätte deshalb die Wellener nicht hierher geführt, um über die Brut herzufallen. Doch die zufällige Begegnung mit Alver in der Nähe eures Dorfes Ruten hat alles geändert, denn so *habe* ich von der Festung erfahren, und wir *sind* über sie hergefallen, sobald ich mit den Männern aus der östlichen Garnison von Wellen zurückkam. Und nur weil ich aufgrund eines Zufalls eurem Hauptmann Alver versprochen hatte, diesen Ort von Guula zu säubern, waren wir überhaupt hier und hörten das Horn Elgos ein Notsignal blasen, was uns zum Angriff rief. Eine lange Kette unwahrscheinlicher Zufälle hat uns hierher geführt, und vielleicht liegt eine noch längere vor uns. Morgen werde ich jedenfalls die Hälfte der Wellener nehmen und zur Gûnarring-Schlucht aufbrechen. Und dann werde ich sehen, wohin mich meine unwahrscheinliche Zufallskette von hier aus führt.«

»Unwahrscheinlich oder nicht«, sagte Patrel, »ich bin froh, dass unsere Wege sich hier gekreuzt haben ... und das keinen

Moment zu spät, sonst wären wir drei jetzt tot und nicht die Ghule.«

»Hoi, seht mal!«, rief Danner. »Da kommen Lutz und noch ein paar andere.«

»Dort ist auch dein Vater, Danner«, sagte Merrili. »Ich freue mich so für dich.«

Und während Danner seinem Vater entgegenlief, kamen scharenweise Wurrlinge ins Dorf Farnburg, manche zu Fuß, andere auf Ponys, und zwischen ihnen ritten hier und dort die Krieger aus Wellen. Einige der Wurrlinge weinten, denn sie stammten aus Farnburg, und Rollo drückte am besten aus, was alle fühlten: »Farnburg mag zerstört und nur noch ein Haufen verkohlter Trümmer sein, aber bei Adon, es ist unser Zuhause, und es ist endlich wieder frei.«

Männer begannen die Leichen der Ghule zu einem nahe gelegenen Hohlweg zu schleifen, um sie dort auf einer großen Feuerstelle zu verbrennen. Dichter Rauch quoll zum Schattenlicht empor und verlor sich in dessen Finsternis. Auch die Leichname der getöteten Menschen und Wurrlinge wurden geborgen, und man begann einen mächtigen gemeinsamen Grabhügel auf einem farnbedeckten Hang zu errichten. Und große wie kleine Krieger weinten gleichermaßen, als sie sahen, wie ihre Kameraden in die Erde gebettet wurden.

Noch immer trafen versprengte Menschen und Wurrlinge ein, und man schlug außerhalb der Ruinen ein Lager auf. Ein Rat der Hauptleute und Leutnants wurde abgehalten und nahm eine Schätzung der Verluste vor: Von den nahezu eintausend Ghulen zählte man vierhunderteinundzwanzig Tote, von denen zweihundertsiebzehn durch Wurrlingspfeile gefällt wurden. Von den dreitausend Menschen waren zweiundneunzig mit Sicherheit gefallen, weitere hundertdreiundzwanzig wurden jedoch noch vermisst. Von einigen wusste man, dass sie noch hinter den Ghulen her waren, während andere tot oder verwundet sein mochten. Unter den tausendsechsundachtzig Wurrlingen waren hundertvierzehn tot, und fast dreihundert wurden vermisst, allerdings glaubten Hanlo und andere, dass die meisten davon noch lebten und vorsichtig zum vereinbarten Treffpunkt im Ostwald zurückschlichen.

Man schickte Suchtrupps in die Hügel und ließ die Trompeten zum Sammeln blasen. Boten sollten die Nachricht vom Sieg zu den Treffpunkten im Ostwald und in die Lager tragen.

Der Rat arbeitete Pläne aus, nach denen die Hälfte der Wellener unter dem Befehl von Hauptmann Stohl in den Sieben Tälern bleiben sollte. Wurrlinge würden gemeinsame Einheiten mit Menschen bilden, um die überlebenden Ghule zur Strecke zu bringen, denn die Räuber stellten weiterhin eine ernst zu nehmende Streitmacht in den Sieben Tälern dar, falls sie sich neu sammelten. Außerdem traf man Vorbereitungen, den Dornwall an den Furten der Flüsse Wenden, Spindel und Tine zu verschließen, den Weg über die Spindelbrücke zu versperren und den alten, aufgegebenen Nordwaldtunnel dichtzumachen. Denn es galt immer noch, die Horde von den Sieben Tälern fern zu halten, falls das Gezücht sich von der Feste Challerain aus auf den Weg nach Süden machen sollte.

Anschließend wandte sich der Rat der Befreiung der Gûnarring-Schlucht zu, und es wurde bald deutlich, dass Vidron im Dusterschlund das Sehvermögen des Kleinen Volkes benötigen würde. Danner und Patrel sahen einander an, und Danner nickte auf Patrels lautlose Frage, doch ehe er etwas sagen konnte, ergriff Merrili das Wort: »General Vidron, Ihr werdet Wurrlingsaugen benötigen, die für euch im Schattenlicht sehen. Wenn mein Tuck hier wäre, würde er Euch begleiten, aber er ist nicht hier, und deshalb werde ich an seiner Stelle gehen. Doch Ihr dürft nicht mich allein mitnehmen, denn sollte ich getötet werden, braucht Ihr dennoch weiter das

Sehvermögen der Wurrlinge. Ich denke, zehn von uns müssten genügen, und ich sehe, dass Danner und Patrel ebenfalls mit Euch reiten wollen. Damit bleiben noch sieben auszuwählen, und ich frage deshalb die Angehörigen meines Volkes: Möchten uns welche von euch begleiten?«

Unter den Wurrlingen entstand großer Aufruhr. Manche schrien: *Nein, ihr werdet hier gebraucht!,* während andere aufsprangen, um sich dem Zug nach Süden anzuschließen. Lutz Glucker lächelte in sich hinein, denn er allein schien Merrilis schlaues Manöver richtig zu würdigen: Indem sie sich als Erste zu Wort gemeldet hatte, war sie es gewesen, die den Rahmen für Vidrons Bedürfnisse abgesteckt hatte, und sie hatte ihn wohl bemessen, denn zehn Wurrlinge, auf eine zwei Meilen lange Reiterkolonne verteilt, waren mehr, als Vidron brauchte. Und indem sie als Erste sprach, hatte Merrili ihr *Recht* darauf begründet, den Feldmarschall zu begleiten; hätte sie sich nämlich nur freiwillig gemeldet, nachdem jemand anderer genau den gleichen Plan unterbreitet hatte, wären sicherlich Stimmen laut geworden, dass eine Mamme bei einem solchen Unternehmen nichts verloren habe. So aber stellte niemand ihr Recht, mit Vidron zu gehen, in Frage – strittig war nur, ob sie, genau wie Danner und Patrel, in den Sieben Tälern oder bei der Truppe des Generals wertvoller sei. Und während sich Lutz lächelnd zurücklehnte, stritten einige Wurrlinge über die Vorzüge, die es bot, diese drei an Vidron abzutreten, während andere um ihren Anspruch kämpften, einen der sieben freien Plätze zu belegen.

Schließlich war es Hanlo, der »alles gerade rückte«, denn als er sich endlich Gehör verschafft hatte, wandte er sich mit untypisch leiser Stimme an seinen Bokker und fragte: »Möchtest du an dieser Mission teilnehmen, Sohn?« Und als Danner nickte, fuhr er fort: »Wen würdet Ihr an Eurer Stelle ernennen, Hauptmann Binsenhaar?«

»Lutz«, antwortete Patrel, »Lutz Glucker.«

»Dorngängerin Merrili Holt«, sagte Hanlo, und allein durch diese Bezeichnung erkannte er ein für alle Mal an, dass Merrili ein vollwertiges Mitglied der Dorngänger war, Mamme oder nicht, »wen würdet Ihr mit Euch nehmen?«

»Zwei weitere Angehörige der Kompanie von Biskens Scheune und fünf aus der Ostwald-Kompanie«, antwortete Merrili. »Dann sind es fünf aus jeder.«

»So trefft denn eure Wahl«, sagte Hanlo, »denn wir wollen euch in dieser Angelegenheit nicht dreinreden. General Vidron verdient die Besten, und ihr *seid* die Besten.«

Hanlo setzte sich wieder, und niemand hob die Stimme zum Widerspruch. Man sah nun deutlich, woher Danner sein gebieterisches Auftreten hatte; wie der Vater so der Bokker, heißt es immer, und in diesem Fall traf die Redensart zu.

Und so geschah es, dass Merrili, Danner, Patrel, Ted Handstolz und Arch Hax – alle aus Biskens Scheune – sowie Rollo Bruth, Dink Weller, Harven Schuldt, Dill Thorven und Bert Arboran – aus dem Ostwald – dazu ausgewählt wurden, mit Vidrons Streitmacht zur Befreiung der Gûnarring-Schlucht zu ziehen oder, falls sie die Schlucht nicht befreien konnten, den Feind so lange zu stören, bis Verstärkung aus Wellen kam, denn auch jetzt noch ging in diesem Land die Truppenaushebung weiter, und ein Teil der Soldaten konnte, wenn nötig, nach Süden kommen.

Schließlich erhob sich Feldmarschall Vidron. »Mehr können wir hier und heute nicht planen. Lasst uns jetzt zu Bett gehen, denn morgen brechen wir zu unseren jeweiligen Unternehmungen auf. Doch ehe wir uns vertagen, möchte ich noch eines sagen: Lange werden die Barden und Geschichtenerzähler von dem Bund aus Menschen und Waldfolck sprechen, und sie werden Worte des Ruhmes und Heldenmutes finden, denn wir kämpfen gegen die Mächte der Finsternis und des Bösen, und wir werden siegen!«

Großer Jubel brach aus im Rat, und die Herzen schlugen höher. Denn auch wenn keiner wusste, was der kommende Tag bringen würde, so waren sie doch voller Zuversicht und Selbstvertrauen, und sie waren *stolz,* denn an diesem zu Ende gehenden Tag waren sie dem bösen Feind begegnet, und sie hatten tatsächlich gesiegt.

Zeitig am nächsten Dunkeltag brach Vidron mit fünfzehnhundert Mann und zehn Wurrlingen auf, wobei Letztere auf leicht beladenen Packpferden ritten, denn Ponys hätten das Tempo eines valonischen Langrittes nicht mitmachen können.

Als sie aus dem zerstörten Farnburg hinausritten, säumten jene, die zurückblieben – Menschen wie Wurrlinge – die Straßen und verabschiedeten sie mit stürmischem Applaus. Und im Gegenzug jubelten die abziehenden Kämpfer jenen zu, die blieben, um das Gezücht aus den Sieben Tälern zu jagen und den Dornwall zu schließen. Und so schlängelte sich Vidrons Truppe unter Abschiedsrufen und guten Wünschen ostwärts durch die Hügel, um sich am Rand des Ostwalds nach Süden zu wenden, bis sie den Tineweg erreichen würden, dem sie dann bis zur Tine-Furt an der Grenze der Sieben Täler folgen wollten.

So zogen sie den ganzen Tag in der wechselnden Gangart eines valonischen Langritts. Und sie sahen kein Anzeichen von Freund oder Feind, denn das Land schien verlassen. Schließlich kamen sie rund zwanzig Meilen östlich des Dorfes Fingerhut auf den Tineweg.

Nun folgten sie dieser Handelsroute nach Südosten zur Tine-Furt, doch sie ritten nur noch zehn Meilen weiter, denn sie hatten allein an diesem Tag rund zweiundfünfzig Meilen zurückgelegt.

Die Wurrlinge waren müde, und bald nach dem Mahl schliefen alle außer den Wachhabenden rasch ein, denn sie waren an die Strapazen eines valonischen Langritts nicht gewöhnt und freuten sich schon sehr auf ihre bequemen Schlafsäcke, die sie auf der harten, gefrorenen Erde ausrollten.

Der nächste Dunkeltag verlief ganz ähnlich wie der vorherige; endlose Meilen zogen sie durch die kalte Weite, die Hufe der Pferde hämmerten im leichten Galopp oder im schnellen Trab, sie klapperten im langsamen Trab und im Schritt, denn um die Pferde zu schonen, wechselte Vidron die Gangart, und hin und wieder hielten sie an, um die Tiere zu füttern und zu tränken und um sich selbst die Beine zu vertreten oder anderen Bedürfnissen nachzugehen. Doch selbst während die Pferde aus ihren Futtersäcken Getreide fraßen, führten die Männer sie gelegentlich am Zügel weiter, immer ihrem Ziel entgegen.

Es war schon spät, als sie an der Kreuzung des Wendenwegs mit dem Tineweg ein Lager aufschlugen. Sie hatten das Untertal erreicht, und am nächsten Tag würden sie die Sieben Täler verlassen.

Zur Mitte des dritten Dunkeltags kam die zwei Meilen lange Kolonne zum Dornwall an der Tine-Furt. Doch siehe da, dieser Übergang wurde von Dorngängern bewacht! »Ja«, sagte ihr Hauptmann, »sie kamen zuhauf, aber wir haben uns einfach im Dornenring versteckt, und wenn die Ghule weg waren, haben wir unsere Wachposten wieder bezogen und die Dornensperren an ihren Platz geschoben. Ich glaube, irgendwann haben sie es dann satt bekommen, den Tunnel aufzustöpseln, denn sie waren eine ganze Weile nicht da.«

Danner und Patrel schüttelten bewundernd den Kopf über das nüchterne Beharren dieser zähen Kompanie aus dem Untertal, und sie dachten, wenn die anderen Dorngängerkompanien nur dieselbe Taktik angewandt hätten, würden nun alle anderen Übergänge in die Sieben Täler ebenfalls von Dorngängern bewacht werden.

Sie ahnten nicht, als sie durch den Dornentunnel und über den zugefrorenen Spindel ritten und den Dornwall hinter sich ließen, um ins Land Harth zu kommen, dass just zur gleichen Zeit weit oben im Norden die Vorhut der Horde aus der Feste Challerain durch den aufgegebenen Nordwaldtunnel ins nördlichste der Sieben Täler marschierte. Und rund dreißig Meilen dahinter schwärmte die endlose Horde über die südlichen Ebenen von Rian, und sie marschierte zum Takt einer großen Rukhentrommel: *Bum! Bum! Bum! Bum!*

Spät am selben Tag schlug die Kolonne der Wellener ihr Lager an der Stelle auf, wo der Tineweg in die Poststraße mündete, rund hundertzwanzig Meilen südlich von Steinhöhen und den Schlachtenhügeln.

Am folgenden Dunkeltag ritt Vidrons Streitmacht in südöstlicher Richtung auf der Poststraße durch die öde Winternacht. Durch die südlichen Weiten von Harth ritten sie im Meilen verschlingenden Tempo eines valonischen Langrittes, und hinter ihnen blieben lange Strecken des gefrorenen, schneebedeckten Landes zurück.

Rund fünfzig Meilen ritten sie täglich, und die Wurrlinge waren jedes Mal froh, wenn das Lager aufgeschlagen wurde, denn die Ritte ermüdeten sie. Am Anfang hatten ihre Muskeln jeden Tag heftig protestiert, vor allem, wenn sie aufstanden, um zu frühstücken, aber dann waren sie zunehmend unempfindlich gegen die Härten des Langritts geworden, und inzwischen zwickte es sie nur noch gelegentlich.

Auch die Pferde gewöhnten sich an die langen Arbeitsstunden, und die wechselnde Gangart erhielt ihre Kraft. Und alle Reiter, einschließlich der Wurrlinge, kümmerten sich darum, dass die Rösser genug Getreide und Wasser bekamen und jeden Abend trocken gerieben wurden, ehe die Krieger ihre eigenen Bedürfnisse stillten.

Spät am zweiten Dunkeltag auf der Poststraße lagerte die Kolonne tief in den westlichen Ausläufern des Flusswaldes, einem ausgedehnten Waldgebiet, das sich hundertfünfzig Meilen oder mehr zu beiden Seiten des Flusses Hundertinsel erstreckte. Und einige Meilen voraus, im Herzen des Waldes und am Ufer des Hundertinsel, standen die Ruinen von Luren, einst eine mächtige Handelsstadt, die aber bereits in alter Zeit zerstört wurde: erst von der schrecklichen Schwarzen Pest, die über ganz Mithgar hinwegfegte und nahezu einen von drei Bewohnern dahinraffte; und Jahre später dann verwüstete ein großes Feuer Luren, und diesmal wurde es aufgegeben. Sowohl das Feuer als auch die Pest hatte angeblich Modru geschickt.

Durch die Ruinen ritt der Zug am Tag danach, aber inzwischen heulte der Wind und Schneetreiben trübte die Sicht, so dass sie von den Resten Lurens nichts sahen. Doch selbst ohne Wind und Schneetreiben, und wenn die Reiter ihre Kapuzen nicht so tief ins Gesicht gezogen hätten, wäre von der einst großen Stadt nicht mehr viel zu sehen gewesen, denn Luren war bereits völlig verfallen.

Vidrons Truppe überquerte den zugefrorenen Hundertinsel an der Luren-Furt und bog dann nach Süden auf die Ralostraße ab; diese würde sie am Ralo-Pass über den Grimmwall bringen und dann weiter durch Gûnar zur Gûnarring-Schlucht.

Doch die Wurrlinge dachten nicht an ihre weitere Route,

denn der kreischende Wind verdoppelte seine Wut, und das Schneegestöber schlug ihnen ins Gesicht, und sie zogen die Köpfe ein und waren froh, dass die Packpferde, auf denen sie saßen, von Reitern an der Leine geführt wurden, die zu wissen schienen, wo es langging.

Und der Sturm zerrte an ihnen, der weiße Schnee wirbelte an ihnen vorbei, doch die Kolonne kämpfte sich unablässig weiter in das Gebläse hinein ... und plötzlich lagen Schneetreiben und Dusterschlund hinter ihnen, und sie kamen unter einem bedeckten Himmel hinaus ins Tageslicht.

Und Freudenschreie übertönten das Heulen des Windes entlang der Schwarzen Wand.

Als Merrili auf ihrem Packpferd aus dem Dusterschlund hinausgeführt wurde, warteten bereits Danner und Patrel mit glückstrahlendem Gesicht und feuchten Augen auf sie; und Merrili schaute ins fahle Licht eines trüben Tages und brach in Tränen aus.

Den restlichen Tag über ritten sie durch den winterlichen Flusswald nach Süden, und es wurde viel gesungen in der Reiterkolonne, auch wenn sich der Himmel immer mehr verfinsterte, da sich ein Sturm zusammenbraute. Denn Menschen wie Wurrlinge freuten sich schier zum Zerbersten über den *Tag,* und sie schwelgten in Adons Licht; selbst die Pferde schienen froh zu sein, dass es wieder hell war.

Am Abend schlugen sie ihr Lager auf, sie befanden sich noch immer im Flusswald, und ein elender Schneeregen peitschte sie. Dennoch hielt die Freude des Tages an, die Leute hoben den Kopf und blickten einander durch den kalten Eisregen an, und dann trat ein Lächeln auf ihre Gesichter, obwohl sie im Sturm zitterten und froren.

Die Morgendämmerung breitete sich unter einem grauen Himmel über ein eisbedecktes Land aus, und ein kalter Wind blies von Westen, entlang des großen Bogens des Grimmwalls und über den Flusswald. Doch obwohl der kommende Tag trüb und ungemütlich zu werden versprach, frühstückte die Kolonne in Hochstimmung, denn sie sahen es *dämmern,* zum ersten Mal seit mehr als einem Monat, zum ersten Mal, seit das Schattenlicht des Dusterschlunds aus der eisigen Ödnis von Gron über sie hereingebrochen war und die nördlichen Lande im klammen Griff der Winternacht hielt.

An diesem Tag ritten sie durch die südlichen Gebiete des Flusswalds, der bleifarbene Himmel begann sich unterdes aufzuhellen, gegen Mittag riss die Wolkendecke auf und große Streifen blauen Himmels erschienen zum Erstaunen und zur Freude der südwärts ziehenden Soldaten. Und gerade als sie aus dem Wald hinausritten, brach die Sonne hervor, begrüßt von einem mächtigen Jubelschrei.

Sie ritten durch die Vorberge des Grimmwalls, auf das Gebirge zu, das sich vor ihnen erhob; und während die Streitmacht über die kristallweiße Landschaft dem Ralo-Pass entgegenstampfte, stimmten sie spontan Reiselieder an.

Am frühen Nachmittag erreichten sie den Anstieg hinauf zum Sattel, und Vidron ließ anhalten, denn der Pass war ganze fünfzig Meilen lang, und man konnte ihn in dieser Jahreszeit zwar überqueren, aber die Nacht würde anbrechen, bevor sie halb hindurch waren, und Vidron wollte nicht auf den eisigen Höhen lagern.

Am folgenden Tag aber würden sie ihn in einem Stück überqueren und ins verlassene Land Gûnar kommen, und wenn sie dessen weite Ebenen hinter sich gelassen hatten, lag ihr Ziel vor ihnen: die vom Feind gehaltene Gûnarring-Schlucht.

Am nächsten Tag schien die Sonne auf den Reiterzug, der tief im frostigen Hohlweg des Ralo-Passes nach Süden strebte, und der Atem von Pferden, Menschen und Wurrlingen stieg als weiße Wölkchen in die bitterkalte Bergluft. Zu beiden Seiten der breiten Bergkuppe gleißten steile Felspfeiler eisig auf die vorbeiziehenden Krieger hinab, und das Echo der Hufe hallte bebend und abgerissen zwischen den frostigen Spitzen.

Und als sie schließlich von der Passhöhe in die südlichen Vorberge hinabkamen, war die Sonne bereits untergegangen und die Nacht hereingebrochen. Sie hatten endlich Gûnar erreicht.

Während der nächsten vier Tage verlangsamte Vidron das Tempo, aber er sandte berittene Kundschafter voraus und an die Flanken, und die fünfzehnhundert Reiter zogen über die Ebenen.

Nachts lagerten sie, entzündeten jedoch keine Feuer, denn sie wollten nicht vom Feind entdeckt werden.

Am vierten Tag in Gûnar ritten die Kundschafter mit erhöhter Vorsicht voran, immer darauf gefasst, des Feindes ansichtig zu werden, denn gegen Ende des Tages würden sie der Einmündung zur Gûnarring-Schlucht sehr nahe kommen.

Zur Mittagszeit führte die Ralostraße durch den kümmerlichen Wald im Nordwesten der Schlucht, und unablässig drängte die Kolonne weiter. Nach Südosten ritten sie nun, und die Sonne sank dem Abend entgegen. Und je näher sie der Schlucht kamen, desto dichter wurde der Wald westlich der Straße. Zur Mitte des Nachmittags passierten sie die Kreuzung, an der die Straße, die vom Gûnarschlitz im Süden heraufkam, in die Ralostraße mündete, und weiter eilten die Krieger. Kurz vor Sonnenuntergang schlug sich die Kolonne dann seitlich der Straße in den Wald, um verborgen von etwaigen anderen Reisenden, die auf der Straße unterwegs sein mochten, ihr Lager aufzuschlagen.

Nun wurden Kundschafter die wenigen letzten Meilen bis zur Schlucht vorausgeschickt, um die Stärke der Wachmannschaften auszuspionieren.

Spätnachts erst kehrten diese zurück, und ihre Kunde war bedrückend: »Marschall Vidron«, berichtete der Anführer der Kundschafter, ein Wellener namens Brûd, »die Schlucht bewachen viele Krieger, fünf- oder sechstausend schätze ich. Wir haben Hunderte von Lagerfeuern gesehen, und hier und dort gab es noch gewaltige zusätzliche Feuerstellen, aber wir kamen nicht nahe genug heran, um feststellen zu können, wofür diese gut waren. Allerdings schlichen wir nahe genug heran, um uns zu überzeugen, dass es sich nicht um eine List des Feindes handelte, dass sich tatsächlich Krieger an jedem Feuer befanden – wir haben sie von fern gesehen. Doch an den mondbeschienenen Umzäunungen ritten Posten entlang, und wären wir näher gekommen, hätten sie uns entdeckt. Wir haben aber die Feuerstellen gezählt – es waren mehr als fünfhundert – und wir schlossen daraus auf die Zahl der Krieger. Sie haben auch Pferde – sehr, sehr viele Pferde. Vielleicht handelt es sich bei der Truppe um eine Kavallerieeinheit, aber mit Bestimmtheit wissen wir es nicht, denn die Masse der Herde befand sich jenseits der Schlucht – wie ein großer, schwarzer Schatten bewegte sie sich auf dem Wintergras von Valon. Mehr habe ich nicht zu berichten, Marschall Vidron.« Brûd schwieg und blickte zu den Kundschaftern, die ihn begleitet hatten, aber diese sagten nichts.

Vidron wandte sich an seine Berater, Wellener wie Wurrlinge, die mit ihm im Rat saßen. »Damit ist unser grundsätzlicher Kurs klar: Wir müssen Taktiken anwenden, die es uns erlauben, mit unseren fünfzehnhundert Streitern eine Armee von fünf- oder sechstausend zu besiegen.«

Vidron hielt inne, und bevor jemand anderer etwas sagen konnte, erklärte Patrel: »Zuschlagen und fliehen.«

»Hai!«, rief Vidron aus, und das Licht des Viertelmondes schien blass auf seinen Silberbart und die weißen Zähne. »Genau meine Ansicht. Wir müssen sie piesacken, wie es Galen mit der Horde gemacht hat, unser neuer König, wenn er noch lebt. Doch du hast zuerst gesprochen, mein Sohn. Fahr fort.«

»Mein General«, sagte Patrel mit klarer Stimme und sah Vidron an, »ich glaube, die Wellener sind in der Lage, hart und unerwartet zuzuschlagen und sich eilig zurückzuziehen, ehe der Feind sich zur Verfolgung formieren kann. Doch selbst wenn sie nachsetzen, werden die meisten zurückbleiben, um die Schlucht zu sichern; wenn überhaupt, wird also nur eine symbolische Jagd stattfinden. Wir können uns in diesen Wäldern neu formieren, um die Verfolger anzugreifen, falls welche kommen. Sollte ich mich irren, und sie folgen uns in großer Zahl, dann tauchen wir unter, ohne uns auf ein Gefecht mit ihnen einzulassen.

Es wird jedoch mehr als ein Angriff nötig sein, um die Feinde zu überwinden; und dieser zweite, dritte Schlag und alle weiteren sind es, auf die wir besondere Sorgfalt verwenden müssen, denn der Feind wird gewarnt und auf der Hut sein. Hier werden sich die Pfeile der Wurrlinge als höchst nützlich erweisen, denn wir sind das Kleine Volk und können uns so lautlos bewegen wie fallendes Laub. Und mit unseren Pfeilen strecken wir ihre Wächter ohne ein Geräusch nieder und schlagen auf diese Weise Breschen in ihre Postenkette, so dass die Wellener eindringen und ohne Vorwarnung über sie herfallen können.

Dies sind im Wesentlichen meine Überlegungen, Feldmarschall Vidron; ich glaube, nur so können fünfzehnhundert Kämpfer über sechstausend siegen.« Patrel verstummte. Und

Merilli, die neben Vidron saß, nickte zustimmend zur vorgeschlagenen Strategie des Bokkers.

Vidron lehnte sich zurück, sein Gesicht drückte Bewunderung aus. »Hoho, Waldan, ich bin froh, dass du nicht mein Feind bist, denn deine Schlachtpläne sind vorzüglich.«

»Mag sein, Feldmarschall«, erwiderte Patrel, »doch nicht ich bin der Stratege in dieser Wurrlingsgruppe; diesen Part spielt Merrili Holt.«

»Ha, mein Mädchen!«, rief Vidron, schlug sich vor Vergnügen auf den Schenkel und drückte die Mamme mit einem Arm an sich. Und Merrili blieb die Luft weg, und die schräg stehenden blauen Augen traten ihr ob der wilden Umarmung des Mannes hervor. Schließlich ließ Vidron sie wieder los, und während Merrili mühsam in eine aufrechte Sitzposition zurückkehrte, fuhr der Feldmarschall fort: »Stratege oder nicht, Hauptmann Patrel, der Plan ist gut, und ich denke genauso. Wir werden diesem Kurs folgen, jedenfalls so lange, bis sich in Wellen weitere Truppen sammeln und uns verstärken.

Doch wir müssen noch vieles besprechen, um unsere Angriffstaktik mit Leben zu erfüllen, denn alles muss glatt gehen. Wir müssen die Aufstellung der Kompanien ausarbeiten, die Richtung des Schlages und unseren Rückzug, die Hornsignale, die wir benutzen, und vieles mehr. Ich möchte aber bereits morgen früh bei Tagesanbruch über den Feind herfallen, denn dann werden wir wie eine Wildkatze aus dem Schatten des Passes heraus zuschlagen.« Vidron wandte sich an seine Hauptleute: »Was meint ihr? Wie sollen wir bei diesem Plan weiter vorgehen?«

So kam es, dass genaue Pläne ausgearbeitet wurden, den Feind in der Gûnarring-Schlucht anzugreifen und sich dann in die Wälder zurückzuziehen. Bei diesem ersten Streich würden die Wurrlinge noch keine Rolle spielen, denn Modrus

Leute erwarteten keinen Angriff, und ihre Wachen würden dünn gesät und nachlässig sein. Deshalb sollten die Angehörigen des Kleinen Volkes zusammen mit einigen Pferdeknechten im Wald westlich der Ralostraße Schutz suchen und auf die Packpferde aufpassen. Bei den folgenden Angriffen jedoch würden die Wurrlinge vorangehen.

Der Rat tagte bis nach Mitternacht, zuletzt aber wurden die Pläne beschlossen und die entsprechenden Befehle herausgegeben. Im Morgengrauen würden die Wellener die Streitmacht in der Gûnarring-Schlucht angreifen.

Es war noch dunkel, als die Kolonne im Wald aufbrach und auf der Ralostraße nach Südosten zog: dunkle Gestalten in der schwindenden Sternennacht, die sich aus dem Schutz der Bäume auf die Schlucht zubewegten. Und die Wurrlinge standen am Waldrand und sahen den abrückenden Angreifern nach. Und als der Letzte vorbeigeritten war, machte das Kleine Volk kehrt und verschwand zwischen den Bäumen, und hinter ihnen verhallte im Süden der Klang der Hufe, während der Himmel im Osten graute.

Vidron ritt an der Spitze, und hinter ihm kam seine gesamte Streitmacht bis auf jene, die im Wald zurückgeblieben waren. Der Feldmarschall mühte sich, durch die vormorgendliche Dunkelheit zu spähen und die Wächter am Ende der Schlucht zu erkennen.

In das enge Tal hinein ritten die Fünfzehnhundert, und sie hielten Lanzen und Säbel bereit. Der Himmel im Osten hellte sich auf, während sie im schützenden Dunkel der Schlucht weitereilten.

Als die Sonne den Rand der Welt küsste, konnten die Krieger rund eine Meile voraus erkennen, wo die Schlucht endete. Und dort teilte sich die Ralostraße: Nach links, in östlicher

Richtung, lief sie als Reichsstraße weiter, Hunderte von Meilen weit über die Ebenen von Valon, um schließlich in Vanar zu enden, der Stadt in der Mitte des Landes, wo König Aranor seinen Thron hatte; nach rechts zweigte die Pendwyrstraße ab, die fast neunhundert Meilen weit bis nach Caer Pendwyr verlief, wo die Hochkönige von Mithgar residierten.

Doch Vidron richtete den Blick nicht auf die Straßenkreuzung und auch nicht auf sein Heimatland dahinter. Vielmehr schaute er auf eine mächtige Reitertruppe, auf Krieger, die auf ihren Pferden saßen, als wohnten sie irgendeiner Zeremonie bei. Und ihre Wimpel waren zwar entfaltet, aber kein Wind blies, und deshalb konnte Vidron nicht feststellen, ob sie aus Hyree, Kistan oder einem anderen Reich stammten. Ihre Zahl war sehr groß, und der Feldmarschall wusste, er würde blitzschnell zuschlagen und sich zurückziehen müssen, denn zu bleiben und zu kämpfen würde eine sichere Niederlage bedeuten.

Und noch während sich vorne die Kundschafter zurückfallen ließen, um sich in die vorrückenden Reihen einzugliedern, gab der Rossmarschall ein Handzeichen, das in der Kolonne weitergegeben wurde, und die Wellener bildeten eine breite Angriffsformation. Auf ein zweites Zeichen hin senkten sie die Lanzen und begannen im Trab vorzurücken. Wie eine einzige große Einheit bewegten sich die Krieger.

Noch näher rückten sie vor, und nun gab Vidron ein weiteres Signal, und die Pferde fielen in leichten Galopp. Der Feldmarschall ließ den Blick nach links und rechts schweifen und dann zu der Streitmacht vor ihnen, und deren Wächter hatten die anrückenden Wellener noch nicht bemerkt, denn sie standen in geschlossenen Reihen mit dem Rücken zur Schlucht.

Nun setzte Vidron das schwarze Ochsenhorn an den Mund, und als die lange Schlachtreihe aus dem Dunkel der Gûnarring-Schlucht hervorbrach, ließ er einen mächtigen Trompetenstoß los, der die Reihen entlanghallte, da die Hörner aus Wellen das Signal aufnahmen. Und sie stürmten todesmutig vorwärts, die Speere zum tödlichen Streich gesenkt, ein rasender Tod auf donnernden Hufen.

Und nun senkte auch Vidron die Lanze und trieb sein Ross zu größerer Eile an. Doch selbst während er über die Erde jagte, nahm er den Blick nicht von den Reitern, denen er rasch näher kam. Und der Atem stockte ihm vor Entsetzen, denn sie wendeten mit großer Präzision, schwärmten auf breiter Front aus *und starteten ihrerseits einen Angriff!*

Vidron wusste, dass seine Truppe den Zusammenprall nicht überleben würde.

# ZWEITES KAPITEL

## Begegnung in der Gûnarring-Schlucht

Tuck, Galen, Gildor, Brega und Aranor sahen die unbekannte Streitmacht aus dem Dunkel der Gûnarring-Schlucht stürmen. Ubrik bellte einen Befehl in Valur, der alten Kriegssprache Valons, worauf Hörner erschallten und die Reihen der Vanadurin rasch wendeten und sich in Richtung Gûnar formierten, Lanzen und Säbel bereit.

Galen zog Stahlherz aus der Scheide, und Gildor griff zu Wehe, und als Ubrik einen weiteren Befehl brüllte, stürmten Hochkönig und Elfenfürst mit den Harlingar vorwärts und setzten sich an die Spitze des Gegenangriffs.

König Aranor verfluchte seinen wunden Arm, packte aber einen Speer mit der anderen Hand und donnerte hinterdrein.

Tuck und Brega, die auf der Erde standen, sahen einander an, und dann griff der Zwerg nach Drakkalan und knurrte: »Komm, Tuck.«

Zu Fuß rannten die beiden hinter den berittenen Kriegern her, Brega mit seiner schwarzstieligen Streitaxt, Tuck mit Pfeil und Bogen.

Nun hörte der Bokker die valonischen Hörner ungestüm blasen, als die Reiter aufeinander zurasten, die Speere zum tödlichen Zusammenstoß gesenkt.

Doch was war das? In der entgegenkommenden Truppe ertönten Signalhörner, und die Rotte schwenkte nach rechts! *Sie brachen den Angriff ab!* Und nun tönten auch die Hörner Valons, *und die Vanadurin ließen ebenfalls von ihrer Attacke ab!*

Die Speere wurden hochgezogen und die Säbel gesenkt, während die beiden Streitkräfte einander auswichen. Trompeten ertönten, und ihnen antworteten schwarze Ochsenhörner, und dann vermischten sich die beiden Armeen zu einem einzigen Reiterhaufen.

Tuck und Brega rannten zu dem Getümmel der Krieger, und der Wurrling erkannte die Standarte der anderen Truppe: ein weißer Falke auf blauem Grund – die Fahne Wellens!

Und als sich Tuck durch das Gewimmel von Pferdeleibern zwängte und an stampfenden Hufen vorbei zur Mitte der Menge vorstieß, hörte er das vertraute, herzliche Lachen eines silberbärtigen Rossmarschalls, und er blickte auf und sah, wie Vidron Galens Hand umklammert hielt.

# DRITTES KAPITEL

## Der valonische Langritt

Nun donnerte der gewaltige Reiterzug in nordwestlicher Richtung durch die Gûnarring-Schlucht, sechstausendfünfhundert Kämpfer stark, denn Vidrons fünfzehnhundert Wellener hatten sich mit den fünftausend Harlingar vereint. Fast an der Spitze ritten ein Wurrling und ein Zwerg mit in der Kolonne, in Sätteln mit verkürzten Steigbügeln, während jeweils ein vor ihnen reitender Krieger ihre Rösser an einer langen Leine führte; und der Zwerg hielt den vorderen Sattelknopf derart stark umklammert, dass seine Knöchel weiß hervortraten. Wellener, Vanadurin, Wurrling und Zwerg: Sie alle ritten in der Legion von König Galen, und ihr Ziel war der grauenvolle Eiserne Turm in der Ödnis von Gron.

Sie ritten nach Gûnar hinein. Zunächst wollten sie Vidrons Packpferde in den Wäldern westlich der Ralostraße einsammeln, und dann würden sie nach Norden schwenken, um den Langritt zum Klauenmoor zu beginnen. Der Rossmarschall hatte Tuck geheimnisvoll angelächelt, aber nichts weiter verlauten lassen, als dass ein »besonderes Geschenk« im Wald an der Straße auf den Bokker warte; welcher Art diese Überraschung aber sein mochte, das konnte sich Tuck nicht vorstellen.

Und sie ritten am Waldrand entlang, die Hörner der Wellener bliesen zum Sammeln, und ihr Klang hallte zwischen den Bäumen wider.

Schließlich wurden die Signale beantwortet, und Tuck sah die Umrisse von Pferden und Menschen, die sich durch den Wald bewegten, um an den Straßenrand zu kommen. Und dann entdeckten seine Saphiraugen kleinere Gestalten: *Wurrlinge!*

Nun hielt die Kolonne, und mit klopfendem Herzen sprang Tuck von seinem Reittier und stapfte auf seine Stammesbrüder zu. Und siehe da, einer von ihnen war größer als der Rest: *Danner!*

»Danner!«, schrie er und rannte los und er stolperte beinahe in seiner Hast, »Danner!«

Auf Tucks Ruf drehten sich mehrere Wurrlinge um. *Und da war auch Patrel!*

Doch eine weitere Gestalt brach aus den Reihen der Wurrlinge hervor, und sie lief dem Bokker entgegen. »Tuck! Oh, Tuck!«, rief sie seinen Namen, und er sah, es war *Merrili!* Und im nächsten Augenblick herzte und küsste sie ihn, und Danner und Patrel klopften ihm überglücklich auf die Schulter, und allen dreien liefen ungehemmt Tränen übers Gesicht, während Vidron lächelnd auf seinem Ross saß, auf sie hinabblickte und sich ebenfalls eine Träne aus dem Auge wischte.

*Was macht ihr denn hier? Wie bist du den Ghulen an der Feste Challerain entkommen? Habt ihr gewusst, dass Aurion tot und Galen jetzt König ist? Sind diese anderen hier ebenfalls aus den Sieben Tälern?* Die Fragen flogen nur so hin und her, aber es gab keine Antworten.

Schließlich streckte Tuck die Hände in die Luft. »Wartet!«, rief er. »Wir haben eine lange Reise vor uns und jede Menge Zeit, unsere Geschichten zu erzählen. Lasst mich nur so viel fragen: Merrili, ich weiß nicht, warum du hier bist und wie du so weit gekommen bist, aber du musst noch vor kurzem in den Sieben Tälern gewesen sein. Was gibt es Neues aus Waldsenken? Und wie geht es meinem Vater und meiner Mutter?«

Bei dieser Frage wurde Merrilis Miene traurig, und neue Tränen traten ihr in die Augen. Sie nahm Tuck bei der Hand und führte ihn ein Stück beiseite. Danner und Patrel beobachteten von fern, wie sie mit ihrem Bokker sprach, ihm von den letzten Stunden von Bert und Tulpe erzählte und von dem Begräbnis im Klausenwald. Und als sie zu Ende erzählt hatte, weinte sie und strich ihm übers Haar, und sie hielt ihn fest, als er sich an sie drückte und hemmungslos schluchzte.

Hörner aller Art bliesen zum Aufsitzen, und obwohl Tuck noch immer weinte, ging er zu seinem Pferd und wurde hinaufgehoben, denn die Notwendigkeiten des Krieges lassen keine lange Trauerzeit zu. Und erneut brach die Kolonne auf, während berittene Kundschafter nach allen Seiten ausschwärmten.

Fürst Gildor blickte zur Sonne empor, die fast im Zenit stand, und trieb sein Pferd vorwärts, bis er neben Galen war. »König Galen, der Eiserne Turm steht beinahe neunhundert Meilen entfernt im Norden. Und auf die Stunde genau in zwanzig Tagen beginnt der Schwärzeste Tag: Der Mond wird die Sonne verschlingen, und Gron wird in äußerster Finsternis liegen. Wir dürfen nicht innehalten, denn ich weiß zwar nicht, wie wir die Pläne des Bösen durchkreuzen könnten, aber es muss uns gelingen, ehe jener schwärzeste Augenblick kommt.« Gildor verstummte.

»Ich habe nicht die Absicht, zu verweilen«, erwiderte Galen. »Doch unsere Pferde müssen bis dorthin durchhalten, und die Wellener haben bereits rund achthundert Meilen im Tempo eines valonischen Langrittes hinter sich. Ihre Rösser werden es vielleicht nicht bis nach Gron und zum Eisernen Turm schaffen.« Galen hob die Hand, um Gildors Widerspruch zuvorzukommen. »Ja, Goldzweig, ich weiß. Und notfalls reiten wir ohne die Armee weiter, die Vidron von so weit hergeholt hat. Doch ich hätte sie lieber dabei, wenn wir die Festung des Prinzessinnenräubers angreifen.«

Gildor neigte den Kopf und ließ sich dann neben Brega zurückfallen, aber worüber die beiden sprachen, ist nicht bekannt.

Nach Norden wandte sich der Reiterzug, die Schluchtstraße entlang mit Ziel Gûnarschlitz, der großen Einkerbung im Grimmwall, an der die Berge ihre Richtung ändern: Auf der einen Seite des Schlitzes verlaufen sie nach Westen, auf der anderen nach Norden.

Die Sonne war bereits untergegangen, als sie ihr Lager am Rand der kümmerlichen Wälder zu beiden Seiten der Schluchtstraße aufschlugen. Die Wurrlinge versammelten sich um ihr eigenes Feuer, und Tuck hielt Merrilis Hand, während die beiden sowie Danner und Patrel ihre Geschichten austauschten, und die anderen Bokker hörten zu, machten Bemerkungen und trugen Ergänzungen zur Geschichte der Kämpfe in den Sieben Tälern bei. Gelegentlich warf Tuck einen Blick in sein Tagebuch, um sich an einen Punkt oder ein Datum zu erinnern. Und alle Wurrlinge riefen *Ooh* und *Aah,* als Tuck von der hartnäckigen Verfolgung durch die Ghule berichtete, die ihn und seine Gefährten zur Dämmertür führte, von ihrer Flucht vor dem Kraken und der Tötung des Gargon.

Als aber Tuck der Geschichte von den Wurrlingskämpfen lauschte – von der Plünderung der Sieben Täler, von Danners und Patrels Rettung durch Merrili und den Schlachten von Lammdorf und Farnburg –, verdunkelte sich seine Miene hin und wieder, und Tränen traten ihm in die Augen, und er stand auf, um abseits im Dunkeln zu weinen, mit Merrili an seiner Seite. Und wenn er dann ans Lagerfeuer zurückkehrte, ging die Geschichte weiter, genau an der Stelle, wo sie aufgehört hatte, als wäre sie nie unterbrochen worden.

Und just als sie erzählten und inbrünstig hofften, dass der Dornwall mittlerweile fest verschlossen war, wütete die Horde bereits in den Sieben Tälern, raubend, plündernd und mordend, während die Wurrlinge vor ihnen flohen.

Noch einmal drei Tage preschte die Kavalkade nach Norden, und schließlich erreichten sie den Gûnarschlitz und kampierten im Wald nahe des Eingangs. Während ebendieser drei Tage fasste auch Tuck neuen Mut, wenngleich noch manchmal ein trauriger Ausdruck in seine Augen trat. Doch ob er nachts in ein Lagerfeuer starrte oder ins Dunkel oder ob er tagsüber auf seinem Pferd ritt, er schaute dann jedes Mal auf und sah Merrilis Blick auf sich gerichtet, und er verlor sich in ihrem warmen Lächeln und grinste unbeholfen zurück.

Am folgenden Tag ritten sie in den mächtigen Geländeeinschnitt, der von sieben Meilen an der schmalsten Stelle bis zu siebzehn an der breitesten maß. Und zu beiden Seiten stiegen senkrechte Felswände auf, wie mit einer riesigen Axt gespalten. Bäume bedeckten den Talboden zum größten Teil, nur vereinzelt schauten Flecken nackten Gesteins wie ein gefurchtes Antlitz auf die Reiter herab. Die Straße verlief beinahe fünfundsiebzig Meilen weit durch den Gûnarschlitz, und so lagerte die Legion in dieser Nacht innerhalb der großen Kerbe.

Am nächsten Tag eilten sie weiter und kamen gegen Mittag auf der Nordseite der Schlucht heraus, wo sie eine leichte Kurve nach Westen machten, zur Furt über den Fluss Hâth. Und Brega brummelte vor sich hin, dass er scheinbar im Kreis lief, denn das war genau dieselbe Strecke, die er ungefähr fünf Wochen zuvor bereits zurückgelegt hatte.

In dieser Nacht schlugen sie ihr Lager ein kurzes Stück südlich der Hâth-Furt auf, wo die Schluchtstraße auf den alten Rellweg traf. Vor ihnen stand die grässliche Schwarze Wand, und Wind und Schnee tobten entlang der finsteren Front des Dusterschlunds. Morgen würden sie erneut in die grausame Winternacht eintauchen, und allen Kriegern der Legion sank bei dieser Vorstellung der Mut. Und viele blieben bis spät in die Nacht auf und sahen zu, wie der silberne Vollmond und die funkelnden Sterne über den Himmel zogen, denn es würde lange dauern, bis sie beide wiedersahen.

Tuck und Merrili hielten einander umschlungen, schauten zum Mond empor und flüsterten Zärtlichkeiten, und die silberne Kugel wanderte über das sternenübersäte Firmament und sandte ihre Strahlen zu ihnen hinab.

Fürst Gildor aber blickte mit einem anderen Gedanken zum Mond empor – einem schrecklichen Gedanken; denn er wusste, dass in weniger als fünfzehn Tagen der sanfte Mond die feurige Sonne verschlingen und der Schwärzeste Tag sich auf Gron senken würde, um Leid über ganz Mithgar zu bringen.

Am Morgen durchquerten sie den heulenden Wind und das Schneetreiben und gelangten in das gespenstische Schattenlicht, und die Aufgabe des Kundschaftens oblag nun wieder den Augen der Wurrlinge. Und den ganzen Dunkeltag über zogen sie auf dem alten Rellweg nach Norden.

Um die Mittagszeit kam die Legion an der Einmündung des Tals der Tür vorbei, und Tuck erklärte Merrili, dass dort hinten, in den Stein des Grimmwalls gehauen, die Dämmertür stand, nun unsichtbar im Dusterschlund. Und Merrili schauderte, denn sie wusste, dass in einem schwarzen Teich im fernen Schattenlicht der ungeheuerliche Krakenwart hauste.

Am zweiten Dunkeltag setzte die Kavalkade ihren Weg nach Norden fort und kam an der Straße vorbei, die zum Quadra-

Pass hinaufführte; die Reiter aber blieben auf dem alten Rellweg. Bald gelangten sie an die Stelle, wo Bregas Zwergenkompanie gegen die Vorhut der Horde gefochten hatte. Und als sie vorüberritten, stockte Tuck entsetzt der Atem, und Merrili wandte die Augen ab und blickte kein zweites Mal auf; Brega jedoch schaute auf das Schlachtfeld, und er bebte vor Wut, denn die nachfolgende Horde hatte die getöteten Zwerge verstümmelt: Hände und Arme, Beine und Füße lagen von den Körpern abgetrennt, die Köpfe steckten auf Pfählen in Erdspalten, und tote Augen starrten aus den geschändeten Gesichtern auf die Legion. Weitere, unaussprechlich scheußliche Rohheiten hatte das Gezücht begangen, Taten, bei denen es manchem hartgesottenen Krieger den Magen umdrehte. Und Brega hob den Blick zum Dusterschlund empor und rief schmerzerfüllt: *»Châkka djalk aggar theck!«* Dann bedeckte er das Haupt mit der Kapuze und sagte nichts weiter. Und niemand wusste, was diese Worte bedeuteten, welchen Racheschwur oder Leidensschrei er ausgestoßen hatte.

In der Folgezeit begannen die Pferde der Wellener nachzulassen, denn sie hatten in den letzten fünfundzwanzig Tagen eine gewaltige Strecke zurückgelegt: mehr als tausend Meilen insgesamt, von Wellen durch die Sieben Täler bis hinab zum Gûnarschlitz; dann zurück nach Norden bis jenseits der Quadra, und all das im Tempo eines valonischen Langritts, bei dem man zwar die größte Entfernung bei gleichzeitig geringstmöglicher Belastung aus einem Pferd herausholte, das aber auf die Dauer dennoch seinen Tribut forderte. Jeder Dunkeltag, den die Legion nach Norden ritt, brachte weitere fünfzig Meilen Wegstrecke. Und als die Kavalkade den Ausläufer des Grimmwalls durchritt, der quer zum alten Rellweg stand, und seitlich abbog, in Richtung Rhonfurt, da begannen die

Rösser aus Wellen zu ermatten. König Galen hatte sich dafür entschieden, den alten Handelsweg zu verlassen, denn diesen benutzte, wie Gildor ihn erinnerte, das Gezücht, um in das Gebiet des Crestan-Passes auf der Westseite des Grimmwalls zu gelangen. Und auch wenn sie bislang keine Spur vom Feind gesehen hatten, wäre ihnen eine Begegnung mit einer südwärts marschierenden Horde sehr ungelegen gekommen. Deshalb ritten sie zur Furt, die in das Land Rhon führte, und errichteten erst dort ihr Lager.

Tags darauf schlugen sie einen weiten Bogen um einen dichten, winterkahlen Wald, der am Westufer des Flusses Fall wuchs, und dann drängten sie wieder nordostwärts und erreichten schließlich die südlichen Ausläufer des Ödwalds, wo die Legion erneut Halt machte. Die Gespräche an den Lagerfeuern drehten sich nun darum, ob die Wellener weiter mit ihnen reiten würden oder nicht, denn deren Rösser zeigten inzwischen deutliche Ermüdungserscheinungen.

Doch am folgenden Dunkeltag setzte vorerst der gesamte Reiterzug seinen Weg fort. Über die schmale Ebene zwischen Ödwald und Fall ritten sie und schlugen zuletzt ein kurzes Stück nördlich der Querlandstraße ihr Lager auf. Galen prüfte lange und eingehend die Pferde der Wellener, und als er sich zum Schlafen niederlegte, drückte seine Miene große Sorge aus.

Tuck saß indes am Lagerfeuer und schrieb in sein Tagebuch, und sein saphirblauer Blick schweifte häufig zu seiner Verlobten, die in der Nähe schlief. Draußen an der Lagerumzäunung standen zusammen mit Menschen zwei Wurrlinge Wache, und ihre schrägen Utruni-Augen spähten forschend in den gespenstischen Dusterschlund.

Am folgenden Dunkeltag ritt die Legion an der hohen Arden-Steilwand entlang. Verborgen hinter dem Steinmassiv lag das Arden-Tal, und Tuck fragte sich, was die Lian wohl gerade trieben. Und er erzählte Merrili von dem Essen und dem Bad, das er und Galen an diesem geheimen Zufluchtsort genossen hatten. Merrili Holt rechnete zurück und kam zu dem Ergebnis, dass sie seit fast vier Wochen nicht mehr gebadet hatte, zuletzt drei Tage nach der Schlacht von Lammdorf, und das war nur ein rascher Guss in einer Box von Biskens Scheune gewesen und gar kein richtiges Bad. Sie sehnte sich nach einer echten Wanne voller warmem, seifigem Wasser, und in ihren Augen brannten Tränen.

In dieser Nacht lagerten sie im nördlichen Teil des Ödwalds. Sie hatten an diesem Dunkeltag nur zweiunddreißig Meilen zurückgelegt, denn die Pferde der Wellener konnten das Tempo nicht mehr mithalten.

»Sie sind nahezu am Ende«, sagte Vidron. »Sicher, manche können noch weitergehen – eigentlich alle –, aber nicht mehr in der Gangart eines valonischen Langritts. Das bereitet mir Sorge, König Galen, denn die Wellener stellen fast ein Viertel unserer Legion. Wir sollten dem Feind in Gron nicht mit weniger als der vollen Stärke entgegentreten. Deshalb gebe ich euch folgenden Rat: Verringert das Tempo auf höchstens fünfundzwanzig Meilen pro Tag, dann können wir den ganzen Weg bis zum Eisernen Turm mit Euch reiten, und Ihr werdet so in voller Stärke eintreffen.«

»In voller Stärke ja«, ergriff Fürst Gildor das Wort, »aber viel zu spät. Denn der Schwärzeste Tag wird in genau neun Tagen eintreten. Lasst die Wellener in ihrem eigenen Tempo nachkommen, König Galen, denn sie könnten später noch gebraucht werden. Wir aber müssen weitereilen und sie zurücklassen, denn der Mond ist eine Uhr, die keiner von uns anhalten kann. Wir haben keine Wahl.«

Galen schaute von den Flammen des Lagerfeuers auf, aber was er sagen wollte, wird niemand je erfahren, denn in diesem Augenblick sprengte ein Berittener heran. »Majestät!«, rief der Reiter. »Der Waldan der nördlichen Wache meldet eine kleine Gruppe, die sich auf Pferden nähert. Er sagt, es sind Elfen!«

Es war Fürst Talarin! Und er kam mit einer Begleitmannschaft aus sechs Lian. Und an seiner Seite, auf seinem Pferd Rost, ritt Igon! Als der Prinz Galens Feuer sah, trieb er den großen Braunen zum Galopp, überbrückte im Nu die Distanz und war vor allen anderen da. »Hai, Igon!« Mit diesem Freudenschrei sprang Galen auf, als Rost herandonnerte. Der Prinz schwang sich vom Rücken seines Pferdes, und die beiden Brüder fielen sich in die Arme. Der junge Prinz mit seinen fünfzehn Sommern wirkte gesund wie eh und je, denn unter der Fürsorge der Elfen war er wieder zu Kräften gekommen.

»Mein Bruder«, sagte Galen, »dein Blick ist klar und dein Händedruck fest, und dafür bin ich äußerst dankbar. Zweifellos hast du bereits wieder irgendeine Übungsattrappe mit dem Schwert in Stücke gehackt oder mit dem Speer durchbohrt.«

Igon lachte. »Du hast Recht, großer Bruder. Tatsächlich habe Fürst Talarins Apparaturen zum Abschied in Fetzen gehauen. Aber damit ist es nun vorbei, da ich dich getroffen habe, denn ich schlage vor, ich schließe mich eurer Truppe an und kämpfe mit gegen das Gezücht.«

Ein sorgenvoller Ausdruck erschien auf Galens Gesicht. »Unser Vorhaben führt uns in ernste Gefahr, Igon. Ich kann nicht zulassen, dass beide Erben Aurions in einer einzigen Schlacht gegen den Feind in Gron fallen, sollte sich das Blatt gegen uns wenden. Sind wir zusammen, könnten wir beide zugleich getötet werden; sind wir getrennt, muss Modru zweimal angreifen und beide Male gewinnen, ehe wir vernichtet sind. Ich wünsche, dass du an einem sicheren Ort bleibst.«

»Mein Bruder«, erwiderte Igon, »du strebst dieselbe Lösung an wie unser Vater.« Ein Anflug von Schmerz huschte bei der Erwähnung Aurions über beider Gesicht, doch dann fuhr Igon fort. »Aber bedenke: Er glaubte, mich nach Süden in eine sichere Zuflucht zu schicken, und doch wurde ich beinahe vom Schwert eines Ghuls getötet; nur dank einer glücklichen Fügung blieb ich am Leben.

Was ich damit sagen will, ist dies: Es gibt heutzutage keinen sicheren Ort in Mithgar, denn der Feind ist überall. Du möchtest mich in Arden Schutz suchen lassen, anstatt an deiner Seite dem Feind entgegenzutreten, aber auch die Zukunft Ardens steht auf Messers Schneide. Und deshalb bitte ich um diese Gunst: Lass mich an deiner Seite reiten. Doch ehe du Ja oder Nein sagst, höre erst noch auf die Worte von Fürst Talarin, denn er bringt wichtige Neuigkeiten, und vielleicht werden sie deine Entscheidung beeinflussen.«

Der König erklärte sich mit einem Kopfnicken einverstanden, dann drehte er sich zu Fürst Talarin und seiner Eskorte um, die eben herangeritten kamen. »Hál, Hüter der nördlichen Weiten von Rell!«, rief Galen.

»Hál, König Galen!« Talarin sprang, am Feuer angekommen, von seinem Ross und verneigte sich. Als der Hochkönig den Gruß des Elfenfürsten mit einem Nicken erwidert hatte, suchten Talarins Augen nach seinem Sohn Gildor, und die beiden Lian lächelten einander zu. Dann legte der Elf Tuck die Hand auf die Schulter. »So begegnen wir uns also doch wieder, Waerling.«

Und unter den übrigen Elfen, die sich nun ins Licht der

königlichen Feuerstelle bewegten, war einer, den Tuck erkannte: Inarion! Fürst Inarion aus dem Weitimholz!

Eine noch viele größere Überraschung aber erwartete Tuck, denn ein weiterer Elf trat vor, und es war ... *Flandrena!* Flandrena, der mit Vanidor, Duorn und Varion nach Gron hineingeritten war! Und nun war er hier! Und auch Gildor und Galen waren bewegt, als sie den Liankrieger sahen, aber keiner sagte etwas, denn Inarion setzte zu einer Rede an. Er führte ein graues Pferd an einer langen Leine, und Tuck stiegen Tränen in die Augen, denn es war Sturmwind, das Ross des toten Königs Aurion.

»König Galen, ich bringe Euch das Pferd Eures Vaters, wenngleich ich es ursprünglich nicht zu diesem Zweck aus dem Weitimholz weggeführt habe, da ich nicht erwartet hatte, Euch an der Grenze Ardens anzutreffen. Doch es ist ein schnelles Ross, und meine Not war groß, denn ich ritt eiligst zur geheimen Zuflucht, um schreckliche Kunde zu bringen, und ein geschwindes Ersatzpferd für meinen Schwingenfuß war lebenswichtig. Doch nun gebe ich Sturmwind aus meiner Obhut in die Eure: Vom Vater zum Sohn, von König zu König geht dieses edle Ross. Sorgt gut für ihn, denn er ist ein Pferd, wie es dem Hochkönig ganz Mithgars geziemt.« Inarion übergab Galen die Zügel von Sturmwind und verbeugte sich.

Galen nahm das Pferd und streichelte Sturmwinds Schnauze, und das Glitzern des Feuers spiegelte sich den Augen des Königs. Und Sturmwind sah Galen an und senkte dann den Kopf, als wollte er Galen seine Reverenz erweisen, aber dann hob er ihn sofort wieder und wieherte.

»Wir beide werden gut miteinander auskommen, alter Knabe«, sagte der Hochkönig mit vor Rührung heiserer Stimme, »aber jetzt verlangt es dich bestimmt erst einmal nach Getreide und vielleicht nach der Gesellschaft anderer Rösser.

Aber am liebsten würdest du wahrscheinlich auf einer sonnigen Wiese herumspringen oder ruhig unter Mond und Sternen grasen. Vielleicht eines Tages. Vielleicht ...«

Auf ein Zeichen des Königs hin übernahm ein Diener das Pferd, und Galen führte Talarin und seine Gefolgschaft zum Rat um das königliche Feuer. Sobald alle in einem großen Kreis saßen, richtete Talarin das Wort an Galen: »Schnelle Reiter brachten mir die Nachricht von Eurem gestrigen Lager an der Arden-Furt, und die Wachen oben auf der Steilwand haben den Verlauf Eures weiteren Weges signalisiert. Wohin Ihr aber unterwegs seid, das weiß ich nicht, und ich möchte Euch bitten, meine Neugier zu stillen.«

»Wir reiten zum Eisernen Turm in Gron«, erwiderte Galen, und Talarin machte ob dieser Mitteilung große Augen.

Nun wandte sich Talarin an Inarion. »Ai! Das könnte Eure Botschaft erklären, Alor Inarion.«

Dann sprach er wieder zu Galen: »Wir haben vieles zu besprechen, König Galen – furchtbare Nachrichten aus dem Westen. Doch mir bereitet Euer Kurs Sorge, denn Ihr habt weniger als siebentausend Streiter in Eurer Legion, sagen meine Kundschafter, und sieben *mal* siebentausend scheinen kaum genug, um Gron anzugreifen und die Mauern des Eisernen Turms zu bezwingen.«

»Wir haben keine Wahl, Vater«, sagte Gildor. »Vanidor ...«

Talarins Miene verfinsterte sich kummervoll.

»Vanidor hat im Sterben meinen Namen gerufen«, fuhr Gildor fort, »und mir diesen Rätselspruch gesandt:

*Der Schwärzeste Tag,*
*Das größte Übel ...*

Und wenn wir auch nicht mit Bestimmtheit wissen, was es bedeutet, so erklären wir es uns doch folgendermaßen: Der

Schwärzeste Tag ... wird eintreten, wenn in weniger als neun Tagen von nun an der Mond die Sonne über Gron verschlingt. Das größte Übel ist ... Gyphon.« Talarin stieß einen Schreckenslaut aus, und ein düsterer Ausdruck trat auf die Mienen seiner Elfeneskorte. Gildor fuhr fort: »Wir glauben, Vanidor hat davor gewarnt, dass Modru am Schwärzesten Tag eine höchst schändliche Tat plant.«

»*Das* also ist die Prophezeiung, die Rael vorüberhuschen spürte!«, rief Talarin aus. »Und sie ist fürwahr schrecklich, wenn ihr richtig geraten habt. Aber wie ist das möglich? Gyphon befindet sich jenseits der Sphären!«

»Dennoch glauben die Räuber aus Hyree und Kistan, dass der Große Böse zurückkehren wird«, erwiderte Gildor. »Und wir müssen den Eisernen Turm angreifen und Modrus Kräfte umlenken, ehe er Gyphon irgendwie *befreien* kann.«

»Warum habt Ihr dann nicht mehr Krieger mitgebracht?«, fragte Talarin.

»Just in diesem Augenblick, Fürst Talarin«, antwortete Galen, »pirschen die Lakh aus Hyree und die Seeräuber Kistans im Süden durch das Reich. Sie haben Hoven und Pellar unterworfen, und nun ist der Kampf um Jugo und Valon im Gange. In diesen Schlachten werden alle Heere gebraucht, und doch wird ihre Zahl möglicherweise nicht reichen. Diese Legion aus Vanadurin und Wellenern ist deshalb alles, womit ich zum Eisernen Turm ziehen kann, wenn die Hoffnung bestehen bleiben soll, ihn noch vor dem Schwärzesten Tag zu erreichen.«

»Aber ich halte siebentausend wirklich nicht für ausreichend, um den Turm zu erobern«, entgegnete Talarin. »Was meinst du, Flandrena?«

»Ob siebentausend den Eisernen Turm bezwingen können? Das weiß ich nicht, Alor Talarin«, antwortete der schlanke

Elf nach einigem Nachdenken. »Denn auch wenn wir keine Schwärme des Gezüchts dort oben auf den Mauern gesehen haben, so ist er doch eine tödliche Festung, und ihn zu erstürmen ist vielleicht eine unmögliche Aufgabe.«

»Woher wisst Ihr das?«, brummte Brega.

»Ich war dort, Drimm«, erwiderte Flandrena, und seine Augen schimmerten im Feuerschein und seine Stimme sank zu einem Flüstern herab. »Mit Vanidor, Duorn und Varion war ich dort.«

Lange sprach niemand ein Wort, dann sagte Gildor: »Fahr fort, Flandrena, denn ich würde gern von meinem Bruder hören.«

Tuck legte den Arm um Merrili und zog sie an sich, und währenddessen begann Flandrena mit seiner Geschichte:

»Gut sechs Tage ritten wir von Arden aus nach Norden, über das Ödland von Gron, und manchmal mussten wir den Weg verlassen, um den Patrouillen des Bösen auszuweichen. Doch schließlich erreichten wir das Klauenmoor und von dort kamen wir zu Modrus finstrer Festung.

Lange lagen wir auf der Lauer, beobachteten die Insassen und zählten das Gezücht: Modru hat etwa achttausend Rûpt dort behalten, die seinen Eisernen Turm bewachen. Außerdem haben wir die Patrouillen auf den Wällen beobachtet und sind an der Einfassung der Kluft entlanggekrochen, die die Festung umgibt, um einen Weg auszukundschaften, wie man hineingelangen könnte, denn wir hatten im Sinn, über diese Palisaden zu klettern und Prinzessin Laurelin zu retten.

Aber der Abgrund ist tief, mit senkrechten Wänden, und die Zugbrücke wird von Trollen bewacht. Dennoch setzten wir unsere Suche fort. Schließlich entdeckte Duorn eine schmale Spalte auf der abgewandten Seite der Kluft, die vom Boden bis zum oberen Rand verlief. Varion glaubte, wir könnten in ihr hinaufklettern ... und weiter über eine Ecke der Festungsmauer.

Vanidor sagte jedoch, einer von uns müsse in Arden Bericht erstatten, wie stark Modrus Kräfte seien, dann wäre nicht alles verloren, falls das Unterfangen, die Prinzessin zu retten, scheitern sollte.

Als unser Hauptmann entschied sich Vanidor, es mit den Festungsmauern zu versuchen, und er bat Varion, ihn zu begleiten, da dieser unser geschicktester Kletterer war. Damit mussten Duorn und ich untereinander ausmachen, wer mit ihnen gehen und wer nach Süden reiten sollte. Doch wir sprachen uns beide für die Festung aus, deshalb pflückte Vanidor zwei trockene Grashalme und ließ uns ziehen: Ich erwischte den kürzeren und verlor – also würde ich die Nachricht nach Arden tragen, während die drei die Mauern bezwingen wollten.

Wir sagten einander Lebewohl, und als ich sie zuletzt sah, begannen sie an einem Seil auf den Grund der Kluft abzusteigen. Ich ging zurück zum Versteck unserer Pferde und machte mich auf den Rückweg nach Süden, nach Arden.

Viele Meilen war ich geritten, befand mich jedoch immer noch im Klauenmoor, als ich Vanidors Schrei wahrnahm: *›Reite, Flandrena, reite!‹* Das war sein letzter, verzweifelter Befehl. *›Reite, Flandrena, reite ...‹«* Flandrenas Stimme sank zu einem Flüstern herab, und er starrte ins Feuer. In Tucks Augen traten Tränen, während Merrili mit festem Griff seine Hand hielt und ebenfalls mit den Tränen kämpfte. Brega hatte die Kapuze über den Kopf gezogen.

Schließlich fuhr Flandrena fort: »Vanidor hatte mir seinen letzten Befehl erteilt, und dennoch wäre ich beinahe umgekehrt. Aber sein Ruf hallte schallend in meinem Kopf wider, und ich konnte mich ihm nicht verweigern. Und so eilte ich vor Wut und Schmerz weinend weiter, denn ich wusste nun, dass die Rettung der Prinzessin missglückt war und dass nur ich die Meldung über Modrus Kräfte nach Arden tragen konnte.

Mein Pferd rannte wie noch nie, und die Meilen flogen unter seinen Hufen dahin. Es wäre gerannt, bis ihm das Herz zersprang, wenn ich es von ihm verlangt hätte, aber das tat ich nicht. Dennoch dauerte es nicht einmal vier ganze Tage, bis wir zurück im verborgenen Tal waren.

Das ist meine Geschichte, Alor Gildor; das ist meine Geschichte, König Galen. Aber sie ist noch nicht zu Ende, denn ich möchte mit Euch nach Gron zurückkehren und meine Kameraden rächen. Ich weiß allerdings nicht, wie, denn die Festung ist Furcht erregend, und auch wenn nicht einmal eine ganze Horde sie verteidigt, wird sie schwer zu bezwingen sein. Doch ich möchte Euch begleiten und es versuchen.« Flandrenas Elfenaugen hatten einen stählernen Glanz.

»Wenn Euer Fürst es gestattet, ist Euer Schwert in meiner Legion willkommen«, sagte Galen, und Talarin neigte den Kopf, um seine Zustimmung auszudrücken.

»Mein König«, ergriff Vidron das Wort, »Ihr habt einen Krieger gewonnen, aber Ihr seid im Begriff, fünfzehnhundert zu verlieren: Die Pferde der Wellener können nicht mehr Schritt halten. Vielleicht könnten die Lian des Arden-Tals uns mit Reittieren versorgen.«

Galen sah Talarin an, und der Elf sagte: »Ehe ich Eure unausgesprochene Bitte beantworte, König Galen, müsst Ihr Euch erst die Neuigkeiten anhören, die Alor Inarion bringt, denn ich glaube, sie werden auf die Entscheidungen dieses Rates einen gewichtigen Einfluss haben.«

Alle Augen wandten sich nun Inarion zu, und der Elfenfürst hob zu sprechen an: »Vor sechs Dunkeltagen brach die Horde, die Modru geschickt hatte, um das Weitimholz zu unterwerfen, ihren Angriff gegen das Bündnis ab und begann einen Gewaltmarsch auf der Querlandstraße nach Osten. Sie liefen vierzig Meilen am Tag –«

»Vierzig Meilen am Tag!«, platzte Vidron heraus. »Aber sie sind zu Fuß! Wenigstens die Drökha und Rutcha gehen zu Fuß. Sind die Guula bei ihnen, oder reiten sie voraus?«

»Die Ghûlka reiten mit der Brut und treiben sie unbarmherzig weiter nach Osten«, antwortete Inarion, »doch niemand weiß, warum, obwohl wir schon vermutet hatten, sie wollten das Arden-Tal angreifen, um die geheime Zuflucht zu unterwerfen. Doch nun ist uns ein anderer Grund in den Sinn gekommen: Vielleicht haben sie vor, Eure Legion abzufangen, König Galen.«

»Vor sechs Dunkeltagen, sagt Ihr, begannen sie ihren Marsch ... ai, ich glaube, genau an diesem Tag sind wir bei der Hâth-Furt in den Dusterschlund gekommen«, überlegte Galen. »Doch wie könnte Modru davon erfahren haben ...?«

»Spione!«, entfuhr es Brega. »Seine Spione müssen die Straßen überwachen, die in den Dusterschlund führen.«

»Aber wie hat dann die Horde in Steinhöhen davon erfahren?«, fragte Patrel.

»Durch seine Gesandten«, antwortete Tuck, und Fürst Gildor nickte. Patrel erschauderte, denn Tuck hatte ihm, Danner und Merrili von Modrus furchtbarer Macht erzählt, von anderen Besitz zu ergreifen. »Aber wieso die Horde in Steinhöhen?«, wunderte sich Tuck. »Ich meine, wieso nicht die in Drimmenheim? Die müsste nur über den Quadra-Pass marschieren und sich quer zum alten Rellweg aufbauen. Modru müsste uns doch fraglos von dieser Horde abfangen lassen.«

»Vielleicht sitzt sie noch immer in Kraggen-cor fest«, schlug Brega vor. »Vielleicht kann sie die Große Tiefe nicht überwinden, weil die Brücke eingestürzt ist.«

Talarin sah den Zwerg neugierig an, denn das war eine Geschichte, die der Lian noch nicht kannte, aber ehe er eine Frage stellen konnte, erklärte Galen: »Ich glaube, wir haben seinerzeit im Schwarzen Loch den Vertreter des Bösen getötet; ob jedoch Modru damit von der Befehlsgewalt über diese Horde abgeschnitten ist, kann ich nicht sagen.«

»Was ist mit der Horde in der Feste Challerain?«, fragte Danner. »Marschiert sie ebenfalls in diese Richtung?«

Ein schmerzlicher Ausdruck huschte über Inarions Züge. »Es tut mir Leid, euch schlechte Nachricht bringen zu müssen, mein Kleines Volk, aber die Horde aus der Festung ist in euer Land der Dornen einmarschiert.«

*Was!* Danner, Patrel und Tuck sprangen auf, während Merrili das Gesicht in den Händen vergrub.

»Wie? Die Horde ist in den Sieben Tälern?« Danner hatte die Fäuste geballt, sein ganzer Körper bebte vor Wut, und er stieß die Worte aus so tiefer Kehle hervor, dass sie kaum noch verständlich waren.

»Ich fürchte ja.« Tiefe Trauer lag in Inarions Augen. »Seit drei Wochen.«

»Drei Wochen?« Tucks Beine versagten den Dienst, und er plumpste neben Merrili nieder, und nun sah er zum ersten Mal, dass sie weinte. Er legte die Arme um sie und drückte sie fest an sich.

Patrel schlug sich mit der Faust in die offene Hand. »Wir müssen zurück, Danner. Wir hätten erst gar nicht weggehen sollen. Sie brauchen uns jetzt mehr denn je.«

Danners Lippen waren weiß, und er nickte knapp und ruckartig, aber dann blickte die tränenüberströmte Merrili auf und schrie: »Nein! Das ist nicht der Weg! Nach Westen in die Sieben Täler ist nicht der richtige Weg!« Ihr schriller Schrei drang durch die Wut, die Danner einhüllte, und er sah blinzelnd auf sie hinab. Auch Patrel wandte sich ihr zu.

»Nach Norden!«, fauchte sie. »Unser Weg führt nach Norden!« Dann wurde ihre Stimme kalt und ruhig. »In Gron liegt die Quelle des Übels. Brega hat Recht: Eine Schlange tötet man am besten, indem man ihr den Kopf abschneidet. Und dahin sind wir jetzt unterwegs – wir schnappen uns die Schlange in ihrem Nest.

Wieso, glaubt ihr, schickt er seine Horde, damit sie uns abfängt? Er hat Angst, deshalb! Er hat offenbar Grund, uns zu fürchten, auch wenn wir selbst nicht wissen, warum. Vielleicht befürchtet er einfach, wir könnten seine sorgfältig ausgearbeiteten Pläne durcheinander bringen, wie es Fürst Gildor als das Ziel unserer Unternehmung vorgeschlagen hat. Aber aus welchen Gründen auch immer Modru uns fürchtet – wir sollten das Beste daraus machen. Und deshalb bin ich jedenfalls dafür, dass wir den Weg nach Norden, zum Eisernen Turm selbst, einschlagen. Lasst uns diese Schlange töten.« Merrili verstummte, und Fürst Talarin, König Galen und viele andere sahen die Mamme erstaunt an, denn anders als Patrel und Danner hatten sie noch nie ein weibliches Geschöpf wie einen Krieger sprechen hören. Und Patrel und schließlich auch Danner beugten sich widerstrebend der Klugheit ihrer Worte und nahmen beide wieder Platz.

Vidron aber äußerte seine Zweifel: »Vielleicht hast du Recht, Mädchen. Vielleicht fürchtet uns Modru tatsächlich und schickt eine Horde, die uns den Weg nach Gron abschneidet. Doch es gibt auch andere Erklärungen: Es könnte sein, dass das Gezücht ins Arden-Tal marschiert, wie Inarion zunächst vermutet hat. Vielleicht haben sie auch ein ganz anderes Ziel im Sinn, womöglich sogar jenseits des Grimmwalls. *Vielleicht versuchen sie uns aber auch in Gron in eine Falle zu locken und wollen uns von hinten attackieren, während wir den Eisernen Turm angreifen.*«

»Aber in diesem Fall, Rossmarschall«, sagte Galen, »müsste

Modru wissen, dass wir nach Gron unterwegs sind. Woher sollte er unser Ziel kennen?«

»Er ist böse und argwöhnisch, König Galen«, antwortete Gildor. »Ich glaube, es war eine Überraschung für ihn, dass wir die Legion nach Norden führen, denn er hat nicht damit gerechnet, dass er die Gûnarring-Schlucht nicht halten kann oder dass überhaupt von den Verteidigern im Süden welche nach Norden kommen ... jedenfalls nicht, solange die Hyranier und die Seeräuber aus Kistan das Reich bestürmen. Und außerdem: Was sonst, wenn nicht Gron, sollte unser Ziel sein? Das ist die Frage, die sich Modru zweifellos stellt, und die Antwort, scheint mir, gefällt ihm nicht, deshalb beeilt er sich, zu handeln und zu verhindern, dass jemand seine Pläne stört.«

Gildor schwieg, und Talarin, der große Augen gemacht hatte, als die besetzte Gûnarring-Schlucht erwähnt wurde, schien etwas sagen zu wollen. Doch er blieb stumm, und so war es Galen, der das Wort ergriff: »Wo befindet sich die Horde jetzt, Fürst Inarion? Und wie stark ist sie?«

»Vor fünf Dunkeltagen nahm ich Sturmwind und Schwingenfuß und ritt im Weitimholz los, um die Horde auszuspähen«, entgegnete Inarion. »Ich traf im Süden der Signalberge auf die Rûpt, wo sie Rast machten, und ich blieb außerhalb ihrer Sichtweite, um sie zu beobachten und zu zählen. Ich schätze ihre Anzahl auf rund zehntausend. Und ich habe abgewartet, ob ihr Marsch nur eine Finte war oder nicht ... ob sie tatsächlich weitermarschieren oder sich erneut gegen das Weitimholz wenden.

Tags darauf eilten sie weiter, immer die Querlandstraße entlang. Am Ende des Tages wusste ich, es war keine List: Ihr Ziel lag tatsächlich im Osten, und sie trachteten nicht danach, das Weitimholz durch ein Scheinmanöver anzugreifen.

Ich verließ sie, als sie im Land nördlich des Wilden Flusses kampierten, und eilte geschwind durch die Wilden Berge zur Ödfurt und über Rhon nach Arden, um die Lian zu warnen; deshalb habe ich die Brut nicht wiedergesehen, aber wenn sie ihr Tempo beibehalten haben, lagern sie jetzt irgendwo an der Straße, die mitten durch den Ödwald führt.«

Vidron schnappte nach Luft. »Aber dann sind sie ja nur zwei Tagesmärsche hinter uns, bei der Gangart, die sie vorlegen.«

»Jawohl«, sagte Ubrik, »aber im Tempo eines valonischen Langrittes werden wir den Vorsprung langsam vergrößern.«

»Aber die Pferde der Wellener!«, rief Vidron aus. »Sie können das Tempo nicht halten! Sie sind bestenfalls noch für ein, zwei scharfe Ritte gut, und dann werden sie eine lange Rast brauchen. Jetzt benötigen wir mehr denn je frische Rösser, Fürst Talarin. Könnt Ihr sie zur Verfügung stellen?«

»Nicht für fünfzehnhundert Krieger«, antwortete Talarin, »nicht einmal für ein Drittel dieser Zahl. Die Lian von Arden sind weit verstreut auf Vorstößen gegen das Gezücht: entlang des alten Rellwegs und an den Zugängen zum Crestan-Pass. In diesem Augenblick ergeht der Befehl zur Rückkehr, und die Lian werden schnell zum Tal zurückeilen, um es zu verteidigen, falls die Horde die Zuflucht anzugreifen versucht. Doch selbst wenn alle hier wären, würde ihre Zahl nicht ausreichen, um Euch Ersatz bieten zu können.«

Vidron wandte sich voller Schmerz an Galen. »Dann können die Wellener das Tempo nicht halten, Majestät. Sie werden später nachkommen. Vielleicht zu spät, um Euch in der Stunde der Not beizustehen.«

»Rossmarschall Vidron, meine Stunde der Not ist jetzt«, sagte Galen, »und diese Horde in unserem Rücken ändert einiges. Ich kann nicht zulassen, dass sie uns von hinten anfällt, während wir den Eisernen Turm angreifen.« Galen hielt inne und blickte dem General geradewegs in die Augen. »Ich muss Euch eine furchtbare Pflicht auferlegen, denn nur Ihr verfügt über die valonische Kampferfahrung und seid in der Lage, die Männer aus Wellen anzuführen, um zu tun, was getan werden muss: Ich möchte, dass Ihr die Wellener nehmt und diese Horde so lange aufhaltet, wie es nur irgendwie geht.«

Tuck riss die Augen auf. »Aber König Galen«, protestierte er, »das Madenvolk zählt zehntausend, und die Wellener nur fünfzehnhundert!«

»Das weiß ich sehr wohl, kleiner Freund«, räumte Galen ein. »Aber die Horde ist im Moment nur zwei Dunkeltage hinter uns, und wenn wir am Eisernen Turm ankommen, wird sie ganze vier Tage im Rückstand sein. Und jeder zusätzliche Tag Verspätung, zu dem Vidron sie zwingt, ist einer mehr, an dem wir den Turm angreifen können, ehe wir unsere Kräfte zusätzlich auf einen Feind richten müssen, der uns von hinten anfällt.«

Dann wandte sich Galen erneut an Vidron. »Ich schlage folgenden Plan vor, Rossmarschall. Lasst die Wellener am Gruwen-Pass Stellung beziehen; er ist eng, und die Brut wird große Mühe haben, ihre überlegene Zahl zur Geltung zu bringen. Ihr werdet eine eiserne Schranke sein, die sie nur schwer zerschlagen können.«

»Jawohl, Majestät«, erwiderte der General des Königs. »Euer Plan ist vernünftig.« Er schlug mit der Faust in die offene Hand. »Bei den Gebeinen von Schlomp – wir werden der Horde den Weg versperren!«

Als der Name des Drachen fiel, knurrte Brega aus tiefer Kehle, sagte aber nichts.

Dafür sprach Talarin: »König Galen, vor nicht langer Zeit

gelobte ich im Namen der Lian von Arden, dass wir an Eurer Seite sein werden, wenn Ihr uns braucht. Dies nun ist die Stunde der Not, und wir sind an Eurer Seite. Meine Wächter und ich werden General Vidron dabei unterstützen, den Kregyn – den Gruwen-Pass – zu halten, um Euch Zeit am Eisernen Turm zu verschaffen. Unsere Pferde werden ausgeruht sein und unsere Arme stark.«

Galens Augen glitzerten im Feuerschein, und er war so bewegt, dass er nicht sprechen konnte; Vidron aber sprang auf, reckte sein Schwert in den düsteren Himmel und rief in der alten Kriegssprache Valons: *»Hál, Deva Talarin! Vanada al tro da halka! (Heil, Elf Talarin! Gemeinsam werden wir stark sein!)«*

Talarin hob die Hand zum Gruß und lächelte, bevor er sich an einen der Lian wandte. »Feron, eile rasch zum geheimen Eingang und hinunter ins Versteck. Sammle die zurückkehrenden Wächter Lians und lass sie Vorbereitungen treffen, sich an der Blockade des Kregyn zu beteiligen. Die Kundschafter entlang der Arden-Steilwand werden den Rûpt auf der Spur bleiben; wenn diese Horde sich einen Tagesmarsch südlich des Passes befindet, kommst du mit meiner gesamten Streitmacht aus dem Tal.«

Feron sprang auf, um zu gehen, aber Talarin hob die Hand und rief: »Warte!« Und als Feron sich noch einmal umdrehte, sagte Talarin: »Noch eine Sache sollte erledigt werden, wie mir scheint – suche die Fürstin Rael auf. Erzähle ihr von Vanidors Prophezeiung:

*Der Schwärzeste Tag,*
*Das größte Übel ...*

Vielleicht kann sie diese Warnung deuten, denn sie ist bewandert in solchen Dingen.«

*Natürlich!*, dachte Tuck. *Man sollte der Fürstin Rael den Spruch unterbreiten und ihren Rat einholen. Vielleicht kann sie ein wenig Licht in diese Finsternis bringen.*

Talarin nickte Feron zu, dann verschwand der Bote.

Und während der Hufschlag von Ferons Pferd im Norden verhallte, wandte sich Prinz Igon an Galen. »König Galen, nun bitte ich darum, dass du mir meinen Wunsch erfüllst: Ich möchte an deiner Seite kämpfen. Und wie du bereits weißt und heute Abend in diesem Rat wieder gehört hast, ist kein Ort vor dem Bösen in Gron sicher: nicht Arden, nicht Pellar, nicht Rian; weder Harth noch Rell oder Rhon; Hoven und Jugo so wenig wie Valon, Gûnar oder Riamon und nicht einmal das Land des Kleinen Volkes. Sicher, du gehst nach Gron, aber in Gron ist es nicht gefährlicher als anderswo, denn der Feind ist überall – und wenn jetzt noch nicht, so wird er es bald sein.

Du meinst, es sei besser, wenn wir getrennt sind, denn dann müsste Modru zweimal zuschlagen und beide Male siegen, um dem Hause Aurion ein Ende zu bereiten, und das stimmt. Doch höre, was ich sage! Wenn du richtig geraten hast, dann wird der Schwärzeste Tag in weniger als neun Tagen das größte Übel bringen. Und wenn dieses Übel Gyphon ist, dann geht es mit dem Hause Aurion in diesem Augenblick zu Ende, denn kein Sterblicher kann Gyphon widerstehen – und auch die Elfen können es nicht.

Und deshalb meine ich: Wenn wir denn besiegt werden sollen, mein Bruder, dann möge es Seite an Seite kämpfend sein; sollten wir hingegen siegen, dann lass uns auch diesen Sieg Seite an Seite erringen.« Igon verstummte.

Galen dachte lange Zeit nach und starrte dabei ins Feuer, und schließlich blickte er auf und nickte zum Einverständnis. Darauf stieß Igon einen schrillen Schrei aus – »Hai!« – und sprang vor Freude auf, während alle Ratsmitglieder diesem jugendlichen Krieger an der Schwelle zum Mann zulächelten. Igon nahm geschwind wieder Platz und setzte ein ernstes Gesicht auf, das allerdings häufig von einem nach innen gerichteten Lächeln unterbrochen wurde.

»Aber nun, König Galen«, erklärte Talarin, »müsst Ihr mir Eure Geschichte erzählen, denn schon einige Male habe ich mich heute Abend gefragt, welcher Kurs Eure Schritte in einem beinahe vollständigen Kreis wieder vor meine Tür gelenkt hat.«

Galen sah Gildor an und nickte, und dieser wandte sich an Talarin und begann: »Als Erstes, Vater, musst du dies erfahren: *Va Draedan sa nond ...«*

Nach der Ratssitzung legte sich Tuck müde zum Schlafen nieder. Aber in seinem Kopf mahlten wirre Gedanken: *Die Horde ist in den Sieben Tälern. Ach! Was für üble Nachrichten! Und Danner und Patrel empfinden genau wie ich – sie würden notfalls zu Fuß diese Hunderte von Meilen laufen, um zu Hilfe zu eilen, ob es etwas nützt oder nicht. Dennoch, mir hat dieser Ausdruck auf Danners Gesicht nicht gefallen – seine Wut war schrecklich anzusehen; sie könnte ihm eines Tages zum Verhängnis werden.*

Doch angenommen, wir haben richtig geraten, was den Schwärzesten Tag, das größte Übel betrifft. Dann wird Gyphon kommen, und es wird das Ende der Welt, wie wir sie kennen, bedeuten. Und wenn das zutrifft, dann spielt es keine Rolle mehr, ob Vidron die Horde hinter uns aufhält oder nicht, denn Modru und Gyphon werden ein Bahrtuch des Bösen über Mithgar breiten, das alles erstickt, was einmal gut war. Bedeutet das, Vidrons Kampf am Gruwen-Pass ist völlig umsonst? Vielleicht. Was aber, wenn wir falsch geraten haben und der Schwärzeste Tag gar nicht kommt? Dann wird uns Vidrons Kampf mehr Zeit zum Angriff auf den Turm verschaffen.

Wenn wir ihn jedoch nicht bezwingen können, oder wenn Modrus Macht zu groß ist ...

Tuck sank in einen unruhigen Schlaf voller Träume, Träume von Jahren ohne Sommer, ohne Ernte, Hungerjahre – die Säuglinge, ach, mit geschwollenen Bäuchen – von Pest, grausamer Versklavung und Tod. Und immer wieder begann er aufzuwachen, um den Alpträumen zu entgehen, aber dann fiel er erschöpft wieder in den Schlaf zurück. Und neben ihm stöhnte Merrili in ihren dunklen Träumen.

Beim Aufbruch am nächsten Morgen wurden Danner, Patrel, Merrili und die übrigen Wurrlinge, die bisher auf Packpferden aus Wellen geritten waren, auf valonische Rösser gesetzt – Packpferde ebenfalls, deren Last aus Getreide und Lebensmitteln im Laufe des Langritts leichter geworden war. Dann brach Galens Kavalkade erneut auf, und die fünftausend Harlingar ließen Vidron und die Wellener fürs Erste zurück. Tuck war, als würden sie den silberbärtigen Rossmarschall und seine Krieger irgendwie im Stich lassen – oder von ihnen im Stich gelassen werden. Doch nach Norden ritten die Vanadurin, und mit ihnen die Dorngänger, sowie zwei Elfen und ein Zwerg.

Drei Stunden später traf die Kolonne auf Fürstin Rael und ihre Eskorte aus Wächtern Lians, die dort standen, wo der Weg nahe am Eingang zum verborgenen Tal von Arden vorbeiführte.

Galen und ein großer Teil seines Kriegsrates hielten am Wegrand, um mit Rael zu sprechen, während die lange Reihe der Soldaten zu Pferd vorbeizog.

Rael machte große Augen, als sie Merrili in dieser Gesellschaft von Kriegern erblickte. Was aber Merrili anging, so hatte diese noch nie jemanden gesehen, der so schön war wie die goldene Rael, und die Mamme kam sich tölpelhaft vor in der Gegenwart von Raels Elfenanmut. Rael aber nahm Merrili an der Hand, und alle Vorbehalte zwischen den beiden schmolzen dahin.

»König Galen«, sagte Rael und verbeugte sich höflich, als Galen von Sturmwind stieg und sich ebenfalls verneigte.

»Meine Fürstin Rael«, erwiderte Galen achtungsvoll. »Wenngleich ich keine schmerzhaften Erinnerungen wecken möchte, muss ich Euch doch fragen: Wisst Ihr, was Vanidors Prophezeiung bedeutet?«

»Nein, König Galen«, antwortete Rael, die Augen voll Kummer und Leid. »Hätte Vanidor Silberzweig am Ende meinen Namen gerufen, wäre seine letzte Botschaft auf mich gekommen und nicht auf Gildor Goldzweig. Das hätte zwar meinem Ältesten diesen Schlag erspart, aber ich glaube kaum, dass ich dann mehr gewusst hätte, als es nun der Fall ist. Ich kann Eurer Deutung nichts hinzufügen: Der Schwärzeste Tag tritt in acht Tagen von heute an ein – wenn dies die Bedeutung ist. Und das größte Übel ist in der Tat Gyphon, der Hohe Vûlk.«

Als sie weiterritten, drehte sich Tuck um und winkte Talarin und Rael zu, die mit traurigen Augen am Wegrand standen und der Legion nachsahen. Und irgendwo dahinter – außerhalb von Tucks Sichtweite – kamen in langsamerer Geschwindigkeit Rossmarschall Vidron von Valon und die Wellener geritten, während noch weiter zurück die Horde marschierte, die sie verfolgte.

Den ganzen Dunkeltag über ritt die Legion, geschwind flog sie im Tempo eines valonischen Langritts über den hartgefrorenen und steinigen Untergrund. Und langsam stiegen ringsum die Hänge an, da sie sich dem Gruwen-Pass näherten, wo sich das Land zu den Rigga-Bergen hin erhob.

Die ansteigende Schlucht ritten sie hinauf, auf den Einschnitt zwischen den Bergen zu, und die vom Eis bedeckten Felswände glitzerten dunkel im Schattenlicht.

Hinein ging es in die Einkerbung, die in tiefer Winternacht lag. Und da die Luft dünner wurde, quälten sich die Pferde, aber das Tempo ließ nicht nach, denn sie konnten in dieser Höhe kein Lager aufschlagen.

Immer weiter eilten sie, durch das im Frost knisternde Gestein des Gruwen-Passes. Nun wurde das Gelände oben auf dem Joch mehr oder weniger eben, und sie ritten stetig durch die schwarz gezeichneten Felsspitzen nach Nordosten. Stunden vergingen, und der Pass wand sich nach Norden und begann langsam abzufallen. Weiter ging es, und von den glatten Wänden hallte das Geräusch der Hufe wider.

Zuletzt kamen sie durch den Dusterschlund hinab ins Land Gron. Pferde wie Reiter waren müde, denn sie hatten allein an diesem Dunkeltag fast sechzig Meilen zurückgelegt – ein langer Tag, selbst für einen valonischen Langritt.

Nachdem Tuck sein Pferd versorgt und ein Mahl eingenommen hatte, unterhielt er sich noch kurz mit Merrili und den anderen und schrieb ein wenig in sein Tagebuch, ehe er erschöpft in Schlaf sank.

Im Lauf der nächsten drei Tage ritt die Legion über die öden Weiten von Gron nach Norden. König Galen hatte das Tempo ein wenig gedrosselt, damit sich die Pferde von dem langen Ritt durch den Gruwen-Pass erholen konnten, und am Ende des dritten Tages kampierten sie am südlichen Rand des zugefrorenen Grumpf. Ein rauer Wind blies von den Gronspitzen im Osten herab, während sie um freudlose Torffeuer hockten und im kalten Luftzug bibberten.

»He!«, rief Danner aus. »Eben ist mir etwas eingefallen. Wenn Modru wirklich der Beherrscher der Kälte ist, warum hat er dann nicht ... warum bietet er nicht einfach einen Schneesturm auf und stoppt uns an Ort und Stelle? Er könnte uns hier im Freien zu Eisblöcken gefrieren lassen ... wir haben keinen Schutz, kein Feuerholz. Beherrscht er die Kälte vielleicht gar nicht? Ist das etwa nur ein Mammenmärchen?«

Merrili warf Danner einen Blick aus zusammengekniffenen Augen zu und entgegnete: »Vielleicht ist es aber auch ein altes *Bokker*märchen, erzeugt durch ein Übermaß an Bier in der Einäugigen Krähe.«

»Ach, du weißt schon, was ich meine«, wand sich Danner.

»Und du weißt, was ich meine, du vorlauter Bengel«, entgegnete Merrili.

»Nun ist aber gut«, beschwichtigte Tuck. »Wir frieren alle und sind müde und gereizt; lasst uns nicht aus purer Erschöpfung untereinander streiten.«

»An Danners Überlegung ist auf jeden Fall was dran«, meldete sich der kleine Patrel. »Ich meine, dass Modru der Beherrscher der Kälte sein soll und alles. Wieso begräbt er uns nicht tatsächlich in einem Schneesturm? Oder stimmt eben doch nicht alles, was man ihm nachsagt?«

»Modru besitzt die Macht«, ergriff der schlanke Flandrena das Wort. »Er ist wirklich der Beherrscher der Kälte, und er könnte sehr wohl einen Schneesturm über uns hereinbrechen lassen, denn das ist seine fürchterlichste Waffe. Warum er sie aber nicht einsetzt, das weiß ich nicht. Vielleicht würde es all seine Kraft erfordern, und er schont sich für einen anderen Zweck ... vielleicht hebt er sich seine Kraft für den Schwärzesten Tag auf.«

Bei Flandrenas Worten wurde Tuck von einer unheilvollen Ahnung durchflutet, und er zitterte ob ihres düsteren Sinns; und als er aufschaute, bemerkte er auch in Merrilis Augen einen finsteren Ausdruck.

»Nun denn«, sagte Danner und gähnte, »ich weiß es auch nicht, aber ich bin einfach zu müde, um noch länger aufzubleiben und mir den Kopf darüber zu zerbrechen.« Und damit breitete er sein Bettzeug aus und schickte sich an zu schlafen. Und wie auf Kommando krochen auch alle anderen in ihre Decken.

Doch ehe Tuck in den Schlaf sank, hallten lang gezogene Klagelaute durch die Winternacht, da Modrus Köter durch die Ödnis von Gron heulten, und dem Bokker lief es eiskalt über den Rücken.

Und viel weiter südlich, an der Öffnung des Gruwen-Passes, beobachteten Vidron und Talarin mit den Wellenern und den Wächtern Lians, wie der Schwarm des Gezüchts auf sie zumarschierte, in nördlicher Richtung, den Anstieg zum Pass hinauf: zehntausend von der Brut, die zweitausend Verteidigern entgegenmarschierten.

Der nächste Dunkeltag sah die Legion über das Ödland zum Nordende des Grumpf reiten, wo sie ein Lager aufschlugen.

Und wieder drang das Geheul der Vulgs durch das Schattenlicht, und auch andere Schreie klangen nordwärts, als würden geheulte Botschaften an den Norden übermittelt, an Modrus düstere Festung.

Und im Süden am Gruwen-Pass hatte derselbe Dunkeltag vier Angriffe der Horde auf Menschen und Elfen gesehen, und vier Mal hatte Vidrons Heer das Gezücht zurückgeworfen. Aber jedes Mal war die Horde wie ein großer Rammbock in die Verteidiger gekracht, und das Bündnis von Wellen und Arden war taumelnd rückwärts, tiefer in den Pass getrieben worden.

Ein weiterer Dunkeltag verging, und die reisemüde Legion ritt durch die Klauenschlucht und auf das Klauenmoor zu,

Modrus Festung im Norden entgegen. Kein Feind versperrte ihnen den Weg oder trachtete sie anzugreifen, obwohl Modrus Köter – seine Spione – an ihren Flanken entlangjagten und grässliche Botschaften übers Moor jaulten. Und schließlich hielt die Legion und machte mitten in dem eisigen Land Rast. Am nächsten Tag würden sie ihr Ziel erreichen.

Und am Gruwen-Pass versuchte die Brut am selben Tag drei weitere Male durch Vidrons Heer zu brechen. Und drei Mal gelang es den erschöpften Pferden, Menschen und Elfen mit vereinten Kräften, die Lücke geschlossen zu halten. Die Zahl der Getöteten aber stieg, da der Hammer des Gezüchts auf den Amboss der Verbündeten einschlug und sie noch einmal acht Meilen tiefer in den Pass trieb.

Es war Mittag, die einzige Tageszeit, zu der die Sonnenscheibe schwach durch den Dusterschlund zu erkennen war, und selbst das nur, wenn man genau wusste, wohin man blicken musste. Nun also stand die Himmelskugel schattenhaft verschwommen in ihrem winterlichen Zenit. Und Hochkönig Galen, Aurions Sohn, ritt auf Sturmwind und schaute hoch am südlichen Himmel auf das schemenhafte Rund, während hinter ihm die fünftausend Krieger seiner Legion bewegungslos verharrten. Und während er zu der schattenbleichen Scheibe blickte, wusste Galen, dass in nur zwei Tagen, zu genau dieser Stunde, der Mond die Sonne verschlingen und der Schwärzeste Tag gekommen sein würde, und mit ihm das größte Übel.

Galen ließ seinen Blick sinken und betrachtete die dunkle Festung, die im Osten vor ihm stand. Massiv war sie, Furcht erregend, und umgeben von einem tiefen Abgrund, der in eine bodenlose Schwärze stürzte. Die mächtige Eisenbrücke war hochgezogen und ruhte an glatten Wänden aus schwarzen Steinblöcken, die von Zinnen gekrönt waren. Und oben, in der

Mitte des höchsten Turmes, flatterte das Banner des Sonnentodes: ein scharlachroter Feuerring auf schwarzem Grund. Und mehr denn je erschien das Zeichen des Sonnentodes nun wie ein schreckliches Omen. Galen holte tief Luft, und sein Blick suchte die Brustwehren nach einer Schwachstelle ab, nach einer Möglichkeit, einzudringen, einem wunden Punkt, mit dessen Hilfe die Bastion zu bezwingen war. Denn die Legion stand nun vor ihrem Ziel. Endlich hatte sie Modrus Festung erreicht, den furchtbaren Eisernen Turm.

# VIERTES KAPITEL

## Der Eiserne Turm

Die Dunkeltage, die auf Vanidors Martertod folgten, waren Tage des Schmerzes für Prinzessin Laurelin gewesen. Doch jedes Mal, wenn sie im Geiste in die schwarze Erinnerung an jene endlosen Augenblicke hoch oben in Modrus Turm stolperte – in die Erinnerung an die gezischten Fragen, das Klacken, wenn der Troll am Rad der Streckbank drehte, und die heiseren Todesschreie –, sooft sie also zu jener Zeit des Grauens zurückkehrte, leitete die Vision einer goldenen Elfe die Prinzessin an Schmerz und Entsetzen vorbei in ein stilles Reich der Trauer: Und Laurelin trauerte zwar, aber ihr Verstand fiel nicht mehr in Erstarrung, ihr Herz tauchte nicht länger in Eis, und ihre Seele floh nicht durch ein endloses Labyrinth der Verzweiflung. Stattdessen weinte sie um Vanidor und die Hoffnung, die er verkörpert hatte, und durch ihre Tränen begann ihr Geist zu heilen. Auch wenn sie weiter in den Händen des Feindes blieb, so hatte sein Wille den ihren nicht gebrochen. Und langsam kehrte sie von jenem Ort, an dem es keine Hoffnung gab, zurück ins Reich der Wirklichkeit, und sie begann ihre Umgebung wahrzunehmen.

Die Kammer, in der Laurelin festgehalten wurde, lag an einem Hauptkorridor des Eisernen Turms, und durch die massive Tür hörte sie hin und wieder gezischelte Gesprächsfetzen, wenn welche vom Gezücht draußen in Verfolgung ihrer schändlichen Geschäfte vorbeigingen. Oft unterhielten sie sich in der Slûk-Sprache, und die Prinzessin verstand das widerliche, kehlige Gesabber nicht; gelegentlich aber benutzten sie auch eine minderwertige Form der Gemeinsprache, und dann konnte sie sich das eine oder andere zusammenreimen. Doch erfuhr sie wenig aus diesen Gesprächen, denn sie bestanden hauptsächlich aus Flüchen, Drohungen und Beleidigungen, die sich Modrus Handlanger untereinander an den Kopf warfen.

Der eklige Rukh, der ihr mürrisch Essen und Trinken brachte und sich um ihr Feuer kümmerte, war ebenfalls keine Nachrichtenquelle, denn er besaß keine Zunge und sprach nicht, außer, dass er sie anfauchte. Wenn er zu ihr kam, um seine Arbeiten zu erledigen, schlich er lüstern blickend umher und folgte jeder ihrer Bewegungen mit den Augen, und Laurelin war jedes Mal, wenn seine kleine Gestalt durch die Tür huschte, so angewidert von der abscheulichen Kreatur, dass sie sich große Mühe gab, ihn zu übersehen.

Dennoch erfuhr die Prinzessin einiges über den Fortgang des Krieges – und sie erfuhr es von dem Großen Bösen selbst:

Keine achtundvierzig Stunden nach Vanidors Tod hallte Modrus schrilles Wutgeschrei durch den Turm, und im Gang vor Laurelins Tür waren die schnellen Schritte fliehender Lakaien zu hören. Und der dreckige kleine Rukh, der die Prinzessin bediente, huschte zur Tür herein und schlug sie hinter sich zu.

Nachdem er sein zungenloses Fauchen an Laurelin gerichtet hatte, presste er ein Ohr gegen die Pforte und lauschte angestrengt. Modrus zornige Schreie hallten durch den Korridor; doch dann verstummte das Schrillen des Bösen mit einem Mal.

Nun lauschte der Rukh noch angestrengter in die unheilvolle Stille hinter der schweren Tür, doch er hörte nichts.

Plötzlich aber ging die Tür auf, so dass der Stumme der Länge nach zu Boden stürzte, und Modru schritt in den Raum, und seine Augen blitzten zornig hinter der abscheulichen Eisenmaske.

Er ging auf die Prinzessin zu, die trotzig vor ihm stehen blieb, während der stumme Rukh humpelnd und vor Angst schnatternd nach draußen floh.

»Dafür werden sie bezahlen! Dafür werden sie bezahlen!«, schrie ihr Modru entgegen. Dann senkte er die Stimme zum Flüstern einer gifttriefenden Schlange. »Ich werde sie aufspüren, diese vier, wenn ich Herr über ganz Mithgar bin, und dann werden sie endlose Tage in meiner Gewalt erdulden; sie werden auf ewig bedauern, dass sie die Höhlen der Dubh durchquert haben. Sie werden ewig den Tag bereuen, an dem sie meinen Negus des Schreckens getötet haben.«

Laurelin wusste nicht, von welchem Ereignis Modru sprach oder was die Höhlen der Dubh oder ein Negus des Schreckens waren; aber es war klar, dass die vier unbekannten Helden irgendeinen schändlichen Plan des Großen Bösen durchkreuzt hatten. Und die Prinzessin lächelte Modru triumphierend an.

Der Böse schnarrte, baute sich drohend vor ihr auf und hob die Faust mit dem schwarzen Handschuh zum Schlag, doch Laurelin zuckte nicht zusammen und duckte sich nicht. Und gerade als es schien, als würde Modrus Faust jeden Moment auf sie herabsausen, rief er sich einem gezischelten »Unbefleckt« zur Ordnung, machte wutschnaubend auf dem Absatz kehrt und schritt aus dem Raum, dass sich der schwarze Umhang hinter ihm blähte.

In den langen Dunkeltagen, die folgten, erschien Modru häufig, um sich an ihr zu weiden – dann erfüllte sein schlangengleiches Zischen den Raum mit Bösartigkeit, wenn er mit seinen Siegen in Pellar und Hoven prahlte, in Aven und vor allem im Reich Riamon, wo Laurelins Vater, König Thorn, herrschte: »Dein altersschwacher Vater zieht sich vor meiner Stärke ins Rimmen-Gebirge zurück. Bald wird Thäl mein sein.

Ich denke, ich werde es in ein großes Freudenfeuer verwandeln, und ich werde König Flachschädel Thorn bei dem Brand zuschauen lassen – von einem Platz in der Mitte des Scheiterhaufens!«

Wenngleich Laurelin wusste, dass er ihr diese Dinge erzählte, um ihren Mut zu brechen, lauschte sie dennoch aufmerksam, denn sein Natterngezische enthielt immerhin Neuigkeiten aus dem Krieg: Neuigkeiten von den Dubh – den Zwergen –, die in Minenburg in der Falle saßen, »wo sie glauben, sie könnten mir trotzen! *Pah!* Nicht lange, und die Stinkbärte werden vor mir zu Kreuze kriechen und um Gnade flehen, aber ich werde sie an ihre Schmieden ketten, und dort werden sie essen, schlafen und schuften, und ihre Hämmer und Ambosse werden fortan Gron dienen.« Neuigkeiten von den Baeron, den Waldbewohnern von Grünhall, die in ihrer Zuflucht im Grimmwall oberhalb von Delon kämpften und sich mühten, die geheimen Rukhentüren an den Berghängen zu schließen, »sabbernde Schwachköpfe, die ewig bedauern werden, dass sie gegen mich gekämpft haben, wenn sie erst in Fesseln sind; ich glaube, ich werde sie neue Türen schnitzen und neue Säle in die Flanken des Grimmwalls schlagen lassen, denn ich höre, sie schreiten stolz unter freiem Himmel und durch die Wälder, deshalb erscheint es mir höchst angemessen, wenn sie sich gebeugt und krumm in den dunklen Labyrinthen unter den Bergen abplagen dürfen.« Und Neuigkeiten von den Dolh – den Elfen – mit ihren glänzenden Schwertern und schnellen Rössern, »stinkende kleine Herren – *tsss* –, die meinem Zorn nicht entkommen werden, denn wenn ich siege, wird nicht einmal mehr Adonar eine Zuflucht für sie sein. Und ich werde sie schreiend und um sich schlagend zurück nach Mithgar schleifen, und ich werde zusehen, wie sie jeden einzelnen ihrer widerlichen Bäume fällen, damit sie verrotten. Und dann werde ich die

Dolh nach Norden schaffen und schauen, ob sie sich durch den Schlamm graben und den Boden des Grumpf finden können.«

Das Zischen und Gurgeln von Modrus bösartigem Entzücken schien kein Ende zu nehmen. Doch nicht aus seinen Prahlereien las Laurelin jene Nachrichten, die den Funken der Hoffnung in ihrem Herzen am Leben hielten. Vielmehr fand sie in seinen wütenden Momenten, wenn sich das Geschick gegen ihn wandte, diese schwachen Hoffnungsschimmer:

Zwei Dunkeltage, nachdem er in ihre Kammer geplatzt und wegen der Ermordung seines Negus des Schreckens getobt hatte, hallte Modrus Zorn erneut durch den Turm, an diesem Tag sogar zweimal. Und bei seinem nächsten Besuch entdeckte Laurelin zwischen seinen gemurmelten Drohungen Hinweise darauf, dass die vier Helden seinem Zugriff irgendwie entkommen waren. Modru zischte außerdem einen grässlichen Schwur, den »kleinwüchsigen Abschaum« zu foltern und auszuhungern, der zweimal seine Räuber in einen Hinterhalt gelockt hatte.

Innerlich lächelte die Prinzessin, denn das waren zwei weitere Nachrichten, die ihr Mut machten. Ob jedoch die vier Helden in irgendeiner Weise mit dem »Abschaum« und den Hinterhalten auf Modrus Räuber in Verbindung standen, das konnte sie nicht sagen.

Vier Dunkeltage später fand Laurelin heraus, um wen es sich bei dem »kleinwüchsigen Abschaum« handelte, denn Modru kam, um sich zu weiden, und er zischte ihr zu, dass die Horde, die die Feste Challerain zerstört hatte, »in diesem Augenblick durch den Dornenring in das Land der Kleinwüchsigen marschierte.«

Laurelin krampfte es das Herz zusammen, in ihrem Geist tauchten die Gesichter von Tuck, Danner und Patrel auf, und ihre Seele schrie hinaus zu dem freundlichen Volk der Sieben Täler.

Und als Modru den Raum verlassen hatte, setzte sie sich ans Feuer und weinte.

In dieser Zeit begann Laurelin an Flucht zu denken, und sie erforschte sorgfältig ihre missliche Lage:

Es gab nur zwei Wege, aus der Kammer zu gelangen: Da war einmal die Tür, aber diese ging auf einen Flur hinaus, in dem ein reges Hin und Her des Gezüchts herrschte; außerdem war sie von außen mit einem schweren Messingriegel verschlossen. Und es gab ein einziges schmales Fenster, das auf den Hof hinausging, aber es war vergittert und lag rund fünfundzwanzig Fuß über dem rauen Pflaster.

Beides schien kein viel versprechender Weg für eine Flucht zu sein, und außerdem – selbst *wenn* sie nach draußen gelangte, wie ginge es dann weiter? Wie sollte sie an der umherwimmelnden Brut vorbei aus dem Hof schlüpfen? Wie sollte sie Wälle und Zugbrücke überwinden? Wie die Ödnis von Gron durchqueren? Zu Pferd? Nein, denn das Gezücht ritt auf Hélrössern. Zwar war sie auf einem dieser abscheulichen Tiere zum Eisernen Turm geritten, aber das hatte ein Ghul geführt, und Laurelin bezweifelte, ob ein Hélross zulassen würde, dass ein Mensch es lenkte. Und wie stand es mit Essen? Auch die Frage der Bekleidung musste bedacht werden, denn die Sachen, die ihr der stumme Rukh gegeben hatte, eigneten sich nicht dafür, in bitterkalter Winternacht die Ödnis von Gron zu durchqueren.

Laurelin wusste keine Lösung für diese und andere Überlegungen, die ihr in den Sinn kamen; doch trotz ihres gebrochenen Armes begann sie einen Gitterstab im Fenstersims zu lockern, indem sie mit einem Kaminwerkzeug an dem Mörtel schabte und dabei betete, dass die schweren Wandbehänge das Geräusch dämpften ... und dass weder Modru noch der Rukh unbemerkt hereinkamen. Und Krümel für Krümel, Splitter für Splitter begann der Mörtel unendlich langsam nachzugeben.

Fünf weitere Dunkeltage vergingen, Laurelin raspelte noch immer an dem Mörtel, in den der Gitterstab eingebettet war, und jedes Mal, wenn sie den Türriegel aufschnappen hörte, unterbrach sie ihre Arbeit, und der Rukh oder Modru fanden sie vor, wie sie mit dem Eisen im Feuer stocherte.

So war es auch, als Modru am fünften Tag kam, um seine Häme über sie auszugießen, und sie legte das Feuereisen beiseite, als Modru seine zischende Rede begann. Und sie entnahm seinen reptilienhaften Äußerungen, dass mittlerweile eine Schlacht zwischen den Vanadurin und den Hyraniern im Gange war.

Am nächsten Dunkeltag gelang es Laurelin, das untere Ende des Gitterstabs freizulegen, und sie begann am oberen Ende zu schaben. Und während sie arbeitete, dachte sie darüber nach, wie sie aus Kleidungsstücken ein Tau drehen oder flechten und sich damit in den Hof abseilen konnte.

Wieder erschien Modru und prahlte vor ihr. Und die Prinzessin erfuhr, dass der Kampf zwischen Vanadurin und Hyraniern noch immer tobte und dass er an der Gûnarring-Schlucht stattfand. Wie schlau es doch von ihm gewesen war, die Schlucht zu Beginn des Krieges zu besetzen, frohlockte der Böse.

Sein widerliches Gezische nahm kein Ende, er sprach von vielen Dingen, und Laurelin vernahm angewidert, welche

Zukunft er für Mithgar plante; sie ließ sich jedoch nichts von ihrem Abscheu anmerken.

Und als sich Modru anschickte, die Kammer zu verlassen, richtete die Prinzessin zum erst zweiten Mal seit ihrer Ankunft im Eisernen Turm das Wort an ihn:

»Mag sein, Schändlicher, dass die Brut in Feuerqualm und Enge gedeiht, ich aber brauche Bewegung an frischer Luft.« Laurelin hielt sich und sprach mit der gebieterischen Ausstrahlung einer königlichen Prinzessin, aber innerlich war sie gespannt wie eine Feder, denn Modru musste ihr Ansinnen unbedingt erfüllen; ihre Kenntnis von der Festung beschränkte sich auf die wirre Erinnerung daran, wie man sie vor einundzwanzig Tagen als Gefangene in die Burg geführt hatte. Ehe sie einen Fluchtversuch wagen konnte, musste sie mehr über den Aufbau der Festung in Erfahrung bringen.

Modrus bösartige Augen funkelten sie durch die Eisenschnabelmaske an. *»Tsss!* Vielleicht lasse ich dich stattdessen wieder in mein Verlies werfen.« Und als Laurelin bei diesen Worten schon der Mut sank, fügte er hinzu: »Andererseits, sss, gilt es deine Gesundheit tatsächlich zu beachten.« Er machte auf dem Absatz kehrt und ging hinaus.

Rund eine Stunde später wurde der Riegel zurückgeschoben, und der dreckige Rukh kam mit gesteppter Rukhenkleidung hereingehumpelt. Auch Stiefel und einen Mantel hatte er dabei, und das alles warf er auf den Boden mitten im Raum, bevor er wieder hinausschlurfte.

In den Sachen wimmelte es von Ungeziefer, aber Laurelin drückte sie an die Brust, und ihr Herz schlug heftig vor Freude, denn das war die Bekleidung, die sie brauchte, um in der Kälte der Winternacht zu überleben, wenn sie die Ödnis von Gron durchquerte.

Und sie wusch die Kleidung mit der starken Seife, die man ihr zum Baden gegeben hatte, und hängte sie zum Trocknen vor den Kamin.

Am nächsten Dunkeltag erschienen zwei Lökha mit Eisenhelmen und befahlen der Prinzessin in knurrendem Ton, sich für ihren Spaziergang im Freien anzukleiden. Und während sie gingen, unterhielten sich die Lökha in einer entarteten Form der Gemeinsprache, aber ihr Gespräch drehte sich um die Rache, die sie an einem von ihresgleichen nehmen wollten, deshalb achtete Laurelin kaum auf die beiden. Stattdessen forschten ihre Augen nach Fluchtmöglichkeiten.

Die Eskorte führte die Prinzessin über das raue Pflaster zu den hoch aufragenden Zinnen, und wohin sie schaute, war Schmutz. Und überall fauchte, quengelte und stritt das Gezücht untereinander. Dunkle, untersetzte Rukha, schwarze Lökha und leichenweiße Ghola schwärmten innerhalb der Mauern umher; ein großes, eisernes Fallgitter versperrte den Weg zur Zugbrücke, und es wurde zudem von Trollen bewacht.

Als die Prinzessin die Rampe zur den Wällen der Bastion hinaufstieg, sah sie die Ställe für die Hélrösser gleich innerhalb des Tors, und auch dort stand ein Trollwächter – ein lüstern grinsender Ogru, der trotz der Kälte nichts als eine lederne Hose trug –, und Laurelins Herz machte einen erschrockenen Satz, als sie das widerwärtige, massige Geschöpf erblickte, denn es war derselbe Troll, der Vanidor auf der Streckbank getötet hatte. Ihr Herz hämmerte vor Wut und Abscheu.

Sie liefen an den Brustwehren entlang, und Laurelin verbannte gewaltsam das Bild des Elfen mordenden Ogru aus ihren Gedanken und blickte im Schattenlicht nach unten in den mächtigen Riss, der rings um die Burg den Fels teilte und die Festung mit einem tiefen Graben umgab.

Und als sie über alles, was sie gesehen hatte, nachdachte, sank ihr der Mut, denn sie wusste, sie kam hier nur hinaus, wenn sie irgendwie unbemerkt durch wimmelnde Innenhöfe gelangte, sich ein von Trollen bewachtes Hélross schnappte und vorbei an einem massigen Wächter durch ein geschlossenes Fallgitter über eine Zugbrücke ritt, die sich über einen schwarzen Abgrund spannte.

In ihre Kammer zurückgekehrt, griff die Prinzessin zu dem Schürhaken und schabte an dem Mörtel, der das obere Ende des Gitterstabs hielt, und während der Arbeit liefen ihr Tränen übers Gesicht, denn sie hielt die Sache nun für hoffnungslos.

Wieder hallten Modrus Wutschreie durch den Turm, und wieder sauste der Riegel zurück, und die kleine, schmutzige Rukhengestalt huschte zur Tür herein und schlug sie hinter sich zu.

Diesmal aber kam der Böse nicht hinterher, und nach einer Weile humpelte der Rukh hinaus.

Am folgenden Dunkeltag schwadronierte Modru davon, das Land Valon zu verwüsten: »Kein Pferd, kein Reiter, kein Stäubchen von einem Harlingar, nichts, nicht einmal der kleinste Grashalm, wird meinem Zorn entgehen!« Und da wusste Laurelin, dass die Hyranier an der Gûnarring-Schlucht von den valonischen Reitern besiegt worden waren, und ihr Herz sang vor Freude.

Sechs weitere Dunkeltage vergingen, unablässig zischte Modru seine boshaften Prahlereien, und nichts belebte Laurelins Lebensmut. Am siebten Tage aber:

»Narren! Sie dringen jetzt in *meine* Dunkelheit vor«, fauchte der Böse. »Und auch wenn meine Lakaien in den Dubh-Höhlen noch nicht in der Lage sind, sie zu attackieren, habe ich bereits meinen Angriff auf das Weitimholz abgebrochen und meine Horde über die Querlandstraße nach Osten marschieren lassen, um dieser jämmerlichen Legion den Weg abzuschneiden. Diese Reiter werden den Tag bereuen, an dem sie aufgebrochen sind, um sich gegen mich zu wenden.«

Laurelin wusste nicht, woher diese Legion kam, noch wohin sie unterwegs war, aber sie hoffte von ganzem Herzen, dass Modrus Pläne zunichte gemacht würden.

Am nächsten Dunkeltag löste sich der Gitterstab. Laurelin nahm ihn aus der Einfassung und stellte erleichtert fest, dass sie ihre schlanke Gestalt nun durch die Lücke zwängen konnte. Sorgfältig setzte sie den Stab wieder ein, so dass für den flüchtigen Betrachter alles normal aussah.

Nun machte sie sich mit Verstand und Händen an die Fertigung eines Seils aus Stoffstreifen, und sie begann mehr Essen für ihre Reise durch Gron zu fordern. »Dein böser Herr will, dass ich bei bester Gesundheit bin«, wandte sie sich gebieterisch und mit hochmütigem Tonfall an den stummen Rukh, »doch wie könnte ich genesen, wenn nicht einmal ein Spatz satt würde von dem Futter, das du mir bringst? Soll ich deinem Meister von deiner Nachlässigkeit erzählen?«

Der stinkende Rukh fauchte sie an, doch er brachte fortan bei jeder Mahlzeit zusätzliches Brot und mehr Gemüse: Rüben, Kartoffeln und dergleichen.

Und Laurelin begann Essen in einem Kissenbezug zu verstecken, den sie als Rucksack verwenden wollte.

Jeden Dunkeltag knüpfte sie an ihrem Fluchtseil, indem sie sorgfältig Streifen aus ihrem Bettzeug riss und diese drehte und zu einem Zopf flocht und dabei betete, dass sie ihr Gewicht aushalten würden.

Und jeden Tag führte sie der Lökh auf die Zinnen, damit sie »frische Luft« schnappen konnte. Und noch immer sahen ihre Augen keine Fluchtmöglichkeit, und ihr Verstand konnte sich keine ausmalen.

Aber sie mühte sich weiter ab.

Und eine ganze Woche voll Dunkeltage verging.

Und am siebten Tag kamen sie, um den Verband an Laurelins Arm zu entfernen. Acht Wochen und drei Tage waren vergangen, seit man ihr bei der Gefangennahme den Arm gebrochen hatte, und ein Monat, seit sie ihr den Verband angelegt hatten. Und während die nervösen Rukhs eine Schicht nach der anderen von dem gipsgetränkten Tuch ablösten, schaute Modru zu und kochte vor Wut wegen Ereignissen, die sich Meilen vom Turm entfernt abspielten:

*»Tsss!* Ich würde gern einen Schneesturm auf diese Lumpenlegion loslassen, die über den Gruwen-Pass nach Gron gekommen ist«, zischte der Böse, »einen Schneesturm, den sie nicht überleben würden. Aber ich bin gezwungen, meine Kräfte für den bevorstehenden Schwärzesten Tag zu schonen ... Vorsichtig, ihr Narren! Ihr sollt ihr nicht schon wieder den Arm brechen!«

*Eine Legion in Gron?* Laurelins Herz machte einen hoffnungsvollen Satz, aber sie ließ sich nichts anmerken und beobachtete stattdessen, wie sich das Gipstuch löste. Sie konnte es, genau wie anscheinend auch Modru, kaum erwarten, ihren Arm zu sehen, denn ihr war klar, er musste gesund und kräftig sein, damit sie an dem Seil hinabklettern konnte, wenn die Zeit zur Flucht gekommen war.

Schließlich war der Verband ab. Ihr rechter Arm sah dünn aus, die Haut war schuppig und schälte sich großflächig ab.

Sie konnte den Ellenbogen nicht strecken. Und ihre Muskeln fühlten sich steif an ... sehnig.

*»Ssss!«*, fauchte Modru, und seine widerlichen Augen funkelten bösartig durch die abscheuliche Eisenmaske. »Noch eine Woche bis zum Sonnentod. Mehr Zeit hast du nicht. Du wirst den Arm beugen und strecken, um ihn zu kräftigen. Du wirst die Haut reinigen und mit Ölen behandeln. Jeden Tag wirst du das mehrere Stunden lang tun. Und wenn du keine ausreichenden Fortschritte machst, *tsss*, dann werde ich es für dich tun lassen. Denn in einer Woche kommt jener Schwärzeste Tag, auf den ich viertausend Jahre gewartet habe. Und du, meine Prinzessin, musst dann ... vorzeigbar sein.«

Es folgten lange, harte Tage, in denen Laurelin an ihrem Arm arbeitete, sich mühte, ihn ganz zu strecken und zu beugen, die Muskeln zu dehnen und zu kräftigen. Und mit der Zeit fühlte sich das Gewebe nicht mehr so faserig an und bekam allmählich die Spannkraft und Wölbung gesunder Muskulatur. Sie arbeitete jedoch nicht etwa deshalb so hart an der Wiederherstellung ihres Arms, weil Modru es ihr befohlen hatte, sondern damit sie an einem Seil hinabklettern und fliehen konnte.

Sie wusste nicht, was Modrus lange erwarteter Schwärzester Tag bringen und welche Rolle sie dabei spielen würde, doch sie fürchtete sich davor, denn es war klar, dass er etwas mit Gyphons Wiederkehr zu tun hatte, und sie beabsichtigte, vorher die Flucht zu ergreifen. Doch ihr Arm war fürchterlich schwach, und es war zweifelhaft, ob sie innerhalb weniger Tage zum Klettern in der Lage sein würde. Aber sie arbeitete mit zielstrebiger Entschlossenheit.

Modru kam jeden Tag, um zu sehen, ob sie Fortschritte machte, und er zischte ihr zu, sich noch mehr anzustrengen; allerdings ließ er ihren Arm von seinen Lakaien nicht über die natürlichen Grenzen hinaus strapazieren.

Und jeden Tag raunte er Neuigkeiten vom Krieg: »Meine Kundschafter schleichen auf vier Beinen und bleiben im Gebüsch verborgen, und sie folgen der Lumpenlegion auf ihrem Ritt durch Gron. *Ssss*. Es scheint, als kämen diese Narren, um den Eisernen Turm selbst anzugreifen! Und das Heulen meiner Vulgs meldet mir, dass diese armselige Legion ganze fünftausend Krieger stark ist. Pah! Fünftausend, wo *fünfzigtausend* scheitern würden! *Diese Schwachköpfe!* Sie haben keine Ahnung, dass meine Horde in ihrer Spur marschiert.«

»Narren!«, fauchte Modru am nächsten Tag. »Hoffen sie wirklich, mich aufhalten zu können? Zehntausend von meinen Lakaien gegen vielleicht zweitausend von ihnen? Ich werde in weniger als einem Tag durch den Gruwen-Pass stoßen! Dann wird meine Horde wieder hinter dem Lumpenpack her sein.«

Am nächsten Dunkeltag erschien Modru nicht, und so erfuhr die Prinzessin nichts über den Fortgang des Krieges, aber am Tag darauf lauschte sie dem kehligen Sabbern ihr Lökh-Wächter, als sie auf dem Wall spazieren ging, denn sie sprachen erst von Modru und dann vom Kampf im Süden.

»Er soll üble Laune haben«, sagte einer der Wächter.

»Wann hat er die nicht?«, bellte der andere.

»He, du Holzkopf«, schnarrte der erste, »ich meine *schlimmer* als üble Laune. Ich werde jedenfalls zusehen, dass ich ihm nicht über den Weg laufe.«

»Es heißt, am Gruwen läuft irgendwas schief. Die Horde ist von Menschen aufgehalten worden ... und, *tsss*, von Elfen. Und im Klauenmoor lagern noch mehr Menschen ... eine ganze Legion angeblich, und sie sind auf dem Weg hierher!«

*Im Klauenmoor!* Hoffnung belebte Laurelin, doch sie verebbte sofort wieder, als sie die Unmöglichkeit bedachte, diese Festung zu bezwingen.

Die Lökha sagten auf dem Rückweg in ihre Zelle nichts

Interessantes mehr, aber dort wartete Modru, um ihren Arm zu begutachten, und was er erzählte, ließ ihr Herz einen Schrei an die Männer aussenden, die sich dem Eisernen Turm näherten.

»*Ssss,* ich werde es diesen Narren zeigen, die zu meiner schwarzen Zitadelle kommen: aus Aven und aus deinem Riamon, durch den Jallor-Pass nach Jord und von dort auf geheimen Wegen durch die Gronspitzen sind meine Räuber unterwegs. Und diese kümmerliche Lumpenlegion, die nun im Klauenmoor lagert ... *tssa!* Meine Hélrosskavallerie wird sie bald einholen und ihnen in den Rücken fallen.«

In dieser Nacht saß Laurelin grübelnd wach. Die ganze Zeit während Modrus Zischen und Schwadronieren hatte sie mühevoll ihren Arm gekräftigt. Sie spürte, bald konnte sie einen Fluchtversuch unternehmen. Doch noch immer wusste sie nicht, wie sie diesen bewerkstelligen sollte. Und auch ihre täglichen Spaziergänge hinaus zu den Wällen und Brustwehren und zurück in ihre Zelle trugen nichts Erhellendes zu dieser Frage bei.

Und auch wenn sie nicht wusste, wer diese »Lumpenlegion« bildete, schlug ihr Herz voller Hoffnung, weil sie zum Eisernen Turm unterwegs war, und es stürzte sie in Verzweiflung, als sie hörte, dass sich nun eine große Streitmacht von Ghola sammelte, um ihr in den Rücken zu fallen.

Sie überlegte jedoch, dass diese Legion, falls sie tatsächlich kam, für die Ablenkung sorgen würde, die sie selbst für ihre Flucht benötigte. Und es schien, als sei die Legion wahrhaftig zum Eisernen Turm unterwegs und würde ihn bald erreichen, denn nun kampierte sie bereits im Klauenmoor, und das lag unmittelbar vor den Toren von Modrus Festung.

Als die Prinzessin am folgenden Dunkeltag zu ihrem Spaziergang geführt wurde, herrschte großer Aufruhr in den Burghöfen; Rukhenhörner blökten und das Gezücht rannte hin und her und schleppte Waffen auf die Brustwehren.

Und als Laurelin die Wälle hinaufschritt und im Schattenlicht durch die Mauerscharten aufs Moor hinausschaute, sah sie eine große Reiterstreitmacht vor sich, einen Wald von hin und her wogenden Speeren.

Ihr stockte der Atem, ihr Herz hämmerte wild und große Freude durchflutete sie.

Denn da draußen flatterten die grün-weißen Farben Valons ...

Und das Scharlachrot und Gold von Pellar.

Und vorn stand stolz das graue Ross Sturmwind, doch auf seinem Rücken saß nicht Hochkönig Aurion, sondern ein Mann in einer scharlachroten Rüstung ... *der Rüstung von Prinz Galen!*

Ihr Liebster war endlich gekommen!

Laurelin hielt den Atem an und Tränen füllten ihre Augen; sie hätte gern gerufen, aber sie wusste, die Legion war zu weit entfernt, um sie verstehen zu können. Doch ihr Herz schrie danach, Galen irgendwie davor zu warnen, dass in diesem Augenblick Ghola in großer Zahl von Jord nach Gron ritten, um der Legion am Turm in den Rücken zu fallen. Sie durfte aber ihre Begleiter nicht wissen lassen, dass sie rufen wollte, sonst würde man sie nicht mehr auf die Wälle lassen, wenn die Krieger tatsächlich nahe genug kamen, um sie hören zu können.

Da sie keine Möglichkeit sah, ihre Freunde zu warnen, schwieg sie und wischte ihre Tränen weg, während die Lökha sie über die Wälle führten. Und ringsum eilte das Gezücht auf seine Posten und machte die Waffen bereit: Kessel mit heißem

Öl; gekrümmte Bögen und Pfeile mit schwarzen Schäften; Krummsäbel und Dolche; Hämmer, Keulen, Knüppel und Eisenstangen. Und über dem Tor spannten Lökha unter dem heiseren Klappern von Zahnrädern einen mächtigen Kurbelbogen und legten ein Geschoss mit Eisenspitze von der Länge eines Speers in die Abschussrille. Dann schwenkten sie die Waffe auf ihrem Sockel und richteten sie auf die Legion.

Von dem ganzen Getümmel auf den Wällen aber sah Laurelin nichts. Ihr Blick war unverwandt auf die Gestalt ihres Liebsten gerichtet. Und sie schien sich nicht satt sehen zu können an ihm, ihre Augen labten sich an seinem fernen Umriss, und ihr Herz jauchzte, denn er war endlich gekommen. Und während sie über den Wall geführt wurde, schaute sie lange auf ihn. Zuletzt jedoch riss sie den Blick los von der scharlachrot gekleideten Gestalt auf dem grauen Pferd und ließ ihn über die Krieger der Legion schweifen, um zu sehen, ob sie noch weitere erkannte. Und plötzlich machte ihr Herz einen gewaltigen Satz, denn dieses Pferd dort konnte nur Rost sein, und auf seinem Rücken saß ... Prinz Igon! *Aber wie war das möglich?* Sie hatte doch mit eigenen Augen gesehen, wie er bei dem Überfall auf den Wagenzug getötet worden war! Und sie selbst hatte Rost den Befehl zur Flucht gegeben. Hier aber sah sie die beiden vor sich – und Igon *lebte* – und sie standen vor den Toren des Eisernen Turms.

Sie schüttelte den Kopf, als müsste sie Hirngespinste daraus vertreiben, doch der Prinz blieb körperlich und real. Und da wusste sie, dass Igon irgendwie den Hieb des Gholensäbels überlebt hatte, der seinen Stahlhelm gespalten und ihn zu Boden geschleudert hatte.

Erneut musterte sie die Front der Legion, und da war einer, den sie für Fürst Gildor hielt, allerdings war sie sich nicht ganz sicher, denn der Elf saß nicht auf Leichtfuß.

Und da waren auch die kleinen Gestalten von *Waerlinga*!

Aber ob Herr Tuck und Herr Danner oder Hauptmann Patrel unter ihnen waren, konnte sie nicht feststellen, denn in diesem Augenblick führte man sie wieder hinab vom Wall und zurück in ihre Kammer.

Und als sie die Tür hinter ihr zugeschlagen und verriegelt hatten, setzte sich die Prinzessin nieder und versuchte ihre wirren Gedanken zu sammeln. Nun endlich wurde ihr vieles von Modrus zusammenhanglosem Gezischel klar: Das da draußen war die Legion, die durch den Dusterschlund nach Norden geritten war – eine Legion aus Valon, angeführt von ihrem geliebten Prinz Galen. Vielleicht war es dieselbe Legion, die an der Gúnarring-Schlucht die Hyranier geschlagen hatte. Wenn ja, dann war sie über den Gruwen-Pass nach Norden gezogen und hatte dort eine Nachhut zurückgelassen, die eine Horde von Verfolgern abwehren sollte. Wie aber kam es, dass Prinz Galen an der Spitze dieser Streitmacht ritt? Und noch dazu auf Sturmwind? Wo war König Aurion?

Pah! Alle diese Fragen spielten im Augenblick keine Rolle. Worauf es vielmehr ankam, war, dass sie Galen vor der Gholenarmee warnen musste, die sich zu einem Angriff auf ihn sammelte.

Und sie musste ihn außerdem davor warnen, dass Modru in nur zwei Tagen eine große Schandtat plante, denn zu diesem Zeitpunkt würde jener Schwärzeste Tag des Bösen anbrechen.

Laurelin begann aufgeregt hin und her zu laufen, denn mehr denn je war ihr nun klar, dass sie fliehen musste ... aber wie? Auch wenn sie durch das Fenster in den Hof hinabklettern konnte, wenn es ihr vielleicht sogar gelang, diesen zu überqueren, blieben immer noch die Wälle zu bezwingen. Und wie sollte sie über den Abgrund gelangen? Und solange sie darauf keine Antwort hatte, sollte sie da einen Versuch wagen? Denn wenn sie bei einem erfolglosen Versuch erwischt wurde, würde Modru sie in ein anderes Quartier sperren –

eins, wo es keine Fenster, keine Stäbe, keine Hoffnung auf Flucht gab.

Stöhnend vor Qual setzte sich Laurelin mit einem Ruck im Bett auf und erwachte mit weit geöffneten Augen aus einem grässlichen Traum von Angst und Enge. Ihr Herz raste wie wild, und ihr Bettzeug war verdreht und zusammengeschoben und schweißnass. Bruchstücke ihres Alptraums hingen wie Schwaden kalten Nebels in ihrem Kopf. Doch alles, woran sie sich erinnerte, war ein großes, saugendes, schwarzes Maul, das sich näherte, um sie gänzlich zu verschlingen, und sie konnte nicht fliehen, und hinter ihr hatte das Gezücht höhnisch gejohlt und an irgendeinem monströsen Folterinstrument gezupft.

Als sich die Prinzessin aus den Laken strampelte, hörte sie – *Tsung!* – das tiefe schwirrende Geräusch aus ihrem Alptraum, gefolgt vom heiseren Johlen der Brut.

Einen Moment lang griff ihr die Angst aus dem Traum ans Herz; aber sie wusste, was sie hörte, war echt und kein Gespinst des Schlafs, und sie tappte vom Bett zum Fenster, stellte sich hinter die schweren Vorhänge und spähte hinaus ins Schattenlicht.

*Tsung!* Da war es wieder! Und durch das Heulen und Jubeln des Gezüchts vernahm die Prinzessin das raue Klappern von Zahnrädern, und auch wenn sie das Gerät von ihrem Fenster aus nicht sehen konnte, so wusste sie doch, dass die Lökha den mächtigen Kurbelbogen auf dem Wehrwall über dem Tor spannten, um in Kürze einen weiteren Speer mit Eisenspitze auf die Legion zu schleudern.

Laurelins Blick wanderte zum Innenhof hinab, und sie hielt entsetzt den Atem an, denn genau unter ihrem Fenster stand ein Paar Lökha und sah zu, wie Rukhendiener Brocken sehnigen Fleisches und Schüsseln mit kaltem Hirsebrei an Gruppen des Gezüchts ausgaben, die von den Wällen kamen. Und an der Seite stand einer aus dem Leichenvolk, ein Ghol, und überwachte alles. Und genau in diesem Moment richtete er seine seelenlosen schwarzen Augen auf ihr Fenster, die roten Lippen teilten sich zu einem bösartigen Grinsen und die zwei Reihen spitzer Zähne schimmerten gelb im Schattenlicht.

*Tsung!*

Laurelin stiegen Tränen in die Augen, sie wandte sich vom Fenster ab und ging zurück zum Bett. Und ihr Herz verzweifelte, denn auch wenn sie nicht gewusst hatte, wie sie über die Brustwehren und die Schlucht gelangen sollte, hatte sie eine Flucht dennoch irgendwie für möglich gehalten. Nun aber konnte sie nicht einmal mehr aus ihrem Fenster klettern, denn dieser Weg würde sie direkt in die Arme des Gezüchts führen.

An diesem Tag erschien keine Eskorte von Lökha, um sie auf die Wälle zu führen. Auch Modru kam nicht. Und die Prinzessin wusste, dass sie sich auf den Krieg vorbereiteten.

Den ganzen Dunkeltag lang schaute sie immer wieder aus dem Fenster, aber die Essensausgabe für das Gezücht blieb genau unter ihr. Sie überlegte fieberhaft, aber ihr fiel kein Plan ein, wie sie auch nur aus ihrem Zimmer fliehen könnte, geschweige denn die Reihen der Legion erreichen.

Und den ganzen Tag über war das unheilvolle *Tsung!* des Speere schleudernden Kurbelbogens vom Wall zu hören.

Am nächsten Dunkeltag lief Laurelin in ihrer Kammer auf und ab wie ein gefangenes Tier. *Tu irgendwas!,* schrie eine Stimme in ihrem Kopf, doch genauso laut schrie eine andere Stimme zurück: *Was? Was kann ich tun?* Sie trug ihre gesteppte Rukhenkleidung, und sie war bereit zur Flucht ... aber unter ihrem Fenster stand die Brut, und die Tür zu ihrer Kammer war verriegelt.

Und heute war der Tag, von dem Modru schwadroniert hatte: Heute war der Schwärzeste Tag.

Die Zeit schleppte sich dahin, Augenblicke wurden zu langen Minuten, und die Minuten dehnten sich zu Stunden, und langsam sickerte der Tag der Stunde des Sonnentods entgegen.

Oft trat Laurelin ans Fenster, doch nichts hatte sich geändert; ihr Herz verzweifelte und sie hatte das Gefühl, als würde etwas Widerliches, Böses näher kommen, aber sie wusste nicht, was es war.

Inzwischen war es beinahe Mittag, und erneut ging sie ans Fenster. Und als sie dort stand und schaute, brach auf den Wällen ein großer Tumult aus. Sie hörte das raue Schmettern von Rukhenhörnern. Dann ertönte das Klirren und Rasseln von Waffen, heiseres Fauchen und Schreien erklang, und Laurelin sah die Brut auf den Wällen in Richtung des Tores rennen.

Und unten im Hof griff das Gezücht unter ihrem Fenster schreiend zu den Waffen und stürzte sich in das Getümmel.

*Das war ihre Gelegenheit!*

Rasch legte Laurelin ihren Umhang um, entfernte den Gitterstab und stellte ihn beiseite. Dann band sie ihr Stoffseil an einem verbliebenen Stab fest und warf es aus dem Fenster. Ihren Rucksack hatte sie ans Ende des Zopfes geknüpft, so dass er nicht weit entfernt auf das Pflaster fiel.

Als sie an dem Seil zerrte, um die Festigkeit ihres Knotens zu prüfen, hörte sie Modrus wutentbrannte Schreie durch den Turm hallen, und vor ihrer Tür ertönte das Patschen von rennenden Füßen.

Einen Augenblick lang herrschte Stille, dann wurde der Türriegel mit einem Ruck zurückgeschoben, und sie sah zwar nichts, aber sie hörte schlurfende Schritte hereinkommen und die Tür zufallen. Sie konnte ein raues Keuchen ausmachen, *und dann kamen die humpelnden Schritte und der stoßweise Atem direkt auf das Fenster zu.*

Hinter den schweren Vorhängen griff Laurelin mit pochendem Herzen nach dem losen Eisenstab, hob ihn hoch über den Kopf und wappnete sich dafür, ihn mit einem tödlichen Schlag auf den Eindringling herabsausen zu lassen, um dann ihre Flucht zu vollenden.

# FÜNFTES KAPITEL

## Der Schwärzeste Tag

Auf dem Rücken von Sturmwind wandte König Galen die stahlgrauen Augen von der blassen Scheibe ab, die am südlichen Himmel im Zenit stand, und blickte nach Osten zum Eisernen Turm. Die dunklen Zinnen erhoben sich im Schattenlicht himmelwärts, drohend und unheilvoll ragte die schwarze Festung in den Dusterschlund. Und im Vordergrund gähnte ein finsterer Abgrund, der sich um die nackten Wälle herumzog.

Links von Galen stand Brega auf dem gefrorenen Boden, sein düsterer Blick wanderte über die Bastion, und dazu strich sich der Zwerg über den gegabelten Bart und murmelte leise vor sich hin. Rechts von Galen saß Fürst Gildor zu Pferde, und er hielt den Blick noch immer auf die blasse Scheibe am Himmel gerichtet. Und hinter Galen reihte sich mit gezückten Säbeln und wogenden Speeren die berittene Legion des Hochkönigs.

»In nur zwei Tagen tritt der Sonnentod ein, König Galen«, sagte der Elf und ließ den Blick von dem schwachen Schein zu den Wällen wandern.

Galen brummte nur, und seine Augen suchten den Stein der dunklen Zitadelle nach einem Schwachpunkt ab, an dem die Legion zuschlagen konnte. Und irgendwo in der Trutzburg des Prinzessinnenräubers saß seine Laurelin in Gefangenschaft – falls sie noch am Leben war.

In einer Reihe unmittelbar hinter dem König sprachen die Wurrlinge untereinander:

»Hoi, Tuck«, rief Danner aus, »schau, dort am Hauptturm, dem hohen.«

»Ich sehe es, Danner, ich sehe es.« Tucks Stimme war grimmig, denn auch er sah, dass rund um die Spitze des Turms ein dunkler Strahlenkranz strömte. »Fürst Gildor«, rief der Bokker, »seht ihr diesen schwarzen Hof um den höchsten Turm?«

Der Lian ließ den Blick zu der Zinne wandern. »Nein, Tuck. Den nehmen einzig eure Waerlingsaugen wahr.«

»Vielleicht beherbergt dieser Turm irgendeine schreckliche Vorrichtung des Bösen«, spekulierte Patrel, und seine grünen Augen beobachteten die fließende Schwärze, welche die Turmspitze einhüllte.

»Vielleicht beherbergt dieser Turm das Herz des Dusterschlunds«, schlug Merrili nach einem Augenblick vor; und bei ihren unheilvollen Worten schlug Tucks Herz heftig in der Brust, denn sein saphirblauer Blick sah die furchtbare Schwärze pulsieren. Und Tuck wusste in diesem Moment, dass von diesem Turm nicht nur das Schattenlicht des Dusterschlunds ausströmte, sondern all das Böse, das Mithgar zur Zeit heimsuchte. Der Bokker erschauderte bei diesem Gedanken, sagte aber nichts, während alle auf die drohend aufragende Festung starrten.

Lange saßen sie schweigend auf ihren Rössern und spähten zur schwarzen Zitadelle, und schließlich ergriff König Galen das Wort: »Gebt das Signal, ein Lager aufzuschlagen, und ruft die Kundschafter zu mir. Teilt die Wachen ein, und gebt bekannt, sie sollen stets auf der Hut sein, denn wir wissen nicht, was Modru plant.«

Ubrik setzte das schwarze Ochsenhorn an den Mund und teilte die Luft mit volltönenden Rufen, und die Reiterreihen der Legion lösten sich auf, um ein Lager zu errichten. Und Galen zog seine gesteppte Jacke wieder an, denn der Hochkönig hatte dem Feind seine Farben und seine Rüstung als Kampfansage gezeigt, aber der Feind hatte sich zu keiner Antwort herabgelassen.

Das Lager wurde draußen auf dem Moor, im Norden und Westen der Straße zur Zugbrücke aufgeschlagen. Dann schickte man Kundschafter los; sie sollten die schwarze Zitadelle umrunden und nach Wegen suchen, wie die Legion eindringen konnte, aber auch die Pfade ausspähen, auf denen der Feind möglicherweise einen Ausfall gegen das Heer unternehmen würde.

Stunden vergingen, und einer nach dem anderen kehrten die Reiter mit der Nachricht zurück, dass der Abgrund ringsum verlief, auf der anderen Seite Patrouillen des Gezüchts unterwegs waren und oben von den Brustwehren Wächter höhnisch herabriefen. Und die Reiter berichteten auch, dass es abgesehen von der Zugbrücke und dem Tor keine Möglichkeit zu geben schien, in die Festung hinein- oder aus ihr hinauszugelangen.

Nun brachen die Wurrlinge zusammen mit den Kundschaftern auf, denn es konnte sein, dass ihre Juwelenaugen im Dusterschlund feine Einzelheiten entdeckten, die menschliche Augen nicht sahen; und auch Gildor und Flandrena schlossen sich an, um mit ihrem Elfenblick die Bastion zu erkunden. Zu ihnen gesellte sich schließlich noch Brega, der hinter Flandrena auf dessen Pferd Platz nahm, denn wie er sagte: »Auch Châkkaaugen wollen diese Festung betrachten.«

Lange suchten sie, während die erschöpfte Legion innerhalb eines Ringes von Wachen schlief, und die Stunden vergingen. Und auch diese Kundschafter – Menschen, Wurrlinge, zwei Elfen und ein Zwerg – kamen schließlich zu König Galen, ohne einen Erfolg vermelden zu können.

So verstrich dieser Dunkeltag.

*Tsung!* Ein tiefes, schwirrendes Geräusch weckte Tuck. Er setzte sich in seinen Decken auf und rieb sich den Schlaf aus den Augen; als er aufschaute, stand Merrili vor ihm und blickte in Richtung der schwarzen Festung. Auch Tuck erhob sich; er trat neben Merrili und legte den Arm um sie, und sie bettete den Kopf an seine Schulter, ohne den Blick von den fernen Wällen abzuwenden.

»Was gibt es, Merrili?«, fragte Tuck und spähte zu den Burgmauern.

»Ich weiß es nicht«, antwortete sie. »Irgendein Geräusch hat mich geweckt.«

*Tsung!*

»Da! Da ist es wieder!«, rief die Mamme. »Und schau!« Sie zeigte in die Richtung.

Beide Wurrlinge sahen einen gewaltigen Schaft im Schattenlicht aufsteigen und im Bogen auf die Legion niedergehen.

»Wa-was kann einen Speer derart schleudern?«, stieß Tuck keuchend hervor, während er den Flug des Geschosses verfolgte.

Von hinten ertönte die Antwort auf Tucks Frage: »Die Brut hat einen großen Kurbelbogen über dem Tor angebracht.« Marschall Ubrik trat neben die Wurrlinge, und auch sein Blick folgte dem Flug des Speers.

Der Schaft bohrte sich inmitten von Kriegern in die Erde, die rasch zur Seite krochen, und von Ferne tönte das höhnische Johlen der Brut auf den Wällen übers Moor.

*Tsung!* Das Wurfgerät schleuderte einen weiteren Speer in hohem Bogen auf die Legion, und wieder hörte man den Jubel des Madenvolks von den Brustwehren klingen.

*Ein Angstzeichen,* dachte Tuck. *Das ist ein weiteres Angstzeichen des Bösen.*

Ubrik aber sagte: »Macht euch keine Sorgen wegen dieser Waffe, denn hier, wo wir jetzt stehen, können wir den Schäften mühelos ausweichen. Das Gezücht benutzt den Kurbelbogen nur, um uns zu schikanieren – es gefällt ihnen, uns springen zu sehen. Das wird sich erst ändern, wenn wir die Zugbrücke überqueren müssen, denn dann wird er Krieger und Pferde gleichermaßen fällen. Der Schutz der Brücke ist sein Zweck, und dabei wird er zur mächtigen Waffe, zu einem ganz furchtbaren Gerät.«

*Tsung!*

Den ganzen Vormittag über schwirrte der Kurbelbogen, doch bislang war keiner der Krieger von einem Speer getroffen worden, denn wie Ubrik gesagt hatte, konnte man den Schäften in dieser Entfernung leicht ausweichen. Als sich der Tag jedoch in die Länge zog, wurde die Stimmung zunehmend gereizt, denn der Feind schleuderte außer Speeren auch Beleidigungen, und die Legion schlug nicht zurück.

Und als es Mittag wurde, zeigte sich schwach das blasse Leuchten der Sonnenscheibe – ein Leuchten, das höchstens eine Viertelstunde anhalten würde.

*Tsung!*

Fürst Gildor wandte den Blick von der kaum wahrnehmbaren Scheibe ab. »König Galen, wir müssen bald etwas unternehmen, denn morgen um diese Stunde tritt der Schwärzeste Tag ein.«

Galen nickte und sagte: »Ich denke mir, Fürst Gildor, dass wir zur richtigen Zeit zuschlagen müssen – dann nämlich, wenn wir Modrus Pläne auch wirklich zunichte machen können. Wenn wir es zu früh versuchen und scheitern, wird unsere Mühe vergebens gewesen sein. Und wenn wir zu lange warten, wird jede Anstrengung zu spät kommen. Jawohl, wir müssen zu einer Zeit losschlagen, zu der die Aussicht, den Bösen abzulenken, am größten ist; dann können wir, unabhängig davon, ob es uns gelingt, die Festung zu erstürmen oder nicht, immer noch dafür sorgen, dass sein Plan zunichte gemacht wird.

Doch Ihr habt Recht: Wir müssen bald etwas unternehmen. Ich glaube, es ist nun an der Zeit, den Kriegsrat einzuberufen, damit wir Flandrenas Plan erörtern.« Galen wandte sich an Feldmarschall Ubrik. »Ruft den Rat zu mir. Lasst uns mit diesem Krieg beginnen.«

Tuck und Merrili kamen als Letzte zum Kriegsrat und nahmen in der bereits versammelten Runde ihre Plätze zwischen Danner und Patrel ein. Tuck ließ den Blick über den Kreis schweifen – ein Kreis aus Menschen, Elfen, Wurrlingen und einem Zwerg. Vor allen thronte Hochkönig Galen, und seine Miene war ernst. Zu seiner Rechten saßen Prinz Igon, Marschall Ubrik und vier weitere grimmige Krieger aus Valon. Links von Galen kamen zwei Elfen und dann die vier Wurrlinge. Und gegenüber von Galen schloss Brega den Kreis, der seine Zwergenaxt Drakkalan mit beiden Händen auf dem Schoß umklammert hielt.

»Ihr alle habt gesehen, welche Schwierigkeiten Modrus Festung bietet«, begann Galen. »Hoch sind die Wälle und gut bewacht von der Brut. Diese Wälle allein wären schon schwer zu bezwingen, selbst wenn wir Belagerungstürme hätten, um sie zu stürmen. Wir haben jedoch keine, und es liegt kein Wald in der Nähe, der das Holz für den Bau von solchen Türmen liefern würde. Aber auch wenn es einen nahen Wald gäbe, könnten wir diese Mauern nicht auf üblichem Weg überwinden, denn die Festung ist vollständig von einem mächtigen Graben umgeben – einem Graben, der noch von keiner Belagerungsmaschine überquert wurde. Nur einen Weg gibt es über diesen Abgrund in die Burg, und dieser Weg führt über eine Zugbrücke, die nun fest an das Bollwerk geklappt ist.

Vor uns liegt also das Problem, wie wir die Legion zum Einsatz bringen können. Wie können wir den Graben überwinden, die Wälle übersteigen und die dunkle Zitadelle erstürmen?«

Galen ließ seine Frage eine Weile im Raum stehen, dann nickte er Flandrena zu, und die sanfte Stimme des schlanken Elfen beendete die Stille: »Wie Ihr gesagt habt, König Galen, stehen uns keine Mittel zur Verfügung, um die gewaltigen Belagerungsmaschinen zu bauen, die für eine Überbrückung der Kluft und die Erstürmung der Mauern nötig wären. Und selbst wenn dies der Fall wäre, hätten wir nicht die Zeit, sie bis zum Anbruch des Schwärzesten Tages zu bauen. Deshalb können wir meiner Ansicht nach nur folgenden Plan versuchen: Während die Legion für Ablenkung sorgt, muss ein kleiner Trupp heimlich zuerst durch die Schlucht und dann über die Mauern von Modrus Festung klettern, so wie es Vanidor, Duorn und Varion getan haben. Und dann muss diese Gruppe die Winde der Zugbrücke erobern, die Brücke herablassen und das Fallgitter öffnen. Und wenn das erledigt ist, können Teile der Legion hinüber in die Höfe der Burg stürmen und die Horde beschäftigen, bis das gesamte Heer nachrückt.

Ja, es ist ein einfacher Plan, aber ich glaube, es ist der einzige, der in der verfügbaren Zeit gelingen kann. Dennoch steckt er voller Gefahren, denn vieles hat sich geändert, seit Vanidor, Duorn und Varion die Mauern erstiegen haben: Rûpt patrouillieren nun am Rande der Schlucht, drüben am Fuß der Wälle. Auf den Bollwerken wimmelt es von der Brut. Und die Route, die meine Brüder über den Graben nahmen, ist nicht mehr zu benutzen, denn nahe der Felsspalte, in der sie hinaufgeklettert sind, befindet sich nun oben am Rand des Grabens ein Posten, eine Meldestelle für die Patrouillen der Rûpt.

Dennoch ist es möglich, den Spalt hinaufzusteigen; Brega und ich haben am gestrigen Dunkeltag nach einem neuen Weg gesucht, wie man auf der anderen Seite des Grabens nach oben kommt, und seine Augen haben einen gefunden.«

Flandrena gab Brega ein Zeichen, und der Zwerg erhob sich, um zu sprechen, beide Hände weiterhin fest um Drakkalan geschlossen.

»König Galen, wie alle Châkka weiß ich gut über Fels Bescheid.« In Bregas rauer Stimme schwang Stolz mit. »Und ich gelte bei meinem Volk als guter Kletterer. Das aber sage ich Euch: Die Brut hat diese Schlucht mit Pickeln bearbeitet, um einen leichten Zugang zu verhindern, und sie beinahe auf der ganzen Länge geglättet. Die Stelle, an der Vanidor und seine Kameraden aufgestiegen sind, war eine der wenigen, an denen man die Wand hinaufklettern kann, und das nur, weil die Felsspalte so tief ist, dass es die Burgmauern unterhöhlt hätte, sie einzuebnen.

Mit genügend Zeit ließe sich zwar jeder Abschnitt der Schlucht unter Zuhilfenahme von Felsnägeln, Haken und Seil besteigen; aber wir haben nicht die Zeit für eine langsame Besteigung, und selbst wenn wir sie hätten, würde das Geräusch unserer Hämmer sofort die Brut anlocken. Nein, wir müssen geschwind und leise hinaufsteigen, und es gibt nur eine Stelle, an der wir das tun können: drüben, auf der Ostseite der Burg, wo sich ein Felsvorsprung vom Boden bis zum Rand der Schlucht zieht.

Der Fels ist an dieser Stelle jedoch geschichtet und wird bei Belastung abbröckeln. Der Aufstieg wird deshalb gefährlich, nicht nur wegen der Patrouillen und der Brut oben auf den Zinnen, sondern auch, weil der Stein nachgeben und die Kletterer in den Tod reißen könnte.

Hier ist also mein Vorschlag: Ich werde eine kleine Gruppe auf dieser Seite der Schlucht nach oben führen, denn ich verfüge über das nötige Können. Meine Begleiter aber müssen erstens gute Kletterer und zweitens leicht von Gewicht sein, damit sie den Fels nicht zu sehr belasten. Und schließlich müssen sie von einer Statur sein, mit der sie als Ükh, Hrök oder Khol durchgehen, denn wir müssen außerdem noch die Brustwehren ersteigen und als eine Gruppe des Gezüchts getarnt über die Wälle zum Tor auf der anderen Seite marschieren.«

Während sich im Kriegsrat ein Murmeln erhob, nahm Brega mit übereinander geschlagenen Beinen wieder Platz und legte die Streitaxt in den Schoß.

»Drimm Brega«, meldete sich Fürst Gildor zu Wort, »welches Gewicht darf ein Krieger denn haben, ohne dass er den Fels abbricht?«

»Der Elf Flandrena ist schlank genug«, antwortete Brega, »Ihr selbst aber seid zu groß und zu schwer, und ich würde König Galen raten, nur Krieger zu schicken, die so viel wie Flandrena oder weniger wiegen.«

Wieder wurde im Kriegsrat Gemurmel laut, und Ubrik erhob Widerspruch: »Aber, Zwerg Brega, damit würden ja die meisten, wenn nicht alle Vanadurin ausscheiden. Sicher, wir Harlingar haben wenig oder gar keine Erfahrung im Klettern, denn wir pflegen über flache, grasbewachsene Ebenen zu reiten und kommen nicht oft ins Gebirge. Dennoch, Eure Worte würden alle Menschen von dieser Unternehmung ausschließen.«

»Nicht alle, Marschall Ubrik.« Es war Prinz Igon, der das sagte. »Ich schätze, dass ich unterhalb Flandrenas Gewicht liege. Und ich bin so manchen Wall hinaufgeklettert.«

Bei Igons Worten huschte ein gequälter Ausdruck über Galens Gesicht, aber er sagte nichts.

»Aber das sind erst drei«, meldete sich ein Vanadurin namens Raiklen zu Wort. »Wer kann noch an dieser Unternehmung teilnehmen?«

Patrel stand auf. »Wir können mitgehen.«

Ubrik stöhnte. »Mir scheint es, König Galen, als schickten wir nur junge Kerle auf eine Mission für Männer.«

Brega knurrte und sprang mit zornblitzenden Augen auf. »Ich für meinen Teil bin kein junger Kerl, Mensch Ubrik! Und Flandrena ist hundert Mal so alt wie Ihr. Prinz Igon ist noch jung, das stimmt, aber ich kenne seine Vorzüge, und ich möchte ihn mitnehmen. Und was die Waerans betrifft, so bin ich mit einem von ihnen durch die Finsternis marschiert, und ich könnte mir keinen feineren Kameraden, keine besseren Krieger wünschen.« Brega trat zu Tuck und legte dem Bokker die knorrige Hand auf die Schulter. »Dieser Waeran hat mitgeholfen, den Gargon zu töten. Habt Ihr Krieger in Euren Reihen, die das Gleiche von sich behaupten können?«

Tuck war es peinlich, derart im Mittelpunkt zu stehen, und Bregas leidenschaftlicher Ausbruch überraschte ihn, doch gleichzeitig erfüllte ihn leiser Stolz, denn Bregas Worte bedeuteten ihm viel.

Tuck erhob sich. »Ich würde jederzeit einräumen, dass es in dieser Gesellschaft bessere Krieger als mich gibt. Doch wenn ich richtig verstanden habe, erfordert dieses Unterfangen solche, die gut klettern können und leichtgewichtig sind. Unter den Wurrlingen sind welche, die diesen Anforderungen entsprechen: Danner und ich etwa, denn viele Male sind wir die Steilwand der Hochkuppe nahe Waldsenken hinaufgeklettert. Wir sind geschickt im Umgang mit Pfeil und Bogen ... und bekanntlich habe ich in einer Notlage auch das hier eingesetzt.« Tuck zog das Langmesser aus der Scheide und hielt es hoch, und das Klingenjuwel verströmte blaue Flammen entlang der scharfen Schneide und kündete auf diese Weise deutlich von der nahen Festung voll böser Brut aus der Untargarda.

Den Männern aus Valon stockte der Atem, als sie ein so wirkungsvolles Zeichen der Macht in den Händen eines Waldan sahen, und sie betrachteten den Angehörigen des Kleinen Volks mit neuem Respekt.

Tuck steckte die Klinge zurück in die Scheide. »Da ist auch

noch folgender Umstand, Marschall Ubrik, und einer Eurer Reiter hat es am Ufer des Argon selbst gesagt: Wir sind klein und untersetzt, ähnlich wie Rutcha ... mit ein wenig Verkleidung. Nur wir haben eine Chance, über jene Wälle zu marschieren – in verdreckten Umhängen, die Kapuzen hochgeschlagen und uns gegenseitig anfauchend – und unbehelligt das Tor zu erreichen. Denn wir – die Wurrlinge und Brega – werden wie eine Gruppe von Rukhs aussehen, und Prinz Igon und Flandrena sind unsere Meister von den Hlöks.«

Tuck setzte sich; er hatte alles gesagt, und eine Zeit lang herrschte Schweigen. Dann ergriff König Galen das Wort: »So sei es denn. Wir werden es mit diesem Plan versuchen. Hauptmann Patrel, wie viele der Waerlinga sind in der Lage, im Fels aufzusteigen? Und Marschall Ubrik, über welche Möglichkeiten verfügen wir, das Gezücht abzulenken, damit Bregas Kletterpartie Aussicht auf Erfolg hat? Und schließlich, Krieger Brega, wie lange werdet Ihr brauchen, und wann sollen wir zuschlagen? Morgen ist der Schwärzeste Tag.«

Und so gingen die Planungen weiter, und niemand außer Tuck bemerkte die lautlosen Tränen, die über Merrilis Gesicht liefen, denn sie wusste ganz genau, dass sie nicht das Geschick besaß, den Aufstieg zu bewältigen, so wie sie wusste, dass ihr Verlobter es konnte: Tuck würde also ohne sie gehen.

Am Ende wurden sechs Wurrlinge ausgewählt, die mit Brega, Flandrena und Igon gehen sollten: Tuck, Danner, Patrel, Rollo Bruth, Harven Schuldt und Dink Weller. Von diesen allen hatte Flandrena am wenigsten Klettererfahrung, wenngleich er immerhin in den Felsspitzen des Arden-Tals herumgestiegen war; man traute ihm jedoch genügend Geschick zu, an dem Stoßtrupp teilzunehmen. Außerdem loderte in seinen grünen

Augen eine innere Flamme, ein Verlangen nach Rache für seine verlorenen Kameraden – Vanidor, Duorn und Varion –, und niemand wollte ihm das Recht streitig machen, mitzugehen.

Und als alle Planungen abgeschlossen waren, übergab König Galen die Atalar-Klinge an Patrel, und das Langmesser war ein Schwert in der Hand des Wurrlings. »Nehmt diese Klinge, Hauptmann Patrel, denn sie durchschneidet das Böse. Dies war das Werkzeug, das in den Kraken drang, um Fürst Gildor zu retten. Ich glaube, ihr werdet eine solche Waffe auf jenen Wällen nötig haben: sie wird euch gute Dienste erweisen.«

Patrel nahm die silberne Klinge aus der Scheide und betrachtete die goldenen Runen. »Ich werde dieses Schwert in Ehren halten, König Galen«, sagte der Wurrling. Dann schob er sie zurück und gürtete sich die Waffe um.

Ubrik bellte in der alten Kriegssprache Valur einen Befehl an die Vanadurin im Kriegrat, und sofort übergab man allen Wurrlingen Langmesser, wobei Danner Ubriks eigene Waffe erhielt. Und auch wenn das Kleine Volk ungeübt war im Schwertkampf, nahmen sie die Geschenke dankbar an, denn sie wussten, sie würden diese Klingen benutzen müssen, ehe ihr gefährliches Unternehmen zu Ende war.

In dieser Nacht hielt Tuck Merrili in den Armen, und sie weinte leise, denn am Morgen würde er mit dem Stoßtrupp zu dem verzweifelten Unterfangen aufbrechen, einen Weg in die Burg freizukämpfen. Sie würden sich sechs Stunden vor dem Sonnentod aufmachen – knappe sechs Stunden vor der tiefsten Finsternis des Schwärzesten Tages. Und niemand, vielleicht nicht einmal Adon selbst, kannte ihr Schicksal.

Die Zeit rückte näher, und die neun Kletterer standen vor dem Hochkönig: Brega, Flandrena, Prinz Igon, Tuck, Danner,

Patrel, Rollo, Harven und Dink. Man hatte ihnen Ruß ins Gesicht geschmiert und Schmutz über die Kleidung gespritzt, um ihnen das Aussehen von Rukhs zu verleihen.

König Galen trat vor ihre Reihen und umarmte einen nach dem anderen, wobei er an die meisten ein paar Worte richtete. Als er aber Tuck und danach Igon an sich drückte, sagte Galen nichts, denn er traute seiner Stimme nicht. Zuletzt zog er Brega rau an sich und ergriff die knorrige Hand des Zwergs. »Führt sie wohl, Krieger Brega, denn von dieser Kletterpartie hängt das Schicksal von ganz Mithgar ab.«

Tucks Herz pochte heftig, als er solche Worte vernahm – *das Schicksal von ganz Mithgar* –, aber Brega brummte nur und nickte.

Nun trat Galen ein paar Schritte zurück und wandte sich an alle: »Wieder sieht sich die Welt den Mächten der Finsternis gegenüber, und wieder ist ein Bündnis aus Menschen, Elfen, Zwergen und dem Kleinen Volk aufgerufen, das Böse niederzuwerfen, und ja, einmal mehr ruht das Los der Welt auf der Tapferkeit von einigen wenigen.

Der Böse hockt in seinem finstren Turm wie eine fette Spinne und knüpft seine Schicksalsnetze zum Leid der Welt, denn er will die Herzen aller Freien umstricken und sie in Verzweiflung binden.

Doch Modru ist nichts als ein schattenhafter Diener des Großen Bösen, und vielleicht sehen wir hier in Wahrheit Gyphons Willen am Werk.

Wir wissen nicht, was die dunkelste Stunde des Schwärzesten Tages bringen wird, aber es wird etwas äußerst Böses sein, daran besteht kein Zweifel. Und wir müssen alles in unserer Macht Stehende tun, um Modrus schändliches Vorhaben zu vereiteln. Vielleicht können wir Mithgar auf diese Weise ein schreckliches Schicksal ersparen.

Ich kann euch nicht versprechen, dass wir siegen werden;

doch hört, was ich sage: Sollten wir eine Niederlage erleiden, sollten wir sterben, so lasst uns im eigenen Untergang Zerstörung über den Feind bringen. Wenn es uns gelingt, Modrus gemeinen Plan zu vereiteln, haben wir sogar in der Niederlage gesiegt.

Nun habe ich nur noch eines zu sagen: Mögen eure Augen scharf sein wie eure Klingen und eure Schäfte ins Ziel treffen. Und möge Adon mit euch sein.«

Galen verstummte, und für einen Moment sprach niemand. Tuck sah, dass Merrili weinte, und auch in seinen Augen brannten Tränen. Doch in seinem Kopf hallten die Worte des Hochkönigs wider: *... das Schicksal von ganz Mithgar ... das Los der Welt ruht auf der Tapferkeit von einigen wenigen ...* Und Tuck dachte: *O Adon, diese niederdrückende Last, ich habe nicht die Kraft, sie zu tragen ...*

Doch Tucks Gedanken wurden unterbrochen, weil Brega sich räusperte und knurrte: »Wenn wir den ganzen Tag hier herumstehen, werden wir das Tor nie öffnen. Kommt, lasst uns durch die schwarze Schlucht und über eine düstere Mauer klettern. Die Festung wartet, Sonne und Mond aber warten nicht.«

Und als sich der Stoßtrupp zum Gehen wandte, stürzte Merrili vor, umarmte Tuck heftig und bemühte sich, durch ihre Tränen hindurch zu lächeln. Sie versuchte auch zu sprechen, aber alles, was sie herausbrachte, war: »Tuck, o mein Tuck ...«

Und Tuck küsste sie zärtlich und sagte: »Weine nicht, meine Liebe«, während ihm selbst Tränen über die Wangen kullerten, »denn ich werde wiederkommen. Schließlich trage ich dein Geschenk, das silberne Medaillon, und es hat mich schon durch mancherlei Gefahren geführt.«

Fürst Gildor trat vor, kniete neben der Mamme nieder und legte einen Arm um sie, während Tuck sich sanft von ihr löste.

Und Merrili barg das Gesicht an der Brust des Elfen und weinte hemmungslos, als Tuck sich umdrehte und den anderen nachlief, um gemeinsam mit ihnen die Welt zu retten.

»Schaut, dort ist es«, sagte Brega leise und deutete auf die andere Seite der Schlucht. »Dort drüben werden wir nach oben klettern.«

Die Angreifer lagen auf der schrägen Fläche hinter einem Felsvorsprung und blickten über den breiten Abgrund, der genau vor ihnen gähnte.

Zusammen mit Ubrik, einem Kundschafter namens Aric und dem Bokker Bert Arboran waren die neun Kletterer von Galens Lager aus nach Westen geritten, fort von der schwarzen Festung und hinaus ins Schattenlicht, bis sie dem neugierigen Blick der Wächter auf den Wällen entronnen waren. Es waren aber nicht nur die Augen auf den Wällen gewesen, denen sie zu entfliehen trachteten: Auch als Spione eingesetzte Vulgs hatten ihnen Sorgen bereitet, und eine kleine Gruppe von Männern war vor dem Stoßtrupp losgeritten, um Modrus Köter abzulenken. Dann hatten die neun in der Hoffnung, dass keine Vulgs sie beobachteten, einen Bogen zur Ostseite der Festung geschlagen, die Rösser von Brega und den Wurrlingen im Schlepptau hinter Ubrik, Igon, Flandrena und Aric. Sie waren bis zu dem Punkt gegenüber der Stelle gekommen, wo sie aufsteigen wollten, dann hatten sie gewendet und waren auf die fernen Wälle zugeritten, bis die Augen der Menschen den massigen Umriss der schwarzen Zitadelle gerade wieder erkennen konnten. Dort waren die neun abgestiegen, hatten ihre Waffen und die langen Seilrollen genommen und Ubrik die Zügel ihrer Reittiere übergeben.

Ubrik hatte jedem einzeln salutiert und dann einen alten Segenswunsch der Vanadurin gesprochen. »Möge das lächelnde Antlitz der drei Gesichter des Schicksals euch zugewandt sein.« Und nach diesen Worten war er zurück in den Dusterschlund gestürmt, die Pferde der Reihe nach im Schlepptau.

Der Stoßtrupp hatte Bert und den Kundschafter zurückgelassen – Berts Wurrlingsaugen sollten das Unternehmen aus der Ferne beobachten – und sich auf den Weg zur Festung gemacht. Lautlos und einer nach dem anderen waren sie vorwärts gehuscht und hatten hinter vorstehenden Felsen, Büschen, kleinen Erhebungen und Erdspalten Deckung gesucht – was immer sie finden konnten. Und langsam hatten sie sich dem Abgrund genähert, der die Wälle der Festung umgab.

Und nun lagen die neun auf der Felsplatte und spähten im Schattenlicht in den Schlund hinab und auf die Wälle von Modrus Burg auf der anderen Seite.

»*Ssst!*«, zischte Dink. »Da oben auf der Mauer: ein Wachposten.«

Tuck spähte hinüber und nach oben, und hoch auf dem Wall gegenüber erkannte er die Gestalt eines Rukhs, der langsam an der Brustwehr entlangpatrouillierte und hin und wieder aus dem Blick geriet, wenn er hinter den Zinnen und Mauerzacken vorbeimarschierte.

»*Rach!*«, murmelte Igon. »Wir können nicht genau vor seiner Nase nach oben steigen. Gibt es keine andere Stelle, wo wir hinaufklettern können?«

Langsam schritt der Rukh zu einer Ecke, dann machte er kehrt und trottete zurück.

»Nein«, knurrte Brega mit Bitternis in der Stimme. »Hier oder gar nicht.« Er wandte sich mit fragendem Blick an Flandrena.

»Eure Erinnerung täuscht euch nicht, Drimm Brega«, beantwortete der Elf leise die unausgesprochene Frage des Zwergs. »Der Wächter war nicht hier, als wir die Schlucht erkundet haben.«

»Wie auch immer, wir müssen ihn loswerden oder ihn zuschauen lassen, wie wir hinaufklettern«, zischte Igon. Dann wandte sich der Prinz an Patrel. »Hauptmann Patrel, könnt Ihr ihn mit dem Bogen erreichen?«

Erneut machte der Rukh kehrt und ging den Weg zurück, den er gekommen war.

Patrel schüttelte den Kopf. »Vielleicht könnte ich den Rukh herunterholen, wenn ich Graulings Fabelbogen hätte, aber ohne diese Wunderwaffe fehlt mir das Geschick für einen solchen Schuss.«

»Danner«, sagte Tuck. »Nur Danner könnte es gelingen.«

»Wie? Was?«, zischte Danner. »Dein Verstand weiß, dass dein Mund nicht die Wahrheit sagt, Tuck. Niemandem kann dieser Schuss gelingen. Ja, sicher, vielleicht könnte ich einen Pfeil so weit fliegen lassen, aber das können wir alle. Aber dann noch genau treffen ... nein, das geht nicht. Denk an die Worte des alten Barlo: ›Die Pfeile, die sich verirr'n, kannst du genauso gut verlier'n.‹ Nur dass der verirrte Pfeil in diesem Fall an den Wall oder gegen ein Türmchen knallt oder in einem Innenhof landet. Und dann ist das Madenvolk gewarnt, dass wir kommen.«

»Du hast keine Wahl, Danner«, knurrte Brega. »Wir müssen diesen Aufstieg machen, sonst ist alles verloren, und wir können nicht klettern, solange der Ükh dort oben steht. Du kannst am besten mit dem Bogen umgehen.«

Brega verstummte, er hatte alles gesagt; Danners bernsteinfarbene Augen aber folgten dem Wächter in der Ferne, und noch immer griff er nicht zum Bogen.

Nun meldete sich Flandrenas sanfte Stimme. »Auch wenn Ihr es lieber nicht tun wollt, weil Ihr glaubt, dass es Verderben bringt, so diktieren die Umstände doch den Kurs. Es ist immer so im Krieg, dass man oft keine Wahl hat. Denkt an Folgendes: Wenn Ihr es nicht tut, ist unser Unterfangen hier und jetzt zu

Ende; wenn Ihr es versucht, daneben schießt und den Ruch alarmiert, ist unsere Mission ebenfalls gescheitert; wenn Ihr es aber versucht und Erfolg habt ...«

Leise murmelnd rutschte Danner von der schrägen Felsplatte auf den ebenen Untergrund davor. Tuck und Patrel sprangen zu ihm hinab, während die anderen oben blieben und den Wächter beobachteten. Danner nahm alle seine Pfeile aus dem Köcher und prüfte den Schaft jedes einzelnen, wählte diesen aus, legte jenen weg, nahm einen neuen zur Hand und verglich ihn mit dem eben ausgewählten. Und so sichtete und sonderte er aus, bis zuletzt nur noch drei Pfeile übrig waren, und diese prüfte er eingehend – Spitze, Schaft, Befiederung, Kerbe, Gewicht, Schwerpunkt – und schließlich traf er seine Wahl.

Nun trat Danner an den Rand des Vorsprungs, sein Blick schweifte über die unmittelbare Umgebung und hinauf zu dem patrouillierenden Rukh. »Ich werde es von diesem Vorsprung dort drüben versuchen. Von da habe ich einen etwas besseren Winkel für diesen unmöglichen Schuss.«

»Willst du, dass dich jemand begleitet?«, fragte Patrel.

»Nein!«, sagte Danner in scharfem Ton, beruhigte sich aber sofort wieder. »Äh, nein, Patrel. Es wird schwer genug, mich zu konzentrieren, ohne dass mir jemand in den Nacken bläst. Danke, aber nichts für ungut, ich erledige das lieber allein.«

Danner wandte sich zum Gehen. »Viel Glück«, flüsterte Harven, und alle anderen wiederholten es, und dann huschte Danner davon, während der Rukh ihnen bei seinem Gang auf dem Wall den Rücken zukehrte.

Tuck und Patrel kletterten wieder auf den Fels und sahen zu, wie Danner im Schattenlicht über den Schnee zu dem nahen Geländevorsprung flitzte, wo er in die Dunkelheit am Fuß des Felsens eintauchte. Und dann hielt Danner lange inne und tat scheinbar nichts; doch der Bokker aus Waldsenken beobachtete, wie der Wächter auf seinem Posten hin- und hermarschierte: Bald war seine Gestalt durch eine Mauerzacke geschützt, dann in einer Schießscharte sichtbar, nur um kurz darauf wieder verdeckt zu werden und erneut zum Vorschein zu kommen, während er langsam weitermarschierte. Und Tuck wusste, dass Danner für sich zählte, den gemessenen Schritt des Rukhs bestimmte, die Entfernung schätzte und die Zeit berechnete, die der Pfeil unterwegs sein würde.

Nun griff Danner zum Bogen und legte den ausgewählten Pfeil an die Sehne, und dann stellte sich der Bokker neben den Fels, spannte bis zum Anschlag und zielte über den Abgrund auf den hin- und herlaufenden Wächter.

Kurz darauf aber lockerte Danner den Zug, legte Pfeil und Bogen beiseite und nahm seinen Elfenumhang ab. Dann griff er erneut zur Waffe und spannte.

Aber wiederum ließ Danner los, denn ein kalter Wind war aufgekommen. Er blies zwar nur leicht, dennoch würde er die Flugbahn des Pfeils beeinträchtigen, und der Bokker musste das mit einberechnen.

Wieder verging eine Ewigkeit, während Danner den Einfluss des Windes abschätzte, zuletzt jedoch spannte er erneut und zielte.

*»Hsst!«* Flandrena sog scharf die Luft durch die Zähne und deutete am Fuß des Walls entlang nach Norden. Tuck schaute und sah eine der Patrouillen, die an der Schlucht entlangliefen, auf der anderen Seite des Grabens.

*Schieß nicht, Danner!,* rief Tuck in Gedanken, denn er wusste, wenn der Wächter auf dem Wall nun fiel, würde ihre Unternehmung von den nahenden Rukhs entdeckt werden.

»Patrel, Rollo, Harven, Dink«, flüsterte er drängend, »haltet eure Bogen bereit. Vielleicht müssen wir sie alle töten ... falls wir es können.«

»Wenn wir diese Patrouille töten«, flüsterte Patrel, während alle Bokker ihre Pfeile anlegten, »dann werden andere kommen und nachsehen, warum der Haufen da drüben nicht Meldung gemacht hat. Lasst uns beten, dass Danner nicht schießt.«

Doch auch Danner hatte die Patrouille an der Schlucht gesehen und einmal mehr den Bogen sinken lassen, ehe er sich tiefer in den Schatten seines Felsvorsprungs verzog.

Und genau in diesem Augenblick kam auf der Brustwehr ein Hlök in Sicht und blickte zu der Gruppe der anrückenden Rukhs hinab. »He, ihr da!«, rief er vom Wall hinab, und seine raue Stimme hallte vom Abgrund zurück. »Habt ihr was entdeckt?«

»Nein!«, rief der Anführer der Rukhs als Antwort zurück. »In dem blöden Loch im Boden is' nix!«

»Dann sperrt eure trüben Augen auf«, brüllte der Hlök nach unten. »Es heißt, auf der andern Seite, nördlich vom Tor, bewegt sich was.« Nachdem er von unten ein Knurren als Bestätigung erhalten hatte, fauchte der Hlök noch den Wachposten an, dann machte er auf dem Absatz kehrt und verschwand vom Wall.

Unterhalb des Wächters marschierte die Schluchtpatrouille murrend und einander anrempelnd weiter nach Süden, vorbei an dem Stoßtrupp auf der anderen Seite. Und auf dem Wall blickte der Wächter finster in die Richtung, in die sein Aufpasser entschwunden war, dann stützte er sich mit den Händen in eine Schießscharte und schaute der abziehenden Patrouille nach. Und auch Elf, Mensch, Zwerg und Wurrlinge blickten den Rukhs hinterher.

Und die Zeit verstrich.

Schließlich aber trottete die Patrouille hinter einem Geländevorsprung außer Sicht, und der Wächter begann wieder auf und ab zu gehen.

Und Danner griff erneut zum Bogen ...

Und zum Pfeil ...

Und er zählte ...

Und maß die Entfernung ...

Und schätzte die Windabweichung ...

Und spannte ...

Und zielte ...

Tucks Augen huschten von Danner zu dem Wächter und wieder zurück.

Und der Rukh schritt zur Ecke.

Tuck schlug das Herz bis zum Hals, und er war innerlich gespannt wie eine Feder und schrie lautlos: *Schieß, Danner, schieß! Um Adons willen, schieß!*

*Tsuung*! Danner schoss. Und der Pfeil flog bogenförmig im Dusterschlund nach oben. Der Wächter wechselte von der offenen Schießscharte hinter eine schützende Mauerzacke. Inzwischen hatte der Pfeil seinen Zenit erreicht und begann abwärts zu zischen, und die Augen der neun waren starr auf die Schießscharte gerichtet, in der der Wächter als Nächstes erscheinen würde, aber noch war er nicht zu sehen. Danners Geschoss sauste mit zunehmender Geschwindigkeit nach unten auf den leeren Schlitz zu ... und traf den Rukh in die Kehle, als dieser hinter der Deckung hervortrat! Klirrend ließ der Posten die Pike fallen, die er in der Hand hielt, griff sich an den Hals und taumelte vorwärts, um von der Mauerecke lautlos an der Außenseite des Walls herabzustürzen und mit einem dumpfen Aufschlag am Rand der Schlucht zu landen. Und dann rutschte der Kadaver hinab in den schwarzen Abgrund.

*Danner hatte es geschafft! Er hatte den unmöglichen Schuss zu Wege gebracht!* Und hinter dem Felsvorsprung fielen Tuck und Patrel einander in die Arme, aber sie hielten den Mund fest geschlossen, damit ihnen keine Freudenschreie entfuhren. Igon schlug Brega auf die Schulter, und Flandreans

Augen funkelten, während Rollo, Dink und Harven einander an den Händen hielten und einen lautlosen Freudentanz aufführten.

Dann flitzten Tuck und Patrel über den Schnee zu dem Felsvorsprung, wo Danner stand, und dort fanden sie den Bokker, der das Gesicht in den Händen vergraben hatte.

»Es war eigentlich gar nicht möglich, Tuck. Es war nicht möglich, Patrel.« Danner versagte die Stimme, und Tränen liefen dem Bokker übers Gesicht, als sich eine unerträgliche Spannung mit einem Mal löste.

»Aber du hast es trotzdem geschafft, Danner«, flüsterte Tuck und umarmte den Freund.

Patrel hob Danners Umhang vom Boden auf, legte ihn dem weinenden Bokker sanft um die Schulter und schloss ihn am Kragen. Und auch Patrel umarmte Danner, bevor er leise sagte: »Lasst uns gehen, wir müssen noch eine Schlucht durchqueren, einen Wall erklimmen und ein Tor öffnen.«

Und so nahmen die drei Bokker ihre Bögen und gingen zurück zu dem anderen Vorsprung, wo Brega, Igon und Rollo dabei waren, weiche, geschmeidige, von Elfen gefertigte Seile am Fels festzumachen. Die Taue hatte Flandrena auf seinem Packpferd aus dem Arden-Tal nach Gron mitgebracht, denn ehe er aufs Neue zum Eisernen Turm aufgebrochen war, hatte der Elf bereits vermutet, dass ein weiterer Versuch, durch die Kluft zu klettern, notwendig werden könnte.

Drei lange Seile wurden über den Rand der Schlucht geworfen und fielen bis ganz nach unten. Da nur Brega die Kunst des Abseilens beherrschte, zeigte er jedem Einzelnen, wie man das Tau unter einem Schenkel hindurchschlang, dann quer über die Brust und über eine Schulter führte und so über den Rand glitt und rückwärts die Wand der Schlucht hinabstieg.

Und während mit Hilfe eines vierten Seils Waffen und zusätzliche Taue in die schwarze Tiefe hinabgelassen wurden, begann der Stoßtrupp seinen Abstieg, immer drei von ihnen gleichzeitig: Tuck, Igon und Flandrena gingen als Erste. Mit hämmerndem Herzen, einer Hand oben und einer Hand unten und mit den Beinen abfedernd, trat Tuck rückwärts über den Rand der gähnenden Finsternis.

Es schien ihm eine Ewigkeit zu dauern; langsam glitt das Seil durch seine behandschuhten Hände und kratzte an seinem Körper entlang, und die Beine rutschten manchmal an dem vereisten Fels ab. Dreimal verlor er den Kontakt zur Wand und baumelte frei und sich drehend wie ein Insekt am Faden der Spinne – oder ein Gehenkter am Galgen. Endlich aber erreichte Tuck den Grund, Igon streckte ihm in der Dunkelheit die Arme entgegen, um ihn zu stützen, während Flandrena Waffen und Ausrüstung vom vierten Seil band, das er daraufhin schüttelte, um Brega anzuzeigen, dass alle heil unten angekommen waren.

Das vierte Tau wurde durch die tiefschwarzen Schatten nach oben gezogen, um mit neuer Ausrüstung wiederzukommen, während sich das nächste Trio abseilte: Patrel, Dink und Harven. Und als sie unten ankamen, gab Flandrena wiederum Brega das Zeichen.

Und nun wurden die übrigen Waffen hinabgelassen und danach kamen die letzten drei des Stoßtrupps: Brega, der rasch an dem Seil hinabsauste, während Danner und Rollo gemächlicher abstiegen.

Wieder bewaffnet und mit Elfentauen im Gepäck folgten alle Brega zwischen den spitzen Felsblöcken und über Schutt und Geröll auf dem Boden der Kluft. Und langsam bahnten sie sich in der Finsternis ihren Weg zur anderen Seite und erreichten den geschichteten Felsvorsprung, der sich bis zum fernen Rand oben erstreckte.

Brega langte mit seiner knorrigen Hand an den Stein, und dieser zerbröselte unter seinem Griff. »Schlechter Fels«, knurrte der Zwerg. »Schlimmer als ich dachte. Trotzdem, wir müssen da hinauf. Verteilt euer Gewicht möglichst auf Hände und Füße und bewegt immer nur eins eurer Gliedmaßen, während ihr euch mit den anderen drei abstützt. Und an Stellen, wo es möglich ist, legt euch mit dem ganzen Körper auf den Fels, um euer Gewicht noch besser zu verteilen.

Wir seilen uns aneinander, und falls einer abrutscht, können ihn die anderen halten; und lasst uns hoffen, dass uns nicht der Sturz eines Einzelnen alle in den Tod reißt.

Ich werde vorangehen und jeden Schritt prüfen. Meine Anweisungen müssen der Reihe nach weitergegeben werden, da jeder von euch an dieselbe Stelle kommt; ihr müsst alles, was ich sage, wortgetreu befolgen.

Und so sieht unsere Reihenfolge beim Klettern aus: Ich gehe als Erster, gefolgt von Flandrena, dann Prinz Igon, Danner, Harven, Tuck, Rollo, Dink und am Schluss Patrel.

Rollt eure Umhänge auf und hängt euch die Waffen über die Schultern; sie dürfen euch nicht im Weg sein und sich nirgendwo verheddern.

So, und jetzt seilen wir uns alle aneinander und beginnen mit unserem Aufstieg.«

Bald waren die Umhänge und Waffen – Bögen, Pfeile, Schwerter, Langmesser und eine Axt – über den Schultern der Kletterer gesichert und die neun aneinander geseilt. Brega drehte sich zu dem Felsvorsprung und begann den langsamen Aufstieg, und Flandrena und die anderen krochen ihm hinterher.

Als Tuck, der Sechste in der Reihe, aufbrach, spürte er den Fels unter seinem Griff abblättern und zerbröseln, und von oben rieselten Kiesel und Splitter herab. Der Bokker hatte das Gefühl, als könnte jeden Moment die gesamte Wand der

Schlucht einstürzen. Er fragte sich, wie den anderen vor ihm zu Mute war, denn sie waren schwerer als er; und in diesem Augenblick begriff Tuck, unter welchem Gesichtspunkt Brega die Reihenfolge der Kletterer festgelegt hatte: dem Gewicht nach, die schwersten zuerst, die leichtesten am Schluss, denn der Fels wurde mit jedem, der nach oben stieg, schwächer. Gleichzeitig gab es keinen Zweifel, dass Brega in jedem Fall als Erster gegangen wäre, denn nur er konnte diese Klettertour anführen.

Langsam krochen sie an dem bröselnden Vorsprung hinauf; inzwischen befanden sich alle neun Kletterer in der Wand. Und Brega fluchte, denn der Fels war noch viel schlimmer, als es aus der Ferne ausgesehen hatte. Gelegentlich kam es zu einem völligen Stillstand, während der Zwerg nach einer gangbaren Aufstiegsroute suchte. Und das waren die schlimmsten Momente für Tuck, denn er spürte, wie sich das Gestein allmählich in seinem Griff auflöste, und er bemühte sich, den Halt für Hände und Füße nicht zu verlieren, während er gleichzeitig versuchte, den Fels nicht zu sehr zu belasten. Und während die neun Stück für Stück durch den Schutt- und Sandregen nach oben rückten, gaben sie geflüsterte Anweisungen von Brega nach unten weiter, da alle an dieselben Stellen kamen: *Greift in den Spalt links ... Auf keinen Fall den runden Vorsprung belasten ... Passt auf den Sockel auf, der ist lose ... Dieser Sims hier ist fest und trägt euer ganzes Gewicht ...*

Die Zeit verrann wie der Sand, der die Wand der Schlucht hinabrieselte: Augenblicke dehnten sich ganz langsam zu Minuten und Minuten zu Stunden. Und noch immer kämpfte sich der Stoßtrupp nach oben.

Und während sich Tuck emporquälte, lief ihm salziger Schweiß über die Stirn und brannten ihm in den Augen, und er war am ganzen Körper schweißnass. Der raue, stoßweise

Atem drang durch zusammengebissene Zähne, und seine Arme und Beine zitterten vor Überanstrengung. Sein Magen fühlte sich an, als wäre er zusammengeknotet, denn der Stein bröselte und gab unter ihm nach, und der Boden der Schlucht verlor sich neunzig oder hundert Fuß unter ihm in der Finsternis. Das Herz hämmerte ihm in der Brust, teils vor Anstrengung, teils vor Anspannung und teils vor Angst. Er wollte nichts weiter als sich ausruhen, aber selbst stehen zu bleiben brachte keine Erleichterung. Und so kämpfte sich der Stoßtrupp weiter den langen, mühevollen Weg über den zerfallenden Fels nach oben, bis der Rand der Kluft nur noch wenige Ellen über Bregas Kopf lag.

*Halt!* Der Befehl pflanzte sich über die Reihe der Kletterer fort. Brega war an einen toten Punkt gelangt: Genau unterhalb des Randes war der Fels am allermürbsten. Lange suchte der Zwerg, vorsichtig wich er nach rechts und links aus, und das Geröll rutschte in die Tiefe. Flandrena, genau unter Brega, klammerte sich an die Felswand, während Igon auf einem schmalen Sims stand. Alle unterhalb des Prinzen hielten sich an Höckern und Platten fest und standen auf Vorsprüngen oder in Spalten.

Schließlich sagte Brega: »*Kruk!* Hier ist es überall mürber denn je, und vielleicht trägt es mein Gewicht nicht, aber ich werde es hier an dieser Stelle versuchen, denn hier dürfte es noch am besten halten. Möge mich der Geist des ersten Durek leiten.«

Und damit stieg Brega in den brüchigen Fels, tastend, prüfend, und langsam verlagerte er das Gewicht auf den bröckelnden Stein; Kiesel rasselten auf alle unter ihm herab, der Zwerg aber schob sich langsam nach oben dem Rand entgegen, der nur noch ein paar Fuß außerhalb seiner Reichweite lag.

Aufwärts kroch er, und unter seinem rechten Fuß gab ein

Gesteinsbrocken nach und krachte in die Tiefe, und Brega drückte sich flach an die Wand und hielt sich mit beiden Händen und dem linken Fuß fest, während der rechte nach einem Ansatzpunkt suchte. Schließlich fand sein Stiefel eine Ritze, und Brega ruhte einen Moment aus, ehe er weitermachte.

Der Rand war fast in Reichweite.

Langsam streckten sich seine zitternden Finger der Kante entgegen, dann tastete sie bereits über den Rand, und er begann sich nach oben zu ziehen.

In diesem Augenblick brach der Felssockel, auf dem er stand, mit einem scharfen Knacksen vollständig ab und stürzte nach unten, und der Zwerg hing nur noch an den Fingerspitzen der linken Hand. Ob es ihm aber gelungen wäre, sich zu halten, wird man nie erfahren, denn der fallende Felsbrocken stieß Flandrena aus der Wand; der Elf stürzte ab und das Seil löste mit einem Ruck Bregas Griff, und beide fielen inmitten eines Gesteinshagels in die Tiefe.

Prinz Igon war der Nächste in der Reihe, und er wappnete sich, als Flandrena und Brega samt Geröllmassen an ihm vorüberpurzelten. Das Seil zwischen Mensch und Elf spannte sich ruckartig, als Flandrena bis ans Ende abgesackt war, und die Erschütterung löste Igons Griff und riss ihn bis auf den Sims nach unten; dann kam auch Brega am Seilende an, und Igon wurde über den zerklüfteten Rand gezogen. Doch der junge Mann bekam eine Felsspalte zu fassen und hielt sich mit aller Kraft fest, die er aufbieten konnte, denn er wusste, wenn er fiel, waren alle neun dem Untergang geweiht.

Nun bekam Igon auch die andere Hand in den Spalt, sein linker Fuß fand einen Ansatzpunkt und dann sein rechter. Mit aufeinander gebissenen Zähnen hielt er sich fest und konzentrierte seine ganze Kraft darauf, in der Wand der Schlucht zu bleiben. Unter ihm pendelten benommen ein Zwerg und ein

Elf, während die Wurrlinge zusahen, wie ihr Leben und das Schicksal ihres Unternehmens am seidenen Faden hingen, an der Kraft und am Mut eines hochgeborenen jungen Mannes.

Und Igon hielt nicht nur durch, sondern zog sich langsam *gegen das gesamte Gewicht von Brega und Flandrena* wieder auf den Sims! Dort schaffte er es, sich aufzurichten; dann drehte er sich keuchend um, fasste das Seil und stützte sich mit dem Rücken an die Wand der Schlucht.

Danner und Harven, die Flandrena am nächsten waren – der eine über ihm, der andere darunter –, begannen sich seitwärts zu dem bewusstlosen Elf hinzubewegen, und Gestein bröckelte ab und rieselte nach unten. Brega aber, der sich schnell wieder erholt hatte und hier einen Griff und dort einen Halt für die Zehen fand und so einen guten Teil der Last von Igon nahm, fuhr die beiden Wurrlinge an: »Nein, bewegt euch nicht über diesen mürben Fels. Geht zu der Route zurück, die ich geklettert bin. Ich helfe Flandrena.«

Jeden Zoll des Wegs prüfend, kletterte der Zwerg zu dem baumelnden Elf empor, doch ehe er dort eintraf, kam der Liankrieger wieder zu sich, fand selbst Halt in den Gesteinsschichten und nahm so die letzte Belastung von dem mittlerweile zitternden jungen Prinzen über ihm.

»Elf Flandrena«, sagte Brega leise, aber voller Angst, »wie geht es Euch? Seid Ihr verletzt?«

»Nein, Drimm Brega«, antwortete der Lian. »Ein paar blaue Flecken vielleicht, aber gebrochen ist nichts.«

»Und wie geht es euch allen?«, fragte der Zwerg die Übrigen.

»Ich fühle mich, als hätte ich gerade ein Pferd hochgehoben«, erwiderte Igon leise, »aber ansonsten bin ich heil.«

»Auf mich sind nur Kiesel herabgeregnet«, flüsterte Danner, der sich inzwischen wieder auf dem Kletterpfad befand.

»Ja, auf mich auch«, ließ sich Harven leise vernehmen.

»Ich fürchte, mein Fuß könnte gebrochen sein«, stieß Tuck unter Schmerzen hervor. »Einer der größeren Brocken ist auf ihn gekracht.«

»Ich bin in Ordnung«, rief Rollo gedämpft nach oben, »und Dink und Patrel sagen, ihnen geht es auch gut.«

»Tuck, du wirst einfach durchhalten müssen, bis wir oben sind«, zischte Brega, »dann schau ich mir den Fuß mal an.«

Der Zwerg stieg von neuem langsam in der Schlucht nach oben, und Flandrena kroch hinter ihm her, während alle anderen ihre Stellung in der brösligen Wand hielten. Nach einer kleinen Ewigkeit erreichte Brega wieder den Rand.

»Hmph«, brummte der Zwerg. »Der Fels, den ich mit meinem Absturz freigelegt habe, sieht mir stabiler aus.«

Nun begann Brega die letzten, entscheidenden Fuß zu klettern. Vorsichtig ging er zu Werke, prüfte jeden Griff und jeden Fußhalt. Und alle Augen waren gegen den fallenden Sand und die herabprasselnden Kiesel nach oben gerichtet; und plötzlich war der Zwerg den Blicken entschwunden, da er über den Rand der Schlucht gekrochen war.

Jetzt kletterte Flandrena los, und sein Aufstieg ging rascher vonstatten, denn von oben zog Brega, auf festem Boden stehend, am Seil.

Und während der Elf emporstieg, rückte Prinz Igon ebenfalls vor, und ihm folgten alle anderen; Tuck kletterte trotz der unerträglichen Schmerzen in seinem linken Fuß, und jedes Mal, wenn der Wurrling den Fuß belastete, spürte er, wie etwas aneinander rieb.

Nun verschwanden auch Flandrena und schließlich Igon über den Rand, und da die drei – Zwerg, Elf und Mensch – alle am Seil zogen, gelangten die Wurrlinge geschwind in der Wand nach oben und über die Kante: Danner zuerst, Patrel am Schluss.

Flandrena blickte zu den Kameraden auf, die sich um Tuck versammelt hatten. »Er scheint tatsächlich gebrochen zu sein«, sagte der Elf. »Mit Bestimmtheit kann ich es aber erst sagen, wenn wir den Stiefel ausgezogen haben. Doch wenn wir das tun, wird der Fuß anschwellen, deshalb halte ich es für das Beste, ihn dranzulassen. So oder so kann Tuck nicht weitergehen. Unser Aufstieg hat länger gedauert als geplant, und bis zum Sonnentod bleibt nicht einmal mehr eine Stunde – und wir haben noch viel zu erledigen. Ich glaube ... nein, ich *weiß*, wir müssen Tuck zurücklassen.«

»Was?«, zischte Danner. »Das kann nicht dein Ernst sein. Wir dürfen ihn nicht zurücklassen, die Patrouillen –«

»Wir haben keine Wahl, Danner«, unterbrach ihn Brega. »Wir *müssen* weiter. Diese Mauer hinauf.« Der Zwerg deutete zu dem nahen Wall. »Das wird natürlich einfacher als die Kletterpartie in der Schlucht, denn der Wall hat Vorsprünge und ist stabil. Trotzdem ist ein Waeran mit gebrochenem Fuß nicht in der Lage, hinaufzusteigen.«

»Nein –«, setzte Danner zu widersprechen an, aber erneut wurde er unterbrochen.

»Er hat Recht, Danner«, sagte Tuck und lächelte, obwohl ihn große Furcht überkam. »Sie haben beide Recht. Auch wenn es keiner gesagt hat, es würde das Unternehmen maßlos gefährden, wenn ich versuchte, mitzukommen. Ihr *müsst* mich zurücklassen. Ihr *müsst* weitermachen. Und es kann keiner bei mir bleiben, weil alle gebraucht werden, um die Brücke herabzulassen und das Tor zu öffnen.« Tuck hob die Hand, um Danners Einwänden zuvorzukommen. »Ich weiß, die Patrouillen werden bei ihrer Streife entlang der Schlucht hier vorbeimarschieren, und zwar schon bald. Helft mir zu diesen Felshaufen da hinten, dann verstecke ich mich, wenn sie kommen. Keine Widerrede, Danner, es gibt keine andere Wahl. Beeilt euch jetzt! Ihr müsst los!«

Und so trugen sie Tuck zu einer Anhäufung von Felsen am Fuß des Walls. Mit Tränen in den Augen zog Danner den Umhang fest um die Schultern des verletzten Wurrlings. Und Tuck flüsterte heiser: »Danke ... geh jetzt! Ich komme schon zurecht.«

In diesem Augenblick drang das abgerissene Heulen von umherstreifenden Vulgs an ihr Ohr. »Ssst!«, stieß Flandrena hervor. »Modrus Köter. Wir müssen uns beeilen, denn sie könnten uns bemerkt haben.« Nachdem sie sich schnell von ihrem verletzten Kameraden verabschiedet hatten, kehrten die Acht zur Ecke des Walls zurück, um hinaufzusteigen. Und Tuck hielt seine Tränen zurück und sah ihnen nach.

So begann der Stoßtrupp seinen Aufstieg, und die vorstehenden Steine an der Ecke des Walls boten mühelosen Halt – denn beim Bau der Festung hatte sich Modru nicht träumen lassen, dass irgendwer sich daranmachen könnte, diese Mauern zu erklimmen. Plötzlich aber erstarrten die acht – als dunkle Flecken in einer dunklen Wand.

*Was ...?* Tuck wunderte sich, warum sie anhielten. Dann sah er den Grund: eine Patrouille! Und sie kam in seine Richtung!

Schmerzen schossen ihm durch den Fuß, als er sich rückwärts zwischen die Felsblöcke schleppte. Und die Patrouille kam näher, geifernde, drängelnde Brut. Tuck verfolgte mit den Augen den Weg der Rukhs. *Schaut nicht auf!,* versuchte er das Madenvolk durch Willenskraft zu zwingen. *Haltet die Augen gesenkt!*

Und die dunklen Gestalten der acht Kletterer rührten sich nicht.

Immer näher kam die zankende Streife, bald war sie auf Höhe der Ecke, dann schritt sie daran vorbei, genau unterhalb des Stoßtrupps, der lautlos und wie erstarrt nur einige Fuß über ihnen hing.

Schließlich waren die streitenden Rukhs um die Ecke gebogen, und sie hatten nicht aufgeschaut. Tuck seufzte erleichtert und rutschte noch tiefer in den Felshaufen, wo er die Patrouille nicht mehr sehen konnte.

*Doch horch!* Es klang, als würden die Rukhs – oder jedenfalls einige von ihnen – auf die Felsen zukommen, hinter denen der Wurrling sich verbarg!

Verzweifelt und unter heftigen Schmerzen, die ihm in die gesamte Länge des Beins schossen, krabbelte Tuck noch tiefer zwischen die Felsblöcke, quetschte sich in schmale Ritzen zwischen den riesigen Steinen, seinen Köcher mit den Pfeilen vor sich her schiebend. Er kroch über ein rostiges Eisengitter, das zwischen zwei großen Felsbrocken lag, und zwängte sich in ein schwarzes Loch, das kaum groß genug für ihn war.

Hinter sich hörte er gedämpft das Madenvolk, das sich in der heiseren Slûk-Sprache unterhielt. Tuck bemühte sich, nicht zu stöhnen, und schlängelte sich tiefer in die Finsternis, und das Loch war so eng, dass er nicht einmal den Kopf heben konnte.

Zehn Fuß legte er so zurück, dann zwanzig; er betete, dass er nicht stecken blieb, wenn er noch weiter vorwärts drang. An manchen Stellen musste er ausatmen, um voranzukommen, aber er kroch weiter, denn er wusste, wenn er versuchte zurückzuweichen, würden sich Umhang und Mantel an seinem Körper aufrollen und ihn festklemmen. Und so schlängelte sich Tuck weiter, obwohl er eigentlich gar nicht weiterwollte, sondern nur Angst vor dem Rückweg hatte.

Tuck wusste nicht genau, wie weit er sich durch diesen langen, engen Gang kämpfte – zwanzig, dreißig, vierzig Fuß oder mehr –, aber schließlich hatte er sich bis ans Ende geschoben und gezwängt. Und als er hinauskam, stellte er fest, dass er durch einen Kanal gekrochen war, einen Abflusskanal, der unter den Mauern der Burg hindurchführte, denn als er sich unter Schmerzen in einer flachen Nische am Rand des Bollwerks aufrichtete, entdeckte er, dass er sich im Innern von Modrus Festung befand: Er war unter den kalten Steinmauern des schrecklichen Eisernen Turms hindurchgekrochen!

Die acht Krieger verhielten sich absolut still auf der Mauer, als die Schluchtpatrouille unter ihnen vorbeimarschierte. Nur die Augen der Kletterer bewegten sich und folgten dem Weg der Rukhs. Patrel, der Letzte in der Reihe, atmete nicht einmal, als das Madenvolk keine fünfzehn Fuß unter ihm vorbeitrampelte, so nahe, dass es dem kleinen Bokker fast schien, als bräuchte er nur die Hand ausstrecken, um sie zu berühren. Alles, was die Rukhs tun mussten, war, einen Blick nach oben zu werfen, und der Stoßtrupp wäre entdeckt. Doch das Madenvolk war so sehr damit beschäftigt, sich gegenseitig anzufauchen und zu rempeln, zu fluchen und zu streiten, dass sie die acht vom Freien Volk am Wall über ihnen nicht bemerkten.

Schon marschierte die Brut um die Ecke und weiter nach Süden. Doch halt! Zwei von den Rukhs lösten sich von der Gruppe, *und sie gingen auf Tucks Versteck zu!*

Oben auf dem Wall sahen es die Kameraden voller Angst, und Danner schien hinabsteigen zu wollen. Prinz Igon aber packte den Bokker am Arm und flüsterte: »Nein!«, worauf Danner wieder reglos erstarrte.

Jetzt kamen die beiden Rukhs zu den Felsen und schnarrten in der widerlichen Slûk-Sprache, während sie stehen blieben und sich erleichterten. Und dann machten sie kehrt und schlossen wieder zu der südwärts marschierenden Einheit auf.

Die acht stießen alle zugleich einen Seufzer der Erleichterung aus, denn der verletzte Tuck war nicht entdeckt worden. Und als die Rukhs hinter einem Mauervorsprung aus dem Blick verschwanden, setzten sie ihren Aufstieg fort.

Die emporragenden Wälle stiegen sie hinauf, und Hände und Füße fanden mühelos Ansatzpunkte in den hervorstehenden Steinen, trotz Raureif und Frost.

Schließlich kam Brega genau unterhalb einer Schießscharte an, und dort hielt er inne. Die anderen taten es ihm gleich, denn der Zwerg würde ihnen ein Zeichen geben, ob die Brustwehren frei waren, und dann würden die acht über die Mauer steigen.

Doch Brega gab das Zeichen zum Vorrücken nicht, denn an das Ohr des Zwergs drang das Geräusch schlurfender Rukhenfüße, als einer vom Madenvolk zur Wachablösung kam. Doch der Wächter, den er zu ersetzen gedachte, war nicht mehr da – er lag tot am Grund der Schlucht. Und genau unterhalb der Schießscharte hing Brega mit nur einer Hand am Rand des Walls, während er mit der freien Hand die Axt Drakkalan vom Gürtel nahm, denn er hörte, wie der Rukh, den er nicht sehen konnte, etwas murmelte, die Pike des toten Wächters aufhob und dann geradewegs auf die Maueröffnung zuging.

Als Ubrik wieder ins Lager des Königs geritten kam, im Schlepptau die lange Reihe der Pferde, auf denen der Stoßtrupp zur schwarzen Festung gelangt war, fand er Galen und Gildor im Gespräch über die Strategie der Legion.

»Ho, Ubrik!«, rief Galen, als er den Marschall kommen sah. »Ging alles gut für die neun?«

Ubrik stieg vom Pferd und gab einem Diener die Zügel. »Soweit wir sie begleitet haben, ja, mein König. Ernsthafte Gefahren werden sie jedoch erst erwarten, wenn sie die Schlucht erreichen. Der Waldan Bert und mein Kundschafter Aric verfolgen nun den weiteren Verlauf des Unternehmens und werden uns Bericht erstatten, wenn die neun die Festungswälle ersteigen.«

Galen brummte und reichte dem Reichsmarschall eine

warme Tasse Tee. »Dann lasst uns ein letztes Mal die taktischen Züge unserer List durchgehen.«

Ihr Plan war simpel: Die Legion würde nördlich des Tors Stellung beziehen, wo die Schlucht am schmalsten war. Von dort würden sie eine deutlich sichtbare Streitkraft von Menschen mit Seilen, Schilden und einer Begleitmannschaft aus Bogenschützen vorschicken, und diese Truppe würde so tun, als wolle sie unter dem Schutz der Pfeile die Schlucht überwinden. Die übrigen Wurrlinge sollten dabei – angeführt von Merrili – die Bogenschützen aus Valon unterstützen.

Mittlerweile würde sich eine zweite Streitmacht, erkennbar auf Heimlichkeit bedacht, noch weiter nach Norden bewegen und ebenfalls den Anschein erwecken, als plane sie, die Kluft zu überqueren und die Wälle zu erklimmen. Man ging davon aus, dass auch hier die Männer entdeckt wurden, und hoffte, die Rukhs würden annehmen, bei *diesen* handle es sich nun um das eigentliche Unternehmen zur Erstürmung der Burg, weshalb sie nicht noch anderswo nach Angreifern Ausschau halten würden.

Und während all dies im Gange war, würde Fürst Gildor eine Streitmacht an der Südflanke des Hauptteils der Legion bereithalten. Diese Gruppe würde umherstreifen, als gehörte sie zu dem Ganzen, doch ihre Aufgabe war, über die Brücke vorzustoßen – falls und sobald diese von den neun herabgelassen wurde –, dann weiter durchs Tor und dieses zu halten, bis die gesamte Legion eintraf.

Schließlich würde König Galen in seiner scharlachroten Rüstung die ganze Zeit über auf Sturmwind vor der Front des Heeres auf und ab reiten und so die Blicke des Gezüchts auf sich lenken, weg von Gildor an der Flanke.

»Arrgh!«, knurrte Ubrik. »Mir gefällt mein eigener Plan nicht, weil er nichts bewirkt, wenn die neun keinen Erfolg haben. Ich glaube, wir haben zu viele, nein, *alle* Pferde in einen Stall getrieben, und falls er abbrennt ... Was ich sagen will, ist: Sollte der Stoßtrupp scheitern, dann können wir nichts mehr unternehmen, um den Bösen aufzuhalten.«

»Wohl wahr, Ubrik«, entgegnete Gildor, »aber was sollten wir sonst tun? Hätten wir Belagerungsmaschinen, Steigleitern und Sturmbrücken, dann würden wir anders handeln. Aber nichts von alldem steht zur Verfügung. Dieser Plan, so simpel er ist, müsste die Aufmerksamkeit der Rukhs auf uns lenken und weg vom östlichen Wall. Unsere einzige Hoffnung besteht darin, dass das Gezücht zusammenströmt, um Hohn und Spott über uns auszuschütten und sich über unsere armseligen Versuche lustig zu machen. Betet, dass sie uns beobachten und nicht ihre eigenen Wälle.«

»Das höhnische Lachen der Brut ist das, was mich am meisten stört, Deva Gildor«, polterte Ubrik, »ich gebe es zu. Mir ist klar, dass das Herzstück unseres Plans darin besteht, große Mengen des Gezüchts anzulocken, damit sie uns verspotten. Aber gefallen muss es mir deshalb noch lange nicht.«

»Ihr habt allerdings in einem Recht, Reichsmarschall Ubrik«, sagte Galen. »Wenn der Stoßtrupp scheitert, scheitern wir alle.«

Galen wandte sich dem Lian zu. »Wo steht der Tag, Fürst Gildor?«

»In nur fünf Stunden tritt der Sonnentod ein, König Galen«, erwiderte der Elf.

»Dann ist es Zeit, anzufangen.« Der König erhob sich und gürtete sich Stahlherz um die Mitte. »Ob es Euch gefällt oder nicht, Reichsmarschall, jetzt ist der Moment gekommen, das Hohngelächter der Brut auf uns zu ziehen. Blast das Signal für die Legion, denn es ist so weit.«

Ubrik setzte sein schwarzes Ochsenhorn an die Lippen, und ein gebieterischer Ruf durchschnitt die Luft und wurde ein ums andere Mal erwidert, da Kompanie um Kompanie ihre Einsatzbereitschaft meldete.

Galen, Gildor und Ubrik stiegen auf ihre Rösser und setzten sich für den Ritt zum Eisernen Turm an die Spitze der Legion: Ubrik an der linken Flanke, Gildor an der rechten und König Galen in der Mitte. Und unmittelbar hinter Galen ritt das Kleine Volk: Merrili, Dill, Ted und Arch, alle auf Pferden, die von berittenen Kriegern geführt wurden. Dann folgten die Reihen der Vanadurin: Stahlhelme, die dunkel im Schattenlicht funkelten, Speere, die in Steigbügelhalterungen eingelegt waren, Säbel, die in Sattelscheiden steckten, und einige Krieger trugen Pfeil und Bogen. Und weit im Norden ritten fünfzig Harlingar: die Truppe, die den Angriff vortäuschte.

Und durch das Klirren von Rüstungen, das Rasseln von Waffen und Trommeln von Hufen drangen die hellen Rufe der schwarzen Ochsenhörner und forderten die Streitkräfte in Modrus Festung zum Kampf heraus.

Doch aus dem fernen Schattenlicht im Rücken und nördlich des Heeres ertönte das markerschütternde Geheul der spionierenden Vulgs, die ihre Meldungen zum Eisernen Turm riefen. Merrili überlief ein Schauer, denn sie vermutete, dass Modrus Köter von einer kleinen Gruppe berichteten, die nach Norden ritt – die vorgeblichen Angreifer –, und sie fragte sich, ob Vulgs auch den Stoßtrupp gesehen hatten. Wusste Modru also auch, dass Tuck und die anderen kamen? Oder waren die Vulgs getäuscht, abgelenkt worden und hatten den Stoßtrupp völlig verpasst? Merrili kannte die Antwort auf diese Fragen nicht, und sie konnte nur hoffen, dass alles gut gegangen war.

Näher ragte die finstere Zitadelle nun auf, und auf den Wällen sah man Gezücht hin und her rennen. Und gelegentlich flog ein Pfeil von der Brustwehr, da die Brut die Reichweite ihrer Geschosse testete.

Noch näher ritt die Legion, bis sie die Grenze der Rukhenpfeile mit den schwarzen Schäften erreicht hatte. Marschall Ubriks Hornruf durchschnitt die Luft und setzte sich über die Reihen fort. Und die Legion kam knirschend zum Stillstand.

Vorn in der Mitte saßen Krieger mit Schilden und Seilen ab und marschierten auf den dunklen Erdspalt zu. Dahinter folgten die Bogenschützen, unter ihnen die Wurrlinge, und sie machten sich die mächtigen, spitzen Felsen als Deckung zu Nutze, die aus dem Boden ragten.

Immer näher kamen sie der schwarzen Schlucht, immer näher. Dann hatten die Männer mit Schilden und Seilen den Rand des Grabens erreicht; sie banden ihre Taue an Vorsprünge und Blöcke und warfen die losen Enden über die Kante in die schwarze Tiefe.

Und Rukh, Hlök und Ghul sahen diesen Menschen ungläubig zu: Glaubten diese Narren etwa, sie könnten direkt unter den Augen von Modrus Horde durch die Schlucht klettern und die Wälle erstürmen? Heisere Hohnrufe erhoben sich in den Reihen der Brut.

Dann ertönte das lärmende Schmettern von Rukhenhörnern, und ein Hagel von schwarzen Schäften sauste zischend auf die Männer hinab und drang mit dumpfem Laut in Schild, Erde und Fleisch.

Als Antwort zischten die Pfeile des Heeres hinauf zu den Wällen; größtenteils segelten sie über die Mauern oder prallten klirrend gegen den Stein, wenngleich ein paar auch den Feind trafen.

Ein mächtiger, lang anhaltender Schrei stieg von der Legion auf, denn der Hochkönig ritt in einem scharlachroten Panzerhemd an der Front seines Heeres entlang, und Stahlherz blitzte im Schattenlicht auf.

Noch immer regneten die schwarzen Schäfte auf die Männer an der Schlucht. Und Pfeile flogen als Erwiderung zurück. Schließlich aber ließen die Angreifer auf ein Signal ihres Hauptmanns hin die Seile fahren und kehrten zur Legion zurück, und die Bogenschützen schossen weiter zu den Wällen hinauf, wichen aber ebenfalls zurück.

Und auf den Festungsmauern jubelte höhnisch die Brut, und ihr schrilles Gelächter, ihr spöttisches Kreischen klang misstönend hinter den fliehenden Verbündeten her.

An der linken Flanke knirschte Ubrik vor Wut mit den Zähnen.

Aber alles lief wie geplant.

Bregas Griff umschloss Drakkalans schwarzen Stiel, und die Augen des Zwergs waren fest auf die Schießscharte über ihm gerichtet. Er hörte den Rukh auf die Öffnung zuschlurfen, und er klammerte sich mit der linken Hand an den Stein des Walls und stemmte die Füße tiefer in den Spalt, der die Hauptlast seines Gewichts trug. Nun vernahm er den rauen Atem des Rukhs, hörte, wie die Pike über den Stein kratzte und wie eine Hand auf den Mauersims klatschte, und dann beugte sich der Rukh aus der Öffnung, um nach unten zu blicken.

*Tschok!* Drakkalan fuhr seitlich in den Schädel des Rukhs, so dass Knochen und durchtrennter Helm kreiselnd in die Tiefe fielen; und schwarzes Blut spritzte auf Mauerzacken, Wall und Krieger. Der Kadaver glitt rücklings außer Sicht und fiel grotesk verdreht auf dem Wall in sich zusammen.

Brega zog sich nach oben und spähte vorsichtig an der Wallbank entlang. Keine Wachen zu sehen! Der Zwerg gab den anderen unter ihm ein Zeichen, dann huschte er schnell über die Mauer auf den Wachgang, und die Übrigen kletterten rasch nach oben. Und als sie alle bei ihm waren, hob Brega den toten Rukh über den Kopf und schleuderte ihn mit einem Schwung seiner kräftigen Schultern in einigem Abstand vom

Wall in die Schlucht hinab. Dann warf er die beiden Piken hinterher.

»Wir müssen uns beeilen«, zischte Flandrena drängend. »Bis zum Sonnentod bleibt weniger als eine halbe Stunde Zeit, und es ist noch ein weiter Weg bis zum Tor, und wir haben viel zu tun, wenn wir dort sind.«

Hastig legten die acht ihre schmutzigen Umhänge an und zogen die Kapuzen über den Kopf. Dann bildeten sie Reihen – vorn die Wurrlinge und Brega, dahinter Flandrena und Igon – und begannen auf dem Wall zu dem fernen Tor zu marschieren, und die ganze Zeit zankten sie sich und rempelten einander an, wie es die Brut tun würde.

*Ich bin drin! In der Festung!* Tucks Herz hämmerte wild, als er aus seiner Nische heraus am Wall entlangblickte. Die Brut schwärmte zu Hunderten durch die Höfe vor ihm: Manche trugen Kisten oder Fässer, andere marschierten mit Waffen die Aufgänge zu den Wällen hinauf, und wieder andere drängelten fauchend um eine Ecke und entfernten sich entweder von Tuck oder kamen in seine Richtung. Inmitten des Gewimmels von Rukhs teilten grausame Hlöks Peitschenhiebe aus und schnarrten Befehle. Und tödliche Ghule saßen auf Hélrössern und überwachten alles.

Tuck zog die Kapuze so weit über den Kopf wie nur möglich und verbarg sein Gesicht in ihren Falten.

*Vom Regen in die Traufe,* dachte er. *Was nun? Zurück ins Loch? Nein! Ich hatte vor, in die Festung zu kommen, und jetzt bin ich in der Festung – auf einem unerwarteten Weg zwar, keine Frage, aber ich bin drin.*

Erneut spähte Tuck aus seiner Nische. Das Gewimmel des Madenvolks hatte keinen Deut nachgelassen. Und in der Nähe ließ ein Ghul die toten, schwarzen Augen über den Hof schweifen. *Also gut, Bokker, da du nun in der Festung bist, meinst du, du könntest es bis zum Tor schaffen? Die anderen acht werden dich nämlich dort brauchen. Das Tor liegt genau im Westen ... exakt auf der anderen Seite der Festung, mitten durch eine Burg, die von Feinden wimmelt. Du musst nichts weiter tun, als unbemerkt durch die ganze Horde zu marschieren. Aber erst musst du an diesem Ghul vorbeikommen, der hier alles beobachtet.*

Wieder spähte Tuck hinaus, zog aber rasch den Kopf zurück, da eine geifernde Kompanie Ruhks am Wall entlang auf sein Versteck zumarschierte. *Weiter, weiter!* Sie kamen näher, und Tuck drückte sich tiefer in die Dunkelheit der Nische und ließ Bogen und Köcher von den Schultern gleiten. *Weiter, weiter!* Noch näher kamen die Rukhs, und nun konnte Tuck sie streiten und knurren hören. *Weiter, weiter!* Die ersten Reihen schritten an dem Bokker vorbei, der sich in seiner Mauernische nicht rührte. *Weiter, weiter!* Hlöks bellten Befehle, und die Rukhs drängelten vorwärts. *Weiter, weiter!* Rukhs strömten vorüber, und Tuck betete, dass keiner zu ihm hineinlugte und ihn entdeckte. *Weiter, weiter!* Nun zogen die letzten Reihen vorbei.

*Das ist es, Bokker!*, dachte Tuck. Und als der Letzte der Brut vorüber war, trat der Wurrling aus dem Dunkel und schloss sich ihrem Marsch an.

Bei jedem Schritt schoss ihm ein stechender Schmerz ins linke Bein, und er spürte, wie in seinem Stiefel etwas aneinander rieb. Doch er ging weiter, die Zähne zusammengebissen, damit er nicht aufschrie vor Qual, und sein Herz hämmerte angstvoll – ein einsamer Wurrling, der am Ende einer Kompanie zankender Rukhs marschierte. *Wie ein dummes Schaf im Wolfspelz*, dachte Tuck zwischen zwei Schritten.

Sie marschierten an der Mauer entlang nach Süden, und dann drehten sie nach Westen und folgten einem gepflasterten Weg zwischen niedrigen Gebäuden und schmucklosen Türmen. Und am Ende der Kompanie hoppelte Tuck und weigerte sich, der durchdringenden Qual in seinem Fuß nachzugeben, und fürchtete doch bei jedem Schritt, er könnte aufschreien oder zusammenbrechen.

Sie passierten den Aufpasser-Ghul, dessen tote, schwarze Augen nur flüchtig über die Kompanie strichen, die in westliche Richtung drängelte. Tuck hielt den Kopf gesenkt und das Gesicht verborgen und versteckte die Hände unter dem Umhang, als er an dem Ghul vorbeihinkte. Das Hélross schnaubte und grunzte, als der Wurrling an ihm vorüberging, und der Bokker wusste, dass das Tier ihn gerochen hatte. Doch genau in diesem Augenblick ließ der Ghul das Ross lostraben und entfernte sich in Richtung von drei Kompanien mit heftig streitendem Madenvolk, ohne auf das Quieken und Grunzen der Kreatur zu achten, die ihn trug.

Weiter humpelte Tuck, am Ende der Kompanie des Gezüchts, die nun einen Innenhof durchquerte, um dann nach Norden abzubiegen. Tuck entdeckte einen Weg, der nach Westen führte, und als die Rukhs um eine Ecke bogen, trat der Wurrling in einen dunklen Eingang, während das Madenvolk weitermarschierte.

Unter heftigen Schmerzen schleppte sich Tuck in den Innenhof zurück und gelangte auf die andere Seite, indem er sich im Schatten der Stützmauern für die Gebäude auf der Nordseite hielt.

Er hinkte in den nach Westen führenden Weg und fand sich in einem engen Gewirr von Gassen wieder. Doch er strebte weiter nach Westen, wobei er manchmal in Sackgassen geriet, wo er zurückgehen und einen neuen Weg suchen musste. Und bei jedem Schritt ließ ein widerliches Reiben in seinem Fuß einen brennenden Schmerz durch seinen ganzen Körper fahren.

Tuck humpelte an den engen Stallungen zwischen den Gebäuden vorbei und kam zu einer großen Menge gestapelter Kisten und Fässer; langsam arbeitete er sich hindurch, bis er schließlich einen Weg aus dem Labyrinth fand. Wieder sah er einen von Ruhks wimmelnden Innenhof vor sich, und auf der anderen Seite des Pflasters stand ein mächtiger schwarzer Turm. Tuck schaute an ihm empor und sah den schwarzen Strahlenkranz aus der Turmspitze strömen und an seinen Wurrlingsaugen zerren, und sein Herz pochte, denn der Bokker wusste, er blickte auf Modrus Eisernen Turm. Und während er in die Höhe starrte ...

*Zzzack!* Die Riemen einer Geißel sausten auf Tucks Schultern herab und peitschten ihm ins Gesicht unter der Kapuze, dass die Lippen aufsprangen. Der Wurrling fuhr herum, und vor ihm stand ein zähnefletschender Hlök. Und als der Bokker unter dem Umhang nach dem Langmesser tastete, krächzte der Unhold: *»Theck dral, guth!«*, und hob die neunschwänzige Katze zu einem weiteren Hieb, und hinter dem Hlök traten vier Rukhs aus den Schatten.

Dreimal noch schickte die Legion Krieger vor, als wollten sie in die Schlucht steigen, und feuerten Bogenschützen Pfeile auf das Gezücht auf den Wällen; und jedes Mal regnete es Pfeile mit schwarzen Schäften von den Brustwehren, und der gewaltige Kurbelbogen über dem Tor schleuderte Speere mit Eisenspitzen in die Reihen des Heeres. Und drei weitere Mal wurde der Angriff auf die Kluft abgebrochen, und die Kämpfer und Bogenschützen kehrten zum Gros der Legion zurück, während die Brut höhnisch johlte und jubelte und raue Rufe aus den Messinghörnern der Rukhs ertönten. Und Ubrik knirschte zornig mit den Zähnen.

Merrili und die Wurrlinge stellten sich wieder in der Mitte vor dem Heer auf, und sie sahen zu, wie König Galen und andere Reiter an der Front der Legion entlangjagten und ihre Waffen schwangen.

*Tsung!* Ein Speer flog nordwärts aus dem Tor und prallte auf einen aus der Erde ragenden Stein inmitten auseinander stiebender Krieger.

Und auf den Wällen führte das Gezücht Freudentänze auf.

Merrilis Augen aber sahen, wie ein großer Trupp des Madenvolks sich abspaltete und auf dem Wall nach Norden raste. Und als Galen in die Mitte der Legion zurückkam, donnerte ein berittener Kundschafter von Norden heran. »Hai, König Galen!«, rief der Krieger und brachte sein Pferd zum Stehen. »Die Brut hat die Kompanie der Vanadurin entdeckt, die nördlich von hier in die Schlucht klettern soll, und nun gehen die schwarzen Pfeile auch auf diese Harlingar nieder.«

»Dann verläuft ja alles nach Plan«, erwiderte Galen. Doch sein Blick ging nach Süden, von wo er Aric und Bert mit einer Nachricht von Bregas Stoßtrupp erwartete, aber er sah nichts. »Mamme Holt, seht Ihr schon etwas von dem Kundschafter und dem Wurrling, die Neuigkeiten von den Kletterern bringen?«

Merrili richtete ihre schrägen, saphirblauen Augen nach Süden und forschte im fernen Schattenlicht; dann schüttelte sie den Kopf.

»*Rach!*« Galen schlug sich mit der Faust in die offene Hand. »Wir wissen nicht, ob der Stoßtrupp Erfolg hatte oder gescheitert ist – oder immer noch mit der Ersteigung der Wälle ringt. Aber die Zeit wird gefährlich knapp.« Der König drehte sich um und rief: »Setzt den fünften Angriff in Szene! Wir wollen die Aufmerksamkeit des Gezüchts weiter auf uns lenken!«

Eine Kompanie von Harlingar griff zu ihren Schilden und brach zu den Seilen auf, und die Bogenschützen rückten mit ihnen vor; Merrili legte einen Pfeil an die Sehne und setzte sich ebenfalls in Bewegung. Die Gedanken kreisten wirr in ihrem Kopf, und sie machte sich quälende Sorgen um das Los von Tuck, Danner und Patrel, von Rollo, Dink und Harven und von Brega, Igon und Flandrena; doch wie es ihnen erging, wusste sie nicht, während von den Wällen wieder die Pfeile mit den schwarzen Schäften zu zischen begannen.

Die Gesichter tief in den Kapuzen verborgen, wanderte der Stoßtrupp auf dem hohen Wallgang von Modrus düsterer Festung in südwestlicher Richtung. Unter ihnen, innerhalb der Burgmauern, sahen sie Schwärme des Madenvolks auf den Pflastersteinen hin und her rennen und in Gruppen und Kompanien zu den rauen Befehlen und Peitschenhieben der Hlök-Aufseher marschieren. Und hier und dort überwachten die toten, schwarzen Augen eines Ghuls das ganze Geschehen.

Die Blicke des Stoßtrupps verweilten jedoch nicht bei dem Gewimmel in den Höfen und Gassen unter ihnen, sondern sie gingen quer über die Festung zu dem mächtigen Hauptturm – dem Turm, der an Wurrlingsaugen zerrte – und zu dem fernen Tor im Westwall; und den acht sank der Mut, denn ein großer Schwarm des Madenvolks ballte sich auf den Wällen nahe des Portals.

»Sie haben sich gesammelt, um die Legion abzuwehren«, brummte Brega.

»Schaut, im Norden ist noch ein Schwarm«, flüsterte Dink.

»Der falsche Stoßtrupp«, sagte Flandrena leise, während sie nun nach Westen marschierten. »Alles verläuft nach Plan: Die Legion tut, als wollte sie beim Tor übersetzen, und hinten im Norden lenkt die Kompanie der Harlingar einen Teil der Brut von uns ab.«

»Aber über dem Tor selbst sind zu viele Rukhs«, zischte Danner.

»Vielleicht ...«, begann Brega, brach jedoch ab und fing an

zu drängeln, mit den Ellbogen zu stoßen und die Zähne zu fletschen, und alle taten es ihm gleich, während Flandrena mit einem Stück Elfenseil auf sie einschlug, das eine Peitsche darstellen sollte. Und so marschierten sie knurrend und fluchend an einem Rukh-Wächter vorbei, der sie keines Blickes würdigte, weil er fürchtete, die Peitsche könnte auch ihn treffen, wenn er die gelben Augen von der Schlucht abwandte.

Weiter trabten die acht, von Ecke zu Ecke in einem weiten Bogen auf dem Wall entlang, und immer näher kamen sie ihrem Ziel. Und niemand, weder Wachen noch marschierende Rukhs, stellte sie auf ihrem Weg zur Rede. Nun waren sie auf dem westlichen Wall, und sie sahen auf dem Moor jenseits der Schlucht die Legion. Galen zog mit seiner scharlachroten Rüstung ihre Blicke an, während er vor dem Heer auf und ab ritt. Von hier sahen sie auch Gildors Truppe an der Südflanke der Legion hin und her wogen, bereit, über die Brücke zu stürmen, sobald diese fiel – wenn sie denn fiel. Und zuletzt sahen sie noch eine kleine Streitmacht auf Seile zustürzen, die in die Schlucht hinabhingen; manche der Männer hatten den Abgrund bereits erreicht, und Pfeile mit schwarzen Schäften prasselten auf sie hinab, während die Geschosse der Bogenschützen als Erwiderung zu den Wällen hinaufflogen.

Dann aber sahen die Angreifer des Stoßtrupps nichts mehr, denn nun hatten sie den Wall erreicht, in dem sich das Tor befand, und sie marschierten den letzten Abschnitt auf ihr Ziel zu. Vor sich sahen sie den riesigen, von Hlöks betriebenen Kurbelbogen und hörten das Klappern der Zahnräder, als er neu aufgezogen und mit einem Speer mit Stahlspitze geladen wurde. Und inmitten des heiseren Jubels des Madenvolks schritten die acht auf ihren Lohn zu: die große Winde der eisernen Zugbrücke und die Hebevorrichtung des Fallgitters.

*Tsung! Klack-kla-klack-klack-klack!* Die Ratsche an dem großen Kurbelbogen ratterte weiter, und die Hlöks legten einen weiteren Speer in die Rille. Und als sich der Hauptmann der Torwache umwandte, sah er eine Gruppe von Kapuzenträgern auf die Winde der Zugbrücke zugehen.

*»Shugg du!«*, schnarrte der Hlök und versperrte ihnen den Weg; die Gruppe blieb stehen. *»Shugg du!«*, bellte er noch einmal, aber er erntete nur Schweigen. *»Arg tha! Shugg du!«* Der Hlök trat mit wutverzerrtem Gesicht vor und griff nach der neunschwänzigen Katze an seinem Gürtel, während er gleichzeitig die Kapuze der Gestalt direkt vor ihm zurückschob. *Und nun riss der Hlök erstaunt die Augen auf, denn er starrte in die Züge und auf den gegabelten Bart eines dieser verhassten Dubh!* Und das war das Letzte, was der Hlök sah, denn Drakkalan trennte ihm den Kopf vom Rumpf, und der Kampf auf dem Wall über dem Tor begann.

Beim Anblick der vier Rukhs hinter dem Hlök begann Tuck fieberhaft zu überlegen, denn er vermochte ein Schwert keinesfalls so gut zu führen, dass er alle töten konnte, ehe einer dazu kam, Alarm zu schlagen.

*»Theck dral, guth!«*, fauchte der Hlök erneut und deutete auf eine Gruppe von Fässern, und nun sah Tuck, dass die Rukhs in Richtung des Eisernen Turms marschierten und sich welche von den Fässern auf die Schultern geladen hatten.

*Er hält mich für einen Rukh!* Rasch hinkte Tuck zu den Fässchen, hob sich eins auf die Schulter und humpelte hinter dem Madenvolk her, das dem Turm zustrebte, während der Hlök hinter ihm andere Rukhs beaufsichtigte, die ebenfalls kamen, um Fracht zu tragen.

Wieder schoss unerträglicher Schmerz in Tucks Bein empor, und er wäre beinahe ohnmächtig geworden; doch er schleppte sich weiter und saugte und spuckte Blut von der

Lippe, die der Peitschenhieb aufgerissen hatte. Und er sah, dass die Rukhs vor ihm ihre Last zu einer Art Essensausgabe trugen. Dort überwachten zwei Hlöks das Entladen der Fässer, die von Rukhs geöffnet wurden, damit das Essen darin verteilt werden konnte. Und im Hintergrund stand einer vom Leichenvolk der Ghule neben seinem Ross.

*Wenn dieses Hélross meinen Geruch wahrnimmt ...* Als Tuck verzweifelt nach einer Fluchtmöglichkeit Ausschau hielt, trat unmittelbar vor dem Bokker ein Rukh aus einer Tür im Turm, stieg die drei Stufen nach unten und huschte an dem Wurrling vorbei über den Hof.

*Die Tür!,* dachte Tuck. *Der Rukh hat sie offen gelassen!* Ohne lange zu überlegen, kämpfte sich der Bokker die Stufen hinauf und trat ein; und als er die Tür zuschob, drang von Ferne das Klirren und Krachen von Waffen an sein Ohr. Woher aber dieser schwache Widerhall einer Schlacht kam – aus welcher Richtung –, das vermochte er nicht zu sagen, denn in diesem Augenblick fiel mit einem dumpfen Laut die Tür zum Eisernen Turm ins Schloss und sperrte alle Geräusche aus.

Tuck setzte das Fass ab und ruhte sich einen Moment aus; seine Augen forschten in die Finsternis. Vor ihm erstreckte sich ein langer Korridor mit knisternden Fackeln, die zuckende Schatten warfen, und links und rechts waren geschlossene Türen. Düster klafften auch die Öffnungen steinerner Bögen in diesem Flur und zeigten an, wo Seitengänge abzweigten. Zu Tucks Linken führte eine Treppe nach oben, und rechts von ihm gingen weitere Stufen zu einer geschlossenen Tür hinab.

Plötzlich hallte ein wütendes Kreischen durch den Turm, und Tuck hörte das klatschende Geräusch von laufenden Füßen, die sich ihm näherten. Er schleppte sich die Treppe zu seiner Linken hinauf, und bei jedem Schritt durchzuckte

Schmerz seinen gesamten Körper. Er erreichte einen Treppenabsatz, und noch immer ertönten die Wutschreie, und Rukhs und Hlöks stürzten den Gang entlang auf ihn zu. Tuck wanderte eine weitere Treppenflucht nach oben, und das Madenvolk stürmte an ihm vorbei die Stufen hinab, ohne groß auf die Kapuzengestalt zu achten, die in der Gegenrichtung unterwegs war.

Als Tuck zum nächsten Treppenabsatz kam, verstummte das durchdringende Geschrei. Weiteres Gezücht kam dem Wurrling jedoch entgegen, und Tuck wusste, wenn ihn auch nur einer anhielt, war er enttarnt. Deshalb wandte sich der Bokker der erstbesten Tür zu, schob den Messingriegel zurück und trat ein. Die Tür schlug er hinter sich zu.

Tuck hielt einen kurzen Moment inne, um Atem zu schöpfen, und musterte dabei den Raum: ein Himmelbett, ein Kamin, eine Tür, durch die er das Ende einer Badewanne sah, und schwere Vorhänge, hinter denen offenbar ein Fenster lag. Von draußen hörte der Bokker Kampfgetümmel, gedämpft durch den Vorhang; und er hörte auch einen gewaltigen Knall.

*Der Stoßtrupp! Haben sie das Tor erreicht?* Noch immer schwer atmend, humpelte Tuck zum Fenster, um den Vorhang beiseite zu ziehen.

Und als das Tuch zur Seite schwang, sprang eine Gestalt in gesteppter Rukhenkleidung aus dem Dunkel und ließ eine schwere Eisenstange auf den Bokker niedersausen; das Metall streifte schmerzhaft Tucks Arm und Rücken, obwohl der Bokker zur Seite sprang und sich auf dem Steinboden abrollte. Aus seinem Köcher ergossen sich die Pfeile, der Bogen auf seinem Rücken klapperte über die Fliesen und der Umhang wickelte sich um seinen Körper und hinderte ihn daran, das Langmesser zu ziehen.

Tucks Kapuze klappte nach hinten, und als er aufblickte,

sahen seine schrägen Juwelenaugen eine weibliche Gestalt mit flachsblondem Haar vorspringen, die Stange zum tödlichen Schlag erhoben.

»Prinzessin!«, rief er.

*Pling!* Laurelin ließ den Gitterstab fallen und warf sich neben dem gestürzten Wurrling auf den Boden. »Herr Tuck!«, schrie sie und umarmte ihn. »Oh, Herr Tuck.« Laurelin weinte hemmungslos und drückte sich ungestüm an den Bokker, und Tuck legte den Arm um sie, strich ihr übers Haar und beruhigte sie, und er staunte über die Wege des Zufalls, die ihn hierher geführt hatten.

Durch das Fenster drang ein Trompetenstoß in den Raum, und Tuck wusste, dass der silbrige Ruf aus keinem anderen Instrument als dem Reichshorn stammte, das Patrel mit sich führte. »Kommt, Prinzessin«, sagte er, »wir müssen uns aus dem Staub machen.«

»Tuck, die Ghule!«, rief Laurelin und rappelte sich auf. »Wir müssen in der Tat fort von hier und meinen Fürst Galen warnen: Ein großer Trupp Ghule reitet über die Ödnis von Gron, um der Legion in den Rücken zu fallen.«

»Ghule? Und sie kommen übers Klauenmoor?« Als die Prinzessin nickte, erbleichte Tuck. »Ihr habt Recht: Wir müssen die Legion warnen!«

*Tsung!* Das Geräusch des großen Kurbelbogens drang durchs Fenster, während Tuck sich unter Schmerzen vom Boden erhob: ein Fuß gebrochen, die Lippe vom Peitschenhieb gespalten, eine Strieme im Gesicht und Arm und Rücken von der Eisenstange blau geschlagen. Rasch überprüfte er seinen Bogen – dieser hatte beim Abrollen keinen Schaden genommen –, und dann begann er die verstreuten Pfeile vom Steinboden einzusammeln und wieder in den Köcher zu stecken.

»Und Tuck!«, erklärte die Prinzessin rasch. »Modru plant für heute etwas Schreckliches. Ich weiß nicht genau, worum es sich handelt, aber es ist übel und hat mit Gyphon zu tun … mit Gyphons Rückkehr!«

»Ja, Prinzessin, das vermuten wir ebenfalls, und wir hoffen, Modrus schändliches Vorhaben vereiteln zu können.« Tuck ergriff den letzten Pfeil und sah Laurelin an. »Euer Haar, Prinzessin«, kommandierte er, »versteckt es unter dem Umhang und der Kapuze. Wir müssen mitten durch eine Horde spazieren.«

Rasch löste Laurelin den Verschluss ihres Umhangs, schüttelte ihr Haar auf den Rücken und zog den Umhang darüber, dann schlug sie die Kapuze hoch, um ihr Gesicht zu verbergen. »Wir können durch das Fenster hinausgelangen«, schlug sie vor, »an einem Seil.«

»Die Tür ist nicht verriegelt«, entgegnete Tuck. »Und es ist weniger wahrscheinlich, dass man uns bemerkt, wenn wir eine Treppe hinabgehen, als wenn wir an einem Seil nach unten klettern.«

Laurelin hob ihre Eisenstange auf und ging zur Tür. »Dann nichts wie weg, Herr Tuck, denn ich spüre, die Ghule nähern sich bereits.«

Der Klang des schwarzen Ochsenhorns wehte in den Raum, als Tuck seinerseits die Kapuze über den Kopf zog, den Bogen in die Hand nahm und an die Seite der Prinzessin humpelte.

Nachdem er tief Luft geholt hatte, packte er den Türgriff und sah zur Prinzessin hinauf, und als diese nickte, öffnete er die Tür.

Vor ihnen stand eine schwarz gekleidete Gestalt, deren Augen wütend aus einer scheußlichen Eisenmaske funkelten.

*»Ssstha!«*, zischte Modru, ehe der Wurrling sich auch nur rühren konnte, und führte einen mächtigen Schlag mit dem Eisenhandschuh. Er traf den Wurrling mit dem Handballen an der Stirn, und die Klauenfinger kratzten über Gesicht und Hals

des Bokkers und rissen Umhang und Wams bis zur darunter verborgenen silbernen Rüstung auf. Ein Finger blieb im Verschluss des Silbermedaillons hängen und ließ es aufspringen. Tuck taumelte benommen zurück und stürzte auf den Steinboden, hart schlug sein Helm auf, und der Bogen fiel ihm aus den Händen.

Laurelin führte mit aller Kraft einen Schlag mit der Eisenstange gegen Modru, aber der Böse riss die Hand hoch, packte den Stab und entwand ihn ihrem Griff. Dann schoss seine freie Hand vor wie eine zuschnappende Schlange, er umklammerte ihr Handgelenk und riss sie an sich.

»Du wolltest also fliehen. Pah! Dachtest du etwa, dieser Winzling hier würde dich vor deinem Schicksal bewahren?« Modru zerrte die Prinzessin zu der leblosen Gestalt des Wurrlings, der ohnmächtig auf dem Rücken lag, das Gesicht zerkratzt und blutig, Umhang und Wams zerrissen, während das silberne Medaillon mit Merrilis Porträt offen und glitzernd auf der gepanzerten Brust des Bokkers lag.

Modru hob die Stange über den Kopf. »Wir werden ja sehen, was stärker ist – dieser Eisenstab oder der Kopf deines *Retters.«*

Und während sich Laurelin in Modrus Griff wand und immer wieder »Nein, nein, nein!« schrie, beugte sich der Böse vor, um den Stab auf Tucks Schädel krachen zu lassen.

Und der Spiegel aus purem Silber in der Innenseite des offenen Medaillons fing einen kleinen Teil von Modrus wahrem Aussehen auf und warf es in die Augen des Bösen zurück.

Mit einem schrillen Schrei schleuderte Modru den Gitterstab von sich, schlug einen Arm vors Gesicht und taumelte rückwärts, unfähig, den Anblick im Silberspiegel des Medaillons zu ertragen – eines Medaillons, das vor einer Ewigkeit im geheimnisvollen Land Xian gefertigt worden war, in dem Zauberer gewohnt haben sollen.

Doch die glatte, polierte Oberfläche hatte dem Bösen zwar einen wirkungsvollen Schlag verpasst, ihn aber keineswegs vernichtet, denn das Medaillon war sehr klein und konnte deshalb nur einen winzigen Teil seines ganzen Bildes reflektieren. Und so saugte Modru zischend Luft durch die zusammengebissenen Zähne und erholte sich langsam von dem heftigen Stoß. Und er ballte die Klauenfinger im Handschuh seiner freien Hand zu einer schwarzen Faust.

Wieder zerrte er Laurelin hinter sich her, als er auf den liegenden Wurrling zutrat, um ihn zu erschlagen. Doch Modru hatte nicht mit der Kraft des silbernen Dings gerechnet, das den Bokker beschützte, denn genau in diesem Augenblick stöhnte Tuck und bewegte sich leicht, und das silbern glitzernde Medaillon verrutschte auf seiner Brust, so dass die gleißende Spiegelfläche sich dem Bösen zuzuwenden schien, als wollte sie ihn aufs Korn nehmen.

*»Ssstha!«* Wieder taumelte Modru zurück und riss den Kopf zur Seite, fort von diesem Zeichen der Macht, das offen auf der Brust des nun zu sich kommenden Wurrlings lag. Dem Bösen war selbst dieser kleine Ausschnitt seines wahren Bildes unerträglich, und er war außer Stande, über den hilflosen Bokker herzufallen.

*»Ssss.«* Keuchend zischte Modru, während er innehielt und neue Kraft sammelte, und er blickte nicht auf den Wurrling und dessen silbernes Verderben. Und sosehr sich Laurelin wand und zerrte, sie konnte sich nicht losreißen, denn auch der geschwächte Griff des Bösen hielt sie noch fest genug, und rasch kehrte seine Kraft zurück.

»Pah!«, spie Modru schließlich und fuhr herum. »Ob jetzt oder in einer kleinen Weile, das spielt keine Rolle, denn sterben wird der Winzling auf jeden Fall ... jawohl, er wird sterben, wenn ich meinen Meister hole, und dieser Augenblick steht unmittelbar bevor. Kommt in den Turm hinauf, Prinzessin. Es ist Zeit, dass Ihr Euer Schicksal kennen lernt.«

Modru zerrte die stolpernde Prinzessin in seinem Eisengriff hinter sich her aus dem Raum und schleifte sie zu der Wendeltreppe, die sich zu dem Turmzimmer emporschraubte, in dem der abgrundtief schwarze Myrkenstein lag.

Erneut war die Legion von der Schlucht zurückgetrieben worden, und die Brut johlte und spottete. Und nun knirschte selbst König Galen mit den Zähnen und fluchte über ihr Hohngeschrei; zwar hatte er vorher gewusst, dass sich das Gezücht über die kraftlosen Bemühungen des Heeres lustig machen würde, denn auch das gehörte zu ihrem Plan, aber dennoch machte ihm der Spott zu schaffen.

»Hoi!«, rief Ted Handstolz, einer der Wurrlinge. »Dort kommen Bert und der Kundschafter der Harlingar.«

Galen wandte auf Sturmwinds Rücken den Blick nach Süden, wo zwei Rösser mit ihren Reitern aus dem Schattenlicht heransprengten: Mensch und Wurrling, und Aric führte Bert.

Sie jagten an der Front der Legion vorbei und kamen schließlich vor dem rot gepanzerten König zum Stehen. Während sein Pferd tänzelte und ausbrach, legte Aric die geballte Faust ans Herz. »Majestät, der Stoßtrupp hat endlich den Wall erreicht.« Aric deutete zu Bert, der auf die Erde gesprungen war, wo sich Merrili und die anderen Wurrlinge um ihn scharten.

Bert blickte zu Galen auf. »S'ist wahr, hoher Herr. Lang mussten wir warten, und ich dacht schon, es wär was schief gegangen. Aber dann hab ich sie geseh'n, wie sie endlich die Mauer hochstiegen, allerdings hab ich nur noch acht gezählt, wo's doch neun hätten sein müssen ... einer hat gefehlt, und wo er abgeblieben oder was passiert ist, das ist gewiss ein

Rätsel. Ich hab sie beobachtet, bis sie oben auf den Wall geklettert sind, dann haben Aric und ich uns schleunigst auf den Weg hierher gemacht.«

Merrilis Herz verkrampfte sich, als sie hörte, dass einer aus dem Stoßtrupp fehlte, und eine tiefe Vorahnung überkam sie, aber sie hielt sich nicht lange damit auf, denn Galen verlangte forsch weitere Auskunft: »Wann haben sie den Wall erklommen? Wie lange ist das her?«

»Vielleicht vor einer Viertelstunde, König Galen«, erwiderte Aric, »denn wir sind sofort losgeritten.«

Galen riss Sturmwind herum. »Vanadurin!«, rief er aus. »Der entscheidende Augenblick naht. Alle sollen sich bereithalten, und lasst uns beten, dass der Stoßtrupp Erfolg hat. Wir aber müssen hier einen letzten Ausfall machen, um sämtliche Augen der Brut auf uns zu lenken, so dass sie nicht auf ihre eigenen Wälle achten.« Galen stieß Stahlherz in die Luft. *»Hál Vanadurin! Hál Harlingar!«*

Ein gewaltiger Jubel erhob sich aus den Reihen der berittenen Krieger, und Sturmwind donnerte vor der Legion auf und ab – von der Nordflanke zur Südflanke –, und an jedem Wendepunkt bäumte er sich auf und stieß die Hufe in die Luft. Das war für Gildor und Ubrik das Zeichen, sich bereitzumachen, denn es bedeutete, dass der Sturmtrupp auf dem Wall war.

Einmal mehr griff eine Kompanie von Vanadurin zu den Schilden und rannte zur Schlucht, und mit ihnen gingen die Wurrlinge und andere Bogenschützen. Und von den Wällen drang lautstark das Hohngeschrei der Brut, denn schon wieder versuchten die Menschen, diese Narren, die Schlucht zu überwinden, ungeachtet der Tatsache, dass sie bereits sechsmal gescheitert waren. Und Pfeile mit schwarzen Schäften zischten herab.

Merrilis Blick wanderte durch den Hagel an tödlichen Geschossen nach Süden, zum Wall über dem Tor, und sie vermeinte ein Gefecht, ein Kampfgetümmel zu erspähen; dann aber wandte sie ihre Aufmerksamkeit wieder den Wällen vor ihr zu, denn hier wurde ihre Zielgenauigkeit gebraucht.

Als Drakkalan den Kopf des Hlöks vom Rumpf trennte, stürzte sich der Stoßtrupp in den Kampf: Mit Messer, Schwert und Axt schlugen, stachen und hackten sie auf den Feind ein. Die Hlöks, die den großen Kurbelbogen bedienten, wurden überrumpelt und fielen in ihrem schwarzen Blut, mit durchschnittener Kehle, gespaltenem Schädel und hervorquellenden Gedärmen.

Ringsum drehten sich Rukhs und Hlöks ob des Kampflärms um, während Flandrena und Igon zu der großen Winde eilten, um die Zugbrücke herabzulassen. Die beiden ergriffen die Speichen des Windenrads, und gleichzeitig ertönten die ersten Alarmschreie des Gezüchts.

Mensch und Elf warfen sich mit ihrem ganzen Gewicht in die Speichenarme, während Rukhs und Hlöks auf sie zustürmten und von den Pfeilen der Wurrlinge gefällt wurden.

Aber das Rad bewegte sich nicht.

»Es klemmt!« rief Igon; er drückte mit aller Kraft und Dink sprang hinzu, um zu helfen – aber noch immer bewegte sich nichts.

»Löst die Sperre!«, schrie Flandrena, aber bevor einer der drei dazu kam, sprangen Rukhs und Hlöks in das Torkapitell, und Prinz und Liankrieger griffen zu den Schwertern und begannen zu fechten, während Dink Pfeil um Pfeil abfeuerte.

Bald aber ließen sich Pfeil und Bogen im dichten Kampfgetümmel nicht mehr einsetzen, und Danner und Patrel fanden sich Seite an Seite mit Langmessern in der Hand wieder, und

Stahl prallte gegen Stahl, als sie es mit den Krummsäbeln des Gezüchts aufnahmen.

*Tschang!* Der Rukh genau vor Danner sank tot zu Boden, und als sich der Bokker umdrehte, sah er Patrel im Handgemenge mit einem großen Hlök. Der winzige Wurrling hatte große Mühe, den Dolch des Feindes von seiner Kehle fern zu halten.

*Tschonk!* Danners Klinge fuhr in den Hals des Hlöks, und schwarzes Blut spritzte Patrel ins Gesicht, als der Unhold rücklings zu Boden ging, tot, bevor er auf dem Stein aufschlug. Doch ehe die beiden durchatmen konnten, sahen sie sich in ein neues Gefecht mit Rukhs verwickelt.

Mit der Kraft der Jugend schlug Igons Schwert eine blutige Schneise in die Reihen der heranstürmenden Feindesbrut. Und Flandrena bewegte sich wie ein Geist – er tänzelte, drehte sich, wich aus – und immer wieder stieß die Klinge des Elfen vor, und das Gezücht sank tot zu Boden. Und Brega schlug Dolche und Krummsäbel zur Seite und ließ Drakkalan in Stahl, Sehnen und Knochen fahren.

Doch immer neue Feinde drängten heran.

Rollo gelang es wieder, seinen Bogen einzusetzen, und er tötete einen Rukh, der Danner bedrängte, während Patrel einen weiteren fällte, und als sie aufblickten, sahen sie die Feinde in großer Zahl auf sich zustürmen, denn inzwischen hatten alle bemerkt, dass auf dem Tor etwas nicht stimmte. Unter Gebrüll und mit blökenden Hörnern startete der Feind einen Angriff, und Harven fiel, von einer stählernen Lanze durchbohrt.

Danner verdrehte die Augen, bis das Weiße zum Vorschein kam, in seinen Mundwinkeln trat Schaum aus, und dann stierten bernsteinfarbene Augen aus dem entstellten Gesicht und dunkle, kehlige Laute drangen aus dem zuckenden Mund. Er riss sich Umhang und Wams vom Leib, warf sein Langmesser fort und entwand eine lange Eisenstange dem Griff eines toten Hlöks.

»Danner!«, rief Patrel, doch vergeblich, denn der hoch gewachsene Bokker war nach vorn gesprungen und stand in der Öffnung des Wachgangs, der zum Tor führte. Und dort führte er die Stange mit unvergleichlicher Wut, denn er war zum Berserker geworden.

Und der Feind wurde in dem schmalen Wachgang tatsächlich zurückgedrängt!

Nun eilte Brega zur Winde, schwang Drakkalan über dem Kopf und ließ die Axt mit aller Kraft seiner massigen Schultern herabsausen. *Tschang!* Mächtig stoben die Funken, als die Axt mit den schwarzen Runenzeichen die Zugkette vollständig durchtrennte. Und erst langsam, dann immer schneller und mit quietschenden Achsen fiel die schwere eiserne Brücke herab.

PENG!

Nun sprangen Igon und Flandrena zur Hebevorrichtung für das Fallgitter und begannen die Sperre nach oben zu kurbeln, während Brega an Danners Seite Stellung bezog, denn der Feind griff erneut an; und wieder wurde er zurückgedrängt.

Plötzlich aber hielt das Fallgitter in seiner Aufwärtsbewegung inne, und so sehr sich Igon und Flandrena auch anstrengten, sie brachten es nicht mehr von der Stelle.

Patrel lief los und spähte nach unten.

Der große Troll, der das Tor bewachte, hielt das Gitter fest, als wäre es angewachsen, und der kleine Wurrling wusste, Mensch und Elf würden es nicht bewegen können, solange dieses Ungeheuer es nicht freigab. Und Patrel sah weiteres Madenvolk aus allen Richtungen auf das Tor zuströmen.

Rasch sprang der winzige Bokker die Stufen zum Tor hinab. Und als er auf dem Pflaster war, rannte er zu dem Troll und schlug der Kreatur die Atalar-Klinge in den mit Schuppen besetzten Unterschenkel. *Tsching!* Die Silberklinge mit den goldenen Runen drang nicht in die steinharte Haut des Ogru. Dafür hatte der Wurrling aber die Aufmerksamkeit des Ungeheuers geweckt, denn es fletschte die Zähne und schlug mit seiner großen, plumpen Hand nach Patrel, verfehlte ihn aber knapp, da der Bokker mit einem Satz zurückwich.

*Tsching!* Wieder versuchte sich die Klinge an der Wade des Ogru, und wieder ließ die Schuppenhaut das Messer abgleiten. Und die bösartigen roten Augen des Trolls funkelten den Bokker erneut wütend an, und seine riesige Faust verfehlte ihn.

Nun hüpfte Patrel vor dem Troll umher, er schlüpfte unter dem halb in die Höhe gezogenen Gitter hindurch und rief: »He, du tumber Koloss, du erwischt mich nicht, denn ich bin der goldene Krieger!« Und Patrel riss sich das Wams auf, unter dem sein Panzerhemd golden leuchtete.

Zähnefletschend stieß der Ogru das Fallgitter nach oben und streckte die gewaltigen Pranken nach dem Bokker aus. Patrel rannte auf die Zugbrücke hinaus, und das Ungeheuer hinter ihm her, eine mächtige Eisenkeule in der plumpen Faust, und mit seinen Riesenschritten holte es den trippelnden kleinen Wurrling rasch ein.

Und oben auf dem Wall drehten Igon und Flandrena das Rad bis zum Anschlag und arretierten es, denn Patrels Geistesgegenwart hatte das Fallgitter aus dem Griff des Trolls befreit.

Mensch und Elf wandten sich wieder der Schlacht zu, gerade rechtzeitig, um zu sehen, wie Brega durch den Knüppel eines Hlöks zu Boden ging und wie Gezücht vorsprang, um ihn zu töten. Doch ehe das Madenvolk Brega erreichte, stand ein Bokker in schwarzer Rüstung über dem gestürzten Zwerg und schlug mit einer schweren Eisenstange um sich; und während die mächtige Keule die Knochen von Rukhs zermalmte, schrie der Wurrlingskrieger: »König des Bachsteins! König des Bachsteins! Danner Brombeerdorn ist der König des Bachst-!«

Ein schwarzer Pfeil sauste zischend durch die Luft und drang durch das schwarze Kettenhemd in Danners Seite; gleichzeitig traf den Bokker ein Speer in die Schulter und schleuderte ihn rücklings auf den Stein. Igon und Flandrena sprangen vor, und ihre Schwerter wüteten unter den angreifenden Rukhs. Brega rappelte sich auf, die Stirn rot von Blut, aber mit Drakkalan in der Hand. Und Rollo und Dink schossen Pfeil um Pfeil ab und fällten Gezücht zuhauf.

Danner lag in einer sich ausbreitenden Blutlache, und der glasige Berserkerblick in seinen Augen schwand. Er bemühte sich verzweifelt aufzustehen, konnte es aber nicht; er lag neben einer Pechnase mit dem Gesicht auf dem eisigen Boden, und er spähte durch das Loch nach draußen, hinab auf die eiserne Zugbrücke, die sich nun über die schwarze Kluft spannte. Und er sah, wie Patrel draußen auf der Brücke einen mächtigen Ogru verhöhnte, der langsam auf den winzigen Wurrling zuging.

Als Patrel durch das Tor flitzte und der Troll hinter ihm herkam, sah der Bokker Gildors Streitmacht entlang der Schlucht auf die herabgesenkte Brücke zujagen.

*Wenn der Ogru sie sieht, macht er vielleicht kehrt und schließt das Fallgitter,* dachte der Hauptmann. *Ich muss dafür sorgen, dass er die Reiter nicht bemerkt.* Patrel blieb in der Mitte der Brücke stehen, drehte sich um und rief mit ausgestreckten Armen: »So, du zu groß geratener Tollpatsch! Mal sehen, ob du mich fangen kannst!«

Der Troll witterte eine Falle und blieb stehen. Dann bewegte er sich langsam weiter, und die Eisenbrücke erbebte unter seinem mächtigen Tritt. Sein dumpfer Verstand suchte eine List zu entdecken, und er hielt die roten Augen unverwandt auf den kleinen Krieger gerichtet, der ihn verspottete.

»Hai, Dummkopf!«, rief Patrel und sauste auf der Brücke hin und her. »Was ist los? Bin ich etwa zu groß für dich?« Und der Winzling holte das Reichshorn – das Horn von Valon – aus der Tasche, setzte das runenverzierte Instrument an den Mund, und ein lang anhaltender Ruf erklang. Die silbrigen Töne hallten aus der Schlucht durch das Tor und über die Wälle, und überall, wo Freies Volk sie hörte, brachten sie neuen Mut und Belebung; wo die Töne aber die Ohren des Madenvolks erreichten, zuckte dieses erschrocken zusammen.

Auch der Troll fletschte ängstlich die Zähne und starrte auf diesen kleinen Plagegeist am Rand der Brücke; und dann brüllte das riesige Ungeheuer, hob die mächtige Eisenkeule und marschierte auf den Wurrling zu. Patrel wusste, dass er den Schlag nicht überleben würde.

*Tsung!* Der große Kurbelbogen über dem Tor schleuderte einen Speer mit all der Durchschlagskraft, die diesem gewaltigen Wurfgerät innewohnt, und die Eisenspitze drang in den Rücken des Trolls, durchbohrte sein Herz und trat aus der Brust wieder heraus. Weit spritzte das schwarze Blut, und wo es hinfiel, stieg ein übel riechender Rauch vom Eisen auf. Ein überraschter Blick trat in die Züge des Ogru, er sank auf die Knie, die Keule entglitt seinen Fingern und fiel klirrend auf die Brücke. Noch einmal mühte sich der Troll auf die Beine und tastete auf seinem Rücken nach dem Schaft, dann knickte er erneut in den Knien ein, taumelte seitwärts und fiel lautlos in die schwarzen Tiefen der Schlucht.

Verdutzt blickte Patrel zum Wall über dem Tor hinauf, aber er konnte nicht erkennen, wer das mächtige Geschoss abgefeuert und den Troll getötet hatte. Aber ein schreckliches

Angstgefühl durchflutete ihn, und er rannte zurück zu dem offenen Fallgitter.

Und zum Klang der valonischen Ochsenhörner stürmte Gildors Streitmacht an dem laufenden Bokker vorbei über die Eisenbrücke und durch das Tor von Modrus Festung.

Oben auf dem Wall kämpften Mensch, Wurrling, Zwerg und Elf gegen das Gezücht. Und ein Bokker in schwarzer Rüstung löste den Griff von der Kurbel des großen Bogens, glitt zu Boden und blieb an das Podest gelehnt sitzen. Und während er verblutete, erschien ein schwaches Lächeln auf seinem Gesicht, denn er hörte den Klang der valonischen Hörner. Und langsam erlosch das goldene Leuchten in seinen Augen, und schließlich war es ganz verschwunden: Danner Brombeerdorn hatte seinen letzten Pfeil abgefeuert.

Als König Galen das Zeichen dafür gab, dass der Stoßtrupp auf den Wällen war, ließ Fürst Gildor den Blick über den Wehrgang oberhalb des Tors schweifen. Der Liankrieger suchte nach Anzeichen für Bregas Haufen, doch er war zu weit entfernt, um feststellen zu können, ob sich unter den Massen, die dort umherschwärmten, welche aus der kleinen Gruppe befanden. Aber halt! Sahen seine Elfenaugen dort etwa einen Kampf auf den Wällen? Vielleicht. Er war sich nicht sicher. Doch er rief einen Krieger zu sich. »Haltet Euch mit Eurem Horn bereit, Hauptmann, denn die nächsten Minuten werden darüber entscheiden, ob wir Erfolg haben oder scheitern.«

*Die nächsten Minuten* ... Gildors grüne Augen flogen zum Himmel, wo man die Sonne schwach leuchten sah, da sie sich dem Zenit näherte. Und der größte Teil der Scheibe war bereits verdeckt, denn es war fast so weit: In weniger als einer Viertelstunde würde der Sonnentod vollständig eintreten. Gildor richtete sich in den Steigbügeln auf, dann setzte er sich wieder, und seine Knöchel traten weiß hervor, so fest hielt er die Zügel umklammert, denn über dem Tor schien sich noch immer nichts zu rühren.

Plötzlich aber löste sich die eiserne Zugbrücke vom Wall; mit einer langsamen Erhabenheit, die über ihren schnellen Fall hinwegtäuschte, kippte sie quer über den Graben und landete mit einem lauten Scheppern.

»Los!«, schrie Fürst Gildor. »Reitet los! Um Adons willen, reitet!«

Der Hauptmann setzte das schwarze Ochsenhorn an die Lippen, und ein lauter Ton zerriss die Luft und hallte übers Moor. Und wie ein einziger großer Körper fuhr Gildors Truppe herum und jagte mit fliegenden Hufen an der Schlucht entlang auf die Brücke zu.

Und hinter König Galen wendeten auch dessen Krieger und eilten der Streitmacht des Elfen nach, und ihnen folgte Reichsmarschall Ubriks Brigade.

Zuletzt brach die Kompanie an den Seilen ihren vorgetäuschten Versuch ab und rannte zu den Pferden, und mit ihr rannten die Bogenschützen, unter ihnen Merrili und die Bokker.

Und als sich die Schluchtkompanie mit Ubriks Reitern vereinte, die in diesem Augenblick vorüberdonnerten, rief Dill Thorven: »Schau Merrili! Draußen auf dem Klauenmoor nähert sich eine große Streitmacht!«

Merrili blickte in die Richtung, in die der Bokker zeigte, und dort kamen Tausende von Reitern über das öde Land gejagt, doch ob es sich um Freund oder Feind handelte, ließ sich nicht feststellen. »Hoi, Degan«, rief sie dem Reiter zu, der ihr Pferd führte, »sucht König Galen! Oder Reichsmarschall Ubrik! Eine große Streitmacht reitet über das Klauenmoor auf uns zu!«

Degan gab seinem Pferd die Sporen und raste mit Merrili

und ihrem Tier im Schlepptau los, um sich auf die Suche nach König oder Marschall zu machen.

Vorneweg rannte Fürst Gildors Ross in vollem Tempo auf die Brücke zu. Und die Elfenaugen erblickten eine kleine Gestalt, die über den Bogen lief, gefolgt von einem Troll. *Lauf, Waerling, lauf!*, rief Gildor in Gedanken. Der Knirps aber drehte sich um und stellte sich seinem massigen Gegner in den Weg. Gildor trieb sein Pferd zu noch größerer Eile an, doch er wusste, er würde zu spät kommen, um dem winzigen Bokker beizustehen.

*Tsung!* Das Geräusch des großen Kurbelbogens drang dem Elfen ans Ohr, und mit staunenden Augen sah er ein mächtiges Geschoss vom Wall herabsausen und in den Rücken des Trolls fahren. Und als das monströse Geschöpf in die Schlucht stürzte, sprengte Gildor auf die Eisenbrücke und die Harlingar hinter ihm her, dass die ganze Brücke zitterte und hallte, während die schwarzen Ochsenhörner von Valon wild schmetterten.

An Patrel vorbei jagten sie schnurstracks durch das offene Tor, und die Hufe schlugen auf die harten Pflastersteine innerhalb der Festungsmauern. Pfeile mit schwarzen Schäften regneten von den Wällen auf sie herab, aber die Vanadurin donnerten wie eine eiserne Woge in die Burg, und ihre Lanzen spießten Rukhs und Hlöks in den Innenhöfen auf. Gildor wendete auf dem Fleck und stieß einen Schrei aus, worauf sich sofort etliche Harlingar um ihn scharten, und sie jagten zusammen in Richtung der Rampen, die zum Wall hinaufführten.

Und draußen drängten die Vanadurin zur Brücke, die eine Engstelle bei ihrer Invasion von Modrus Festung bildete. Hier suchte Degan im wogenden Gedränge nach Reichsmarschall Ubrik oder Hochkönig Galen, doch er fand keinen von beiden. Es war aber auch nicht nötig, denn Ubrik hatte die Streitmacht, die aus dem Schattenlicht über dem Klauenmoor herangedonnert kam, bereits erblickt. Inzwischen waren sie so nahe, dass er sie erkennen konnte: Ghule auf Hélrössern! Modrus Räuber waren eingetroffen, um Galens Heer anzugreifen.

Schwarze Ochsenhörner erklangen, und Ubriks Brigade wendete, um sich dieser neuen Bedrohung zu stellen. Wieder tönten die Hörner, und Lanzen wurden gesenkt und Säbel erhoben. Und auf ein drittes Signal hin setzten sich Ubriks Vanadurin auf breiter Front in Bewegung – erst im Schritt, dann im Trab, und immer schneller wurde ihr Tempo, leichter Galopp, schneller Galopp, und nach einem vierten und letzten Hornruf rasten die Vanadurin in atemberaubender Geschwindigkeit dahin. Blindlings stürmten die beiden Truppen aufeinander zu: höhnisch grinsende Ghule auf kreischenden Hélrössern, grimmig dreinblickende Harlingar auf den feurigen Schlachtrössern Valons.

Die verbliebenen Vanadurin drängten über die eiserne Zugbrücke, doch sie gelangten nicht in die Burg des Prinzessinnenräubers, denn ein zweiter Troll versperrte das Tor – jenes Ungeheuer, das die Ställe bewacht hatte –, und er schwang eine gewaltige Eisenstange und schmetterte, vor Vergnügen brüllend, Krieger wie Rösser zur Seite. Obwohl er nichts weiter am Leib trug als eine schwarze Lederhose, konnten ihm die Schwerter und Pfeile der Menschen nichts anhaben, sie prallten an seiner Schuppenhaut ab oder zerbrachen an ihr. Und die schwarzen Pfeile der Rukhs prasselten herab und traf Schilde, Pferde und Menschen gleichermaßen; und schreiend stürzten Krieger und Rösser in die Tiefe.

Fürst Gildor, der die Vanadurin anführte, die sich bereits in der Festung befanden, kämpfte sich durch Rukhs und Hlöks und Ghule zu den Rampen vor, über die man auf den Wall hinaufgelangte, denn der Auftrag seiner Kampfgruppe lautete, die Hebevorrichtungen der Zugbrücke und des Fallgitters zu sichern und die Angehörigen des Stoßtrupps zu retten, falls noch welche von ihnen am Leben waren.

Schließlich brachen die Pferde durch das Gezücht und kamen zu der steinernen Schräge, und Fürst Gildor sprang vom Ross und rannte die Rampe hinauf, und in seinem Gefolge stürmten Männer nach oben. Zwar stellten sich ihnen Rukhs in den Weg, aber das Schwert Wehe pflügte durch ihre Reihen, ebenso wie der Stahl aus Valon. Und die Brut fiel getroffen oder stürzte taumelnd vom Wall in den Tod. Aber auch die Waffen des Feindes forderten ihren Tribut, und Keulen und Eisenstangen, Dolche und Krummsäbel, Hämmer und Piken töteten Krieger der Legion.

Gildors Truppe kämpfte sich jedoch zu den Schutzwällen hinauf und weiter zu der Brustwehr über dem Tor, wo Brega und Igon, Flandrena und Dink in wildem Kampf noch immer die Stellung hielten.

Und als die Vanadurin in das Gefecht stürmten, wich das Madenvolk zurück. Igon lächelte Fürst Gildor rasch zu, und Brega und Flandrena grüßten mit einem Nicken, während Dink zu seinem Bogen griff und Pfeil um Pfeil auf das Gezücht losließ. Dann griff das Madenvolk von neuem an.

Auf der Treppe zum Wall über dem Tor kam ein winziger Bokker nach oben: Patrel. Und von seinem Schwert – der Atalar-Klinge – tropfte schwarzes Blut. Er kam durch den waffenklirrenden Lärm und die Schreie der Schlacht, wich hier aus und schlängelte sich dort hindurch, bis er sich durch das Getümmel zu Gildor vorgekämpft hatte.

»Fürst Gildor! Fürst Gildor! Zu mir! Zu mir!«, rief Patrel. Und das Schwert Wehe fällte noch einen Hlök, und mit zwei Schritten war der Lian an der Seite des Wurrlings.

»Sprecht, Patrel, schnell«, bellte Gildor, ohne die Augen vom rasenden Kampfgeschehen abzuwenden.

»Ein Ogru blockiert den Eingang und hält die Legion unten auf«, keuchte Patrel, und mehr konnte er nicht sagen, denn in diesem Augenblick brach die Schlacht mit voller Wucht über sie herein, und Bokker und Elf fochten um ihr Leben.

Doch Gildor kämpfte sich in Richtung der Treppe vor, und zuletzt ließ er das Getümmel hinter sich. Der Liankrieger sprang die Stufen hinab, und nun sah er den Troll am Tor, und aus Wehes Klingenjuwel loderte scharlachrotes Feuer und züngelte an der Schneide entlang.

*Tschunk! Krch!* Die mächtige Eisenstange des Trolls krachte in die vorderen Reihen des Heeres und tötete Menschen wie Pferde. Und der riesige Ogru lachte dröhnend, wenn die Reiter die Zügel zurückrissen und angesichts dieses zwölf Fuß hohen Monsters erbleichten. Und noch immer zischten die tödlichen Pfeile von den Wällen und fuhren in das Gewimmel der Krieger, die auf der Brücke eingeschlossen waren.

Gildor jagte auf das wuchtige Geschöpf zu, denn der schlanke Elf beabsichtigte, sich zwischen den sabbernden Troll und dessen Opfer zu drängen. Und als der Liankrieger endlich vor dem Ungeheuer ankam, war es auch König Galen gelungen, sich durch das Gedränge auf der Brücke zu wühlen und sich in die vorderste Reihe des Heeres zu kämpfen. Galen reckte Stahlherz in die Luft und wollte gerade Sturmwind die Sporen geben, als Gildor rief: »Nein, König Galen! Dieser Troll gehört mir! Denn ich sehe jetzt sein Abbild durch Vanidors Augen!«

Der Ogru blinzelte zu diesem Dolh vor ihm hinab, ein lüsternes Grinsen breitete sich auf seinen Zügen aus, und von den gelben Fangzähnen des Ungeheuers tropfte Speichel. Dann schlug er zu.

*Kleng!* Die schwere Eisenstange krachte auf die Pflastersteine, aber Fürst Gildor war zur Seite gesprungen und dem Schlag knapp entgangen.

*Wuusch!* Die Stange pfiff seitwärts durch die Luft, geführt mit der ungeheuren Kraft der zwölf Fuß hohen Kreatur, aber der Elf ließ sich zu Boden fallen und der Eisenstab sauste über ihn weg.

*Tschang!* Wieder krachte die Stange aufs Pflaster, wieder knapp vorbei, da Gildor sich abrollte, ehe er aufsprang und einen Satz auf den Troll zumachte; Wehe stieß vor und traf das Ungeheuer am Schenkel. Scharlachrotes Feuer loderte aus dem Klingenjuwel und eine klaffende Wunde tat sich quer über dem Bein des Trolls auf, aus der schwarzes Blut zischend auf das Pflaster spritzte.

Der Ogru heulte schmerzerfüllt auf und zog sich aus Gildors Reichweite zurück; und in dem Augenblick, in dem er den Weg frei machte, wogten die Vanadurin nach vorn, und einigen gelang es, auf ihren Rössern an dem Ungeheuer vorbei in die Festung zu schlüpfen. Doch erneut versperrte das Monster den Eingang, und es schlug Tiere und Reiter mit der Eisenstange beiseite. Erneut aber flammte auch das Schwert Wehe auf, und es schnitt in das Handgelenk des Trolls und trank dessen Blut.

Begleitet von mächtigem Wutgebrüll schlug der Ogru nach Gildor. *Krang!* Die Eisenstange drosch auf leeren Stein hinab, denn der Elf war nicht mehr da: Er war unter dem Schlag hindurch- nach vorn gesprungen. Und mit aller Kraft, die er aufbieten konnte, trieb er sein Schwert tief in den Unterleib des Ungeheuers. Der Ogru röhrte in Todesqualen und sank auf die Knie, und in einem gewaltigen Schwall schwarzen Blutes quollen dampfende Eingeweide heraus. Und wieder stieß Gildors Schwert vor, und das Klingenjuwel blitzte rot auf, als Wehe die Kehle des Trolls durchschnitt. Mit dem Gesicht nach unten stürzte das riesige Geschöpf aufs Pflaster. Und hinter Gildors Augen flammte ein grünes Feuer auf: Vanidors Mörder war tot.

König Galen preschte vor, und Sturmwind setzte über den mächtigen Kadaver, und unter Freudengeschrei flutete die Legion hinter ihm durchs Tor.

Draußen auf dem Klauenmoor raste Ubriks Brigade mit lautem Getöse in den heranstürmenden Schwarm der Ghule: Lanze stieß an gezackten Speer, Säbel klirrte an Krummsäbel, Pferd sprang gegen Hélross. Und Männer starben, Leichenvolk fiel, als die beiden Streitkräfte in mehreren Wellen durch die Reihen der jeweils anderen fuhren und am anderen Ende wieder herauskamen. Ubrik ließ sein schwarzes Ochsenhorn erklingen, und die Vanadurin wendeten, um sich erneut den Ghulen zu stellen, die ebenfalls kehrtgemacht hatten. Ubrik gab den Befehl zu einem zweiten Angriff, obwohl er wusste, dass die Schlacht am Ende nur einen möglichen Ausgang nehmen konnte, denn seine fünfzehnhundert Harlingar ritten gegen sechstausend Räuber. Doch der Reichsmarschall wusste auch, dass König Galen und die Legion, die nun durch das Tor in die Burg des Prinzessinnenräubers strömte, Zeit brauchten, um Modrus Pläne zu vereiteln, und diese Zeit verschaffte er ihnen, indem er die Guula aufhielt. Es würde sie das Leben kosten, aber das war ein Preis, den Ubrik zu zahlen bereit war.

Und hinten in der Festung, wo König Galen und die Legion über die Brücke und durch das Tor in die Innenhöfe der schwarzen Zitadelle fluteten, schien eine schauerliche Schwärze über den dunklen Himmel zu rasen, eine Welle noch tieferer Finsternis, die sich über das Schattenlicht legte.

Fürst Gildor rannte die Treppe zum Wall über dem Tor hinauf, wo der Kampf noch immer tobte. Er blickte im Dusterschlund nach oben, wenngleich er bereits wusste, was er sehen würde: Langsam verschwand das schwache Leuchten der Sonne, da sich die unsichtbare Scheibe des Mondes vor sie schob und sie verschlang. Und das Herz des Elfen hämmerte, als sich eine immer dichtere Schwärze über das Land wälzte.

Der tiefe Klang eines mächtigen Rukhengongs hallte durch die Finsternis: *Bum ... Bum ... Bum!* Und Gildor verzweifelte, denn ringsum focht die Brut mit zunehmender Kraft ... ihre Zeit war endlich gekommen. Und auch wenn die Männer aus Valon mit wilder Entschlossenheit kämpften, so warfen sie doch immer wieder bange Blicke zum dunkler werdenden Himmel, und ihre Mienen waren grimmig, denn die schwärzeste Stunde des Schwärzesten Tages war angebrochen – die Stunde des Sonnentods.

Weit im Süden, am Gruwen-Pass, überblickten Vidron und Talarin die kümmerlichen Reste des Heeres, das der Horde so überraschend viele Dunkeltage getrotzt hatte. Angriff auf Angriff hatten sie abgewehrt und den Schwarm aufgehalten, um König Galen Zeit zu verschaffen. Doch die Horde war ein ums andere Mal gegen die Männer aus Wellen und die Elfen aus dem Arden-Tal angerannt und hatte sie mit jedem Ansturm weiter zurückgedrängt. Und heute war der fünfte Tag seit Beginn der Schlacht um den Pass, und mit jedem Tag waren mehr Wellener gefallen, mehr Lian getötet worden. Immerhin hatten sie auch viele hundert Rûpt abgeschlachtet an diesen kalten Tagen und in den bitteren Nächten des Gefechts auf den eisigen Höhen. Allmählich aber hatte die wimmelnde Horde das Heer über die gesamte Länge des schmalen Passes zurückgeschlagen. Und nun schützten keine senkrechten Steinwände mehr die Flanken der Legion, denn sie waren über die ganze Breite des Rigga-Gebirges zurückgewichen. Erschöpft standen Menschen, Elfen und Pferde in den Ausläufern von Gron und sahen zu, wie Gezücht durch den Geländeeinschnitt ins Land hinabströmte, um die Verbündeten an einer mächtigen Steinwand einzuschließen.

»Ich glaube, Ihr habt gut gezählt, Fürst Talarin«, knurrte Feldmarschall Vidron. »Ich würde die Zahl unserer Kämpfer ebenfalls auf knapp sechshundert schätzen. Und wir haben zwar fünftausend von der Brut tot in unserer Spur zurückgelassen, aber noch einmal fünftausend werden bei diesem letzten Angriff über uns herfallen.«

Talarin brummte nur und sagte kein Wort, während das Gezücht unablässig vom Kregyn herabschwärmte.

Und als die letzten Rûpt sich in den eisernen Ring eingliederten, der die Verbündeten umschloss, blökten heisere Rufe aus den Messinghörnern des Feindes, und Keulen, Krummsäbel und Hämmer wurden gezückt. Der Feind machte sich bereit, den Rest dieser hartnäckigen Legion zu vernichten.

Vidron setzte das schwarze Ochsenhorn an die Lippen, sein volltönender Klang durchschnitt die Luft und wurde von den hellen Hörnern der Wellener erwidert. Und rund vierhundert müde Menschen und etwa halb so viele erschöpfte Elfen bestiegen ihre Reittiere zum letzten Gefecht.

Gerade aber, als sich die Verbündeten für den letzten Ansturm wappneten, flutete eine gewaltige schwarze Welle durch den Dusterschlund, und lauter, wortloser Jubel stieg aus den Reihen der Horde auf. Talarin fing Vidrons Blick auf. »Das ist die Stunde des Sonnentodes, Rossmarschall«, sagte der Liankrieger grimmig. »Er kommt genau in diesem Augenblick über uns, und ich fürchte, König Galens Unternehmung ist fehlgeschlagen.«

Jenseits des Grimmwalls, im Ring des Rimmen-Gebirges im Land Riamon, tobte eine wütende Schlacht vor den Toren von Minenburg, da Menschen, Elfen und Zwerge gemeinsam den Schwarm angriffen, der den Berg, die Heimstatt des Zwergenreichs, belagerte.

Schnelle Pferde, von strahlenden Elfen geritten, stießen in das Gezücht, und die Menschen von Thäl kämpften als Fußsoldaten im Nahkampf gegen den Feind. Aus Minenburg heraus strömten die schwarz gepanzerten Zwerge; sie hackten mit ihren doppelschneidigen Äxten nach links und rechts und schlugen eine Schneise durch die Brut.

Aber auch das Gezücht forderte seinen Tribut, und Freies Volk fiel durch Rûptwaffen, und die gewaltigen Massen der Horde drängten ihrerseits gegen die Verbündeten.

Dreimal hatten sich König Dorn und seine Männer aus Thäl mit den Elfen von Coron Eiron zusammengetan, um diesen Belagerungsring um Minenburg zu durchbrechen und die Zwerge von König Brek zu befreien. Doch dreimal hatte die Brut sie zurückgeworfen, und viele waren tot liegen geblieben.

Dies nun war ihr vierter Angriff, und sein Ausgang stand auf Messers Schneide. Die Schlacht wogte hin und her, zuletzt aber gelang es den Menschen, mitten durch die Reihen der Horde zu brechen und an die Seite der Zwerge vorzudringen. Ein lauter Freudenschrei stieg von den Verbündeten auf, um ihnen sogleich in der Kehle stecken zu bleiben; denn genau in dem Moment, in dem es schien, als hätten sie endlich die Oberhand gewonnen, rollte eine mächtige Woge der Finsternis durch das Schattenlicht – und Menschen, Elfen und Zwergen sank gleichermaßen der Mut. Und die Horde brandete ringsum gegen sie an und schloss sie in ihrem bösartigen Griff ein, während sich Dunkelheit auf das Land senkte.

König Aranor saß an der Spitze eines großen Heeres auf seinem Ross. Und an seiner Seite war Reggian, der Haushofmeister von Pendwyr. Aus einem Versteck an den Hängen der Brinhöhen schauten sie hinaus auf die riesige Menge von Kriegern, die in das Flachland von Jugo hineinmarschierten. Die Lakh von Hyree waren entlang der Brinhöhen nach Norden gekommen und zogen nun am Heer vorbei.

Und am Himmel strahlte hell die Sonne.

Aranor drehte sich um und überblickte die Legion, die vielleicht halb so viele Kämpfer zählte wie die Lakh. Und der König wusste, das Heer würde hart bedrängt werden, doch sie würden vor dieser Auseinandersetzung nicht zurückschrecken.

Erneut ließ Aranor den Blick zu dem Feind in der Ferne schweifen, und genau in diesem Augenblick blieben die Lakh stehen *und warfen sich unterwürfig mit dem Gesicht auf die Erde ... wie zum Gebet!*

Und Finsternis begann sich aufs Land zu senken. Aranor sah hinauf zum Himmel, und der unsichtbare Mond fing an, die Sonne zu verschlingen.

Und im Süden, auf den Wassern der Avagon-See, hielt die Flotte von Arbalin, verstärkt durch das große Elfenschiff *Eroean* – ein Schiff, das man seit mehr als sechstausend Jahren nicht mehr in diesen Gewässern gesehen hatte –, quer vor der Einfahrt zur Hile-Bucht, wo die Seeräuber aus Kistan mit ihren Schiffen standen; doch der Feind machte keine Anstalten, die Blockade zu durchbrechen, denn sie stöhnten vor Verzückung, da über ihnen eine schwarze Scheibe vor die Himmelskugel glitt.

Wurrlinge weinten, als sie hinter Kleinmoor zurückwichen. Ruten stand in Flammen, denn wieder hatte der gewaltige Schwarm des Madenvolks einen Ort in den Sieben Tälern dem Erdboden gleichgemacht. Hauptmann Alvers Dorngängern war es nicht gelungen, das Gezücht auf seinem zerstörerischen Marsch zur Zweifurtenstraße vom Weg abzubringen. Und die Angriffe der Wellener auf die Horde hatten wenig Wirkung gezeigt, denn die Menschen waren zahlenmäßig hoffnungslos unterlegen. Andere Verbündete waren nicht in den Sieben Tälern eingetroffen, und das, obwohl vor kurzem ein reitender Bote Hauptmann Stohl die Nachricht überbracht hatte, dass weitere Wellener unterwegs seien. Und nun suchten die Wurrlinge im Sumpfland Zuflucht, aber es war fraglich, wie lange die Moore Sicherheit bieten würden, denn sie waren von Eis bedeckt, und selbst Rukhs und Hlöks konnten sich auf dem gefrorenen Morast fortbewegen.

Und während sich das Kleine Volk nach Nordwesten schleppte, begann die furchtbare Finsternis des Schattenlichts noch schwärzer zu werden.

Reichsmarschall Ubrik ließ seine an Zahl unterlegene Brigade ein weiteres Mal wenden und sich den Guula stellen. Das Leichenvolk dagegen ordnete sich zu keinem neuen Angriff auf die noch lebenden Männer. Stattdessen saßen die Ghule reglos auf ihren Hélrössern und starrten zum Himmel über dem Klauenmoor empor. Und während in der Ferne ein Gong schlug, senkte sich eine gewaltige Finsternis auf das Land.

Merrili, Bert, Dill, Ted und Arch auf ihren von Vanadurin geführten Pferden gehörten zu den Letzten, die über die Brücke in Modrus finstere Zitadelle ritten. Doch genau in dem Augenblick, da sie durch das Tor donnerten und auf dem Burgpflaster tiefer in die Festung eindrangen, flutete eine gewaltige, unheimliche Schwärze über sie hinweg. Männer schrien und rieben sich die Augen, und wer auf einem Pferd ritt, hielt es an und stieg ab. Und sie tasteten sich mit ausgestreckten Händen voran oder benutzten vorgereckte Schwerter und Lanzen, um den Weg zu erfühlen, denn die Menschen konnten nichts mehr sehen.

Aber auch das Madenvolk war geblendet von der schwarzen Hülle und stolperte fummelnd und tastend umher.

Dennoch ging der Kampf weiter: Handgemenge, Dolch und Langmesser gegen Kris und Krummsäbel, blinde Krieger gegen augenlose Brut, und die Soldaten der Legion riefen *Adon!*, wenn sie jemanden zu fassen bekamen, und schlugen rasch zu, wenn sie keine Antwort erhielten – oder eine falsche.

Ein Krieger jedoch brauchte nicht zu antworten, denn seine Waffe tat deutlich kund, wer er war: Das Klingenjuwel des roten Wehe loderte weiterhin, und seine rubinroten Lichtstrahlen drangen durch die Dunkelheit. Und Elfenaugen wurden nicht völlig getrübt von der schwarzen Strahlung, denn Gildor und Flandrena konnten ihre Umgebung schwach erkennen.

Es waren aber die Wurrlinge, denen es mit ihren juwelenfarbenen Utruni-Augen am besten erging, denn sie konnten immer noch sehen, in dem schmerzenden, schwarzen Licht, das aus Modrus Eisernem Turm strömte, auch wenn ihr Sehvermögen stark getrübt war – als würden sie durch ein dunkles Glas blicken.

»Sie sehen nichts!«, schrie Ted und sprang von seinem Ross. Er lief nach vorn und nahm den Reiter, der sein Pferd geführt hatte, an der Hand.

Und alle Wurrlinge stiegen ab und traten an die Seite der Reiter, denen sie gefolgt waren. »Haltet euch an uns«, sagte Arch. »Wir können sehen.«

»Ich dachte, ich wäre blind geworden«, krächzte Degan, und Merrili drückte die Hand des Mannes.

»Was machen wir jetzt?«, fragte Dill und spähte durch die Finsternis.

»Wir können Rukhs und dergleichen aus dem Weg räumen«, erwiderte Bert, »oder wir versuchen, etwas gegen *das* zu unternehmen.« Der Bokker stieß den Zeigefinger in Richtung des Turms, von wo die Dunkelheit ausströmte.

»Du hast Recht, Bert«, stimmte Merrili zu. »Wir müssen in diesen Turm eindringen, denn ich glaube, dort oben sitzt das Herz dieser schändlichen Finsternis ... und es muss vernichtet werden. Aber ich fürchte, das können wir nicht allein. Lasst uns gehen und unterwegs noch weitere Krieger sammeln – und zwar schnell, denn der Sonnentod des Schwärzesten Tages ist gekommen.«

Und so schickte sich das Kleine Volk geschwind zu einem Angriff auf den Turm an und sammelte dabei unterwegs Krieger ein – Wurrlinge, die Männer führten. Unter denen, die rekrutiert und an der Hand zum Turm geführt wurden, befand sich auch der Hochkönig von Mithgar: Galen, der Sohn des Aurion.

Und irgendwo im Innern der Festung schlug ein mächtiger Gong: *Bum ... Bum ... Bum!*

Tuck stöhnte und wälzte sich herum, und sein Verstand kämpfte sich aus dunklen Tiefen nach oben. Durch das Fenster drangen das Blöken von Rukhenblech und der volltönende Klang schwarzer Ochsenhörner, die Schreie von Menschen und das Fauchen der Brut, das stählerne Klirren und Lärmen eines Gefechts. *Ich muss ... muss ... aufstehen,* dachte Tuck benommen und versuchte, auf die Beine zu kommen, aber ein rasender Schmerz schoss von dem gebrochenen Fuß aufwärts, der Bokker sog mit scharfem Zischen Luft durch die zusammengebissenen Zähne und sank zurück auf den kalten Steinboden. Sein ganzer Körper war ein einziger Schmerz. Und dann fiel ihm die drohend aufragende Gestalt mit der schwarzen Maske wieder ein. *Modru! Das war Modru! Der Böse!* Kälte fuhr dem Wurrling in die Adern. *Die Prinzessin!*

»Prinzessin!«, stieß Tuck hervor. Er war jetzt vollkommen bei sich, setzte sich mit einem Ruck auf und blickte wild umher. Laurelin war fort, ebenso wie Modru. *Der Turm!* Verschwommen erinnerte sich Tuck an die zischende Stimme des Bösen ... er hatte etwas davon gesagt, dass er Laurelin in den Turm hinaufbringen wollte, *ihrem Schicksal entgegen!*

Tuck rappelte sich auf, trotz der Qualen, die ihn durchfuhren. Er griff zu seinem Bogen und humpelte mit zusammengebissenen Zähnen zur Tür, die einen Spalt weit offen stand. Ein rascher Blick in den von Fackeln beleuchteten Korridor – kein Madenvolk zu sehen. Und so schlug der Bokker die Kapuze über den Kopf und rückte seinen Umhang zurecht; er klappte das silberne Medaillon zu, das irgendwie aufgesprungen war, und steckte es unter sein zerrissenes Wams, und dann hinkte er die wenigen Schritte bis zum Ende des Ganges, wo eine Treppe nach oben führte.

Er kam zu einem ausgedehnten, runden Steinboden, fast sechzig Fuß im Durchmesser. Ringsum stiegen die Wände des Turms in hohe Dunkelheit empor, und eine von Fackeln beleuchtete, offene Treppe wand sich an der Mauer entlang und spiralförmig zu der in Finsternis liegenden Kuppel hinauf.

Die Kiefer fest aufeinander gepresst und den Bogen in der Hand, machte sich Tuck auf den Weg nach oben, jeder Schritt eine Tortur, und das Reiben in seinem Stiefel sandte widerliche Schmerzen durch seinen ganzen Körper. Doch er kämpfte sich die Treppe hinauf, Flucht für Flucht, Absatz für Absatz, wo es jeweils einen Fensterschlitz gab, und der Steinboden verlor sich in der Finsternis unter ihm. Schwitzend und stöhnend vor Pein näherte sich der kleine Wurrling langsam der Spitze.

*»Guttra!«*, fauchte plötzlich eine raue Stimme, und Tuck hielt erschrocken den Atem an, als der Laut durch den Treppenschacht hallte, denn dort oben, nur ein Geschoss über ihm, standen zwei säbelschwingende Hlöks auf dem breiten Treppenabsatz vor einer massiven Tür.

*»Guttra!«*, ertönte die harsche Aufforderung noch einmal, und Tuck dachte: *Mach es richtig, Bokker, denn wenn du sie verfehlst und wenn hinter dieser Tür noch mehr von der Brut warten, dann ist alles vorbei.*

Rasch zog der Wurrling einen Pfeil aus dem Köcher, legte ihn an die Sehne, zielte und ließ los, alles in einer Bewegung. Und noch ehe der Pfeil einschlug, griff er schon nach einem zweiten. *Ssstock!* Der erste Pfeil traf einen Hlök mitten in die Brust, und noch während jener rückwärts umkippte, durchbohrte der zweite Pfeil den anderen Wächter – dieser stürzte die Treppe hinab und landete mit einem dumpfen Geräusch vor Tucks Füßen, während der Krummsäbel des Hlöks in den schwarzen Abgrund wirbelte, dem fernen Steinboden entgegen.

Mit einem dritten Pfeil an der Sehne hielt der Bokker inne und lauschte, um festzustellen, ob etwaige Feinde hinter der Tür Zeuge der Begegnung geworden waren, aber er hörte nur seinen eigenen stoßweisen Atem ... *Tsching!* ... Tief unten schlug der Krummsäbel auf, und als wäre das ein Signal gewesen, setzte Tuck seinen Aufstieg fort. Unter Schmerzen hoppelte er die verbleibenden Stufen zum Treppenabsatz hinauf und an dem zweiten toten Hlök vorbei und erreichte schließlich die eisenbeschlagene Tür zu Modrus Gemach.

Tuck legte das Ohr an das Portal, hörte aber nichts; die Holzfüllung war zu massiv. Vorsichtig drückte der Wurrling gegen die Tür, dann schob er heftiger, aber sie gab nicht nach, denn sie war von innen verriegelt. *Ich muss da hinein,* dachte Tuck, *und sehen, ob das der Ort ist, an den Modru die Prinzessin gebracht hat.*

An dem toten Hlök vorbei kletterte Tuck unter Qualen auf eine Steinbank. Er legte seinen Köcher ab, beugte sich aus dem schmalen Fensterschlitz und spähte an der Außenwand des Turms entlang. *Da!* Nur ein kleines Stück seitlich über ihm befand sich ein zweiter, größerer Schlitz – und aus dieser Öffnung strömte die schwarze Strahlung. Tuck prüfte den Stein: Er war von Eis und Raureif bedeckt, doch es gab Vorsprünge in der Mauer, genau wie an den Ecken der Wälle, die um die

Festung liefen, und der Bokker war überzeugt, den breiten Schlitz erreichen zu können. Er warf einen Blick nach unten, wandte die Augen jedoch rasch wieder ab, denn die senkrecht in die Tiefe stürzende Außenwand des Turms war Furcht erregend; er konnte nur hoffen, dass er nicht fallen würde.

Tuck hatte noch immer einen kurzen Strang Elfenseil am Gürtel hängen, und ein Ende davon knüpfte er sich um die Mitte, am anderen band er Pfeil und Bogen fest, und dann ließ er die Waffen aus dem Fenster gleiten. Er stemmte sich nach oben und quetschte sich durch die schmale Öffnung. Dann holte der Wurrling tief Luft, hielt sich an einem reifbedeckten Stein fest und schwang sich, die Augen starr auf das Gemäuer vor ihm gerichtet, in die senkrechte Wand hinaus. Seine Stiefel fanden auf vereisten Vorsprüngen Halt, und ungeachtet des Schmerzes belastete er den linken Fuß. Und so klammerte sich der verletzte Wurrling an die frostigen Steine des Turms und begann langsam schräg nach oben auf den breiten Schlitz zuzukriechen; Bogen und Köcher baumelten an dem Seil um seine Mitte und pendelten unter ihm hin und her. Und während er kletterte, begann ein großer Messinggong zu schlagen, und sein Klang hallte durch die Festung: *Bum ... Bum ... Bum!* Und eine tiefschwarze Hülle senkte sich über den Eisernen Turm.

Laurelin zerrte und wand sich und sträubte sich vergeblich, während Modru sie den langen Treppenschacht hinaufschleifte, an zwei Lökh-Wachen vorbei und in den Raum an der Spitze des Turms. Der Griff des Bösen war wie Eisen, und der Gestank, der von ihm ausging, war überwältigend.

*Rums!* Die eisenbeschlagene Tür fiel hinter ihr zu.

*Kleng!* Der gewaltige Riegel schnappte ein.

Und trotz Laurelins Gegenwehr riss ihr Modru den Umhang vom Körper und zerrte sie an dem tiefschwarzen *Klecks* des

Myrkensteins vorbei zu einem großen, dunklen Altar aus Stein. Er hob sie auf den Altartisch und kettete ihre Hand- und Fußgelenke an eiserne Fesseln, die in den Stein eingelassen waren.

Der Tisch war geneigt, und Laurelins Kopf lag tiefer als ihre Füße, und wenn sie den Hals nach hinten bog, konnte sie den Myrkenstein bedrohlich von seinem Postament aufragen sehen. Ihr langes, flachsblondes Haar lag in einer Rinne, die von ihren Schultern zum Rand des Steins hinablief. Und Modru nahm ein Messer aus Eisen und begann ihr die Locken abzuschneiden, und dabei zischelte er: »Wir dürfen nicht zulassen, dass deine Haare das Blut aufsaugen, denn jeder Tropfen davon wird gebraucht: um den Durst meines Meisters zu stillen – bei Seiner Ankunft auf Mithgar – und um Ihn hier auf der Mittelebene mit Seiner ganzen Kraft auszustatten und um den Myrkenstein zu löschen, den Rückweg abzuschneiden und so das Schicksal aller auf ewig zu besiegeln!«

Laurelin stieß einen Schreckenslaut aus, und wieder war Modrus zischendes Gelächter zu vernehmen, als er mit der Klinge durch ihr Haar säbelte. »*Ahh.* Jetzt wisst Ihr endlich, welchem Zweck Ihr dient, Prinzessin. Erinnert Euch! Ihr habt einmal geschworen, dass Ihr mir niemals dienen würdet – ich gemahne Euch an Eure törichten Worte, nun, da der Thron Mithgars bald mir gehören wird. Mir niemals dienen ... *tsaa!* Es ist *Euer* königliches Blut, das mein Meister trinken wird, *Euer* Blut, das den Stein löschen wird. Ich hätte ja gern das Blut des Dolh benutzt – Vanidors Blut –, aber er stammte aus Adonar, und hier wird das Blut einer Person gebraucht, die in Mithgar geboren wurde. Das jedes beliebigen Narren hätte genügt, solange er nur von dieser Welt stammt, aber es freut mich sehr, das Blut eines königlichen Fräuleins verwenden zu können.«

Tränen stiegen Laurelin in die Augen, als Modru zurücktrat, um sein Werk zu begutachten. *»Sss.* Ausgezeichnet. Gyphon, mein Gebieter, wird erfreut sein, denn Euer Haar ist zwar geschnitten, dennoch seid Ihr ... unbefleckt. Jawohl, erfreut, denn es ist lange her, seit Er das Blut einer so holden Maid getrunken hat ... und Ihn dürstet sehr.«

Modru drehte sich um, hob ein steinernes Becken vom Boden auf und setzte es auf ein Gestell neben dem Altar, wo es das Blut auffangen würde, das in der Rinne hinablief. Und neben das Becken stellte er einen eisernen Kelch. Dann brachte der Böse ein Tablett, das mit schwarzem Samt bedeckt war, setzte es auf dem Altar ab und schlug das Tuch zurück. Ein tiefschwarzes Messer kam zum Vorschein, grob aus demselben schaurigen Material geschnitzt, aus dem auch der Myrkenstein bestand. Zuletzt legte Modru noch ein dickes Buch offen auf den Tisch und zog eine Liste darin zu Rate.

Und in genau diesem Moment drang das Schlagen eines mächtigen Gongs in den Turm: *Bum ... Bum ... Bum!* Und durch die Fensterschlitze sah man, wie sich tiefste Finsternis auf die Welt herabsenkte.

Modru drehte sich zu Laurelin um und zischte: »Es ist Zeit, denn die Stunde des Sonnentodes ist gekommen.«

Und der Böse zog seine schwarzen Handschuhe aus, seine großen, klauenartigen Hände ergriffen das Steinmesser und hielten es in die Höhe; und er begann einen Sprechgesang anzustimmen, den er aus dem dicken Buch ablas – kehlige, schamlose Worte der Macht, niederträchtig, bösartig, gemein.

Noch immer schlug der Gong, und Merrilis Herz hämmerte furchtsam bei dem unheilvollen Klang. Doch sie, Bert, Dill, Ted und Arch führten eine kleine Gruppe von sonnentodblinden Kriegern an der Hand: fünf Wurrlinge leiteten achtzehn

Menschen. Und sie steuerten zwischen den verstreuten Gruppen des ebenfalls geblendeten Madenvolks hindurch auf den Turm zu.

Schließlich kamen sie zu dem hohen Gemäuer und bahnten sich ihren Weg zu einer Tür. Flüsternd wurden Anweisungen weitergegeben, und Männer erhielten die Mahnung, sich nicht von der Stelle zu rühren und still zu sein, da Gezücht in der Nähe war. Und dann öffneten die vorsichtigen Wurrlinge mit angelegten Pfeilen langsam die Tür.

Fackellicht strömte ins Freie, und die Männer konnten auf einmal wieder sehen. *Har!*, schrien Rukhs, als sie das Licht über den Hof fluten sahen. Geschwind rannten die Männer mit dem Schwert in der Hand in das Gebäude und schlugen die Tür hinter sich zu.

Vor ihnen lag ein leerer Gang.

»Schnell jetzt!«, kommandierte Galen mit leiser, aber drängender Stimme. »Wir müssen uns beeilen. In diesen Fluren könnten sich welche vom Gezücht aufhalten, und ohne Frage werden einige von draußen nachkommen. Lasst uns hinauf zur Spitze gehen, denn wenn das Kleine Volk Recht hat, dann sitzt in dieser Zinne das schwarze Herz des Dusterschlunds, und das müssen wir zerstören.«

Rasch liefen sie die Stufen nach oben, und unterwegs sahen sie kein Gezücht. Eine Treppenflucht ... eine zweite ... und noch eine, und dann kamen sie zu einem offenen Steinboden, über dem der Turm in die Höhe stieg. Und sie begannen den Aufstieg über die lange Wendeltreppe, die sich innerhalb der Mauern nach oben wand, voran König Galen mit Stahlherz in der Hand und hinter ihm Menschen und Wurrlinge.

Absatz um Absatz passierten sie auf ihrem Weg nach oben, wo jeweils ein Fensterschlitz den Blick auf die Sonnentodschwärze draußen freigab. Schon näherten sie sich der Spitze und konnten am Ende der Treppe eine Tür sehen. Sie erreichten einen weiteren Treppenabsatz, und dort lag ein toter Hlök in seinem Blut, und in seinem Herzen steckte ein kurzer Pfeil.

Und während sie das letzte Stück der Treppe emporhasteten, sahen die Wurrlinge einander fragend an, denn dieser Hlök dort unten war zweifellos von einem Pfeil des Kleinen Volkes getötet worden – aber wer konnte ihn abgefeuert haben?

Sie erreichten den letzten Absatz, und siehe da!, ein zweiter Hlök lag von einem Pfeil durchbohrt vor der eisenbeschlagenen Tür, und auch ihn hatte das Geschoss eines Bokkers getötet.

Mit hoffnungsvoll pochendem Herzen bückte sich Merrili, um den Pfeil zu untersuchen, doch ehe sie dazu kam ...

Der schrille Schrei einer Frau ertönte hinter der Tür, dazu verzweifelte und in großer Not gerufene Worte, deren Bedeutung nicht zu verstehen war.

Doch Galen erkannte die Stimme. »Laurelin!«, schrie er und warf sich gegen die Tür – vergebens. Wild irrte sein Blick umher. »Die Bank! Die Steinbank!«, rief er und sprang zu dem schweren Sitzgerät unter der Fensterschlitz. »Wir benutzen sie als Ramme, um die Tür einzudrücken!«

Und als Vanadurin ihm zu Hilfe eilten, landete mit einem dumpfen Laut ein schwarzer Pfeil in der Tür. Merrili und die Bokker krochen an den Rand des Treppenabsatzes. Dort unten schwärmte im Schein der Fackeln ein Haufen des Madenvolks lärmend nach oben. *Sssch! Ssssch!* Weitere Pfeile mit schwarzen Schäften zischten hinauf und wurden von tödlichen Wurrlingsgeschossen erwidert, die nach unten flogen.

Und als die Männer die schwere Steinbank aufhoben, um die Tür damit einzurennen, drang ein weiterer durchdringender Schrei aus Modrus Gemach.

*Bum ... Bum ... Bum!* Noch immer schlug der Gong, während Tuck langsam über die Außenmauer kletterte, indem er sich an reifbedeckte Steine klammerte und die Füße in Mauerritzen zwängte. Die Zähne biss er vor Schmerz zusammen, und die Augen hielt er fest auf die Wand vor ihm gerichtet, um nicht von der Schwindel erregenden Höhe in den darunter liegenden Innenhof zu schauen.

Eine gewaltige Finsternis hüllte das Land ein, doch Tucks Juwelenaugen sahen mit Hilfe eines anderen Lichts als die der übrigen Völker – dieses Licht nahm nur das Kleine Volk wahr. Und durch diese Schwärze kroch er nach oben, Stück für Stück auf einen breiten Fensterschlitz zu, aus dem sich ein tiefschwarzes Strahlen ergoss.

Schließlich erreichte er die Öffnung, durch die kehlige, schamlose Äußerungen zischend an sein Ohr drangen, und Tuck schauderte angewidert, als er solches Fluchen vernahm. Doch er beabsichtigte, durch diesen Schlitz zu klettern; er zog Bogen und Köcher, die unter ihm baumelten, zu sich herauf und schob sie auf den breiten Fenstersims vor ihm, und dann hievte er sich selbst hinauf, der Schwärze entgegen, die an seinen Augen zerrte.

Er blinzelte zum Schutz vor der tiefschwarzen Strahlung, als er durch die Maueröffnung kroch, Pfeile und Bogen vor sich herschiebend. Und er kam auf einem erhöhten, steinernen Steg heraus, der rund um den Raum unter ihm lief. Doch Tuck nahm wenig von dem Turmzimmer wahr, denn seine Augen waren regelrecht gefangen – festgehalten von einem großen, schwarzen *Klecks,* der auf einem Postament in der Mitte des Raumes ruhte. Und auch wenn Tuck es nicht wusste, so handelte es sich dabei um genau jenes Bruchstück des Drachensterns, das seinerzeit als gewaltiger, brennender Riss am Himmel über die Sieben Täler gefahren war, und weiter über den Nordwald, über Rian, selbst über Gron hinaus. Er war in jenen öden Weiten auf Mithgar geprallt, in die man Modru verbannt hatte, *genau wie von Gyphon vor viertausend Jahren geplant.* Dies war der Myrkenstein, der Verschlinger des Lichts, die Quelle der tiefschwarzen Strahlung, die sich durch den Dusterschlund ausbreitete. Und er hielt Tucks Augen gefangen und schien das Sehvermögen aus ihnen zu saugen und es allmählich durch Dunkelheit zu ersetzen. Der Wurrling konnte seinen ermattenden Blick nicht von dem grässlichen, an seinen Augen zerrenden Loch abwenden, denn dessen schändliche Kraft hielt ihn fest.

Noch andere Kräfte aber, andere Energien, waren in diesem Raum am Werk, während sich die kehligen, schamlosen Runenworte aus dem Munde des Bösen ergossen.

Und die Luft selbst begann sich zu verdichten, kleine Wellen zu schlagen, als wäre sie zu einer dunklen Flüssigkeit geworden, in welche die Worte fielen wie Steine in schwarzes Wasser. Und aus diesem Wogen und Wallen begann langsam eine Gestalt aufzutauchen, als hätte sich in der Ferne ein düsteres Portal geöffnet, aus dem sich eine verschwommene Figur auf den Weg machte, die mit jedem der scheußlichen Worte näher kam.

Immer näher kam sie dem Raum, und mit jeder Silbe, jedem Schritt nahm sie deutlicher Gestalt an, und sie schimmerte in einem dunklen Lichthof – genau wie der Myrkenstein. Und nun war die Figur schon viel klarer zu sehen, wie durch fließendes Glas: ein Mensch, würden manche sagen; ein Elf, würden andere behaupten; doch sie war keines von beidem. Es war vielmehr Er, der einst Adons Vertrauen besaß, der neben dem Thron des Einen stand, der einst eine Macht ausgeübt hatte, die nur der Eine übertraf, der gesündigt hatte, Vergebung erlangte und wieder gestürzt war ... jenseits der Sphären: Es war Gyphon. Und je deutlicher Er aus dem Großen Abgrund heraufströmte, desto mehr beruhigte sich die wallende Luft, denn Er kam nach Mithgar. Und schließlich nahm Sein Bild klare Züge an, und Er war deutlich zu sehen. Und Er war von erlesener Schönheit, denn Er war der Große Böse.

Es war Gyphons dunkel leuchtende Gestalt, die Tucks Blick vom Myrkenstein weglenkte; und dem Bokker stockte der Atem, er war überwältigt von der Schönheit, die er hier sah; kaum ertrugen seine Augen solchen Glanz. Der Wurrling wandte den Blick ab, und das Herz blieb ihm fast stehen vor Entsetzen, denn dort, hinter dem Myrkenstein, lag Laurelin, auf einen Altar gefesselt. Und über ihr stand drohend Modru, ein Singsang widerlicher Worte ergoss sich aus der scheußlichen Eisenmaske, und in der hoch erhobenen linken Hand hielt er ein myrkensteinschwarzes Messer. Am Ende einer Abflussrinne im Altar standen ein steinernes Becken und ein Kelch aus Eisen. *Er wird sie töten!*, dröhnte es durch Tucks Kopf.

Mit zitternden Händen band der Bokker seinen Bogen von dem Elfenseil los und suchte nach einem Pfeil. Und da, vor ihm, lag der rote Pfeil aus Othrans Grabmahl im Köcher, und er war nicht mehr mattrot, sondern leuchtete kräftig scharlachrot im schwarzen Licht, das aus dem Myrkenstein strömte. Aus einem seltsamen, leichten Metall gefertigt, hatte dieser Pfeil eine heroische Reise im Köcher des Wurrlings hinter sich: Von der Feste Challerain ins Weitimholz und von dort ins Arden-Tal, durch Drimmenheim und den Lerchenwald, den Argon hinab und zurück zur Gûnarring-Schlucht und weiter den Grimmwall hinauf und über den Gruwen-Pass nach Gron hinein und schließlich über das Klauenmoor und unter den Wällen der Festung hindurch bis hinauf zu diesem Raum an der Spitze des Eisernen Turms. Und wie von einem fremden Willen gelenkt griff Tucks Hand nach dem roten Pfeil und legte ihn an die Sehne.

Doch genau in dem Augenblick, in dem Tuck den Pfeil anlegte, hörte die wallende Bewegung der Luft gänzlich auf, und nun stand Gyphon – der Große Böse – endlich auf Mithgar, in körperlicher Form, aber noch machtlos, bis er Opferblut getrunken hatte und der Myrkenstein gelöscht war. Das Schicksal der Welt schwankte am Rande des Abgrunds.

Und Tuck stand auf und spannte den Bogen mit dem roten Pfeil bis zum Anschlag.

»Nein!«, schrie Laurelin.

Denn im selben Moment, da Gyphon Mithgar betrat, sah die Prinzessin den Wurrling im Halbdunkel auf seinem Sims aufstehen; und am zerkratzten Gesicht und an der silbernen Rüstung, die durch das zerrissene Wams schimmerte, erkannte sie Tuck, und sie sah, dass er auf Modru zielte.

»Nein!«, schrie sie noch einmal, mit aller Kraft, die sie aufbringen konnte. »Töte Gyphon! Töte den Großen Bösen!«

*Den Großen Bösen?* Und dann begriff Tuck. Er richtete seinen Bogen auf die schöne, leuchtende Gestalt. *Doch wie kann solche Schönheit böse sein? Und auch wenn ich Gyphon töte, wird Modru die Prinzessin ermorden, ehe ich einen zweiten Pfeil anlegen kann.*

Erneut richtete Tuck den Bogen auf Modru, aber der Böse hatte sich rasch umgedreht und den Wurrling erblickt, und das Myrkensteinmesser bedrohte nun Laurelins Kehle, wenngleich er mit seinem schamlosen Sprechgesang fortfuhr.

*»Gyphon!«*, entrang sich ein Schrei tief aus Laurelins Seele. »Töte Gyphon!«

In diesem Augenblick – *Bum! ... Bum! ... Bum!* – erzitterte die eisenbeschlagene Tür unter dem Ansturm einer Ramme, Splitter flogen unter der Wucht der Schläge aus dem Holz, aber der mächtige Riegel hielt.

Erneut richtete der Bokker seinen Bogen auf Gyphon, aber er brachte es nicht fertig zu schießen, denn wenn er es tat, würde Laurelin sterben; und so visierte er wieder Modru an … doch Tuck begriff, dass Modru nur ein *Diener* des Großen Bösen war, und diesen Diener zu töten, seinen Meister dagegen leben zu lassen, wäre wohl die reinste Torheit. Außerdem würde dann vielleicht der Meister die Prinzessin ermorden, um das Ritual zu vollenden, ehe Tuck einen zweiten Pfeil an die Sehne legen konnte.

*Bum! … Bum! … Bum!*

Und während der Wurrling zwischen den beiden Zielen schwankte, regten sich tief in ihm zwei Erinnerungen:

Die Inschrift in Othrans Grabmahl:

*Bewahr den roten Pfeil*
*Bis zur bestimmten dunklen Stund.*

Und Raels Rätselspruch:

*Keinem von zwei Übeln gelte dein Hieb;*
*Vielmehr sei die Dunkelheit zwischen ihnen dein Ziel.*

Plötzlich wurde dem Wurrling die geheime Bedeutung dieser beiden Rätsel klar und erlöste ihn aus seinem Zwiespalt. Und während die Ramme krachend gegen die Tür anrannte, Holz splitterte und der Riegel ächzte, zielte Tuck rasch auf den Myrkenstein, doch wiederum zerrte der schwarze *Klecks* an seinen Utruni-Augen, und sein verbliebenes Sehvermögen war verschwunden: Er konnte nicht mehr sehen.

In seinem Kopf hallte die Stimme des alten Barlo: *Die Pfeile, die sich verirr'n, kannst du genauso gut verlier'n.*

Modrus Sprechgesang verstummte!

Und Tuck wusste, er musste sofort schießen.

*Adon, leite meinen Pfeil*, betete der erblindete Tuck inständig. *Roter Pfeil, flieg ins Ziel.* Und er ließ den Schaft von der Sehne schnellen.

Wie ein scharlachroter Strich zischte der rote Pfeil durch den Raum und traf den Myrkenstein genau in die Mitte; tief drang das seltsame Metall in den schwarzen *Klecks.* Und eine grelle Detonation schleuderte Tuck zurück gegen den Fenstersims, zerfetzte die halb eingeschlagene Tür, dass Splitter und Späne flogen, und warf Galen und seine Begleiter auf den Treppenabsatz zurück, während ihre Steinbank in Scherben zersprang, als sie auf die Stufen stürzte. Und ein grausam heller Lichtschein flackerte auf und durchflutete den Raum mit einer derart strahlenden, gewalttätigen Glut, dass Schriftrollen zu glimmen begannen und Destillierkolben mit geheimnisvollen Flüssigkeiten zersprangen.

Denn der Myrkenstein loderte und ein Strahlen stob von ihm fort, als würde er all das Sonnenlicht wieder preisgeben, das er gestohlen hatte. Das wütende Gleißen breitete sich in alle Richtungen aus, und gewaltige Strahlen schossen aus dem Raum.

Draußen, auf dem Treppenabsatz, rappelten sich Galen, Merrili und die übrigen Menschen und Wurrlinge in den Trümmern der eisenbeschlagenen Tür auf und taumelten auf den Eingang zu, die Arme schützend vors Gesicht geschlagen. Doch sie konnten den Raum nicht betreten, denn das grelle Leuchten war zu stark. Und das Licht, das durch die Tür barst, riss wie ein wütender Windstoß an Waffen, Rüstung und Gewändern.

Das gesamte Innere des Turms wurde von dem gleißenden Lichtschein erhellt, und aus den Fensterschlitzen schossen scharfe Strahlen. Und wo dieses grausame Licht auf Gezücht traf, sei es im Turm oder außerhalb, vernichtete es dieses. So starben einige Rûpt auf den Festungswällen, und so starb die gesamte Brut im Treppenschacht des Eisernen Turms.

In dem Gemach an seiner Spitze tobte und wütete das Licht aus dem Myrkenstein. Und inmitten dieses dröhnenden Wetterns erhob sich Tuck schwankend, die unerträgliche Helligkeit stach in seine myrkensteinblinden Augen, *und plötzlich konnte der Bokker wieder sehen!* Doch auch dieses neue Licht des Steins zerrte an Tucks Sehkraft und stieß ihn zurück in Dunkelheit. Noch aber nahmen die versengten Augen des Bokkers wahr, wie sich Modru von dem Altar erhob, wo er über Laurelin gelegen hatte; dann stand der Böse und drehte sich um, die klauenartigen Hände von sich gestreckt, als wollte er einen Angriff abwehren. Heisere Schreie drangen aus seiner Kehle, während er von Entsetzen gepackt rückwärts gegen den Steintisch taumelte, denn das grausame Licht riss ihm das Fleisch von den Krallenfingern, die blanken Knochen seiner grotesken Hände schienen auf, nur um sogleich zu Staub zu zerfallen. Die durchdringenden Schreie verstummten schlagartig, als sich das Fleisch von seinem Hals löste; Brust und Lungen wurden weggesprengt, der Brustkorb brach in sich zusammen, die verzweifelten Augen lösten sich auf und ließen leere Höhlen zurück, die alsbald ebenfalls verfielen; der Rest seines Körpers kippte gegen den Altar, schon zerstört, bevor er dort auftraf. Und die grässliche, nunmehr leere Eisenmaske landete mit einem hohlen Scheppern auf dem Boden.

Von dem roten Schaft getroffen, fiel auch der Myrkenstein auseinander, seine Masse wurde brüchig und verglühte. Und in dem grellen Leuchten, das die Auflösung des Steins begleitete, begann sich auch die Luft wieder wellenförmig zu bewegen. In der Ferne schien sich ein dunkles Portal zu öffnen, und hilflose Wut entstellte Gyphons Züge; er schrie, doch kein Laut war zu hören. Er begann zu entschwinden, als würde er den Weg, den er gekommen war, zurückgeschleift werden. Und während die Luftbewegungen stärker wurden, veränderte sich Gyphons Aussehen allmählich: Die strahlende Schönheit fiel von ihm ab, als würde eine Maske entfernt, und eine abscheuliche Erscheinung trat hervor; aber auch dieses Aussehen wandelte sich noch einmal zu einer Hässlichkeit jenseits aller Beschreibung, je weiter Gyphons Gestalt den Weg zurück ins Nichts stürzte. Die wogende Luft bebte, noch einmal wechselte Gyphons Aussehen, und Tuck konnte den Anblick des grässlichen Ungeheuers, das in den Großen Abgrund jenseits der Sphären taumelte, nicht ertragen.

Das blendende Gleißen hörte auf, denn der Myrkenstein war zerstört, vernichtet von einem roten Pfeil, der vom Bogen eines Wurrlings geschnellt war. Und mit der Zerstörung des Steins brach auch der Dusterschlund zusammen:

In den Innenhöfen und auf den Wällen der Festung tobten Nahkampfgefechte, und das Verschwinden des Dusterschlunds wurde nicht sogleich bemerkt, denn noch verbarg der Mond die Sonne, auch wenn eine schwache Korona zu sehen war. Plötzlich aber sprangen hinter dem Rand des unsichtbaren Mondes Perlen aus Licht hervor, und eine fingernagelschmale Sichel der Sonne begann zu leuchten. Rukhs, Hlöks und Ghulen blieb gerade noch Zeit, entsetzt zum Himmel zu blicken, ehe sie der Dörrtod traf; sie zerbröselten zu Staub, und ihre Rüstungen und Waffen fielen klirrend auf den Stein.

Im Klauenmoor warteten Ubrik und seine Brigade mit grimmigen Mienen auf das Ende der Finsternis. Sie wussten, wenn die Schlacht erneut begann, würden sie den Hakenspeeren und Krummsäbeln der Ghule erliegen.

Doch als die Finsternis dann endlich wich, tauchte der strahlende Rand der Sonne allmählich hinter dem unsichtbaren Mond auf. Und vor den staunenden Augen der Vanadurin zerfielen Ghule und Hélrösser zu ausgedörrten Hüllen, und ein kalter Wind strich durch ihre Asche.

Am Gruwen-Pass wappneten sich Vidron, Talarin und die noch lebenden Männer und Elfen für den letzten Angriff. Plötzlich aber verschwand der Dusterschlund, und ein Bogen der teilweise verfinsterten Sonne leuchtete. Und das Hohngeschrei der Brut verstummte, denn sie waren dem Verderben anheim gefallen.

Im Land des Dornwalls fanden die Kämpfe ihr Ende in einem Ort namens Ruten im Zentrum der Sieben Täler, denn dort wütete die Horde gerade, als der Dusterschlund zusammenbrach und die Sonnensichel auf das Gezücht herniederbrannte.

Zwergenkönig Brek von Minenburg, König Dorn von Riamon und Coron Eiron aus Darda Galion versammelten sich auf dem Schlachtfeld vor den Hängen des Rimmen-Gebirges. Sie blinzelten zur soeben auftauchenden Sonne empor und dann hinab auf den Kampfplatz, wo Menschen, Zwerge und Elfen von Ehrfurcht ergriffen zwischen den Toten und Verwundeten umhergingen. Von der wüsten Horde war nichts mehr zu sehen, außer zerrissener Kleidung, leeren Rüstungen und herabgefallenen Waffen ... und Asche, in die der Wind fuhr.

Das Land Jugo war nicht in völliger Finsternis versunken, denn dort verschlang der Mond die Sonne nicht ganz. Aranor und Reggian hatten beobachtet, wie die Lakh von Hyree zu Beginn der schrecklichen Verdunklung betend auf die Knie gefallen waren. Langsam hatte sich der verborgene Mond quer über die Sonnenscheibe gefressen, während Aranor und Reggian debattierten: Der König von Valon beabsichtigte einen sofortigen Angriff auf die im Staub liegenden Hyranier, während der Haushofmeister von Pendwyr dazu riet, bis zum Moment des tiefsten Dunkels zu warten. Und Reggian setzte sich durch, denn er argumentierte, dass die Lakh im Bann ihrer eigenen Gesänge stehen würden, wenn es so weit war.

Und so warteten sie angriffsbereit in den nördlichen Ausläufern der Brinhöhen. Schließlich erreichte die partielle Finsternis ihren tiefsten Punkt, die Hörner von Pellar und Valon schmetterten laut und Reiter donnerten über die Ebene.

Einige der Lakh schauten von ihrem Gebetsritual auf, sahen das Heer heranstürmen und sprangen schreiend auf. Und schon fuhren alle Hyranier in die Höhe, die Waffen in der Hand, bereit, dem zahlenmäßig unterlegenen Heer entgegenzutreten. Und die dunklen Männer blickten auf Befehle wartend zu ihren Anführern, und die Anführer schauten zu den Gesandten mit den toten Augen und den schlaff herabhängenden Kiefern, die ihre Schlachten lenkten. Doch in diesem Augenblick verzerrte Todesqual die Gesichter der Stellvertreter, sie rollten mit den Augen, bis das Weiße hervortrat, Speichel floss aus den grotesk entstellten, kreischenden Mündern und ihre Gliedmaßen zuckten in Krämpfen. Und dann, als hätte jemand die Fäden von Marionetten durchtrennt, stürzten sie leblos zu Boden.

Doch obwohl die Anführer nun wussten, dass in ihrer Befehlskette oder vielleicht gar im Eisernen Turm selbst etwas nicht in Ordnung war, gaben sie weiter Befehle an ihre Männer, denn dieser Kampf ging gegen ihre alten Feinde. Und so brüllten die Führer der Hyranier Kommandos, während die Reiter aus Valon und Pellar in ihre Reihen stürmten. Eine wütende Schlacht begann, und die Lakh von Hyree kämpften mit der Kraft und Zuversicht von Glaubensfanatikern, denn dies war der Tag, an dem die uralte Prophezeiung in Erfüllung gehen würde.

Speere und Säbel trafen auf Piken und Krummsäbel, und dann zog sich das angreifende Heer zurück, doch nur, um sich neu zu formieren und erneut zuzuschlagen.

Und langsam gab der unsichtbare Mond die Sonnenscheibe frei.

Wieder stieß die Legion in die Hyranier, und wieder klirrte Stahl auf Stahl, Eisenspitzen drangen in Fleisch, und Klingen schlugen tiefe Wunden.

Männer stürzten tot zu Boden, während die Sonne aus ihrem Versteck kroch.

Noch einmal wich das Heer zurück, um sich neu zu ordnen; seine Reihen waren bereits stark dezimiert. Aranor und Reggian ritten aufeinander zu, um zu entscheiden, ob sie den Angriff fortsetzen oder den Rückzug antreten sollten.

Die Sonne kam vollständig hinter dem Mond hervor.

Und Gyphon erschien nicht inmitten der Hyranier: Die Prophezeiung war falsch! Sie waren getäuscht worden!

Ein verzweifeltes Stöhnen stieg aus den Reihen der Lakh zum Himmel. Viele warfen ihre Waffen fort und flohen, während andere sich der Legion ergaben. Wieder andere rauften sich die Haare, zerrissen ihre Kleidung und stießen sich Messer in den Bauch, und einige wenige schwangen Krummsäbel und griffen unter heiseren Schreien das Heer an; sie kämpften bis zum Tod.

Und damit war die Schlacht von Jugo zu Ende.

In der Hile-Bucht segelten die fliehenden Seeräuber aus Kistan mit der Flut gegen die Blockade der zahlenmäßig unterlegenen Flotte von Arbalin. Seile und Balken ächzten, Segeltuch schlug im Wind und die Wellen rauschten gegen die Schiffsrümpfe, als die gewaltige Armada des Südens auf die Durchfahrt zusteuerte, in der die Geschwader der kleinen königlichen Flotte lagen. Katapulte schleuderten Brandsätze, und Spanten knarrten, als die Geschwader aufeinander prallten. Einige Schiffe der Seeräuber brannten, aber auch manche Gefährte aus Arbalin, während andere in beiden Flotten sanken, weil mächtige Unterwasserrammen Löcher in ihren Rumpf gerissen hatten. Und ein paar kistanische Schiffe wurden geentert, und an Bord entbrannten Handgemenge. Einige Mannschaften der Banditen kapitulierten. Größtenteils aber entkamen die Schiffe der Seeräuber, denn sie waren zu zahlreich. Sie segelten an der königlichen Flotte vorbei in die Avagon-See, und die schnelle *Eroean* nahm die Verfolgung auf.

Als im Eisernen Turm der lodernde Schein des Myrkensteins erlosch, stürmten Merrili und Galen, Menschen und Wurrlinge durch die zertrümmerte Tür in das Heiligtum des Bösen. Und dort fanden sie in der Nähe eines versengten Postaments Laurelin, die teilweise von einem schwarzen Mantel bedeckt und auf einen Altar gefesselt war. Und in der schwelenden Hitze schnitt Galen die Fesseln auf und riss die Prinzessin ungestüm in seine Arme.

Merrili sah sich um, und dort oben, auf einem steinernen Laufsteg, stand Tuck, schwankend, den Fuß gebrochen, das Gesicht zerkratzt und stark versengt, wie von der Sonne.

»Tuck!«, schrie sie und rannte an dem verkohlten Gestell vorbei auf die andere Seite des Raumes. Sie krabbelte die Leiter zu ihm empor und fing ihn auf, als er erschöpft auf die Knie sank. Und sie weinte und hätte ihn gern geküsst, aber sie tat es nicht, weil sie sich nicht traute, sein verbranntes Gesicht zu berühren. »O Tuck ... mein Tuck.« Und sie schluchzte haltlos und klammerte sich an ihn.

»Merrili?« Tucks Stimme klang fragend, unsicher, und seine versengten Hände berührten tastend ihr Gesicht. »Ach meine Merrili, ich kann dich nicht sehen, denn ich bin blind.«

In diesem Augenblick begrüßte draußen auf den Wällen ein gewaltiger Freudenschrei die zum Vorschein kommende

Sonne, denn der Feind war tot! Das Schattenlicht der Winternacht war verschwunden, der Winterkrieg zu Ende; und hier, wie überall in Mithgar, frohlockte das Freie Volk.

Es gab aber auch jene, die in den Jubel nicht einstimmten, denn sie standen inmitten ihrer hingemetzelten Kameraden und weinten: in Riamon und Jugo, in Pellar und am Gruwen-Pass, in den Sieben Tälern und im Klauenmoor von Gron.

Und auf dem Wall über dem Tor des Eisernen Turms standen fünf Krieger, jeder auf irgendeine Weise verwundet – an Arm, Handgelenk, Stirn oder Bein –, und ihr Blut floss, ohne dass sich jemand darum kümmerte. Sie suchten keine Hilfe für ihre Verletzungen, sondern standen mit gesenktem Haupt da: ein junger Mann, Prinz Igon; der Bokker Dink Weller, die beiden Elfenkrieger Flandrena und Gildor und Brega, der Zwerg, die blutige Axt in der Hand und die Kapuze über den Kopf gezogen. Und sie trauerten. Vor ihnen saß weinend, klagend ein winziger Wurrling – Patrel Binsenhaar – und in den Armen hielt er den toten Körper eines Bokkers in schwarzer Rüstung.

# SECHSTES KAPITEL

## Die Heimreise

Tuck wurde aus dem Turmzimmer zu einem geeigneten Quartier geführt, wo man ihn entkleidete und zu Bett brachte. Ein herbeigerufener Heiler behandelte seine und Laurelins Verletzungen, denn auch die Prinzessin war vom sengenden Licht des grell strahlenden Myrkensteins verbrannt worden, wenn auch nicht so stark wie der Bokker. Modru selbst hatte – allerdings unabsichtlich – die Maid vor jenem ersten, heftigsten Lichtblitz geschützt, denn er hatte zwischen der Prinzessin und dem Stein gestanden, als der rote Pfeil einschlug. Und als ihn der Dörrtod ereilte und er rückwärts gegen den Altar stürzte, war sein Umhang so über Laurelin gefallen, dass nur ihre Hände dem unerträglichen Gleißen ausgesetzt waren. Doch sie war dem Stein näher gewesen als Tuck, und ihre Hände waren fürchterlich verbrannt.

Dennoch behandelte der Heiler auf Laurelins Geheiß zuerst die Wunden von Tuck: Er löste Kräuter in Wasser auf und betupfte die Brandwunden des Wurrlings, eigentlich eine Heilrezeptur gegen Sonnenbrand; er verband Tucks gebrochenen Fuß und legte kalte Wickel auf die Prellungen an Armen und Rippen. Dann untersuchte der Heiler sorgfältig Tucks Augen. »Dagegen kann ich nichts machen«, sagte er schließlich. »Vielleicht hilft eine Medizin der Elfen, aber ...«

Der Heiler verstummte und machte sich an die Behandlung der Prinzessin, worauf der Bokker Arch nach unten flitzte, um nach Gildor oder Flandrena zu suchen. Er rief mehrere Männer an, aber keiner wusste, wo sich die Liankrieger aufhielten, ehe er schließlich einen Soldaten traf, der angab, die Elfen zuletzt über dem Tor gesehen zu haben.

Der Wurrling trabte zum Wall hinauf und weiter über eine Treppe zur Brustwehr oberhalb des Tors. Dort entdeckte er die Elfenkrieger und dazu Prinz Igon, Dink Weller, Patrel und Brega. Sie alle starrten mit grimmigen Mienen auf das Klauenmoor hinaus, wo sich die dunklen Wolken eines aufziehenden Sturms zusammenballten, der sich aus Nordwest, von den Bergen der Gronspitzen, näherte.

»Fürst Gildor«, keuchte Arch außer Atem. »Ihr oder Flandrena oder alle beide müsst mit mir kommen. Tuck ist geblendet worden und ...«

»Tuck?«, unterbrach Patrel. Seine Gesicht wirkte abgezehrt und seine Augen waren geschwollen. »Er lebt? Geblendet, sagst du? Wie das ... und wo?«

»Na, oben an der Spitze des Turms«, antwortete Arch. »Er hat das Augenlicht verloren, als er dieses Ding zerstört hat, das für den Dusterschlund verantwortlich war. Den Myrkenstein nennt ihn Prinzessin Laurelin –«

»Laurelin?«, platzte Igon heraus. »Ihr ... ihr habt Laurelin gefunden?«

»Aber ja«, erwiderte Arch. »Die Prinzessin ist bei Tuck und dem König. Sie ist allerdings auch ein bisschen verbrannt, denn als Tuck den Stein durchbohrt und Modru getötet hat –«

»Modru? Tuck hat Modru getötet?«, fragte nun Fürst Gildor und riss die grünen Augen weit auf.

»Hört mal«, sagte Arch ungeduldig. »Wir können natürlich den ganzen Tag hier herumstehen und Geschichten erzählen, wie Tuck dem Stein den Garaus gemacht hat, so dass der Dusterschlund zusammenbrach, und wie er Modru getötet und die Prinzessin gerettet hat, und wie er Gyphon wieder zurück jenseits der Sphären geschickt hat –«

*Gyphon!*, entfuhr es mehreren Umstehenden gleichzeitig, aber Arch ließ sich nicht ablenken.

»Jawohl, Gyphon«, erwiderte er knapp. »Aber ich bin nicht hier, um Geschichten zu erzählen. Tatsache ist, dass Tuck Eure Hilfe braucht, Fürst Gildor ... Flandrena – falls Ihr welche zu bieten habt – und je schneller, desto besser. Und wenn Ihr an Tucks Abenteuern interessiert seid, dann erzähle ich euch alles, was ich weiß, auf dem Weg zu ihm – sehr viel ist es ohnehin nicht.«

»Ihr habt Recht, kleiner Freund«, sagte Fürst Gildor. »Wir sollten nicht hier herumstehen und uns Geschichten anhören, wenn wir anderswo gebraucht werden. Geht voran, wir folgen Euch.«

Arch wandte sich zum Gehen, aber in diesem Moment tönte Bregas raue Stimme unter der Kapuze hervor: »Patrel, geh du auch mit ihm.«

»Ich kann nicht.« Erstickt drangen die Worte aus Patrels Kehle, und er vollführte eine unbestimmte Handbewegung. Als Arch in die Richtung blickte, in die der Hauptmann gezeigt hatte, traten auch in seine Augen Tränen, denn dort unter den Toten sah er die Gestalten von drei gefallenen Wurrlingen, Bokker, die er gekannt und geliebt hatte.

»Ihr müsst gehen«, knurrte Brega, »ihr alle. Ich werde mich hier um alles kümmern.« Niemand konnte das Gesicht des Zwergs unter der Kapuze sehen, aber sie wussten, dass er ebenfalls trauerte. Sie wussten auch, dass Brega Recht hatte: Sie mussten den Wall verlassen, wo die getöteten Wurrlinge lagen, um Frieden zu finden ... das galt vor allem für Patrel.

Nachdem Gildor und Flandrena, Igon, Dink und Patrel kehrtgemacht hatten und Arch gefolgt waren, stand Brega auf der Brustwehr und beobachtete, wie die schwarzen Sturmwolken über das Gebirge brodelten und die Sonne verdunkelten, und ein kalter Wind blies plötzlich auf die Festung herab.

Fürst Gildor führte den weinenden Patrel die Treppe hinab. Und als sie unten das Pflaster des Innenhofs überquerten, kamen hinter ihnen Reichsmarschall Ubrik und seine Männer müde über die eiserne Zugbrücke und durch das Tor geritten. Es dauerte lange, bis alle Pferde in die Festung getrabt waren, denn es waren viele; und doch war die Hälfte der Brigade gefallen und draußen auf dem Klauenmoor geblieben.

In düsterem Schweigen führte Arch die fünf Krieger über das vereiste Pflaster der Innenhöfe zum Hauptturm. Sie traten durch ein Portal, stiegen eine im Dunkeln liegende Treppe hinauf und kamen über einen von Fackeln beleuchteten Korridor vor Tucks Tür an. Arch klopfte leise, dann betraten alle den Raum. Und dort saß Laurelin in eine Decke gehüllt, an ihrer Seite König Galen, und Merrili sowie der Heiler standen neben dem Bett, auf dem der von seinen Verbrennungen gezeichnete Tuck lag.

Galen sprang auf, er und Igon fielen sich in die Arme, beide froh, dass der Bruder noch lebte. Dann drückte der Prinz sanft einen Kuss auf Laurelins bandagierte Hand, und sie küsste Igon in ihrer Freude über das Wiedersehen auf die Wange. Doch ihre Fröhlichkeit wich im Nu wieder und Tränen traten ihr in die Augen, denn sie hatte eben erst von König Aurions Tod erfahren, und es war, als wäre ihr eigener Vater gestorben.

Merrili erblickte Dink und Patrel, und sie stürmte quer durch das Zimmer, umarmte beide und gab Patrel einen Kuss. Dann nahm sie ihn an der Hand und führte ihn zum Bett, wo sich Gildor und Flandrena leise mit dem Heiler unterhielten.

»Tuck«, flüsterte sie, und der Bokker drehte das verbrannte Gesicht in die Richtung, aus der ihre Stimme kam. »Tuck, hier ist ein guter Freund: es ist Patrel. Patrel ist da.« Zu ihrer Bestürzung begann Patrel zu weinen; die Tränen strömten nur so aus seinen grünen Augen.

»Nanu, Patrel.« Tuck streckte eine bandagierte Hand aus, und Patrel ergriff sie vorsichtig. »Jetzt sind wir wieder vereint, aber ich höre dich weinen.«

»Ach, Tuck ... und Merrili« – er zog mit der freien Hand die Mamme an sich –, »es ist wegen Danner ... Danner ist tot.«

Ein gewaltiger Schneesturm wütete aus dem Nordmeer kommend über Gron, kreischend heulte der Wind über die öden Weiten und trieb den Schnee vor sich her. Der Sturm tobte um die Gipfel und Wände der Rigga und der Gronspitzen und fuhr heftig ins Land hinab. Seine eisige Faust hämmerte an die Wälle und Türme der schwarzen Festung; drinnen saßen dicht gedrängt die Soldaten der Legion, und niemand wagte sich hinaus, nicht einmal in den nächsten Innenhof, denn Mensch, Elf und Wurrling hätten sich nach wenigen Schritten in dem dichten Gestöber verlaufen.

Doch nicht nur in Gron wütete der mächtige Sturm:

Er fegte an den Jillischen Hügeln entlang und über die Ebene von Dalara, um in Rian und den Ländern darunter einzufallen: Wellen, die Sieben Täler, Harth, Rhon, Rell, Trellinath.

Und er heulte über die Steppen von Jord, übersprang den Grimmwall und richtete die Gebiete dahinter übel zu: Aven und Riamon, Darda Erynian und Darda Galion sowie den Großwald.

Und im Süden peitschten Eisregen und Graupelschauer die Reiche Valon, Hoven, das verlassene Gûnar, Jugo und Pellar und die Insel Arbalin.

Es war, als hätte der Dusterschlund den normalen Lauf des Wetters verhindert, denn nach der Zerstörung des Myrkensteins und dem Zusammenbruch des Dusterschlunds waren Wind und Schnee, Graupel und Eis in einem Schwall über die Welt geschwappt – zum Leidwesen derer, die im Tosen des Wetters festsaßen:

Am Gruwen-Pass kämpften sich Vidron, Talarin und die restlichen Überlebenden jenes heroischen Ausharrens durch den kreischenden Flockenwirbel nach Süden, in Richtung Arden-Tal, denn sie wussten, wenn sie stehen blieben, würde das den sicheren Tod bedeuten.

In den Sieben Tälern drängten sich die Wurrlinge im Klausenwald und im Ostwald zusammen, in den Sümpfen und anderswo, denn die Ghule hatten viele Heime zerstört, und der nachfolgende Schwarm hatte ganze Ortschaften dem Erdboden gleichgemacht. Zwar blieb vom Gezücht niemand am Leben, aber es hatte großen Schaden angerichtet, und das Kleine Volk litt darunter, wenngleich die Sümpfe und Wälder sie vor der schlimmsten Wucht der Stürme schützten.

In Riamon zogen sich Menschen, Elfen und Zwerge hinter die mächtigen Eisentore von Minenburg zurück und schlossen sie rasch wieder, um in der Zuflucht der Höhlen unter dem Rimmen-Gebirge den Sturm auszusitzen.

Und in ganz Mithgar, wo immer Freies Volk wohnte, nahm man Freunde und Fremde auf, die in den Sturm geraten waren, und gewährte ihnen Schutz und Obdach in Hütten, Katen, Baumhäusern, Höhlen, Anbauten, Kellern oder welche Zuflucht auch immer zur Verfügung stand. Und das Essen wurde geteilt, ob spärlich oder reichlich vorhanden. Es war eine Zeit großer Not, und falls überhaupt, dann versagten nur sehr wenige ihre Hilfe.

Und auch wenn es noch niemand wusste: Die gewaltigen Stürme sollten neun Tage lang ohne Unterlass wüten.

Am Nachmittag des ersten Tages äugte das Freie Volk überall argwöhnisch zum sich verdüsternden Himmel und beeilte sich, Schutz zu suchen. In Gron bot diesen Schutz die schwarze Festung selbst, wo sich die Legion einrichtete und ihre

Verwundeten pflegte. Und einer dieser Verwundeten war ein erblindeter Wurrling.

Fürst Gildor, der in medizinischen Dingen bewandert war, hatte Tucks Augen untersucht, doch der Elf konnte dem Heiler kein Mittel vorschlagen, das die Sehkraft des Bokkers wiederhergestellt hätte. Allerdings sagte Gildor, dass Dara Rael in Arden vielleicht helfen könnte, denn niemand sei kundiger im Heilen als sie. Gildor mischte einen Schlaftrunk, den Tuck später zu sich nehmen sollte, denn dem Bokker war anzusehen, dass er beträchtliche Schmerzen litt, und er würde den Trank brauchen, um Ruhe zu finden.

In dieser Nacht kam ein Fieber über Tuck, und er hatte abwechselnd Schüttelfrost und Hitzeschübe. Sein versengtes Gesicht und die Hände fühlten sich stets heiß an, und sein Körper war manchmal schweißgebadet und dann wieder trocken wie Pergament.

Rund um die Uhr saßen Wurrlinge an seinem Bett, und sie tupften ihm Gesicht und Hände mit der Kräuterlösung ab.

Aber Tuck wachte nicht auf, obwohl seine Augen gelegentlich weit offen standen, wenn er im Fiebertraum aufschreckte, Warnungen und Namen wild durcheinander schrie und flehte, dass man irgendwelchen Personen in Bedrängnis helfen möge, die nur er sah – Phantome aus vergangenen Tagen: Hob, Tarpi, Aurion, Danner.

Und draußen tobte der gewaltige Sturm um die Wälle und Türme und peitschte Schnee und Eis durch die Festung.

Am folgenden Tag bildeten sich mit Flüssigkeit gefüllte Blasen auf Tucks Gesicht und Händen. Manchmal, wenn er halb wach zu sein schien, versuchten ihm die Wurrlinge, die ihn pflegten, Essen einzuflößen. Aber Tuck erbrach sogar Wasser und konnte nichts bei sich behalten.

Und immer noch wütete der Sturm über das öde Land und fuhr mit seinen Klauenfingern in die Zitadelle.

Am vierten Tag ging Tucks Fieber zurück, und er sprach mit einer Klarheit, die er zuletzt hatte vermissen lassen. Dink war gerade bei ihm und strich ihm die Kräuterlösung aufs Gesicht, als der bettlägerige Wurrling ganz deutlich flüsterte: »Wer ist da?« Denn Tuck schaute Dink zwar direkt an, aber er sah ihn nicht.

»Ich bin es, Tuck, Dink Weller«, sagte Dink und strich etwas von der Lösung auf Tucks rechte Hand.

»Hallo, Dink.« Tucks Stimme war rau. »Hast du wohl etwas zu trinken für mich? Meine Kehle fühlt sich an, als wäre sämtlicher heißer Sand von Karoo hindurchgerieselt.« Rasch goss Dink Wasser in eine Tasse, half Tuck, sich aufzusetzen, und hielt ihm das Gefäß an die Lippen. Tuck trank gierig.

»Vorsichtig, Tuck«, mahnte Dink. »Der Heiler sagte, du sollst es langsam angehen lassen: immer nur kleine Schlucke.«

Tuck trank diese Tasse und eine zweite in kleinen Schlucken aus, dann sank er aufs Bett zurück. »Merrili ... Wo ist Merrili?«

»Ach, sie schläft, Tuck«, erklärte Dink. »Tag und Nacht saß sie hier bei dir, bis sie selbst ganz erschöpft war. Ein paar von uns haben sie schließlich in ihr eigenes Bett geschleift, und sie war weg, kaum dass sie auf dem Kissen lag.«

Ein Lächeln spielte um Tucks aufgesprungene Lippen, er schloss die Augen und sagte nichts weiter. Dink schlüpfte aus dem Zimmer und lief, um Merrili zu holen, aber als die beiden zurückkamen, war Tuck in einen tiefen, natürlichen Schlaf gefallen.

Dink bestand darauf, dass Merrili wieder zu Bett ging, und sie gehorchte widerspruchslos, denn sie wusste nun, dass ihr Bokker wieder gesund werden würde. Ihr war leicht ums Herz, als sie zurück unter die Decken kroch, während draußen der Wind heulte und stöhnte und Schnee über das weite Land trieb.

Am nächsten Morgen erhob sich Tuck, unterstützt von Bert und Arch, schwankend aus dem Bett, um sich zu erleichtern; er lehnte es ab, auch nur einen Moment länger versorgt zu werden: »... als wäre ich ein hilfloser Säugling«, wie er es nannte. Doch als der Bokker zum ersten Mal wieder aufrecht stand, hätte nicht viel gefehlt, und er wäre ohnmächtig geworden.

Der Heiler kam und erklärte, Tuck könne nun wieder eine Mahlzeit zu sich nehmen, und Merrili brachte ihm ein Frühstück, ein karges allerdings: Hirsebrei, Brot und heißen Tee. Für Tuck aber war es ein üppiger Festschmaus, und er konnte es gar nicht alles essen.

Tuck blieb aufgestützt im Bett liegen, Merrili nahm an seiner Seite Platz, und die beiden unterhielten sich – jedenfalls solange der Bokker wach war, denn Tuck schlief häufig sogar mitten im Gespräch ein. Dann saß Merrili gedankenverloren bei ihm, lauschte dem Sturm und wartete darauf, dass Tuck wieder aufwachte. Und sie sprachen über viele Dinge, von denen einige wichtiger waren als andere:

»Der König war jeden Tag hier, Tuck«, sagte Merrili leise. »Er hat sich die größten Sorgen um dich gemacht. Angeblich hat er nach Tagen zum ersten Mal wieder gelächelt, als er hörte, dass dein Fieber zurückgegangen ist.«

»Er wird ein guter König werden«, erwiderte Tuck und verstummte für einen Augenblick. »Wie geht es Prinzessin Laurelin?«, fuhr er dann fort. »Und Prinz Igon? Und den anderen ... wie geht es ihnen?«

»Gut«, entgegnete Merrili. »Die Prinzessin ist noch schwach, denn auch sie hat von dem lodernden Myrkenstein

Verbrennungen davongetragen, allerdings nicht so schwere wie du. Aber sie ist schon seit zwei Tagen wieder auf den Beinen und verbringt die meiste Zeit damit, Verwundete zu besuchen.

Was Prinz Igon angeht, so heilen seine Wunden an der Schulter und am Handgelenk gut. Wie viele andere war auch er schon hier bei dir zu Besuch.

Fürst Gildor und Flandrena sind beide wohlauf, wenngleich Gildor eine Stichwunde am Bein und Flandrena einen Schnitt quer über der Wange davongetragen hat: Er wird für den Rest seiner Tage eine Narbe zurückbehalten ...«

Merrili verstummte, da ihre Worte vom ansteigenden Heulen des Sturms erstickt wurden, der am Turm riss und zerrte. Und als der Wind wieder zu einem Ächzen und Stöhnen abebbte, stand die Mamme auf, ging zum Kamin und stocherte mit einem Schüreisen im Feuer, ehe sie wieder Platz nahm.

»Dieser Sturm ist fürchterlich, Tuck«, sagte sie und legte sich eine Decke um die Schultern. »Er macht alle nervös, selbst den König, denn wir sitzen nun schon seit fünf Tagen in dieser verwahrlosten Rukhenunterkunft fest, die gesamte Legion, und alle sind unruhig und gereizt ... alle bis auf Brega.«

»Brega?« Tuck klang sehr überrascht, denn er kannte die streitbare Natur des Zwergs, und wenn jemanden diese Umstände in Rage versetzen mussten, dann wohl Brega.

»Ganz recht«, antwortete Merrili. »Ohne Brega käme überhaupt niemand von einem Gebäude ins andere. Ich weiß nicht, wie er es fertig bringt, aber der Sturm scheint ihm nichts anzuhaben. Er war gegen jeden Rat der Erste, der sich ins Freie wagte, und seither war er viele Male draußen. Brega scheint immer zu wissen, wie er sicher zurückkommt. Angeblich war er sogar schon außerhalb der Wälle – er soll durchs Tor marschiert sein, über die Brücke und noch weiter. Aber warum er hinausgegangen ist, was er dort getan hat, das will er nicht sagen.

Und er hat König Galen, Prinz Igon, Prinzessin Laurelin und viele andere in diesem weißen Wirbelsturm zwischen den Gebäuden hin und her geführt; sie sagen, Brega würde sich bewegen, als liefe er auf einem ausgetretenen Pfad.

Ich glaube wirklich, die Pferde wären verhungert, wenn Brega nicht ein paar Männer zu den Ställen geführt hätte, damit sie sich um die Tiere kümmern. Überhaupt sind die Pferde auch unruhig und gereizt, weil sie in diesem Gestank der Hélrösser leben müssen. Sie tun mir Leid in diesen widerlichen Ställen. Aber wenigstens wurden sie dank Brega gefüttert und getränkt.«

Tuck lauschte dem tosenden Wind. »Brega geht also hinaus in den Sturm«, sinnierte der Bokker kopfschüttelnd, »und noch dazu, um Pferde zu versorgen.« Das Kreischen des Schneesturms verstärkte sich, und Tuck schwieg, während seine Gedanken zurückgingen zu dem grellweißen Toben am Rande des Dusterschlunds, wo man in dem mächtigen Gestöber rein gar nichts gesehen hatte. Und er wusste, wenn der Schneesturm, der jetzt gerade wütete, diesem ähnlich war, dann grenzte es tatsächlich an ein Wunder, dass sich Brega so sicher darin zurechtfand.

Merrili stand erneut auf und trat ans Fenster, um nach draußen zu spähen. Als Tuck hörte, wie sie die schweren Vorhänge beiseite schob, erwachte er schaudernd aus seinen Erinnerungen. »Ist er weg?«, fragte er.

»Wie ... was?« Merrili drehte sich um. »Es tut mir Leid, Tuck ... der Wind ist so laut. Ich habe nicht gehört, was du gesagt hast.«

»Der Dusterschlund«, erwiderte Tuck. »Ist er weg? Ist er wirklich verschwunden?«

»Ja, mein Bokker, er ist weg«, antwortete Merrili. »Er ist

tatsächlich verschwunden. Das ganze Land ist vom Schattenlicht befreit.«

Tuck senkte die blinden Augen auf die Hände, die gefaltet in seinem Schoß lagen. »Ach ... wie gerne würde ich das sehen.«

Merrili drehte sich wieder zum Sturm um, und ihr Weinen ging im Geräusch des Windes unter.

Während der nächsten beiden Tage kam Tuck rasch zu Kräften, und der Sonnenbrand ging stark zurück. Mit fremder Hilfe, fremden Augen, die für ihn sahen, humpelte er auf Krücken über die Korridore. Auch pflegte er, den gebrochenen Fuß hochgelegt, in seinem Zimmer zu sitzen und mit Besuchern zu plaudern. Und viele kamen, um ihn zu sehen: Galen, Igon, Laurelin, Brega, Gildor, Flandrena, Ubrik, zahlreiche Krieger der Legion und natürlich die Wurrlinge. Auf alle machte Tuck einen gut gelaunten Eindruck, und er unterhielt sich ausführlich mit jedem, doch diejenigen, die ihn am besten kannten – Merrili, Patrel, Galen, Gildor, Laurelin, auch Brega –, konnten sehen, dass Tuck zu langen Phasen des Grübelns neigte. Sie besprachen sich untereinander und äußerten ihre Besorgnis über den Bokker aus Waldsenken, aber was zu tun sei, wusste keiner.

Am achten Tag des Schneesturms wurde der Wind ein wenig schwächer, und der Flockenwirbel ließ so weit nach, dass man in den Innenhöfen verschwommene Umrisse erkennen konnte. Zwar tobte der Sturm noch immer, aber die Soldaten der Legion fanden sich nun ohne Bregas Hilfe zurecht. Viele fassten neuen Mut, denn sie erwarteten, dass das Unwetter, das vom fernen Nordmeer her über das Land tobte, nun bald aufhören würde. Die Gereiztheit der vergangenen Tage löste sich allmählich auf, und die Gespräche wurden wieder freundlicher.

Alle Wurrlinge hatten sich in Tucks Zimmer versammelt, wo sie plauderten und spekulierten, wie lange es jetzt noch dauern werde, bis sie die Heimreise antreten konnten; und schließlich wandte sich die Unterhaltung dem Winterkrieg und den Kämpfen in den Sieben Tälern zu. Und wie es Krieger überall tun, fingen sie an, Geschichten von Kampf und Gefahr, von Heldentum und Entbehrung zu erzählen, und von Großtaten, die Furcht einflößend und töricht zugleich waren. Und wie es ebenfalls die Gewohnheit von Kriegern ist, lachten die Wurrlinge in der einen Minute und wurden in der nächsten ernst, und häufig sprachen sie alle auf einmal oder verfielen in langes Schweigen. Und manchmal gab es auch Momente von unerträglicher Bitterkeit.

»Ach ... das Schlimmste daran, dass wir hier eingeschneit sind«, sagte Ted Handstolz, »ist das Essen. Nichts als Hirse, hartes Brot und Wasser.«

Man hörte allgemein zustimmendes Gemurmel, Tuck aber entgegnete: »Na ja, wenigstens haben wir hier hartes Brot und Tee. Als König Galen und ich vom Weitimholz nach Arden ritten, gab es nur Hirsekekse und Wasser.«

Mehrere Wurrlinge seufzten mitfühlend, und Patrel lachte schrill auf. »Hoi, du hast Recht, Tuck. Dabei fällt mir ein, wie wir in dem verlassenen Steinhöhen in das leere Gasthaus zum Weißen Einhorn kamen, und alles, was wir zu essen hatten, war unsere Hirse und dazu ein bisschen Lauch, den Danner gef-« Patrel brach mitten im Satz ab, und Tränen traten in seine grünen Augen. Ohne ein weiteres Wort stand er auf, stellte sich vor den Kamin und starrte in die Flammen.

Lange herrschte Schweigen im Raum, dann sagte Bert Arboran, um die traurige Stimmung zu verjagen: »Tuck, erzähl uns doch, wie du dem Gargon ins Bein geschnitten hast. Ist das hier das Schwert, das du benutzt hast?« Bert hob das Langmesser in seiner abgenutzten Lederscheide auf.

»Ja, das war es«, erwiderte Tuck, räusperte sich und wischte sich mit dem Handballen über die Augen.

Bert fasste das Heft des Langmessers und zog es aus der Scheide. »Ho, ho!«, rief der Bokker aus. »Leuchtet es immer so blau?« Eine kobaltblaue Flamme flackerte entlang der Schneide des Schwerts.

*»Blau?«*, rief Tuck aus. »Es leuchtet? Brennt das Klingenjuwel mit einer inneren Flamme?«

Bert, der nicht daran dachte, dass Tuck nicht sehen konnte, nickte heftig, aber Merrili sagte rasch: »Ja, Tuck! Das Juwel leuchtet. Und die Klinge auch.«

»Holt Fürst Gildor«, bellte Tuck, »und König Galen. Und beeilt euch! Das Böse ist nahe.«

Die Stimmen von Kriegern und das Rasseln von Waffen und Rüstungen klangen durch den Korridor; Prinzessin Laurelin und Merrili erhoben sich, als König Galen, Fürst Gildor und Brega erschöpft den Raum betraten.

»Nichts«, sagte Galen, zog seine Handschuhe aus und ließ sich müde in einen Sessel fallen. »Die Legion hat die Festung von oben bis unten durchsucht, aber wir haben nichts gefunden.« Er sah Gildor fragend an.

»Das Böse ist hier, König Galen«, sagte der Elf. »Sowohl Wehe als auch das Langmesser raunen davon.«

»Schimmern sie vielleicht, weil die Festung selbst böse ist?«, fragte Tuck, der in einem Sessel am Kamin saß.

»Nein, mein kleiner Freund«, antwortete Gildor. »Das Klingenjuwel reagiert nur auf das lebendige Böse: normalerweise auf Wesen aus der Untargarda – Ruch, Lok, Troll, Ghûlk und dergleichen. Gelegentlich zeigt es aber auch böse Geschöpfe von Mithgar an ... die Hélrösser, manche Drachen ...«

»Hrr«, knurrte Brega, der mit überkreuzten Beinen auf dem Boden saß, »wie lang die Liste der Scheußlichkeiten auch ist, vor denen uns diese Klingen warnen können – wie König Galen schon sagte, wir haben nichts gefunden, obwohl wir die ganze Burg auf den Kopf gestellt haben.«

»Was ist mit den Verliesen unter dem Turm?« Laurelins Stimme war angespannt. »Als ich dort in einer Zelle festgehalten wurde, habe ich eine Kreatur, ein Ungeheuer der Finsternis ...« Die Prinzessin erschauderte und starrte ins Feuer.

Galen ergriff ihre Hand. »Wir sind mit Fackeln durch diese grässlichen Löcher gestreift, Prinzessin. Wenn es je einen Ort gab, den man böse nennen konnte ...« Galens Stimme verlor sich, und er presste die Lippen zu einem schmalen Strich zusammen.

Eine Weile herrschte Schweigen, ehe Fürst Gildor das Wort ergriff: »Auf der tiefsten Ebene enden die Gänge in einem Labyrinth von Höhlen, die in alle möglichen Richtungen abzweigen. Diese haben wir nicht durchsucht, denn sie sind dunkel und unheilvoll; mir hat weder ihr Anblick gefallen, noch verspürte ich den Wunsch, darin herumzulaufen. Außerdem würde sich vermutlich jeder in diesen verschlungenen Gängen verlaufen und nie wieder ans Tageslicht kommen.«

»Was das angeht, irrt Ihr Euch, Elf Gildor«, wandte Brega ein. »Weder ich noch ein anderer Zwerg würde sich in irgendeiner Höhle verlaufen. Dennoch gebe ich Euch in einem Punkt Recht: Freiwillig würde ich keinen Fuß in diese grauenhaften Höhlen setzen, denn sie sind ein Bau des Gezüchts ... Und jetzt weiß ich, warum es heißt, dass die Utruni die Brut verabscheuen, denn dort unten habe ich gesehen, wie das Gezücht selbst den lebendigen Stein besudelt. Aber erwägt folgende Möglichkeit: Vielleicht leuchten die Klingen, weil ein, zwei Ükhs entkommen sind und sich an diesem Schreckensort dort unten verstecken.«

Erneut senkte sich Schweigen über die Anwesenden, und niemand redete mehr von den Verliesen. Die grimmigen

Gesichter jener, die dort gewesen waren, sprachen allerdings Bände.

Wieder hörte man, wie sich auf dem Flur Soldaten näherten, und Patrel, Igon und Flandrena betraten das Zimmer, während andere Krieger weiter den Korridor entlang marschierten.

Galen sah Igon an, und der Prinz schüttelte den Kopf. »Alles umsonst«, sagte der junge Mann. »Wir haben im ganzen Turm nichts weiter gefunden als das hier.«

Laurelin stieß einen Schreckenslaut aus, als Igon seinem Bruder einen grässlichen schwarzen Helm überreichte.

»Was ist es?«, fragte Tuck, der nichts sah.

»Ich –«, begann Merrili, wurde aber von der Prinzessin unterbrochen.

»Es ist Modrus eiserne Maske«, erklärte Laurelin und konnte den Blick nicht von dem bizarren Helm abwenden.

Galen zog seinen Umhang über das eiserne Visier, um es vor Laurelin zu verbergen. »Und das war alles?«, fragte er.

Igon schaute von Flandrena zu Patrel. »Sonst haben wir nichts gefunden«, antwortete er.

»Augenblick mal«, meldete sich Tuck zu Wort. »Was ist mit Modrus Myrkensteinmesser? War es nicht auch dort im Turm?«

»Nein, Tuck«, antwortete Patrel. »Und ich habe extra danach gesucht, obwohl du mich davor gewarnt hast, dass es an meiner Sehkraft zehren könnte. Aber es war nicht da.«

»Vielleicht ist es zusammen mit dem Myrkenstein verbrannt«, spekulierte Flandrena. »Die Vernichtung des einen könnte auch der Untergang des anderen gewesen sein.«

»Mag sein, Flandrena«, polterte Brega. »Mag aber auch nicht sein. Ich denke mir halt, egal welche Kreatur die Schwerter zum Leuchten bringt, sie könnte auch das Messer an sich genommen haben.«

Bei Bregas Wort raste Tucks Herz in der Brust, denn wenn der Zwerg Recht hatte, war ein weiteres Angstzeichen in Mithgar unterwegs. Würde es eines Tages seine böse Bestimmung erfüllen?

In dieser Nacht wurden die Wachen verdoppelt, denn niemand wusste, ob nicht das Böse im Dunkeln zuschlug. Wehe und das Langmesser standen unter ständiger Beobachtung, doch ihr Glimmen sprach nur von einer fernen Bedrohung, die in der Nacht nicht näher kam. Und das Gesprächsthema bei den Menschen war, wie wild entschlossen die Wurrlinge das Zimmer des Blinden bewachten.

Im Verlauf des neunten Tages ebbte die Wut des Sturmes weiter ab. Das schrille Kreischen des Windes wurde zu einem Stöhnen und schließlich zu einem Murmeln, und am Ende des Tages rieselte nur noch leichter Schneefall auf das Land.

Schon am Nachmittag hatten Krieger den Befehl erhalten, einen Pfad von den Ställen zum Tor frei zu räumen, und Kundschafter waren ins Moor hinausgeschickt worden. Und als die Finsternis hereinbrach, kamen sie zurück und meldeten, dass sich gewaltige Schneeverwehungen an jedem Felsen und jeder anderen Erhebung im Gelände aufgetürmt hatten. Draußen im Flachland hingegen hatte der Sturm den Schnee übers Moor geblasen, und er hatte sich nirgendwo zu besonderer Höhe angehäuft – ja, an manchen Stellen hatte der Wind das Land regelrecht kahl gefegt.

Als König Galen das hörte, wandte er sich an Ubrik. »Was meint Ihr, Reichsmarschall? Falls der Sturm heute Nacht ganz aufhört, und danach sieht es aus, ist die Legion dann morgen früh zum Aufbruch bereit?«

»Jawohl, mein König«, erwiderte Ubrik und lächelte grimmig. »Die Leute können es kaum erwarten, diesen scheußlichen Ort zu verlassen und wieder in das offene Land unter dem weiten Himmel Valons zu kommen, wo ihre schnellen Pferde ungezügelt über das Gras jagen können.«

»So sei es denn«, entgegnete Galen. »Wenn der Schneefall aufhört, reiten wir morgen früh los.«

Jubelschreie wurden bei dieser Neuigkeit laut, und alle bereiteten sich auf die lange Heimreise vor. Für die am schwersten Verwundeten hatte man Zugbahren gebaut; sie sollten langsam nach Süden befördert werden, begleitet von Heilern und Wachmannschaften. Dem König jedoch oblag es, möglichst rasch nach Pellar zu reisen, denn viel Arbeit wartete auf ihn, wenn er das Königreich wieder in Ordnung bringen wollte. Deshalb würde er mit dem Gros der Legion vorausreiten – allerdings nicht in dem wahnwitzigen Tempo, in dem sie nach Norden gekommen waren.

Alle Wurrlinge würden mit dem König reiten, denn keiner von ihnen hatte größere Verwundungen davongetragen, außer Tuck vielleicht, aber weder der gebrochene Fuß noch seine Blindheit würden ihn beim Reiten sonderlich beeinträchtigen.

Auch in dieser Nacht wurden Posten aufgestellt gegen das ferne Böse, von dem die Elfenklingen flüsterten, aber nichts geschah. Und kurz nach Mitternacht hörte der Schneefall völlig auf. Der Sturm war zu Ende.

Im grauen Licht der Morgendämmerung standen acht Wurrlinge um drei Steinhügel, draußen im Moor vor den Toren der düsteren Festung. Bei ihnen stand Brega, der Sohn Bekkis, Zwergenkrieger aus den Roten Bergen.

»Ich habe sie im Schneesturm hier begraben«, sagte er leise unter der Kapuze hervor. »Harven, Rollo und Danner. Ich konnte sie nicht innerhalb dieser schändlichen Mauern liegen lassen, denn sie waren meine Waffengefährten. Deshalb habe ich sie hier unter diese Steine gelegt. Tapfere Krieger waren sie alle drei – tapfer wie nur ein Châkka – und sie haben ehrenhaft gekämpft. Etwas Größeres kann ich von niemandem behaupten.«

Ungehemmt liefen den Versammelten die Tränen übers Gesicht. Tuck kniete nieder und streckte die Hand aus, und Merrili führte sie, bis sie auf dem Stein von Danners Hügel zu liegen kam. Und Tuck sagte: »Einst – ach, es scheint so lange her zu sein – kniete ich neben einem Steinhügel wie diesem hier. Und ich legte die Hand auf einen Stein und schwor einen Eid, dass ich den Kameraden, der darunter lag, rächen werde. Und du, Danner, hast diesen Eid ebenfalls geschworen. Wir haben ihn gehalten, du und ich, Patrel ... und all die anderen. Denn der Böse, der Hob, Tarpi und viele mehr getötet hat, er ist nun selbst tot. Aber ach, mein Freund, ich würde mit Freuden mein Leben hingeben, wenn du deines dafür zurückerhalten könntest ...«

Tuck begrub das Gesicht in den Händen, und Weinkrämpfe ließen seinen Körper erbeben. Brega hob ihn sanft auf, als wäre er ein Säugling und trug ihn zurück zur Brücke. Weinend folgten die übrigen Wurrlinge, und sie führten das Pferd, das Tuck zu den Steingräbern hinausgetragen hatte – nur Patrel blieb zurück. Und als die Übrigen auf dem Rückweg zur Festung die Brücke überquerten, drang ein lieblicher Gesang an ihr Ohr. Sie hielten inne und drehten sich um, und in der Ferne sahen sie eine winzige Gestalt allein im Schnee vor Danners Grabhügel stehen. Und Patrels Stimme stieg in den klaren Morgenhimmel empor, aber die Entfernung war zu groß, als dass jemand seine Worte hätte verstehen können.

In der Mitte des Vormittags ritt schließlich die gesamte Legion aus der Festung hinaus. Fünftausend waren nach Norden gezogen, aber nur dreitausendfünfhundert traten nun die

Heimreise nach Süden an, denn Hunderte waren in der Schlacht gefallen. Und zwischen den vielen Männern der Menschen, die überlebt hatten, ritten auch eine Prinzessin, zwei Elfen, acht Wurrlinge und ein Zwerg.

Über den verwehten Schnee donnerten sie nach Süden und ließen den massigen Bau von Modrus leerer Festung zurück; an den Wall über dem Tor hatten sie die scheußliche Eisenmaske genagelt, als eine stumme Warnung an alle, die den Weg des Bösen einzuschlagen gedachten.

Tag auf Tag ritten sie nach Süden, umgingen gewaltige Schneeverwehungen und blieben stattdessen auf flachem, vom Wind kahl gefegtem Gelände, und hinter ihnen dehnten sich weiß die Meilen.

Über das Klauenmoor ritten sie und erreichten am zweiten Tag die Klauenschlucht. Am Morgen darauf kämpften sie sich durch starke Verwehungen im Tal des Klauenflusses, denn hier gab es keine Umgehung. Und als sie dieses Hindernis überwunden hatten, eilten sie am östlichen Rand von Gron weiter. Über den großen Grumpf kamen sie schließlich zu dem lang gestreckten, baumlosen Ödland zwischen Rigga und Gronspitzen.

Spät am achten Tag erreichten sie das Nordende des Gruwen-Passes, wo sie ein Lager aufschlugen. Und zwischen den Schneewehen fanden sie verstreute Haufen von Rukhenrüstung, als hätte ein gewaltiger Kampf hier getobt.

In der Morgendämmerung des neunten Tages preschte die Legion über den Sattel des Gruwen. Da und dort kamen sie an den steif gefrorenen Leichen getöteter Menschen und Elfen vorbei, die halb vom Schnee begraben waren; die blauweißen Farben von Wellen und die Greisenbaumflaggen des Arden-Tals kündeten von der Identität der Toten. Auch hier lagen verstreut leere Rüstungen und zerbrochene Krummsäbel von Rukhs, dazu halbe Fahnenstangen, deren Tuch einen roten Feuerring auf schwarzem Grund zeigte: die vom Wind zerfetzte Standarte des Bösen, der nicht mehr war.

Sie ritten vorbei an den raureifbedeckten Resten des Gemetzels und dem kältestarren Müll des Krieges, und hin und wieder hatten sie sich brusthoch durch Verwehungen zu kämpfen. Die sternklare Nacht war schon weit vorgerückt, als sie den eisigen Pass schließlich hinter sich ließen und im Land Rhon ein Lager aufschlagen konnten.

Kaum jemand sprach von den bedrückenden Dingen, die sie an diesem Tag gesehen hatten. Und weder Fürst Gildor noch Flandrena setzten sich ans Feuer, um ein Mahl einzunehmen, sondern standen am Rande der Nacht und starrten hinaus in den vom bleichen Mond beschienenen Schnee.

Kurz vor Mittag des zehnten Tages, als die Legion gerade an der nördlichen Flanke der Arden-Steilwand entlangzog, kam einer der Vorauskundschafter zum Heer zurückgaloppiert, und an seiner Seite ritten Elfenfürst Talarin und Rossmarschall Vidron! Und während der Kundschafter kehrtmachte und erneut vorausritt, lenkten Fürst und Marschall ihre Rösser an die Seite von König Galen und ließen sie im Tempo von Sturmwind gehen.

»Mein König!«, grüßte Vidron. Er schlug die geballte Faust ans Herz und aus dem Silberbart leuchtete ein breites Lächeln. »Gute Nachricht aus dem Süden: Der Krieg ist zu Ende! Wir haben gewonnen!«

Galen legte die Hände vors Gesicht, und es dauerte lange, ehe er wieder aufblickte.

»*Kel,* König Galen«, grüßte Talarin ernst. »Meine Augen freuen sich, Euch zu sehen, aber mein Herz trauert um die Toten.«

»Ja«, erwiderte Galen, »viele sind in diesem Kampf gegen das Böse gefallen. Doch nun ist er endlich zu Ende.«

In diesem Augenblick donnerte Prinz Igon auf Rost heran, und in seinem Gefolge ritten Gildor, Flandrena und Reichsmarschall Ubrik.

»Hai, Vidron!«, rief der junge Mann, froh, den Krieger zu sehen. »Hál, mein Fürst Talarin«, grüßte er darauf ernster den Elfen.

Als Reaktion auf den jugendlichen Überschwang huschte ein kurzes Lächeln über Talarins Züge und er nickte dem Prinzen zu. Sein Blick suchte die Augen von Gildor und Flandrena, als diese in Begleitung von Ubrik zu der kleinen Versammlung stießen. Und sie sahen einander an und freuten sich. Und das Gespräch wandte sich dem Ende des Krieges zu.

Vidron aber richtete sich in den Steigbügeln auf und reckte den Hals, um an der südwärts ziehenden Kolonne entlangzuschauen. Sein forschender Blick fand jedoch nicht, was er suchte, und so nahm er wieder im Sattel Platz und richtete das Wort an Galen. »Ich muss es Euch fragen, Majestät: Prinzessin Laurelin ...?«

»Sie ist wohlauf, General«, erwiderte der König. »Sie reitet hinter der Vorhut in Begleitung von Krieger Brega und dem Kleinen Volk.«

»Hai!«, entfuhr es Vidron, und er strahlte übers ganze Gesicht. »Und den Waldana, wie geht es denen?«

»Drei wurden getötet, und Tuck ist erblindet«, antwortete Galen. »Euer Danner ist unter den Gefallenen.«

Vidron wandte den Blick ab und schaute über das verschneite Land, und lange hörte man nichts außer dem Geräusch von Hufen. Dann räusperte sich Talarin. »Wie Ihr bereits sagtet, König Galen, viele sind in diesem Kampf gegen das Böse gefallen.«

Sie ritten eine Zeit lang, ohne zu sprechen, dann zeigte Talarin über die glitzernde Weite. »Einst habt Ihr gelobt, die Sonne wieder in diese Welt zu bringen, und Ihr habt Wort gehalten«, sagte er. »Doch ich hoffe inständig, Ihr musstet dafür nicht einen ebenso hohen Preis bezahlen, wie wir es am Kregyn taten.«

»Unsere Bürde war äußerst schwer – genau wie eure«, entgegnete Galen, und er dachte zurück an die frostigen Weiten des Gruwen-Passes, den die Elfen Kregyn nannten. »Wir haben gesehen, wie hoch Euer Preis war.«

»Lange haben wir sie aufgehalten«, knurrte Vidron. »Doch mit jedem Dunkeltag haben sie uns tiefer in den Pass gedrängt. Schließlich hatten sie uns hindurchgetrieben, und wir saßen in der Falle. Als sie ihren letzten Angriff begannen, senkte sich eine große Finsternis herab. Aber dann war der Dusterschlund auf einmal verschwunden! Und die Brut ist Adons Bann erlegen.«

»Moment mal!«, rief Galen erstaunt aus. »Das würde ja bedeuten, ihr habt sie ...«

»... fünf Dunkeltage lang aufgehalten«, warf Vidron ein. »Und genauso war es. Fünfzehnhundert Wellener und fünfhundert Lian –«

»Gegen eine Horde von zehntausend!«, rief Galen.

»Hai!«, schrie Igon. »Diese Geschichte werden Barden und Erzähler noch in Jahrhunderten zum Besten geben.«

Talarin nickte. »Ja, lange wird man von Königsgeneral Vidron singen, dem Bezwinger von Modrus Horde, denn es ist in der Tat eine gewaltige Geschichte. Doch die Sänger sollen jene nicht vergessen, die nach dem Kampf nicht wieder vom Schlachtfeld ritten.«

Der vordere Teil der langen Heereskolonne hatte nun beinahe den verborgenen Eingang zum Arden-Tal erreicht. »Kommt«, sagte Talarin. »Führt Eure müde Legion hinab in unsere geheime Zuflucht, damit sie dort ein paar Tage der Ruhe und Erholung verbringen kann. Bei uns gibt es ein Dach über dem Kopf, warmes Essen und Getränke. Und während dieser Rast könnt Ihr uns Eure Geschichte erzählen, denn wir möchten gern hören, wie Ihr das Ende des Dusterschlunds bewerkstelligt habt.«

Als Ubrik das schwarze Ochsenhorn an die Lippen setzte und ein Signal für die Kolonne blies, sagte Galen: »Ich war allerdings nicht derjenige, der das Schattenlicht besiegt hat, Fürst Talarin. Vielmehr hat Tuck jenen Pfeil abgefeuert, der den Myrkenstein durchbohrte und das Licht befreite und der auf diese Weise Modru vernichtet und Gyphon wieder zurück jenseits der Sphären geworfen hat. Es war Tuck, der den Zusammenbruch des Dusterschlunds bewirkte und die Sonne in unsere Welt zurückkehren ließ, auf dass sie das Gezücht zermalme. Ja, es war Tuck und kein anderer, der all dies tat, und wir haben dem Waerling auf seinem schicksalhaften Weg nur beigestanden.«

Und während Talarin und Vidron erstaunt Galens Worten lauschten, führten sie die Legion zur Steilwand, um durch den geheimen Tunnel hinab ins Arden-Tal zu reiten.

Rael hielt einen funkelnden Kristall zwischen den Fingern und spähte durch ihn hindurch in Tucks Augen. Eine einzige Kerze leuchtete über ihrer Schulter und warf ein mattes Licht in den ansonsten verdunkelten Raum. Lange schaute Rael, erst in ein Auge, dann in das andere. Und niemand sagte ein Wort. Schließlich trat die Elfe einen Schritt zurück, und auf ein Zeichen von ihr wurden die Fenstervorhänge aufgezogen, so dass grelles Sonnenlicht hereinströmte und auf den Bokker in seinem Sessel fiel. Während Rael ihre Untersuchung fortsetzte und die Reaktion von Tucks Augen auf das helle Licht beobachtete, setzte Talarin ein Gespräch mit dem Waerling fort, das die beiden bereits früher begonnen hatten:

»Und deshalb«, sagte der Elfenfürst, »wäre Gyphon die Macht zugefallen, wenn er zur Herrschaft in Mithgar gelangt wäre.«

»König Galen hat einmal zu mir gesagt, Mithgar sei wie der Drehpunkt einer Wippe«, erwiderte Tuck.

»Ja, das stimmt«, antwortete Talarin. »So habe ich es zwar noch nie betrachtet, aber Galen hat Recht. Und wie bei jeder Wippe kann im entscheidenden Moment, wenn die Kräfte im Gleichgewicht sind, die geringste Einwirkung in die eine oder andere Richtung den Ausschlag zum Guten oder zum Schlechten geben.

So wie bei Euch, Tuck, denn Ihr habt das Gleichgewicht zum Kippen gebracht. Allerdings war die Kraft, die Ihr benutzt habt, keineswegs gering ... ganz und gar nicht. Denn obwohl Gyphon vor viertausend Jahren Ereignisse in Gang gesetzt hat, die niemand mehr aufhalten konnte, muss auch Adon seine Vorkehrungen getroffen haben – und auf Mithgar wurden Zeichen der Macht geschaffen, die ihren Weg in den Eisernen Turm fanden, um dort im entscheidenden Augenblick zum Einsatz zu kommen.

Und Ihr, Tuck, habt die Wahl getroffen und seid Eurerseits auserwählt worden, einem Kurs zu folgen, der Euch in jenem schwärzesten Moment der schwärzesten Stunde in Modrus Heiligtum des Bösen führen sollte, wo Ihr das Gleichgewicht vom Bösen zum Guten verschieben konntet, von Gyphon zu Adon.«

Tuck schien in Gedanken versunken zu sein. »Eins will ich schon die ganze Zeit fragen, Fürst Talarin: Gyphon war so wunderschön, als ich ihn zum ersten Mal sah. Aber dann hat er sich in etwas grauenhaft Hässliches verwandelt. Wie ist das möglich? Wie kann jemand, der so böse ist, dem Auge so strahlend erscheinen?«

»Das Böse tritt oft mit strahlendem Antlitz auf, Tuck«, entgegnete Talarin. »Aber darunter ist es ein durch und durch scheußliches Ungeheuer.«

Wieder wirkte Tuck nachdenklich. »Da ist noch etwas, das mir Kopfzerbrechen bereitet: Unmittelbar bevor ich auf den Myrkenstein schoss, fielen mir Raels Rätselspruch und die Inschrift auf dem Grabstein von Othran dem Seher ein:

*Keinem von zwei Übeln gelte dein Hieb;*
*Vielmehr sei die Dunkelheit zwischen ihnen dein Ziel.*

*Bewahr den roten Pfeil*
*Bis zur bestimmten dunklen Stund.*

Nun, im Nachhinein, ist der erste Spruch klar: Er wies mich an, weder auf Gyphon noch auf Modru zu schießen, sondern auf den Myrkenstein. Die Grabinschrift hingegen ist mir immer noch ein Rätsel: Ich dachte, sie würde bedeuten, ich soll *irgendwann* während des Sonnentods schießen, aber es war, als könnte ich den Pfeil erst loslassen, als Modrus Sprechgesang zu Ende war. Und als hätte mich jemand dazu gezwungen, *wusste* ich, dass ich genau *dann* schießen musste. Warum konnte ich nicht vorher schießen? Ich meine, Prinzessin Laurelin wäre durch mein Zögern beinahe getötet worden. Und doch habe ich nicht geschossen, *konnte* ich nicht schießen, ehe der Gesang zu Ende war.«

In der Stille, die nun folgte, erhob sich Rael, trat ans Fenster und blickte hinaus zu den fernen Kiefern. Merrili, die der Untersuchung wortlos beigewohnt hatte, nahm an Tucks Seite Platz und ergriff seine Hand. »Vielleicht«, begann der Elfenfürst, geriet dann aber ins Stocken, »... vielleicht war der Myrkenstein erst nach Abschluss des Gesangs verwundbar, angreifbar. Vielleicht war genau dieser Moment die *bestimmte dunkle Stund,* von der Othran der Seher vor einer Ewigkeit gesprochen hat.« Erneut trat Stille ein.

Rael schaute weiter hinaus auf den glitzernden Schnee, und im allgemeinen Schweigen ließ sich ihre leise Stimme vernehmen: »Tuck, erzählt doch noch einmal, wie sich der Myrkenstein auf Euer Sehvermögen ausgewirkt hat.«

»Nun ja, als wir das schwarze Licht zum ersten Mal aus dem Turm strömen sahen, da *zerrte* es an unseren Augen«, antwortete Tuck. »An unseren Augen heißt, an denen der Wurrlinge, denn kein anderes Volk sah das Licht – weder Mensch noch Zwerg oder Elf. Aber wir, das Kleine Volk, wir wussten von Anfang an, dass es eine schlimme Sache war ... allerdings wussten auch wir nicht, wie schlimm ...

Als ich dann in den Raum an der Spitze des Turms kroch, wo der Myrkenstein lag, hielt er meinen Blick eisern gefangen: Ich konnte einfach nicht wegschauen. Und meine Sehkraft begann zu schwinden, zu verblassen; und wäre Gyphon nicht erschienen und hätte meine Augen auf sich gelenkt, ich glaube, ich wäre da bereits erblindet.

Er ist aber gekommen, und ich blickte weg von dem Stein, erst auf ihn, dann auf Laurelin und Modru. Und ich nahm den roten Pfeil aus dem Köcher und legte ihn an die Sehne. Als ich dann noch einmal zum Myrkenstein schaute, um auf ihn zu schießen, nun, da raubte er mir den Rest meiner Sehkraft: Ich sah nichts mehr, das schreckliche schwarze Maul hatte mein Augenlicht verschlungen.

Ich muss genau in den Stein geblickt haben, als ich darauf schoss. Und nur in dem unerträglich grellen Schein, mit dem er verbrannte, sah ich noch einmal etwas.

Und als der grelle Schein erlosch, war ich blind.«

Tuck schwieg einen Augenblick, dann fügte er mit leiser, stockender Stimme hinzu: »Das Letzte, was ich sah ... war ein unerträglich scheußliches Ungeheuer ... es fiel ... und fiel in eine Grube, die jede Vorstellung übersteigt. Wenn jemand sein Augenlicht verliert, dann sollte er noch einmal etwas Schönes sehen … eine Blume, vielleicht …«

Merrili drückte Tucks Hand, während Rael sich vom Fenster abwandte und den Bokker ansah. »Ich weiß nicht, was den Schaden an Euren Augen verursacht hat, Tuck – die merkwürdige schwarze Strahlung des Myrkensteins, was am wahrscheinlichsten ist, oder das heftige Gleißen bei der Zerstörung des Steins. Eins aber weiß ich bestimmt: Euer Gebrechen ist einer Schneeblindheit nicht unähnlich … ich fürchte allerdings, es ist für immer.« Rael hielt inne, eine tiefe Traurigkeit in den Augen. »Ihr, der Ihr die Sonne nach Mithgar zurückgebracht habt, werdet das Tageslicht möglicherweise nie mehr sehen.«

Merrili schluchzte laut auf und weinte bitterlich. Und Tuck zog sie an sich, strich ihr übers Haar und tröstete sie. »Weine nicht, meine Merrili. Dafür gibt es keinen Grund. Vielleicht werde ich die Sonne nie mehr sehen, aber ich spüre sie auf meinem Gesicht.«

Talarin und Rael verließen leise das Zimmer, und zurück blieb ein blinder Bokker, der eine weinende Mamme im Arm hielt, und beide saßen in goldenes Sonnenlicht getaucht.

Eine Woche verging wie im Flug, und die Legion erholte sich gut und gewann dank der Verpflegung durch die Elfen an Kraft und Gesundheit. Und auch die Lebensgeister wurden in dem stillen Tal erneuert. Es gab jedoch keine Feierlichkeiten, denn die Lian befanden sich in tiefer Trauer. Zwar hatten sie lange nicht so viele Kriegstote zu beklagen wie die Menschen, doch beinahe die Hälfte der Elfenkrieger im Arden-Tal war gefallen. Und für ein Volk, das als unsterblich gilt, bedeutet der Tod einen besonders schweren Schlag: Denn der schwarze

Schnitter verkürzt das Leben dieser Leute nicht nur um ein paar Jahre, vielmehr geht eine unermessliche Spanne an Zeit verloren.

Am siebten Tag traf schließlich der Zug mit den am Eisernen Turm Verwundeten aus Gron ein, und auch sie wurden in die geheime Zuflucht geholt.

Ihre Ankunft schien ein Signal für Hochkönig Galen zu sein. Er wollte nun nach Süden reisen, und der größte Teil der Legion würde ihn begleiten, denn wie er dem Rat mitteilte: »Es gibt viel zu tun: Das Reich muss in Ordnung gebracht werden, und ich werde in Pellar gebraucht.

Aber auch dies sage ich: Ich wünsche, dass die Wellener eine Eskorte bilden und die Waerlinga in das Land der Dornen zurückbringen, denn das Kleine Volk hat mehr gegeben, als man verlangen konnte, vor allem Tuck Sunderbank. Niemand wird ihn je für seine Taten entlohnen können, denn wir stehen unermesslich tief in seiner Schuld. Doch wir werden folgendermaßen beginnen, sie abzutragen: Menschen werden in die Sieben Täler gehen, um dort beim Wiederaufbau zu helfen, und als erstes Haus wird das von Tuck hergerichtet. Aber das ist noch nicht alles, denn die Krone wird unsere Verpflichtung ihm gegenüber nie vergessen, und es wird ihm an nichts fehlen.

Nun denn: Wenn die Legion bereit ist, werden wir unsere Reise morgen fortsetzen.«

Und so wurde es entschieden: Tuck und die übrigen Wurrlinge würden zusammen mit den überlebenden Wellenern nach Westen, zu den Sieben Tälern aufbrechen, während die Legion nach Süden, in Richtung Valon und dann weiter nach Pellar ziehen würde.

Brega aber, eigensinnig, wie er war, wollte nicht mit der Legion reisen, denn er weigerte sich, ein Pferd zu besteigen. »Hmpf! Auf einem Pferd reiten? Unsinn!«, brummelte der

Zwerg. »Der Krieg ist vorbei, und ich setze mich von jetzt an nur noch auf ein Pony. Mag die Legion auf ihren großen Tieren eilig nach Süden reiten, ich dagegen werde schön gemächlich in die Roten Berge zurückkehren, und zwar auf einem vernünftigen Reittier, falls sich eines auftreiben lässt. Und wenn nicht, dann gehe ich eben zu Fuß.«

Kein Zureden, kein Argumentieren konnte den halsstarrigen Zwerg von seinem Entschluss abbringen: Er würde auf einem Pony reiten oder zu Fuß gehen. Und der Hochkönig forderte ihn nicht auf, seine Haltung zu ändern, denn Galen begriff zwar nicht, wieso Brega diesen Standpunkt einnahm, aber er respektierte die Wünsche des Zwergs.

Schließlich suchte man ein Pony und überließ es Brega. Am nächsten Tag würde der Zwerg nach Süden zu seinen geliebten Roten Bergen aufbrechen, und Flandrena würde ihn auf seinem Ross begleiten und ihm Gesellschaft leisten, denn seit ihrer Besteigung der Wälle von Modrus düsterer Festung waren die beiden gute Freunde geworden.

Was Fürst Gildor anging, so wollte dieser eine Weile im Arden-Tal bleiben, denn auch er war in der Heilkunst bewandert und konnte sich um die Verwundeten kümmern.

So sollten die Grubengänger getrennt werden, und ein jeder sollte seinem eigenen Ruf folgen. Am nächsten Morgen würden sie einander Lebewohl sagen.

Hell und klar brach der Morgen an. Die Legion stand zum Aufbruch bereit, ebenso die Wurrlinge in Begleitung der Wellener. Brega hielt die Zügel eines kleinen grauen Ponys, und an seiner Seite war Flandrena. Talarin, Rael und Gildor standen vor einer Versammlung von Lian, ihnen gegenüber Tuck, Patrel und Merrili sowie Igon, Laurelin und König Galen. Hinter dem König hatten Vidron und Ubrik Aufstellung genommen.

Und die drei Elfen – König, Königin und Sohn – traten vor, um sich zu verabschieden; sie drückten Hände und umarmten ihre hochverehrten Gäste.

»Lebt wohl, Rael«, sagte Laurelin in den Armen der Elfe. »Ihr kamt in der Stunde der größten Not zu mir und habt mir Trost gespendet, habt meinen Geist von einem dunklen Ort weggeholt, an den er sich geflüchtet hatte. Ich werde mich bemühen, jene Tage in Gron zu vergessen, aber an Eure Zuneigung werde ich mich stets erinnern.«

Und Rael küsste Laurelin, und die beiden standen sich gegenüber und lächelten einander an, und es war, als würde der Mond die Sonne ansehen, so schön waren sie.

Gildor ging zu Tuck, kniete nieder und umarmte ihn. Und als Tuck versuchte, dem Elfenfürsten das Langmesser zurückzugeben, sagte dieser: »Nein, Tuck, es ist Eures und soll Euch für immer gehören.«

Dann wandte sich Gildor an Patrel. »Als wir zusammen in der Feste Challerain waren, kleiner Freund, und als ich Euch die Laute spielen hörte, da wusste ich, Ihr würdet auch eine Harfe beherrschen. Und deshalb beschloss ich, Euch das hier zu schenken, falls wir beide diesen Krieg überleben.« Gildor überreichte Patrel eine kunstvoll gearbeitete, schwarze Elfenharfe mit silbern glitzernden Saiten. »Sie gehörte mir in meiner Jugend, und ich möchte, dass sie von nun an Euch gehört. Sie ist klein, aber sie passt zu Euch, und ihr Klang ist lieblich wie die klare Luft.«

Patrel nahm das Geschenk und hielt es ehrfürchtig in Händen, und ein sanfter, launischer Lufthauch ließ das glänzende Silbergewebe leise summen. »Wie kann ich ein derart unschätzbares Geschenk annehmen, Fürst Gildor? Es verdient die sichere Hand eines Könners, nicht die tapsigen Finger eines Tollpatsches, wie ich einer bin.«

Gildor lachte. »Ihr seid kein Tollpatsch, Patrel, sonst wäre niemand aus der Legion in Modrus dunkle Zitadelle gelangt. Eure Geistesgegenwart hat den Troll am Fallgitter genarrt und ihn dazu gebracht, eigenhändig die Sperre hochzuziehen. Nein, Patrel, nehmt die Harfe – wie ich schon sagte, Ihr könnt sie beherrschen, ich gebe Euch mein Wort darauf.«

Während Gildor und Patrel noch lachten, kam Rael zu Merrili, und die schwarzhaarige Mamme sah mit ihrem Saphirblick in die tiefblauen Augen der Elfe. »Merrili Holt«, sagte Rael und lächelte, »nie werde ich den Tag vergessen, an dem ich Euch kennen lernte – die Dame, die inmitten von Kriegern in die Schlacht ritt. Man wird noch von Eurem Mut und Eurer Geschicklichkeit erzählen, wenn die Taten vieler von uns längst vergessen sind. Eure Geschichte ist einzigartig und schön – wie Ihr selbst. Lebt wohl, Merrili Holt.«

Eine Träne rann Merrili über die Wange, als sie und Rael sich umarmten; nie wieder würde sich die Mamme in Gesellschaft von anderen unbeholfen vorkommen.

Talarin und Vidon fassten einander an den Unterarmen, wie es Harlingarkrieger zu tun pflegten. »Wir beide haben gut zusammen gekämpft«, sagte Vidron.

»O ja«, erwiderte Talarin, »aber ich hoffe, wir müssen es nie wieder tun.«

Auch Brega sagte allen Lebewohl, und es fiel bei den meisten kurz aus. Lange sprach er zwar mit Tuck, Galen und Gildor, aber seine Worte sind nicht überliefert. Als er jedoch zu Igon kam, sagte er dieses: »Mein Prinz, ohne Euch stünde keiner von uns heute hier. Eure Kraft hat uns in der schwarzen Schlucht davor bewahrt, abzustürzen, und auf den Wällen wart Ihr ein gewaltiger Krieger. Sollte je eine Zeit der Not kommen, so schickt nach Brega, Bekkis Sohn, und ich werde an Eurer Seite sein.«

Zuletzt baute sich Talarin vor den Anwesenden auf und hob die Hände; und als Ruhe eingekehrt war, sagte er: »König Galen, Ihr bereitet Euch auf den Abschied aus unserem friedvollen Tal vor, denn viel ist zu tun, um das Reich wieder in Ordnung zu bringen. Doch hört: Bei Eurem letzten Besuch im Arden-Tal lag die Welt in Finsternis, und das Böse bedrängte uns alle. Nun aber sind die Tage wieder strahlend hell, und Eure Krone hat dieses Wunder vollbracht. Sicher, Ihr habt es nicht allein bewirkt, aber das ist nie der Fall. Und es ist auch richtig, dass es viele Helden gibt in dieser Kompanie – und einen, der herausragt. Aber lasst uns nicht jene vergessen, die auf fernen Schlachtfeldern fielen, denn auch sie, Helden alle, halfen, diesen Sieg zu erringen, halfen, das Wunder des Lichts auf diese Welt zurückzubringen.

Wir sagen Euch Lebewohl, König Galen, und allen, die mit Euch aufbrechen. Mögen alle, die von hier weggehen, am Ende ihrer Reise Frieden und Glück finden.«

Talarin verstummte, und nun nahm Galen Tuck an der Hand und führte ihn zu einem Podest, wobei der Bokker an einem Rohrstock humpelte. Sie blieben so stehen, dass alle die beiden sehen konnten. Und der Hochkönig sprach: »Fürst Talarin, was Ihr gesagt habt, ist wahr: In der Tat sind all jene Helden, die gegen das Böse gekämpft haben, und viele sind gefallen. Wir werden sie nicht vergessen.

Auch gab es eine Fülle von tapferen Taten in diesem Krieg – darunter welche, von denen nie jemand erfahren wird.

Und es trifft auch zu, dass niemand von uns ohne die Hilfe anderer hätte überleben können, von denen viele ihrerseits nun tot sind. Deshalb behaupte ich, jeder von uns, der für das Gute stritt, kann sehr stolz auf unseren Sieg sein, wie groß oder klein sein Beitrag auch immer war.

Doch einer ist unter uns, den sein Weg direkt zur Vernichtung des Bösen führte – und wir Übrigen haben ihm lediglich dabei geholfen.«

Und nun tat der Hochkönig von Mithgar etwas, das ohne Beispiel war: Er kniete ehrerbietig vor einem Waerling aus dem Land des Dornwalls nieder. Und die versammelten Krieger der Legion wie auch die Lian taten es ihm gleich. Die Einzigen, die stehen blieben, waren die Wurrlinge aus den Sieben Tälern.

»Hoch lebe Tuck Sunderbank, der Held des Reiches!«, rief König Galen.

Und aus der Menge brach dreimal ein lautstarker Ruf: *»Hál! ... Hál! ... Hál!«*

Tuck stand zunächst eine Weile sprachlos da, während die letzten Echos durch den Kiefernwald hallten. Seine großen blauen Augen blickten, ohne etwas zu sehen, über Menschen und Elfen, die Wurrlinge und den einen Zwerg hinweg. Schließlich aber sprach er, und seine Stimme klang bewegt. »Jubelt euch selbst zu, tapfere Krieger, denn wäre einer von euch auf den Pfad geworfen worden, den ich gegangen bin, er hätte seine Sache ebenso gut, wenn nicht besser gemacht als ich.« Und Tuck hob die Stimme und alle fielen mit ein: *Hál! ... Hál! ... Hál!*

Und als der letzte Ruf die Luft durchschnitt, erhob sich Galen, und die Menge tat es ihm gleich. Merrili lief rasch zu Tuck und führte den Hinkenden zurück zu den wartenden Wurrlingen. »Wenn ich hier in Arden Wurzeln schlage, komme ich nie mehr in die Roten Berge«, hörte man Brega brummeln. »Seid Ihr bereit, Elf Flandrena?« Und auf Flandrenas Nicken hin bestieg der Zwerg sein kleines graues Pony, und der Elfenkrieger sprang auf den Rücken seines Rosses. Mit einem Packpferd im Schlepptau ritten die beiden los.

Und als wäre dies das Signal für alle gewesen, setzte

Reichsmarschall Ubrik auf ein Zeichen Galens hin das schwarze Ochsenhorn an die Lippen, und dessen volltönender Klang wurde von den valonischen Hörnern erwidert.

Ebenso ließen nun auch die Hörner der Wellener ihren Ruf erklingen. Die Wurrlinge wurden auf die Pferde gehoben und auch alle anderen bestiegen ihre Reittiere.

Unter Hörnerklang und Abschiedsrufen setzte sich die Kavalkade langsam in Bewegung und gewann zunehmend an Tempo, nachdem sich die Kompanien der Krieger zu einer langen Kolonne formiert hatten, die nach Süden strebte. Rasch überholten sie Bregas schwerfälliges Pony und ließen den Zwerg und Flandrena hinter sich zurück. Und am Fluss Fall entlang ritt der lange Zug durch die Kiefernwälder des Arden-Tals.

Indes kam ein frischer Südwind auf, und er duftete nach Erde, nach dem Versprechen neuen Lebens. Und der Schritt der Pferde wurde leichter und lebhafter.

Es war der erste Tag des Frühlings.

Zwei Tage lang zog die Kolonne nach Süden, und am Morgen des dritten Tages brachen die Reisenden ihr Lager in der Nähe des Einsamen Greisenbaums ab und gelangten auf dem geheimen Weg unter dem Wasserfall hinaus ins Land Rell.

Bald erreichten sie die Querlandstraße, und ihr folgten die Wellener in Richtung Westen, während die Harlingar auf Südkurs blieben und dem alten, verlassenen Handelsweg durch Rell zustrebten, denn sie hatten den Punkt erreicht, da sich ihre Wege trennten: Die einen begleiteten die Wurrlinge ins Land hinter dem Dornwall, während die anderen im Gefolge des Hochkönigs nach Pellar zogen.

Doch ehe sie sich trennten, wurden traurige Abschiedsworte gesprochen, Mamme und Bokker umarmten Mann und Frau, sie küssten einander, und dann war es Zeit zu gehen.

Doch Laurelin flüsterte etwas in Galens Ohr, und der König drehte sich noch einmal zu Tuck und Patrel um.

»Wie ich höre, hat mein Vater Aurion verfügt, dass die von den Zwergen gefertigte Rüstung, die Ihr tragt, in Eurem Besitz bleiben sollte, solange er sie nicht persönlich zurückfordern würde.« Galen wandte den Blick nach Nordwesten, wo im fernen Rian die Feste Challerain lag und wo sein Vater gefallen war. Und er hob die Stimme, so dass ihn alle hören konnten: »Hört mir zu, denn ich erneuere den Befehl meines Vaters: Solange der Schatten König Aurions sie nicht zurückfordert, gehören die Rüstungen Euch: die silberne Tuck, die goldene Patrel und die schwarze Danner Brombeerdorn, der hoch im Norden in der Ödnis von Gron liegt.«

Nach Westen zogen die Wellener, nach Süden die Harlingar. Und als die beiden Kolonnen fast schon außer Sichtweite der jeweils anderen waren, holte Patrel das silberne Reichshorn aus seiner Satteltasche. Er setzte es an den Mund, und ein glockenheller Klang durchschnitt die Luft. Und von ferne antwortete ein schwarzes Ochsenhorn. Bald darauf verloren sich die beiden Kolonnen endgültig aus den Augen.

Zur Mitte des Nachmittags überquerten die Wellener den Fluss Fall an der Arden-Furt und damit auch die Grenze von Rell nach Rhon. Die Furt war noch immer zugefroren, wenngleich hier und dort bereits dunkle Strudel rauschten, wo der eisige Winter seinen Griff gelöst hatte.

In dieser Nacht lagerte die Kompanie in den östlichen Ausläufern des Ödwalds. Und Hauptmann Falk stellte eine doppelte Reihe Wachen auf, denn er meinte: »Wir sind hier im Ödwald, und der hat von alters her einen schlechten Ruf. Wir verdoppeln die Wachen, weil vielleicht noch nicht alles Gezücht tot ist: Nur wer vom Sonnenlicht erwischt wurde, starb den Dörrtod; die Brut, die sich in Höhlen und

Schlupflöchern versteckt hielt, dürfte Adons Bann nicht erlegen sein. Und es heißt, in diesem schrecklichen Wald gibt es solche Orte, an denen das Gezücht vor dem Tageslicht Zuflucht sucht. Deshalb doppelte Wachen, doppelte Vorsicht, denn ich möchte meine Schutzbefohlenen wohlbehalten zu Hause abliefern.«

Die nächsten beiden Tage eilte die Kolonne weiter in westlicher Richtung durch Rhon, und des Nachts lagerte sie an der Querlandstraße, noch immer im Gebiet des Ödwalds. Doch am Morgen des folgenden Tages überquerte sie die steinerne Bogenbrücke über den Caire und ritt aus Rhon hinaus in die Wildnis zwischen Rian und Harth; der Ödwald lag hinter ihnen.

Weiter ging es, dreißig Meilen oder mehr legten sie täglich zurück, und ihr Weg führte sie durch die Wilden Berge, über das offene Land nördlich des Wilden Flusses und schließlich zu den Signalbergen, wo die Querlandstraße die Nordflanke des Leuchtfeuerhügels streifte.

Am elften Tag ihrer Reise erreichte die Kolonne spät am Abend den Felswall, der Steinhöhen umgab. Die Kompanie ritt auf das Bollwerk zu und blieb vor dem Osttor stehen. Es war verschlossen.

»Wer da?«, fragte eine Stimme in scharfem Tonfall.

»Wir sind die Soldaten des Königs aus Wellen«, rief Hauptmann Falk. »Wir eskortieren die Helden des Eisernen Turms, und ich bitte um Obdach für die Nacht – und um warmes Essen und Trinken für uns alle, falls ihr es erübrigen könnt.«

»Rührt euch nicht vom Fleck!«, bellte die Stimme zurück. »Bleibt, wo ihr seid, bis wir unsern Hauptmann geholt haben.«

Lange Minuten verstrichen, Männer und Pferde wurden bereits unruhig, schließlich aber tauchte ein Licht oben auf dem Wall auf, eine Laterne, die ein Mann hoch in die Luft hielt, und ihr gelber Schein beleuchtete die ersten Reihen der Kriegerkolonne, während die übrigen Wellener im Licht des halben Mondes kaum zu sehen waren.

»Nun denn«, rief der Mann nach unten, »wer, sagtet ihr, seid ihr, und was soll das Gerede von den Helden des Eisernen Turms?«

Tuck konnte zwar nichts mehr sehen, aber er erkannte die Stimme des Sprechers. »Hoi, Meister Bräuer!«, rief der Bokker zum Hauptmann der Menschen im Weitimholz-Bündnis hinauf. »Ich bin es, Tuck ... Tuck Sunderbank!«

Bockelmann schirmte die Augen ab, damit ihn die Laterne nicht blendete, während Tuck auf seinem Ross nach vorn geführt wurde. »Da soll mich doch ...!«, rief der Gastwirt aus. »Seid Ihr es wirklich, Meister Tuck? ... Ja, tatsächlich!« Der Mann drehte sich zu einer Person um, die von unten nicht zu sehen war. »Los, mach sofort das Tor auf. Diese Leute sind in Ordnung, wenn Meister Tuck bei ihnen ist.«

Während man den schweren Torriegel knirschend aufgehen hörte, rief Bockelmann zu Tuck hinab: »Ich habe natürlich nicht damit gerechnet, dass Ihr mit einer Eskorte von ein paar hundert Soldaten angeritten kommt, Meister Tuck. Man kann ja heutzutage nicht vorsichtig genug sein. Wir sind hier immer noch in Kriegsbereitschaft, obwohl dieser schreckliche Dusterschlund und das alles anscheinend verschwunden ist. Ich meine, vielleicht versucht der Böse in Gron uns ja nur zu täuschen. Wundern würd's mich nicht.«

»Nein, Meister Bräuer«, rief Tuck zurück, »der Böse in Gron ist nicht mehr – Modru ist tot. Der Winterkrieg ist zu Ende.«

Bockelmann Bräuer riss bei dieser Nachricht die Augen weit auf. »Ho! Das ist aber mal ein gute Neuigkeit! Hätte nicht gedacht, dass ich das noch erlebe. Modru ist tot! Wir hatten zwar erfahren, dass der Krieg im Süden gewonnen wurde, aber vom Bösen hören wir zum ersten Mal. Und eine bessere Nachricht hätten wir uns nicht erhoffen können!«

Das Tor ging auf, und dahinter wurden Männer mit Bögen und Lanzen sichtbar, die dort standen, um notfalls Eindringlinge zurückzuwerfen. »Bringt Eure Kompanie herein, Meister Tuck«, rief Bockelmann. »Ich kann euch nicht alle im Einhorn unterbringen, aber vielleicht haben andere Leute in Steinhöhen einen Schlafplatz und Ställe übrig ... und vielleicht sogar eine kleine Mahlzeit.«

Langsam strömte die Kompanie in die gepflasterten Gassen von Steinhöhen, und als der letzte Wellener durchs Tor geritten war, wurde es wieder verriegelt, denn wie Bockelmann sagte: »Auch wenn der Krieg vorbei ist und am Tag erneut Adons Bann herrscht, ist jetzt trotzdem Nacht, und wir können nicht vorsichtig genug sein, weil immer noch Rukhs und dergleichen unterwegs sein könnten.«

Die Einwohner von Steinhöhen öffneten der Kompanie ihre Heime und Herzen. Alle Wurrlinge und viele der Menschen wurden im Weißen Einhorn untergebracht und ihre Rösser in den Ställen des Gasthofs. Die übrigen Wellener fanden in Privathäusern Unterschlupf. Und alle bekamen zu essen.

Im Weißen Einhorn gab es warmes Essen und gutes Bier, und man tauschte Kriegserlebnisse untereinander aus. Nur Patrel wirkte in sich gekehrt; er saß in einer Ecke beim Feuer und starrte in die Flammen. Merrili brachte ihm einen Krug Bier und erkundigte sich freundlich, ob es ihm gut gehe, worauf der Bokker antwortete: »Ich habe nur gerade an meinen letzten Besuch hier im Einhorn gedacht.« Darauf ergriff Merrili seine Hand und drückte sie, und über ihre Wange lief eine Träne für den toten Danner.

Den ganzen nächsten Tag ruhte sich die Kompanie in Steinhöhen aus, aber am Morgen darauf stand sie bei Sonnenaufgang zur Weiterreise auf der Querlandstraße bereit.

»Nun denn, Meister Tuck«, sagte Bockelmann zu dem Wurrling, der bereits wieder auf seinem Pferd saß. »Ihr habt uns vieles erzählt, das noch lange in den Kamingeschichten der Steinhöhener weiterleben wird. Und Euer Name wird ganz oben auf der Liste der Helden dieses Winterkriegs stehen ... Doch, doch, keine Widerrede, denn ohne Euch wären wir jetzt alle Sklaven des Bösen oder etwas in der Art. Und es tut uns Leid, dass Ihr so viel verlieren musstet – Euer Augenlicht, meine ich –, aber wir sind froh, dass sich Leute wie Ihr gegen das Böse erhoben und gewonnen haben. Und denkt daran: Das Große und das Kleine Volk von Steinhöhen – und ohne Frage auch Arbagons Kleines Volk im Weitimholz – werden sich Euch gegenüber stets freigebig zeigen.«

Tränen glitzerten in Bockelmanns Augen, als er den blinden Bokker betrachtete, und er holte ein riesiges Taschentuch hervor, schnäuzte sich geräuschvoll und wischte sich über die Augen. »Jetzt ab mit Euch, Meister Tuck«, fuhr der Gastwirt fort. »Die Sieben Täler warten. Und wenn Ihr Euch nicht beeilt, mache ich mich noch vor meinen Männern zum Narren und fange an zu heulen.«

Hauptmann Falk gab den Wellenern ein Zeichen, und ein Hornsignal ertönte. Langsam setzte sich die Kolonne in Marsch. Unter lautem Hufgeklapper ritten sie dem Westtor entgegen und dann über den Damm zur Querlandstraße. Hinter ihnen winkten die Steinhöhener und brachen in Hochrufe aus. Bockelmann Bräuer machte kehrt und ging in sein Gasthaus, und draußen knarrte das Schild des Weißen Einhorns im Wind.

Zwei Tage ritten sie, die erste Nacht lagerten sie südlich der Schlachtenhügel und dann in den Ausläufern des Randwalds. Und am Vormittag des dritten Tages erreichten sie den großen Spindeldornwall. Sie ritten durch den Dornentunnel und kamen zur Brücke über den Spindel, wo Dorngänger die Sperre öffneten, um die Kolonne hindurchzulassen.

Nun zogen sie nach Westen weiter, und am frühen Nachmittag trafen sie im Ort Grünwies ein. Hier sollte Patrel mit einer Eskorte von Wellenern nach Süden abbiegen, in Richtung Ostfurt und Moos und weiter in die Gegend von Mittwald, wo er zu Hause war. Ehe sie sich trennten, gab Patrel jedem einzelnen Bokker die Hand, und er umarmte Tuck und Merrili und bekam von der Mamme einen Kuss auf die Wange.

»Ich komme euch in Waldsenken besuchen«, sagte der kleine Wurrling. »Aber erst, wenn sich mein Herz von diesen Tagen des Schmerzes erholt hat – vielleicht, wenn die Sommerwinde wehen. Aber lasst uns heute guter Dinge sein, denn dieser Abschied ist nicht für immer. Und darum sage ich, lebt wohl, bis wir uns wiedersehen.«

Trotz dieser Worte standen Merrili Tränen in den Augen, und Tuck hatte einen Kloß im Hals, als Patrel mit seiner Begleitmannschaft den Weg nach Moos einschlug. Und kurz bevor er außer Sichtweite war, wehte der silbrige Ruf des Reichshorns über die sanft gewellten Hügel.

Und unter den staunenden Blicken der Grünwieser zogen die übrigen Wellener auf der Querlandstraße in Richtung Bastheim, wo sie die Nacht verbringen wollten.

Am Tag darauf ritt die Kolonne nach Westen, und unterwegs scherten an bestimmten Punkten weitere Bokker aus, um unter Begleitschutz nach Hause zurückzukehren: Dink, Arch, Bert, Dill und Ted – einige reisten weiter nach Norden, andere nach Süden, während die Kompanie auf der Querlandstraße blieb und Wurz, Weidental und andere Orte passierte. Und überall, wo der Reiterzug durchkam, strömte das Kleine Volk zusammen und fragte sich, wer diese Wurrlinge waren und was sie wohl getan hatten, dass sie hoch auf dem Rücken von großen Pferden saßen und berittene Menschen ihnen Geleitschutz gaben.

Es war spät am Nachtmittag, als die Wellener sich nach Norden wandten, um durch das ausgebrannte Lammdorf zu reiten. Trotz allem war der Ort nicht verlassen, denn zwischen den verkohlten Ruinen standen Zelte, da sich die Bewohnerschaft daranmachte, ihre Heime und Geschäftshäuser wiederaufzubauen. Vor einem Zelt hing sogar ein Schild – *Zum Blauen Ochsen* –, das von der Absicht des Eigentümers jenes Gasthofs kündete, seine Taverne neu zu errichten.

Hinter Lammdorf zogen sie weiter über die Straße nach Waldsenken, ritten durch die Bachfurt, immer ihrem Ziel entgegen. Und als der Abend dämmerte, überquerte die Reisegruppe die Brücke über den Klausenbach und erreichte Waldsenken.

An der Gemeindewiese vorbei ritten sie hinauf zum Marktplatz und ließen dann den Rathausplatz links liegen. Überall kamen Wurrlinge aus ihren Behausungen und schauten schweigend zu. Die Kolonne setzte ihren Weg die Talmulde hinauf fort und erreichte bald die bewaldete Senke am Ortsende. Doch sie trabten an der kurvenreichen Straße vorbei, die zur *Wurzel* führte, denn Tucks Zuhause, seine Höhle, war von Modrus Räubern ausgebrannt worden. Stattdessen ritt die Eskorte zu Merrilis Höhle, und dort hielt sie an.

Man half den beiden Wurrlingen von den Pferden. Und während die Wellener kehrtmachten, um auf der Wiese am Ortsende ihr Lager aufzuschlagen, näherten sich Tuck und Merrili langsam dem Eingang – der Bokker humpelte an einem Stock, und die Mamme führte ihn behutsam. Sie gingen in die Höhle und schlossen leise die Tür hinter sich. Endlich waren sie zu Hause.

Ein sanfter, warmer Wind blies von Süden, und in den Bächen und Gräben plätscherte das glitzernde Wasser der Schneeschmelze.

Es war der vierte Tag des April.

# SIEBTES KAPITEL

## Das Buch des Raben

In den Tagen, die auf Tucks Rückkehr nach Waldsenken folgten, löste der Winter seinen kalten Griff, und der Frühling entfaltete seine volle Pracht, ehe er in den Sommer überging. Und überall kehrte Freies Volk nach Hause zurück, und die Aufräumarbeiten nach den Zerstörungen durch den Krieg begannen.

Auch wurden in den Weiten von Pellar, Valon, Jugo und Hoven, am Gruwen-Pass und in den Ebenen Riamons große, mit Gras bedeckte Hügel errichtet, da man die Toten endlich beerdigte.

Angeführt von Brega, marschierten Zwerge aus den Roten Bergen nach Rell, um die vierzig Gefallenen auf einen angemessenen Scheiterhaufen zu legen. Und als der einzige Überlebende dieser gewaltigen Schlacht mit der Vorhut der Horde sprach Brega die Trauerworte der Châkka, ehe er die große Totenbahre in Brand steckte.

Am Fuße der Schlachtenhügel wurden die Getöteten jenes letzten Wagenzuges beigesetzt, während man weiter nördlich, an der Feste Challerain, riesige neue Grabhügel aufschichtete. Das Grab von Othran, dem Seher, wurde hergerichtet, denn es beherbergte nun zwar nicht mehr die Atalar-Klinge und den roten Pfeil, doch diese beiden Zeichen der Macht hatten sich nur in der Obhut des Sehers befunden, bis sie auf Mithgar gebraucht wurden.

In einem kleinen Grabmahl inmitten der Hügel aller anderen Gefallenen jener großen Eröffnungsschlacht des Winterkriegs wurde Aurion Rotaug zur letzten Ruhe gebettet. Und über seinem Grab erhob sich ein Stein, auf dem in

Runenschrift gemeißelt stand: *Aurion, der die Freiheit wählte.*

Weit im Norden, außerhalb der düstren Zitadelle in Gron, fanden die getöteten Harlingar in einem mächtigen Erdhügel ihre letzte Ruhestatt. Dort wurde in späteren Jahren über drei schlichten Steinhaufen auch ein Grabgewölbe errichtet, aus schwerem, dunklem Stein gehauen. Und drei Namen meißelte man tief in das Gestein. Unter einem davon stand noch ein Zusatz, so dass das Ganze verkündete: *Danner Brombeerdorn, König des Bachsteins.* Wer aber diese Grabstätte errichtet hat, und wann dies geschah, ist nicht überliefert – manche Leute behaupten allerdings, es sei das Werk von Zwergen gewesen.

Und in jedem der Sieben Täler hielt man schlichte Feiern ab, mit denen man die Gefallenen der Erde zurückgab; viele Wurrlingsfamilien trauerten jedoch um Angehörige, die sie in fernen, fremden Ländern an den Krieg verloren hatten.

In jenem Sommer des Jahres 2019 der Vierten Epoche schickte der König Wagenladungen voll Menschen in die Sieben Täler, und sie brachten Bauholz, Werkzeuge und andere Güter mit, die beim Wiederaufbau helfen sollten. Und wie es Galen versprochen hatte, wurde als Erstes Tuck Sunderbanks Behausung – die *Wurzel* – neu errichtet, größer, geräumiger, mit Gästezimmern, deren Decken so hoch waren, dass man Menschen hätte beherbergen können. Die Wände verkleidete man mit reich gemaserten Hölzern: Walnuss, Eiche, Kirschbaum und dergleichen. Möbel, groß und klein, wurden herbeigeschafft, manche stammten von den Korbflechtern aus den Sümpfen. Aus anderen Dörfern der Sieben Täler kamen Tische und Stühle, und auch aus Steinhöhen, aus dem Weitimholz und aus Wellen trafen Geschenke ein.

Und als sie mit Tucks Höhle fertig waren, halfen die Menschen anderen beim Wiederaufbau ihrer Häuser und Läden, ihrer Mühlen, Scheuern und anderer Gebäude, die im Wüten des Krieges zerstört worden waren. Alles in allem sollten diese Arbeiten drei Jahre in Anspruch nehmen, aber das wusste noch niemand, als man damit begann.

Am Langen Tag des Jahres – oder dem Mittjahrestag, wie ihn manche nannten – heiratete Tuck Sunderbank Merrili Holt. Die Luft war erfüllt von Feuerwerk, und es gab ein großes Fest, denn es war nicht nur der Hochzeitstag der beiden, sondern auch der jährliche Feiertag für all jene, die im vergangenen Jahr Geburtstag gehabt hatten – was natürlich ausnahmslos alle betraf –, besonders aber für jene, die von einem Altersnamen in den nächsten wechselten, so wie Merrili, die von einer Maid zur Jungmamme geworden war.

Im August desselben Jahres zogen die Neuvermählten in die *Wurzel*, denn die Arbeiten daran waren endlich beendet. Sie veranstalteten ein großes Fest zum Einzug, und nahezu alle Leute von Waldsenken und Lammdorf kamen und staunten über Tucks Bau.

Im September traf ein reitender Bote in der Wurzel ein und brachte eine Nachricht von Hochkönig Galen, der um Herrn und Frau Sunderbanks Teilnahme an der Hochzeit von Galen, Sohn des Aurion, mit Prinzessin Laurelin von Riamon bat.

Die Heirat des Hochkönigs fand in den goldenen Tagen des Herbstes statt. Nie zuvor hatte Caer Pendwyr solchen Prunk und Glanz gesehen. In den letzten Wochen vor dem großen Ereignis schien es, als würde täglich neuer und farbenprächtiger Hofstaat in der Burg des Hochkönigs in Pellar eintreffen. Königreiche aus allen Winkeln der Welt schickten großzügige

Geschenke: Gelen, Leut, Thol, Juta, Gothon, Vancha, Tugal, Alban, Hurn und noch fernere Länder, die kaum jemand kannte. Und auch Könige kamen auf dem Land- und Seeweg, um den Feierlichkeiten beizuwohnen. Natürlich war König Dorn aus Riamon anwesend, denn Laurelin war seine Tochter. König Aranor und Königin Alare von Valon erschienen mit einem großen Gefolge Harlingar. Coron Eiron, der traurig blickende Elf aus Darda Galion, kam ebenso wie Fürst Talarin mit Gemahlin Rael und Sohn Gildor. Staunend schaute das Volk zu, als die strahlenden Elfen und ihre Eskorte zur Burg strebten. Aus Darda Erynian kamen Ural, ein Riese von Mann, Häuptling der Baeron, und seine Gattin Aska. Es kam auch ein unscheinbarer Mann aus Steinhöhen, Bockelmann Bräuer, begleitet von Elfenfürst Inarion und Arbagon Morast vom Kleinen Volk. Rossmarschall Vidron, Reichsmarschall Ubrik und zahlreiche weitere Krieger waren zugegen. Und auch Zwerge marschierten nach Caer Pendwyr: König Brek von Minenburg; Zwergfürst Borta aus den Roten Bergen. Und in seiner Begleitung: Brega, Bekkis Sohn. Weitere Gäste kamen aus Wellen, Trellinath und Rian sowie anderen Orten in Mithgar.

Es war jedoch ein Vertreter des Kleinen Volkes, der ehrfürchtige Stille auslöste, als er den Mittelgang des Festsaals hinabhumpelte, um seinen Ehrenplatz einzunehmen. Zu seiner Rechten schritt eine schwarzhaarige Mamme, zu seiner Linken ein winziger Bokker in goldener Rüstung. Er selbst trug einen silbernen Brustpanzer, und seine saphirblauen Augen starrten blind aus dem narbenübersäten Gesicht. Es war der Träger des roten Pfeils, der Bezwinger des Myrkensteins, Tuck Sunderbank, Held des Reiches.

Den ganzen Tag lang läuteten zu diesem Fest in Caer Pendwyr wie überall in Pellar die Glocken, und sie läuteten Veränderungen ein, denn Galen, der in Scharlachrot und Gold prunkte, hatte die strahlende Laurelin von Riamon zur Frau genommen.

An diesem Tag wurden auch die Reichsherren ins Leben gerufen, vom Hochkönig ausgewählte Männer, Verteidiger des Landes, Streiter für die gerechte Sache. Denn wie Galen zu Tuck, Merrili und Patrel sagte: »Nie wieder soll uns eine Gefahr wie Modru unvorbereitet treffen. Diese vertrauenswürdigen Wächter werden die Reiche behüten, still und unauffällig. Vielleicht verleiht das dem Tod von Danner und allen anderen, die im Winterkrieg gefallen sind, zumindest ein wenig Sinn.«

Am Abend fand ein großer Ball statt, und viele kamen, um Tuck ihren Respekt zu bezeugen. Und erst im Nachhinein wurde dem Bokker bewusst, wie viele tapfere Kameraden er im Laufe des Krieges kennen gelernt hatte, und in der Nacht sagte er zu Merrili: »Ich dachte, ich hätte diesen Feldzug in der Begleitung von Fremden begonnen, aber jetzt stelle ich fest, dass sie die ganze Zeit meine Brüder waren.«

Das ganze Jahr über hatten Stürme mit nie erlebter Gewalt getobt, als hätte der Dusterschlund das Wetter auf der Welt gehörig durcheinander gebracht. Und der Winter des Jahres 4E2019 bildete keine Ausnahme.

Doch das Winterfest Jul feierte man besonders prächtig – trotz des Schneesturmes, der in weiten Teilen des Nordens wütete, und des Eisregens im Süden von Mithgar. Denn es sollte ein ganz besonderes Julfest werden: Der Hochkönig hatte verfügt, dass Modrus Sturz das Ende der Vierten Epoche markierte und somit am folgenden Neujahrstag die Fünfte begann. Und überall frohlockte das Freie Volk.

Am 15. Januar 5E1 wurde in Lammdorf ein Denkmal enthüllt, das an den Beginn der Kämpfe in den Sieben Tälern erinnerte.

Es stand auf einer kleinen Anhöhe nördlich des Weilers und trug die Namen der neunzehn Wurrlinge, die in der Schlacht von Lammdorf gefallen waren. Außerdem hatte man Merrili Holts Worte in den Stein gemeißelt: *Lasst uns heute ein für alle Mal klarstellen, dass an diesem Tag der Kampf begonnen und das Böse einen gleichwertigen Gegner gefunden hat.*

Die Dorngängerin war zusammen mit Tuck anwesend, und sie hielt anlässlich der Enthüllung des Monuments eine Rede. Hauptmann Patrel war den ganzen Weg von Mittwald heraufgekommen, er blies auf seinem Silberhorn, und die versammelten Wurrlinge ließen Jubelrufe ertönen.

Bevor sich Patrel eine Woche später von Waldsenken auf den Heimweg machte, übergab er Tuck das Horn des Reiches zur Aufbewahrung. »Heb es für mich auf, alter Freund«, sagte er, »und blas es mindestens zweimal im Jahr: am 9. November, denn das war der Tag, an dem wir beide, Hob, Tarpi und Danner von hier zu dem Feldzug aufgebrochen sind, der mit Modrus Sturz endete. Und blas es am 15. Januar, dem Tag, an dem die Kämpfe in den Sieben Tälern begannen. Ich sehe, du willst widersprechen, aber bedenke Folgendes: Es könnte einmal sein, dass die Witterung keine Reise zulässt, ich möchte aber, dass das Horn trotzdem hier geblasen wird.«

Patrel wandte sich nun an Merrili, die ihn umarmte und ihm einen Kuss auf die Wange gab. »Ich glaube, ich hab's dir nie gesagt, Merrili, aber du warst ohne Frage einer der besten Krieger in den Sieben Tälern oder anderswo, und doch bist du die gütigste Seele, die ich kenne.«

Mit diesen Worten trat Patrel aus der beschlagenen Eichentür von Tucks Bau, stieg auf sein Pony und machte sich auf die weite Heimreise.

Am 22. Februar fand in den Sieben Tälern ein allgemeiner Festtag statt, denn an diesem Tag war der Dusterschlund zusammengebrochen, und mit ihm hatte der Winterkrieg geendet. In einem feierlichen Ritual, das er von nun an bis an sein Lebensende jährlich an diesem Tag vollführen sollte, wurde der blinde Tuck von Merrili zu den Bachsteinen hinabgeführt, wo er eine Blume auf den großen Bachstein in der Mitte legte. Und am Ufer standen Hanlo und Gloria Brombeerdorn und beobachteten Tucks stille Zeremonie, denn an diesem Tag war ihr Sohn Danner gestorben.

Am 12. Oktober 5E2 wurde Merrili Sunderbank von einem winzigen Mädchen entbunden. Schwarz war sein Haar, schwarz wie die Nacht, und als man Tuck das mitteilte, nannte er das Kind Rabe. Und in der Einäugigen Krähe wurde bis in den Morgen hinein gefeiert.

Im Laufe der folgenden Jahre kam eine schleichende Veränderung über Tuck, und er schien sich ganz langsam und allmählich aus der Welt zurückzuziehen. Er war nicht direkt verbittert über seine Blindheit, aber er schien sich irgendwie nutzlos vorzukommen. Nur wenn er mit Rabe spielte, wirkte er glücklich. Aber selbst bei diesen Gelegenheiten schien er bisweilen niedergeschlagen zu sein, denn er konnte sein eigenes Kind nicht sehen.

Und Merrili schrieb heimlich, ohne Tuck etwas davon zu sagen, einen Brief an König Galen.

Drei Monate später traf ein Kurier in den Sieben Tälern ein, der ein Schreiben an Herrn Tuck Sunderbank überbrachte. Mit zitternden Händen nahm Merrili den Brief entgegen, brach das kunstvoll gearbeitete Wachssiegel auf und entrollte das knisternde Pergament. Dann holte sie tief Luft und las Tuck das Schreiben vor:

Herrn Tuck Sunderbank
*Waldsenken, Sieben Täler*

*Mein lieber, hoch verehrter Waerling:*

*Ich habe in letzter Zeit viel an Euch gedacht. Immer wieder kehren meine Gedanken zu der langen, anstrengenden Reise zurück, die wir beide über das Antlitz Mithgars unternommen haben. Und noch immer sehe ich Euch vor mir, wie Ihr im Schein unserer Lagerfeuer in Euer Tagebuch schreibt.*
*Wegen dieses Tagebuchs wende ich mich heute an Euch, denn es enthält die Geschichte des Winterkriegs – wenigstens einen Teil davon. Es ist eine Geschichte, die aufgezeichnet werden sollte, nicht nur zum Studium von Gelehrten, sondern damit man sie überall auf der Welt hören kann.*
*Ich schreibe Euch, weil ich mich an eine Bemerkung erinnere, die ich in einem verlassenen Haus südlich der Feste Challerain machte. Ich sagte damals, ich würde Euch eines Tages, wenn wieder Frieden herrscht, möglicherweise bitten, Euer Tagebuch in eine Waerlingsgeschichte des Winterkriegs umzuschreiben.*
*Nun, Tuck, es ist so weit, und ich habe einen Auftrag für Euch, falls Ihr ihn annehmt. Ich möchte, dass Ihr Eure Geschichte aufschreibt und auch die Geschichte von anderen erzählt, die im Winterkrieg gekämpft haben. Und sollte diese Arbeit je beendet sein, möchte ich, dass Ihr weitere Tatsachen, Geschichten, Legenden sammelt, die sich auf Mithgar beziehen, und sie ebenfalls niederschreibt.*
*Nehmt diese Aufgabe nicht leichtfertig an, denn sie wird Euch Euer ganzes Leben beschäftigen, und selbst dann wird sie nicht vollendet sein, da die Geschichte ja nie endet.*
*Wenn Ihr aber annehmt, dann mögt Ihr bitte mit den*

*Mitteln, die ich dafür bereitgestellt habe, Schüler anwerben, die Euch beim Sammeln, Lesen, Sichten und Schreiben des Textes helfen. Ihr aber, mein sehr verehrter Waerling, müsst dieses Unternehmen leiten, denn ich kann mir niemanden vorstellen, der dafür besser geeignet wäre.*
*Galen, Sohn des Aurion,*
*Hochkönig von Mithgar*

*Postskriptum: Laurelin erwartet ein Kind, unser erstes.*

Merrili verstummte, und beide Wurrlinge hatten Tränen in den Augen. Nach einer guten Weile sagte Tuck: »Bitte schreibe eine Nachricht an den König, Merrili. Teile ihm mit, ich nehme in großer Dankbarkeit und Demut an.«

In den folgenden Jahren wuchs Rabe zur Maid heran und schließlich zur Jungmamme. Ihr Haar war schwarz wie Ebenholz, und ihre Augen waren blau wie die See. Und diese wunderschöne Mamme verbrachte ihre Entwicklungsjahre in der Gesellschaft von Schülern und Gelehrten, und sie selbst arbeitete unermüdlich an der großen Geschichte des Winterkriegs.

Rabe oder einer der anderen Schüler pflegte Tuck laut aus seinem eng beschriebenen Tagebuch vorzulesen, und der Bokker versuchte sich dann in allen Einzelheiten an die Ereignisse zu erinnern, die mit dem Eintrag zu tun hatten. Seine Worte wurden niedergeschrieben, und langsam nahm ein dickes Buch Gestalt an: *Tuck Sunderbanks unvollendetes Tagebuch und seine Geschichte des Winterkriegs.*

Oft reisten die Schüler an andere Orte, sei es in den Sieben Tälern oder außerhalb, und sprachen mit Zeugen über die Ereignisse des Krieges. Und häufig nahm Tuck an diesen Reisen teil: nach Steinhöhen und Vanar, zur Feste Challerain und ins Arden-Tal, nach Thäl und Minenburg und an viele andere

Orte. Stets wurde er von Merrili und Rabe begleitet, und sie wurden überall mit offenen Armen empfangen.

Es war während einer Reise ins Westtal, als Rabe Willem Graulock kennen lernte und ihr Herz an den gut aussehenden jungen Gelehrten verlor. Es sollte jedoch noch einige Zeit vergehen, ehe sie ihn wiedersehen würde, denn die Sunderbanks reisten weiter in die Roten Berge, um Brega aufzusuchen, inzwischen der Fürst jener Zwergenfestung, und mit ihm über die Wanderung durchs dunkle Drimmenheim zu sprechen.

Tuck, Merrili und Rabe verbrachten aber auch viel Zeit in Waldsenken, wo Geschichtsschreiber in Tucks Bau Quartier bezogen hatten. Während der Fertigstellung der Heldengeschichte staunte der eine oder andere Schüler oft, wie wenig gefehlt hatte, dass Modru und Gyphon triumphiert hätten. Bei einer solchen Gelegenheit hörte man Tuck sagen: »Zeit und Ereignisse sind wie ein Getreidefeld. Jeder Halm bringt Samen in großer Zahl hervor, die auf die Erde fallen. Manche liegen brach, während andere Wurzeln schlagen, zu Wirklichkeit heranwachsen und ihrerseits wieder Samen hervorbringen.

General Vidron sagte einst, eine lange Kette von Zufällen habe dazu geführt, dass er die Wurrlinge in Farnburg gerettet hat. Und ich weiß, dass eine lange Kette von Zufällen mich in das Heiligtum des Bösen im Eisernen Turm geführt hat.

Stellt euch vor, wie anders die Geschichte verlaufen wäre, wenn andere Ereignisse, andere Wirklichkeiten Wurzeln geschlagen hätten.«

Willem Graulock kam nach Waldsenken, um an dem Geschichtswerk mitzuarbeiten, und Rabes Herz sang, wo immer sie ging. Bald wurde deutlich, dass auch Willem bis über beide Spitzohren verliebt war, denn er und die schwarzhaarige Schönheit schauten stundenlang zusammen in die Sterne – und wenn es nicht die Sterne waren, dann waren es Blumen, der Mond, Ameisen oder eine endlose Zahl anderer entzückender Dinge.

Schließlich kam Willem zu Tuck und hielt um Rabes Hand an, und sie wurde ihm gewährt. Zu den Hochzeitsgeschenken für die beiden zählten das Original von Tucks Tagebuch und die erste Ausgabe der *Geschichte des Winterkriegs*. Tuck überreichte ihnen diese wertvollen Geschenke mit den Worten: »Diese Geschichte müsste eigentlich *Rabes Buch* heißen, denn ohne Rabe wäre es nicht, was es heute ist.«

Nach ihrer Heirat zogen Willem und Rabe Graulock ins Westtal.

Im Laufe der Jahre besangen viele Barden die Taten der Helden im Winterkrieg. Leider wurden die meisten dieser Lieder nie zu Papier gebracht, weder die Worte noch die Musik. In den Sieben Tälern aber gab es einen Barden namens Patrel Binsenhaar, der auf einer schwarzen Elfenharfe mit Silbersaiten spielte und zwei der bekanntesten Lieder schrieb:

*Der rote Pfeil*

*Bewahr den roten Pfeil bis zur bestimmten dunklen Stund,*
*Wenn das Böse durchs Tor tritt und*
*Durch seiner Schönheit Glanz betört,*
*Wiewohl sein Kommen alle Hoffnung zerstört.*
*Welchem der beiden gelte dein Schlag?*
*Fragt das Schicksal am Schwärzesten Tag,*
*Dort droben in Gron, im Eisernen Turm –*
*Dem Bösen im Glanz oder dem scheußlichen Wurm?*
*Keinem von zwei Übeln gelte dein Hieb,*
*Vielmehr sei die Dunkelheit zwischen ihnen dein Ziel.*
*Auf sie feure den Pfeil und befreie das Licht,*
*Der Preis, den du zahlst, ist dein Augenlicht.*

*Das Lied vom Eisernen Turm*

*Vom kalten Norden,*
*Vom Eisernen Turm,*
*Kommen die Horden,*
*Ein eisiger Sturm.*

*Die schwarzen Bestien*
*Streifen durchs Land,*
*Nur wenige leisten*
*Kühn Widerstand.*

*Er ruft die Geschöpfe*
*Des Bösen herbei*
*Und bindet in Angst sie*
*Und in Tyrannei.*

*Die Schwärme dringen*
*Nach Ost und West,*
*Sich ihrer zu wehren*
*Ein Bund steht fest.*

*Über die Ebenen*
*Strömt schwarz die Flut,*
*Der Tod regiert*
*Mit kalter Wut.*

*Challerain fällt,*
*Der Winter bricht an,*
*Schrecken herrscht über*
*Dem nördlichen Land.*

*Die Heere des Königs*
*Stehen im Krieg,*
*Im Reich unterm Berg*
*Winkt vier Helden der Sieg.*

*Sie töten den Graus*
*Und kommen schon bald*
*Aus dem düsteren Berg*
*In den Lerchenwald.*

*Sie fahren nach Süden*
*Auf dem mächtigen Fluss,*
*Um sich zu verbinden*
*Mit der Harlingar Tross.*

*Vanadurin, Wellener*
*eilen nach Gron,*
*Der Schwärzeste Tag*
*Er nahet schon.*

*Die Helden erreichen*
*Den Eisernen Turm,*
*Neun wählt man aus,*
*Ihn zu nehmen im Sturm.*

*Ein Pfeil fliegt gar weit*
*Und findet sein Ziel,*
*Der Wächter ist tot*
*Gegen jedes Kalkül.*

*Sie queren die Schlucht,*
*Erklimmen den Wall,*
*Einer bleibt unten*
*Nach schmerzlichem Fall.*

*Hindurch unterm Wall*
*Dieser Eine kriecht*
*Und gelangt in den Turm,*
*Als die Sonne versiegt.*

*Die Brücke fällt,*
*Das Gitter geht auf,*
*Das Heer greift die Burg an*
*In stürmischem Lauf.*

*Schwerter haun drein*
*In die Reihen des Feinds,*
*Im Toben der Schlacht*
*Fällt auch mancher Freund.*

*Die Stunde des Unheils,*
*Nacht senkt sich herab,*
*Das Schicksal der Welt*
*Hängt von dem Einen ab.*

*Durch den Schlitz in der Wand*
*Späht der Wurrling hinein,*
*Und sein Blick wird gefangen*
*Vom Myrkenstein.*

*Schändlicher Sprechgesang*
*Dringt an sein Ohr,*
*Und von jenseits der Sphären*
*Kommt Gyphon hervor.*

*Vom Bogen des Kleinen*
*Fliegt rot der Pfeil*
*Und tötet den Myrkenstein,*
*Mithgar zum Heil.*

*Der Stein erlischt*
*Mit gleißendem Schein,*
*Der Wurrling gibt*
*Sein Augenlicht drein.*

*Doch Modru ist tot,*
*Gyphon verbannt,*
*Der Dusterschlund fällt,*
*Sonne strahlt übers Land.*

Diese beiden Balladen erfreuten sich in ganz Mithgar großer Beliebtheit, von den Königssälen bis zu den Tavernen. Viele Sänger brachten sie dar, aber niemand so gut wie der kleine Harfenspieler selbst, in dessen grünen Augen stets Tränen glänzten, wenn er die Lieder sang.

Im Jahr 5E35 brachte Rabe Graulock eine Tochter zur Welt. Das Kind erhielt den Namen Robin und war Tuck und Merrilis erste Enkelin. Die Sunderbanks reisten ins Westtal, um den jüngsten Spross der Familie zu besuchen. Tuck lernte Willem Graulocks Historikerkreis kennen, die sich selbst die Gelehrten vom Buch des Raben nannten. Sie hatten angefangen, in den Kalksteinhöhlen des Westtals Bücher und Schriftrollen zu sammeln, woraus später einmal eine der größten Bibliotheken Mithgars werden sollte ... bis dahin würden allerdings noch viele Jahre vergehen. Zu jener Zeit waren die Schüler vom Buch des Raben nur ein kleiner Kreis von Historikern und Schriftgelehrten, und ihr großes Werk bestand darin, illustrierte Ausgaben von Tucks Heldengeschichte herzustellen. Sie hatten sogar schon ein prachtvolles Exemplar des Buches an den Hochkönig in Pellar geschickt, und dieser war voll des Lobes gewesen.

Rasch verflogen die Jahre, und Tuck und Merrili alterten in Würde. Ein Teil von Tucks Bau wurde zum Museum, es beherbergte Merrilis Bogen, Seile und Umhänge der Elfen, die silberne Rüstung und das Langmesser, ebenso Patrels goldene Rüstung und die Klinge aus Atalar ... und das Reichshorn, das noch immer regelmäßig am 9. November in Waldsenken und am 15. Januar in Lammdorf geblasen wurde. Helme und Hosen, Pfeile und Köcher, Fahnen und Stangen und noch mehr Waffen, Rüstungen und militärisches Zubehör bedeckten die Wände und ruhten in Glasvitrinen, und die Leute kamen von weit her, um sich alles anzusehen.

Tuck war zufrieden, er führte ein höchst geruhsames Dasein – nur manchmal schreckte er in kalten Schweiß gebadet aus einem Angsttraum. Dann riss er die blinden Augen weit auf und sah noch einmal das scheußliche Ungeheuer Gyphon in den Schwarzen Abgrund jenseits der Sphären stürzen. Merrili hielt ihn nach solchen Träumen immer in den Armen, bis die Phantome der Vergangenheit vertrieben waren.

Im Jahr 5E46 kam die Nachricht vom Tod König Galens; er war während eines heftigen Sturms gestorben, der von der Avagon-See an die Mauern von Caer Pendwyr donnerte. Gareth, der älteste Sohn von Galen und Laurelin, war nun

Hochkönig. Tuck und Merrili unternahmen die weite Reise nach Pellar und blieben eine Weile bei Laurelin, die noch immer schön war, obwohl sie bald ihren fünfundsechzigsten Geburtstag feiern würde. Und auch wenn der Winterkrieg vor fast fünf Dekaden geendet hatte, raunte man noch immer überall im Schloss von diesem winzigen, hinkenden Besucher: Tuck Sunderbank, der blinde Bokker mit den Peitschennarben im Gesicht, der Modru getötet und Mithgar gerettet hatte.

Zu Ende des Sommers kehrten Tuck und Merrili in die Sieben Täler zurück. Und von einem gelegentlichen Ausflug nach Steinhöhen abgesehen, war die Zeit ihrer langen Reisen damit vorüber.

Es heißt, nach Galens Ableben hätten Talarin, Rael und Gildor den Dämmerritt nach Adonar unternommen. Es heißt, keiner der drei habe sich je ganz von Vanidor Silberzweigs Tod erholt – vor allem Gildor nicht, in dessen Augen immer ein Ausdruck von tiefer Trauer stand.

Es heißt auch, dass viele weitere Lian nach Adonar hinüberwechselten, denn in ihren Herzen sei lange Zeit große Trauer um die im Krieg Getöteten gewesen.

Doch ob diese Geschichten der Wahrheit entsprechen, ist nicht bekannt.

Im Winter des Jahres 5E73, am 17. Dezember, um genau zu sein, legte sich Tuck mit einer Erkältung ins Bett. Aus Tagen wurde eine Woche und schließlich eine zweite, und ungeachtet aller Gegenmaßnahmen verschlimmerte sich die Krankheit zusehends. Tuck war zu diesem Zeitpunkt siebenundneunzig, und von allen Sterblichen, die an jenem heroischen Tag im Eisernen Turm dabei gewesen waren, lebten außer ihm nur noch Merrili und Brega in den fernen Roten Bergen. Patrel, Igon, Laurelin, Ubrik – sie alle waren tot. Einer nach dem anderen war über die dunkle See unter den silbernen Sonnen gesegelt, zu Vidron, Aranor, Reggian, Arbagon, Bockelmann, Dorn und zahllosen anderen. Und trotz aller Kräuter des Heilers, trotz Merrilis fürsorglicher Pflege flackerte Tucks Lebenslicht nun an diesem Jahresendtag nur noch schwach, und seine Seele wurde unwiderstehlich fortgezogen. Und auch wenn Merrili die Hand ihres Bokkers festhielt, spürte sie, wie ihr die silberne Schnur seines Lebens langsam aus den kraftlosen Fingern glitt.

Während sie Tucks teure Hand hielt, sah sie jedoch keinen zerbrechlichen, alten Wurrling vor sich. Vielmehr blickte sie hinter die bleiche, durchscheinende Oberfläche und das schneeweiße Haar, und sie sah den hübschen jungen Bokker vor sich, in den sie sich damals verliebt hatte.

Und sie weinte, denn sie wusste, sie konnte der Hand des Schnitters nicht Einhalt gebieten.

Das Geräusch von Tucks dünnem Atem erfüllte den Raum, der leise Klang des Todes, doch hin und wieder murmelte er auch ein paar Worte – manche davon in der alten Wurrlingssprache.

Und als es auf Mitternacht zuging und Merrili den müden Kopf ins Kissen sinken ließ und bittere Tränen weinte, da fühlte sie, wie ihr Tuck übers Haar strich. »Weine nicht, meine Merrili«, flüsterte er. »Ich werde auf dich warten.«

Einige Zeit verging, sein Atem wurde schwächer, und das gelbe Kerzenlicht zischte und schwankte, als hätte jemand den Raum betreten.

Merrili spürte, wie Tucks Griff fester wurde, und dann öffnete der Bokker weit die Augen. »Adon, o Adon, du hast es so hell und schön bereitet«, keuchte er. Noch einmal erfüllte die Kraft und Energie der Jugend seine Stimme, und er rief: »Holla, Danner! Warte auf mich!«

Dann war es vorbei.

Und Merrili weinte um ihren toten Liebsten, während unten in der Talmulde von Waldsenken, unter den kreisenden Sternen, Hörner ertönten und Leute jubelten, und irgendwer schlug den Feuergong, denn es war der Beginn eines neuen Jahres.

»Wenn aus keinem anderen Grund,
so muss das Böse allein deshalb besiegt werden,
damit wir unser Geschick
wieder in die eigne Hand nehmen können.«

*Rael von Arden,*
*10. Januar 4E2019*

# ANHANG

## Anmerkungen zum Tagebuch

**Anmerkung 1:**
Die Quelle für diese Geschichte ist ein zerfleddertes Exemplar des *Buches des Raben*, ein unschätzbar glücklicher Fund aus der Zeit vor der *Teilung*.

**Anmerkung 2:**
Der Große Bannkrieg beendete die Zweite Epoche (2E) von Mithgar. Die Dritte Epoche (3E) begann mit dem Neujahrstag des folgenden Jahres. Auch diese Epoche ging schließlich zu Ende, und es begann die Vierte Epoche (4E). Die hier aufgezeichnete Geschichte begann im November des Jahres 4E2018. Obwohl sich dieses Abenteuer vier Jahrtausende nach dem Bannkrieg ereignet, liegen die Wurzeln des Ritterzugs direkt in den Geschehnissen jener früheren Zeit.

**Anmerkung 3:**
Die Erzählung ist voller Beispiele, in denen Zwerge, Elfen, Menschen und Wurrlinge in der Not des Augenblicks in ihren Muttersprachen reden; um dem Leser mühsame Übersetzungen zu ersparen, habe ich ihre Worte wo notwendig in Pellarion, die allgemein gebräuchliche Sprache Mithgars, übertragen. Manche Ausdrücke entziehen sich jedoch einer Übersetzung, diese habe ich unverändert gelassen. Andere Worte mögen fehlerhaft wirken, sind aber durchaus korrekt wiedergegeben.

## Ein Wort über Wurrlinge

Bei nahezu allen menschlichen Rassen überall auf der Welt halten sich hartnäckig Legenden über kleine Leute: Zwerge, Elfen, Kobolde und so weiter. Es kann kaum ein Zweifel daran bestehen, dass viele dieser Geschichten aus dem kollektiven Gedächtnis der Menschheit über die *Alte Zeit* stammen ... aus den uralten Tagen vor der *Teilung*. Einige dieser Legenden aber müssen eindeutig der Erinnerung der Menschheit an ein kleines Volk namens Wurrlinge entspringen.

Zur Stützung dieser These werden alle Jubeljahre einmal ein paar bruchstückhafte Zeugnisse ausgegraben, die uns einen flüchtigen Blick auf die Wahrheit hinter den Legenden erlauben. Doch zum unendlichen Verlust für die Menschheit wurden manche dieser Zeugnisse vernichtet, während andere unerkannt vor sich hin modern, selbst wenn jemand über sie gestolpert sein sollte. Denn es erfordert erschöpfende Prüfung durch einen in fremden Sprachen bewanderten Gelehrten – Sprachen wie etwa Pellarion –, ehe ein Schimmer ihrer wahren Bedeutung sichtbar wird.

Ein solches Zeugnis, das überlebt hat – und über das ein ausreichend beschlagener Gelehrter stolperte –, ist das *Buch des Raben*; ein zweites ist das *Schönberg-Tagebuch*. Aus diesen beiden Chroniken, sowie aus einigen spärlichen weiteren Quellen, lässt sich ein auf Tatsachen beruhendes Bild des Kleinen Volkes zusammensetzen, und davon ausgehend können Rückschlüsse auf die Wurrlinge gezogen werden:

Sie sind ein kleines Volk, die Körpergröße der Erwachsenen reicht von drei bis vier Fuß. Manche Gelehrte vertreten die Ansicht, es könne kaum ein Zweifel daran bestehen, dass sie menschlichen Ursprungs sind, denn sie sind in jeder Beziehung wie Menschen – das heißt, keine Flügel, Hörner,

Schwänze oder dergleichen –, und sie kommen in allen möglichen Größen und Farben vor, wie das Große Volk, die Menschen, auch, nur eben in verkleinertem Maßstab. Andere Gelehrte jedoch argumentieren, dass die Form der Wurrlingsohren – welche spitz sind –, die schräg stehenden, glänzenden Augen und eine längere Lebensspanne ein Indiz dafür seien, dass Elfenblut in ihren Adern fließe. Doch unterscheiden gerade die Augen sie von den Elfen: Zwar stehen sie schräg, und darin gleichen sich die beiden Völker; doch die Augen von Wurrlingen glänzen und sind feucht, und die Iris ist groß und von seltsamer Farbe: bernsteingolden, tiefblau wie Saphire oder hellgrün wie Smaragde.

Auf alle Fälle sind Wurrlinge flink und geschickt bei ihrer geringen Größe, und aufgrund ihrer Lebensweise finden sie sich hervorragend im Wald zurecht und wissen sehr gut über die Natur Bescheid. Und sie sind vorsichtig und wachsam und verdrücken sich lieber, wenn ein *Außerer* naht, bis sie Gewissheit über die Absichten des Fremden haben. Doch nicht immer weichen sie vor Eindringlingen zurück: Sollte einer aus dem Großen Volk unangekündigt auf eine Gruppe von Wurrlingen stoßen – etwa auf eine große Familienversammlung von Angehörigen der Othen, die lärmend in einem Moortümpel herumplanschen –, würde der *Außere* bemerken, dass plötzlich alle Wurrlinge ihn schweigend ansehen, wobei die Mammen (Frauen) und Alten mitsamt den an sie geklammerten Kleinen ruhig nach hinten wandern und die Bokker (Männer) dem Fremden in der plötzlichen Stille frontal gegenüberstehen. Doch geschieht es nicht häufig, dass Wurrlinge überrascht werden, und deshalb bekommt man sie nur selten in den Wäldern, Mooren und Wildnissen zu Gesicht, es sei denn, sie wollen es so. Doch in ihren kleinen Dörfern und Behausungen unterscheiden sie sich kaum von »normalen« Leute, denn sie pflegen mit *Außeren* freundlichen

Umgang, solange man ihnen keinen Anlass zu einem ander Verhalten gibt.

Aufgrund ihres vorsichtigen Wesens neigen Wurrlinge zu Kleidung, die sich nicht von der Umgebung abhebt, und bevorzugen Grün-, Grau- und Brauntöne. Und die Schuhe und Stiefel, die sie tragen, sind weich und verursachen kein Geräusch beim Gehen. Während der Jahrmarktszeit oder bei anderen Festlichkeiten jedoch kleiden sie sich in fröhliche, schreiende Farben – Scharlachrot, Orange, Gelb, Blau, Purpur –, sie blasen gern Hörner und schlagen Trommel, Gong und Zimbal und sind allgemein ausgelassen.

Zu den fröhlichsten, ausgelassensten Zeiten zählen jene, mit denen der Übergang von einem Wurrlingsalter in das nächste gefeiert wird, nicht nur die »gewöhnlichen« Geburtstagsfeste, sondern insbesondere diejenigen, an denen sich ein »Altersname« ändert: Kinder beiderlei Geschlechts bis zu zehn Jahren werden *Junges* genannt; von zehn bis zwanzig Jahren heißen die männlichen Kinder *Bürschchen* und die weiblichen *Maiden.* Von zwanzig bis dreißig heißen männliche Wurrlinge *Jungbokker* beziehungsweise weibliche *Jungmammen.* Mit dreißig Jahren werden Wurrlinge mündig oder volljährig und heißen von da an bis sechzig *Bokker oder Mamme,* was außerdem die allgemeinen Bezeichnungen für einen männlichen beziehungsweise weiblichen Wurrling sind. Mit sechzig werden sie zu *Altbokkern* bzw. *Altmammen* und jenseits der fünfundachtzig nennt man sie *Greiser* oder *Grume.* Und bei jedem dieser besonderen Geburtstagsfeste schlagen Trommeln, tuten Hörner, scheppern Becken und läuten Glocken; bunte Gewänder schmücken die Feiernden. Einmal im Jahr, am Langen Tag in der Jahrmarktszeit, erstrahlt ein Feuerwerk am Himmel, für alle, die im zurückliegenden Jahr Geburtstag oder Jubiläum hatten – was natürlich auf ausnahmslos alle zutrifft –, besonders aber für diejenigen, die von einem Altersnamen in den nächsten gewechselt sind.

Sind Wurrlinge erst einmal über das Jugendalter hinaus, neigen sie zu Rundlichkeit, denn sie essen vier Mahlzeiten am Tag und an Festtagen fünf. Wie die Alten zu sagen pflegen: »Wurrlinge sind klein, und kleine Wesen brauchen zu ihrem Fortbestand eine Menge Nahrung. Schaut euch die Vögel und Mäuse an und besonders die Spitzmäuse: Sie alle verbringen den größten Teil ihrer wachen Zeit damit, fleißig Essen in sich hineinzustopfen. Deshalb brauchen wir vom Kleinen Volk mindestens vier Mahlzeiten am Tag, rein um zu überleben!«

Häusliches Leben und Dorfleben der Wurrlinge sind von ländlichem Frieden geprägt. Oft verbringt das Kleine Volk den Tag in Gemeinschaft: Die Mammen klatschen beim Nähen oder Einmachen, Bokker und Mammen treffen sich zum Pflanzen oder zur Ernte, zum Errichten oder Graben einer Behausung oder zu Familienfeiern im Freien – bei Letzteren handelt es sich stets um lautstarke Angelegenheiten, da Wurrlinge üblicherweise große Familien haben.

Bei »normalen« Mahlzeiten im häuslichen Rahmen scharen sich alle Mitglieder des Haushalts – seien sie Herr, Herrin, Nachkommen oder Diener – zu einer großen Versammlung rund um den Tisch, um gemeinsam zu tafeln und die Ereignisse des Tages zu besprechen. Doch bei Gastmählern kommen für gewöhnlich nur der Gehölzvorsteher, seine Familie und die Gäste an die Tafel des Vorstehers, um mit ihm zu speisen; selten nehmen andere Mitglieder des Gehölzes teil, und wenn, dann nur auf besondere Einladung des Familienoberhaupts. Vor allem wenn »offizielle Dinge« zu besprechen sind, entschuldigen sich die jüngeren Sprösslinge am Ende des Mahls höflich und lassen die Älteren allein mit den Besuchern zur Klärung ihrer »gewichtigen Angelegenheiten«.

Was den »Nabel« des Dorflebens betrifft, so gibt es in jedem Weiler wenigstens ein Gasthaus, meist mit gutem Bier – manche Gasthäuser stehen in dem Ruf, ein überdurchschnittlich gutes Bier auszuschenken; dort versammeln sich die Bokker, und insbesondere die Greiser, einige täglich, andere einmal die Woche, wieder andere noch seltener; sie kauen Altbekanntes durch und lauschen neuen Geschehnissen, sie spekulieren, was der Hochkönig in Pellar treibt, und reden darüber, in welchem Zustand die Dinge ganz allgemein inzwischen sind.

Es gibt vier Stämme nördlicher Wurrlinge: Siven, Othen, Quiren und Paren, die jeweils in Höhlen, Pfahlbauten im Moor, Baumhäusern oder steinernen Feldhäusern wohnen. (Vielleicht rühren die zähen Legenden von intelligenten Dachsen, Ottern, Eichhörnchen, Hasen und auch anderen Tieren von den Siedlungsgewohnheiten des Kleinen Volkes her.) Und Wurrlinge leben oder lebten in praktisch jedem Land der Welt, auch wenn zu allen Zeiten manche Länder viele Wurrlinge beherbergen und andere wenige oder gar keine. Es scheint in der Geschichte des Kleinen Volkes Wanderungen gegeben zu haben, allerdings zogen in jenen Tagen der *Wanderjahre* auch viele andere Völker über das Antlitz der Welt.

In der Zeit, in der sowohl das *Buch des Raben* als auch das *Schönberg-Tagebuch* entstanden, lebten die meisten nördlichen Wurrlinge in zwei Gegenden: dem Weitimholz, einem gestrüppreichen Wald in der Wildnis nördlich von Harth und südlich von Rian, oder in den Sieben Tälern, einem Land der Sümpfe, Wälder und Wiesen im Westen des Spindelflusses und nördlich des Flusses Wenden.

Die Sieben Täler, das weitaus größere dieser beiden Wurrlingsgebiete, wird gegen *Außere* durch eine Furcht erregende Barriere aus den Dornen des Spindeldorns geschützt, der in den Flusstälern überall im Land wächst. Dieses Gewirr aus lebenden Dolchen bildet einen wirksamen Schutzschild rund um die Sieben Täler, der nur die Allerentschlossensten nicht zurückhält. Einige wenige Straßen führen in langen Dornentunneln durch diese Barriere hindurch, und in Friedenszeiten – welche die Regel sind – bewacht niemand diese Wege, und wer ins Land kommen möchte, kann dies tun. In Krisenzeiten jedoch stehen entlang der Straßen Bogenschützen der Wurrlinge hinter beweglichen Barrikaden aus Spindeldorn Wache, um Gewalttäter und anderes unangenehmes Volk draußen zu halten, während sie all denen Zutritt gewähren, die in einer berechtigten Angelegenheit kommen.

Jener kalte November des Jahres 4E2018, in dem diese Geschichte beginnt, war eine Krisenzeit.

## Die Sonnenfinsternis des Schwärzesten Tages

Tucks Tagebuch lässt keinen Zweifel daran, dass es sich bei der Sonnenfinsternis des 22. Februar 4E2019 im Gebiet des Eisernen Turms um eine totale Finsternis handelte. Aus dem Zusammenhang lässt sich weiterhin folgern, dass diese sehr lange dauerte. Möglicherweise führt der Text jedoch in die Irre, denn wenn wir annehmen, dass die Himmelsmechanik im System Erde-Mond-Sonne von Mithgar damals denselben Gesetzen folgte, wie sie es heute tut, dann kann die totale Verfinsterung am Eisernen Turm nicht länger als sieben Minuten und siebenunddreißig Sekunden gedauert haben. (Das ist auf dem Weg des Kernschattens die maximale Dauer einer totalen Verfinsterung an jedem beliebigen Punkt auf der Erdoberfläche.) Und einige simple Mutmaßungen über den wahrscheinlichen Längen- und Breitengrad von Modrus Festung lassen darauf schließen, dass die totale Verfinsterung unterhalb dieser Zeit geblieben sein dürfte. Und zu guter Letzt erscheint für eine normale Sonnenfinsternis eine Dauer von zwei bis vier Minuten als vernünftige Annahme.

Doch weder zwei oder vier, ja nicht einmal sieben Minuten scheinen für all das auszureichen, was während der Zeit der totalen Verfinsterung am Eisernen Turm geschehen ist. Könnten, zum Beispiel, Merrili und die Wurrlinge nach Einbruch der Dunkelheit eine Streitmacht von Kriegern in den Innenhöfen um sich geschart haben und bis in die Spitze des Eisernen Turms gelangt sein ... und das alles in sieben Minuten oder weniger? Es klingt nicht sehr wahrscheinlich.

Drei mögliche Erklärungen drängen sich sofort auf: 1) die beschriebenen Handlungen haben innerhalb sehr kurzer Zeit stattgefunden; 2) die Bewegungen des Systems Erde–Mond–Sonne entsprachen im Mithgar jener Zeit nicht denen unseres heutigen Systems; 3) die Dunkelheit trat im Bereich des Dusterschlunds bereits vor der totalen Finsternis ein.

Von diesen drei Hypothesen dürfte die letzte die wahrscheinlichste sein, nach der bereits einige Zeit vor der totalen Verfinsterung die Sonnenstrahlen in einem Maße geschluckt worden waren, dass sie den Dusterschlund nicht mehr wahrnehmbar erleuchteten. An diesem Punkt sahen die Menschen gar nichts mehr und die Elfen nur noch sehr wenig. Gestützt wird diese Theorie durch die Tatsache, dass am Gruwen-Pass, rund zweihundert Meilen weiter südlich – und natürlich auch in Minenburg in Riamon oder sogar noch weiter südlich in den Sieben Tälern –, wo die Finsternis gar nicht total war, aber ebenfalls noch der Dusterschlund herrschte ... dass sich also auch dort Dunkelheit auf die Kämpfenden senkte und auch sie nichts mehr sahen (mit Ausnahme der Wurrlinge natürlich, denn das Kleine Volk sah mit Hilfe des »schwarzen« Lichts des Myrkensteins).

Von daher kann also vermutet werden, dass die totale Verfinsterung am Eisernen Turm zwar nur zwei bis vier Minuten dauerte, die tatsächliche Zeit aber, in der nur Wurrlinge zu sehen vermochten, vielleicht fünfzehn oder mehr Minuten – auf jeden Fall lange genug, dass die beschriebenen Geschehnisse stattfinden konnten.

Zwei andere interessante Punkte: 1) Nach den Beschreibungen im Buch verlief der Kernschatten, die Zone der totalen Finsternis von West nach Ost, über Rian und das Rigga-Gebirge nach Gron hinein, über den Klauensteig und den Eisernen Turm, an den Gronspitzen vorbei nach Jord und von dort über den Grimmwall, quer durch Aven und darüber hinaus. Am Gruwen-Pass, im Arden-Tal und in den Sieben Tälern sowie in Riamon, Valon, Jugo, Pellar und anderen Gegenden handelte es sich nur um eine partielle Sonnenfinsternis. 2) Bei den »Perlen aus Licht«, von denen die Rede ist und die am Rand des nicht sichtbaren Mondes aufschienen, als die Sonnenfinsternis zu Ende ging, handelte es sich ohne Frage um die so genannten Bailys-Perlen, die in der astronomischen Literatur beschrieben werden.

Was schließlich den Längen- und Breitengrad des Eisernen Turms angeht, so lassen sich darüber nur Spekulationen anstellen, wiewohl viele Gelehrte versucht haben, seine Lage aus den Berichten abzuleiten (manche siedeln ihn nahe St. Petersburg an [30° Ost, 60° Nord], während andere eine Lage nahe Warschau [21° Ost, 52° Nord] annehmen und wieder andere Gründe für die Wahl verschiedener anderer Orte zu haben glauben). Noch einmal sei der Leser gewarnt, dass hierüber nur spekuliert werden kann. Das Buch gibt an, dass Gron im Norden liegt und dass es sich um ein kaltes, kahles Land handelt, deshalb können die Gelehrten jeden Ort nördlich des fünfzigsten Breitengrades für sich reklamieren. Wahrscheinlich dürften auf Sonnenfinsternisse spezialisierte Astronomen eher in der Lage sein, den möglichen Standort des Eisernen Turms einzugrenzen, als Historiker und Linguisten.

## Die Wirkung des Myrkensteins auf Tucks Augen

Wiewohl die Gelehrten zu Tuck Sunderbanks Zeit ausgiebig über die Ursache für die Blindheit des Helden spekulierten, kamen sie zu keiner überzeugenden Schlussfolgerung. In der Sechsten Epoche jedoch bot ein Wurrling namens Burmly Grips folgende Erklärung an:

Es scheint (postulierte Grips), dass der Myrkenstein eine Strahlung aussandte, die außerhalb des normalen Sehbereichs lag, eine Strahlung, die nur von Wurrlingen wahrgenommen wurde und weder von Menschen, Elfen noch Zwergen, nicht einmal vom Gezücht selbst. Als deshalb Tuck dem Stein gegenübertrat – und nur wenige Fuß von ihm entfernt stand –, wurden seine Augen von dem grellen schwarzen »Schein« überlastet, genauso, als würde er in eine extrem helle normale Lichtquelle blicken, und diese Quelle leuchtete so grell, dass er im finsteren Gleißen des Myrkensteins die in der Nähe befindlichen Fackeln nicht mehr wahrnahm. Tucks spezielles, nur den Wurrlingen eigenes Sehvermögen wurde von dieser schwarzen Strahlung attackiert und beraubte ihn der Fähigkeit, im Schattenlicht zu sehen. Es deutet jedoch vieles darauf hin, dass er danach wieder in der Lage gewesen wäre, bei normalem Licht zu sehen, wenn man ihn zu diesem Zeitpunkt aus der Nähe des Myrkensteins entfernt hätte. Stattdessen schoss er jedoch den roten Pfeil ab, und als dieser in den Myrkenstein einschlug, loderte ein wütendes Feuer auf. Nun blickte Tuck tatsächlich in ein derartig intensives, grelles Licht, dass sein »normales« Sehvermögen ebenfalls zerstört wurde. Was also (so folgerte Grips) die harte schwarze Strahlung nicht zerstört hatte, das vernichtete der gleißend helle Schein, und so kam es, dass Tuck völlig erblindete.

Seit Gripsens Tagen hat kein Gelehrter eine überzeugendere Erklärung vorgebracht.

# KALENDER DES EISERNEN TURMS

## Ereignisse der Zweiten Epoche

In den letzten Tagen der Zweiten Epoche fand der große Bannkrieg statt. Auf der Hohen Ebene obsiegte Adon über Gyphon, den Großen Bösen; auf der Mittelebene konnte das Glorreiche Bündnis durch einen unerwarteten Streich gewinnen und den niederträchtigen Modru auf Mithgar schlagen. Adon sprach seinen Bann über die Geschöpfe der Untargarda aus, die Gyphon im Krieg beigestanden hatten: Sie wurden auf alle Zeit aus dem Licht von Mithgars Sonne verbannt, und wer das Verbot übertrat, erlitt den Tod durch Verdorren. Gyphon, der Rache schwor, wurde jenseits der Sphären verbannt. Damit endete die Zweite Epoche, und die Dritte begann ... Und so standen die Dinge für einige tausend Jahre bis zur Vierten Epoche.

## Ereignisse der Vierten Epoche

**4E1992** Patrel Binsenhaar wird nahe Mittwald, im Osttal der Sieben Täler geboren.

**4E1995** Tuck Sunderbank kommt in Waldsenken, Osttal, zur Welt.

**4E1996** Danner Brombeerdorn kommt in Waldsenken, Osttal, zur Welt.

**4E1999** Merrili Holt erblickt in Waldsenken, Osttal, das Licht der Welt.

**4E2013** Der Komet Drachenstern taucht am Himmel von Mithgar auf und stößt beinahe mit der Welt zusammen. Riesige glühende Trümmer erhellen den nächtlichen Himmel, einige stürzen auf die Oberfläche. Viele sehen in dem haarigen Stern einen Vorboten kommenden Unheils.

## Der Winterkrieg

**4E2018**

**August:** Ein kalter Monat. Im Nordtal der Sieben Täler werden Wölfe gesichtet. Oheim Erlbusch organisiert die Wolfspatrouillen der Dorngänger. Zum Ende des Monats gibt es einige Frosttage.

**September:** Oheim Erlbusch ernennt Hauptmann Alver zum Kommandanten der Dorngänger. Am Siebten des Monats fällt Schnee. Der alte Barlo beginnt in Waldsenken mit der Ausbildung von Bogenschützen und unterrichtet eine Gruppe von Dorngänger-Rekruten. Tuck und Danner gehören zu seinen Schülern. Gerüchte über ein düsteres Böses im Norden, wobei es sich angeblich um Modru handelt, erreichen die Sieben Täler.

**Oktober:** In den Sieben Tälern verschwinden mehrere Familien; niemand weiß etwas über ihren Verbleib. Die Kälte hat das Land im Griff. Schnee.

**2. November:** Barlos Bogenschützen beenden ihre Ausbildung. Tuck, Danner, Hob Banderle und Tarpi Wicklein werden als Rekruten der Dorngänger zur Vierten Kompanie Osttal eingeteilt und sollen die Spindelfurt bewachen.

**9. November:** Mit Patrel als Führer brechen Tuck, Danner, Hob und Tarpi zur Spindelfurt auf.

**10. November:** Die fünf machen auf Hucks Bauernhof Halt, doch die Besitzer sind verschwunden. Die Wurrlinge finden Hinweise auf die bösartigen, wolfsähnlichen Vulgs, von denen die Hucks offenbar getötet wurden.

**11. November:** Vulgs greifen die Wurrlinge an der Krähenruh an. Hob wird getötet.

**13. November – 5. Dezember:** Tuck, Danner und Tarpi nehmen ihren Dienst als Dorngänger in Patrels Kompanie auf; sie stehen Jenseitswache und reiten auf Wolfstreife. Am 3. Dezember passiert ein Flüchtlingstreck und bringt die Nachricht, dass sich Hochkönig Aurion in der Feste Challerain auf einen Krieg vorbereitet. Am 4. Dezember erscheint ein Herold des Königs mit dem Appell, sich in Challerain einzufinden. Ein Vulg-Angriff auf den Reiter endet damit, dass Mann, Pferd und Tarpi ertrinken. Tuck überlebt, weil Danner ihn rettet. Am 5. Dezember melden sich Tuck, Danner, Patrel und vierzig weitere Wurrlinge freiwillig zum Dienst für den König.

**6.–13. Dezember:** Die Wurrlinge reisen zur Feste Challerain. Am 13. Dezember begegnen Tuck, Danner und Patrel dort Prinz Igon und Prinzessin Laurelin, dem Elfenfürsten Gildor, Königsgeneral Vidron und Hochkönig Aurion. Die Wurrlinge erfahren vom Dusterschlund, einem unheimlichen Schattenlicht im Norden, wo die Sonne nicht scheint und Adons Bann nicht herrscht, weshalb schändliche Kreaturen frei umherschweifen.

**14.–20. Dezember:** Die Wurrlinge nehmen den Dienst als Burgwache auf. Tuck freundet sich mit Prinzessin Laurelin an und erfährt, dass sie mit Prinz Galen verlobt ist, der noch immer mit einer Gruppe Männer im Dusterschlund als Kundschafter unterwegs ist, um festzustellen, ob Modru seine üblen Horden aus alten Tagen wieder sammelt.
Tuck, Danner und Patrel nehmen am Vorabend des Geburtstags der Prinzessin an einem Fest teil; als sich die Feier ihrem Höhepunkt nähert, trifft ein verwundeter Krieger mit der Nachricht ein, dass der grässliche Dusterschlund begonnen hat, sich südwärts zu bewegen. Beginn des Winterkriegs.

**21. Dezember:** Erster Jultag: Prinzessin Laurelin verlässt die Feste Challerain mit dem letzten Flüchtlingszug, begleitet von Prinz Igon, der den Auftrag hat, das Heer des Königs unverzüglich von Pellar zur Feste Challerain zu führen.

**22. Dezember:** Zweiter Jultag: Der Dusterschlund bricht auf seinem Weg nach Süden über die Feste Challerain herein. Das gespenstische Schattenlicht trübt das Sehvermögen: Menschen sehen höchstens zwei Meilen weit über offenes Gelände, in Wäldern und Hügelland noch weniger. Elfen sehen etwa zweimal so weit wie Menschen. Wurrlinge sehen wie mittels einer neuen Farbe am weitesten von allen, bis zu fünf Meilen.

**23. Dezember:** Dritter Jultag: Die Wurrlingskompanie wird aufgelöst und über die Kompanien des Königs verteilt, damit die Augen der Wurrlinge für die Menschen sehen können.

An diesem Tag beginnt die Horde in einer Stärke von dreißigtausend die Belagerung der Feste.

**24. Dezember:** Vierter Jultag: Im Norden der Feste legen Galens Männer Feuer an einen Belagerungsturm, andere Sturmgeräte der Horde erreichen jedoch die Burg. Katapulte schleudern Feuer über die Wälle, und die Stadt brennt.

**25. Dezember:** Fünfter Jultag: Die Feste Challerain brennt noch immer.

**26. Dezember:** Sechster Jultag: Die Horde greift an. Der erste und zweite Wall der Feste Challerain fallen.

**27. Dezember:** Siebter Jultag: Der dritte und vierte Wall der Feste Challerain fallen.

Die Schlacht vom Weitimholz beginnt. Hier, in diesem gestrüppreichen Wald, schlägt ein Bündnis aus Menschen, Wurrlingen und Elfen eine weitere Horde Modrus zurück.

**28. Dezember:** Achter Jultag: Die Feste Challerain wird aufgegeben. Die Truppen des Königs versuchen einen Ausbruch. König Aurion wird getötet. Von den anderen getrennt, sucht Tuck auf seiner Flucht in einem alten Grab Schutz, wo er den roten Pfeil und die Klinge aus Atalar entdeckt. Zufällig kommt Prinz Galen ebenfalls in die Grabkammer. Sie fliehen gemeinsam nach Süden, zum vereinbarten Treffpunkt in Steinhöhen mit allen übrigen etwaigen Überlebenden.

Der zweite Tag der Schlacht vom Weitimholz bricht an.

Danner und Patrel, wie Tuck von ihren Mitstreitern abgeschnitten, machen sich nach Steinhöhen auf.

General Vidron und Fürst Gildor gelingt mit dem kümmerlichen Rest der Königstruppen der Ausbruch aus der Feste Challerain; sie reiten nach Osten, zu den Signalbergen.

**29. Dezember:** Neunter Jultag: Die Schlacht vom Weitimholz geht in ihren dritten Tag. Die Horde bricht den Kampf ab und marschiert südöstlich am Wald vorbei.

**30. Dezember:** Zehnter Jultag: Vorletzter Tag des Jahres. Tuck und Galen entdecken den überfallenen Wagenzug, vermuten, dass Laurelin entführt wurde, und machen sich auf die Suche.

**31. Dezember:** Elfter Jultag, Jahresende. Danner und Patrel stoßen auf den ausgebrannten Wagenzug; in dem Bewusstsein, dass sie die Ghule mit ihren langsameren Ponys nicht einholen können, beschließen sie, zum vereinbarten Treffpunkt in Steinhöhen weiterzureiten.

**4E2019**

**1. Januar:** Zwölfter und letzter Jultag, Beginn des neuen Jahres: Schnee bedeckt die Spur von Laurelins Entführern. Tuck und Galen treffen im Weitimholz ein; sie bekommen Essen und Trinken und werden von Angehörigen des Weitimholz-Bundes bewacht.

**2.–3. Januar:** Auf der Suche nach Informationen über die

Entführer reiten Tuck und Galen durch das Weitimholz und treffen die Führer des Bundes: Arbagon Morast (Wurrling), Bockelmann Bräuer (Mensch) und Fürst Inarion (Elf). Galen erfährt, dass die Ghule in Richtung Osten gezogen sind, möglicherweise auf dem Weg zum Ödwald. Tuck und Galen brechen zu diesem beklemmenden Wald auf.

**4. Januar:** Die gefangene Prinzessin Laurelin wird über den Gruwen-Pass nach Gron gebracht. Sie weiß nun, dass ihr Bestimmungsort der Eiserne Turm ist, Modrus mächtige Festung über dem Klauenmoor.

**5.–7. Januar:** Tuck und Galen setzen die lange Verfolgungsjagd fort, sie überqueren am 6. die Ödfurt und nehmen die Spur von Laurelins Entführern wieder auf, die durch den Ödwald führt.

Danner und Patrel kommen nach Steinhöhen; sie finden den Ort verlassen vor. Sie beschließen, zwei Tage zu warten und dann, wenn niemand mehr kommt, nach Westen in die Sieben Täler zu reiten, weitere Wurrlinge um sich zu scharen und mit ihnen nach Pellar im Süden zu ziehen, wo sie sich dem Heer anschließen und ihm mit ihren Augen im Dusterschlund dienen wollen.

**8. Januar:** Tuck und Galen kommen ins Ardental, wo sie Fürst Talarin und Fürstin Rael kennen lernen, die Oberhäupter der Elfen in ihrer verborgenen Zuflucht. Fürst Talarin führt sie zu einem verwundeten Menschen, den die Elfen im Schnee gefunden haben. Es ist Prinz Igon, er liegt fiebernd danieder. Galen erhält endlich die Bestätigung, dass Laurelin tatsächlich gefangen ist. Fürst Gildor holt Galen ein und teilt ihm mit, dass König Aurion tot und er, Galen, nun Hochkönig ist. Galen muss sich zwischen Liebe und Pflicht entscheiden: die gefangene Prinzessin verfolgen oder das Heer in den Krieg führen.

Danner und Patrel brechen von Steinhöhen in die Sieben

Täler auf; just in dem Augenblick, da sie aus dem Westtor reiten, kommt General Vidron mit seiner Truppe durch das Osttor in den Ort geritten; sie sehen einander nicht.

**9. Januar:** Galen kommt zu dem Schluss, dass er keine andere Wahl hat: Er muss nach Süden reiten, das Heer sammeln und den Feind bekämpfen. Schweren Herzens tritt er in Begleitung von Tuck und Fürst Gildor die Reise nach Pellar an.
Gildors Zwillingsbruder Vanidor bricht mit drei Kameraden nach Gron im Norden auf, um Modrus Kräfte zu erkunden und, falls die Umstände günstig sind, die Prinzessin zu retten.

**10. Januar:** Danner und Patrel erreichen die Sieben Täler und stellen fest, dass Modrus Räuber das Dorf Grünwies zerstört haben. Während der Nacht galoppieren General Vidron und seine Begleiter auf dem Weg nach Wellen durch Grünwies. Wieder verfehlen die beiden Wurrlinge Vidron nur knapp.

**11. Januar:** Prinzessin Laurelin trifft im Eisernen Turm ein. Modru lässt sie in eine schmutzige Zelle ohne Licht sperren.

**12. Januar:** Danner und Patrel treffen in Waldsenken ein; Ghule haben das Dorf in Brand gesteckt. Merrili Holt rettet die beiden vor einem der Räuber. Danner und Patrel erfahren, dass Tucks Eltern ebenso wie die Eltern Merrilis von plündernden Ghulen getötet wurden.

**13. Januar:** In Biskens Scheune versammeln sich Bogenschützen der Wurrlinge, um Pläne für einen Gegenschlag gegen die Ghule zu beraten.

**14. Januar:** Tuck, Galen und Gildor treffen bei ihrem Ritt entlang des Grimmwalls auf den Zwergenkrieger Brega, den einzigen Überlebenden einer großen Schlacht zwischen einer Kompanie der Zwerge und der Vorhut einer

Horde von Rukhs. Brega schließt sich dem Trio bei dessen Ritt nach Süden an.

**15. Januar:** Schlacht von Lammdorf: Wurrlinge locken Ghulenräuber in Lammdorf im Osttal in einen Hinterhalt.

**16. Januar:** Auf der Flucht vor Ghulen werden Tuck, Galen, Gildor und Brega bis vor die Dämmertür von Drimmenheim getrieben. Sie werden vom Krakenwart angegriffen und fliehen in die finsteren, vom Gargon beherrschten Gänge des alten unterirdischen Zwergenreichs.
Laurelin wird aus ihrer Zelle geholt und in einen hohen Turm geführt, wo sie den gefangenen Vanidor vorfindet. Modru weidet sich an dem Myrkenstein, einem Bruchstück des Drachensterns, mit dessen Hilfe er den Dusterschlund erzeugt hat. Laurelin wird gezwungen, die Ermordung Vanidors mit anzusehen. Im Augenblick seines Todes lässt Vanidor seinem Zwillingsbruder Gildor, der sich weit entfernt im Süden bei der Dämmertür aufhält, durch unbekannte Elfenkräfte eine Prophezeiung zukommen.

**17.–18. Januar:** Tuck, Galen, Gildor und Brega marschieren durch Drimmenheim, auf das Morgentor und die Freiheit zu. Der Gargon, ein Angststreuer, entdeckt, dass sie sich in den Höhlen aufhalten, und verfolgt sie, unterstützt von einer Horde des Madenvolks. Es gelingt den vier Helden, den Gargon zu töten und zu entkommen.

**19.–20. Januar:** Auf ihrem weiteren Weg nach Süden lassen die vier endlich auch den Dusterschlund hinter sich zurück. In den Sieben Tälern schließt sich die Kompanie von Biskens Scheune mit der Ostwald-Kompanie zusammen; sie überfallen am 20. in der Schlacht von Farnburg eine große Gruppe von Ghulen. Danner, Patrel und Merrili werden von Vidron und Kriegern aus Wellen gerettet, die auf dem Weg zur Gûnarring-Schlucht sind, um diese aus der Hand der Lakh von Hyree zu befreien.

**21. Januar:** Danner, Patrel, Merrili und sieben weitere Wurrlinge schließen sich Vidron an, um ihre Sehkraft den Menschen zur Verfügung zu stellen.
Tuck, Galen, Gildor und Brega kommen nach Darda Galion, dem Land der Greisenbäume und Silberlerchen.

**23. Januar:** Die vier sprechen in Waldesherz, Darda Galion, mit Coron Eiron. Es entsteht der Plan, per Boot zur Argon-Fähre zu reisen, wo sie, falls die Fähre sich nicht in Feindeshand befindet, auf Führer zu stoßen hoffen, die sie zum Heer bringen können.
Vidrons Legion bricht von den Sieben Tälern mit Ziel Gûnarring-Schlucht auf.
Die Vorhut der Horde von der Festung Challerain dringt durch den verlassenen Nordwaldtunnel in die Sieben Täler ein.

**24. Januar:** Tuck, Galen, Gildor und Brega brechen in einem Boot der Elfen zur Argon-Fähre auf.

**25. Januar:** Während von einer Sonnenfinsternis die Rede ist, erinnert sich Gildor schließlich an Vanidors Todesprophezeiung: »Der schwärzeste Tag, das größte Übel ...« Gildor vermutet, dass Modru während der bevorstehenden Sonnenfinsternis am 22. Februar versuchen wird, Gyphon aus seiner Verbannung jenseits der Sphären nach Mithgar zu holen.

**28. Januar:** Tuck, Galen, Gildor und Brega treffen an der Argon-Fähre ein.

**29.–31. Januar:** In Begleitung von Reichsmarschall Ubrik reiten die vier zur Gûnarring-Schlucht.
An der Gûnarring-Schlucht kommt es zur Schlacht zwischen den Harlingar von Valon und den Lakh von Hyree. Nach drei Tagen siegen die Harlingar.

**1. Februar:** Tuck, Galen, Gildor, Brega und Ubrik treffen an der Gûnarring-Schlucht ein. König Aranor von Valon

bewilligt ihnen fünftausend Vanadurin-Krieger für den Ritt nach Norden, zum Eisernen Turm, wo sie versuchen wollen, Modrus Pläne für den Schwärzesten Tag, den Tag der Sonnenfinsternis, zu durchkreuzen.
Vidron trifft an der Schlucht ein und da er sie vom Feind gehalten wähnt, plant er einen Angriff.

**2. Februar:** Vidron greift unwissentlich die Vanadurin in der Schlucht an. Im letzten Moment erkennen beide Seiten, dass der jeweils andere nicht der Feind ist, und brechen den Angriff ab.
Vidrons Legion schließt sich Hochkönig Galens Zug zum Eisernen Turm an.
Tuck ist wieder mit Merrili, Danner und Patrel vereint.
Im Tempo eines valonischen Langritts bricht das Heer nach Gron auf, um in einem Wettlauf gegen die Zeit den Eisernen Turm vor Anbruch des Schwärzesten Tages zu erreichen.

**5. Februar:** Galens Heer trifft am Gûnarschlitz ein.

**6. Februar:** Galens Heer erreicht den Rand des Dusterschlunds.

**7. Februar:** Galens Heer passiert das Ragad-Tal.
Die Horde, die das Weitimholz angreift, bricht die Attacke ab und macht sich von Steinhöhen nach Osten auf, um Galens Heer abzufangen.

**9. Februar:** Das Heer überquert die Straße zum Quadra-Pass.
Die Horde erreicht den Leuchtfeuerhügel.

**10. Februar:** Galens Heer überquert die Rhonfurt. Die Pferde von Vidrons Legion sind müde, denn sie haben bereits den weiten Weg von Wellen hinter sich, und es fällt ihnen immer schwerer, das scharfe Tempo zu halten.
Die Horde strebt weiter im Gewaltmarsch nach Osten.
Elfenfürst Inarion bricht vom Leuchtfeuerhügel auf, um Fürst Talarin im Arden-Tal vor der ostwärts marschierenden Horde zu warnen.

**11. Februar:** Das Heer lagert südlich des Ödwalds. Die Pferde von Vidrons Legion sind vollkommen erschöpft.
Die Horde nähert sich den Wilden Bergen.

**12. Februar:** Das Heer erreicht in der Nähe der Arden-Furt die Querlandstraße.
Die Horde kommt zur Steinernen Brücke.
Fürst Inarion trifft im Ardental ein.

**13. Februar:** Galens Heer lagert an der Arden-Steilwand. Prinz Igon, die Elfenfürsten Talarin und Inarion sowie der Elf Flandrena kommen ins Lager des Hochkönigs. Inarion erzählt von der Horde. Flandrena, der einzige Überlebende von Vanidors missglücktem Stoßtruppunternehmen in Gron, berichtet von der starken Befestigung des Eisernen Turms. Galen bittet Vidron und die Wellener, die Horde am Gruwen-Pass aufzuhalten. Talarin und die Elfen von Arden schließen sich Vidron an. Prinz Igon, der von seiner Verwundung genesen ist, nimmt an Galens Vorstoß zum Eisernen Turm teil.

**14. Februar:** Das Heer zieht durch den Gruwen-Pass nach Gron hinein.
Vidrons Legion und die Elfen von Arden beziehen Stellung, um den Pass zu verteidigen.
Die Horde kommt zur Arden-Furt.

**15. Februar:** Das Heer zieht weiter nach Norden.
Von Prinzessin Laurelins inzwischen verheiltem Arm wird der Verband abgenommen. Die Prinzessin sinnt auf Flucht.

**17. Februar:** Galens Heer erreicht den südlichen Rand des Großen Sumpfs.
Die Horde trifft am Gruwen-Pass ein.

**18. Februar:** Das Heer kommt zum Nordrand des Grumpf.
Die Horde greift die Verteidiger des Gruwen-Passes an.

**19. Februar:** Das Heer erreicht das Klauenmoor.
Zweiter Tag der Schlacht am Gruwen-Pass.

**20. Februar:** Das Heer trifft am Eisernen Turm ein.
Dritter Tag der Schlacht am Gruwen-Pass.

**21. Februar:** Galen und sein Kriegsrat planen den Angriff auf den Eisernen Turm.
Vierter Tag der Schlacht am Gruwen-Pass.

**22. Februar:** Der Schwärzeste Tag. Das Heer beginnt den Angriff auf den Eisernen Turm. Brega führt einen Stoßtrupp über den Graben und auf die Festungswälle, mit der Aufgabe, die Zugbrücke herunterzulassen und das Tor zu öffnen. Der verletzte Tuck kriecht durch ein Abflussrohr unter dem Wall hindurch und bahnt sich einen Weg zu Laurelins Gefängniszelle. Modru schlägt Tuck bewusstlos und schleift Laurelin in die Spitze des Turms, um sie zu opfern und Gyphon nach Mithgar zurückzuholen. Bregas Stoßtrupp lässt die Zugbrücke herab. Patrel bringt einen Troll durch eine List dazu, das Tor zu öffnen. Das Heer dringt in die Festung ein. Danner wird im Kampf auf den Wällen getötet. Tuck gelangt in den Turm und vernichtet den Myrkenstein, tötet Modru und schickt Gyphon zurück jenseits der Sphären. Dabei erblindet Tuck. Der Dusterschlund bricht zusammen, Adons Bann ist wiederhergestellt und der Dörrtod ereilt das Madenvolk. Die Lakh von Hyree werden geschlagen, die Seeräuber aus Kistan fliehen über die Avagon See. Der Winterkrieg ist zu Ende.

**23. Februar – 3. März:** Gewaltige Unwetter toben über Mithgar. Ein Schneesturm hält das Heer im Eisernen Turm gefangen.

**4. März:** Das Heer verlässt den Turm und beginnt die lange Heimreise.

**13. März:** Das Heer trifft im Ardental ein.

**20. März:** Frühlingsbeginn. Nach einer Woche Rast setzt das Heer seine Heimreise fort.

**22. März:** König Galen, Prinzessin Laurelin, Prinz Igon, General Vidron und die Männer aus Valon ziehen weiter nach Süden mit Ziel Pellar, während Tuck, Merrili, Patrel und die übrigen noch lebenden Wurrlinge, eskortiert von den Männern aus Wellen, nach Westen abbiegen und auf der Querlandstraße in Richtung der Sieben Täler streben.

**30. März:** Die Wurrlinge und ihre Eskorte treffen in Steinhöhen ein.

**1. April:** Die Wurrlinge und ihre Eskorte verlassen Steinhöhen.

**3. April:** Die Wurrlinge und ihre Eskorte erreichen die Sieben Täler. Patrel verabschiedet sich, um nach Mittwald im Osttal weiterzureisen.

**4. April:** Tuck und Merrili treffen in Waldsenken ein.

**21. April:** Langer Tag des Jahres. Tuck Sunderbank heiratet Merrili Holt.

**August:** Die Sunderbanks ziehen in die *Wurzel.*

**Herbst:** Hochkönig Galen heiratet Laurelin von Riamon.

**Dezember:** Jahresendtag. Der letzte Tag der Vierten Epoche.

## Ereignisse späterer Jahre

**1. Januar 5E1:** Jahresanfang. Erster Tag der Fünften Epoche (5E).

**15. Januar:** Am Jahrestag der Schlacht von Lammdorf wird in dem Ort ein Denkmal enthüllt, zur Erinnerung daran, dass in diesem Weiler der Kampf gegen die Ghule begann.

**15. Oktober 5E2:** Rabe Sunderbank kommt in Waldsenken zur Welt.

**Um 5E7:** Tuck Sunderbank erhält vom Hochkönig den Auftrag, die Geschichte des Winterkriegs zu schreiben, ein Werk, das ihn für den Rest seines Lebens beschäftigen wird und den Titel trägt: *Tuck Sunderbanks unvollendetes Tage-*

*buch und sein Bericht vom Winterkrieg.* Viele Schüler und Schreiber helfen Tuck bei der Arbeit, vor allem aber seine Tochter Rabe.

**5E31:** Rabe Sunderbank heiratet Willem Graulock. Sie ziehen ins Westtal, wo Willem einen Gelehrtenkreis zum Buch Rabes gründet.

**5E35:** Robin Graulock kommt im Westtal zur Welt.

**Um 5E40:** Tucks Bau, die *Wurzel,* wird zum Museum über den Winterkrieg.

**5E46:** Hochkönig Galen stirbt in Caer Pendwyr in Pellar. Sein ältester Sohn Gareth wird Hochkönig.

**Um 5E47:** Gerüchte mehren sich, dass die Elfen in großer Zahl Mithgar verlassen und nach Adonar auf der Hohen Ebene wechseln.

**17. Dezember 5E73:** Tuck wird krank.

**31. Dezember 5E73:** Jahresendtag. Tuck Sunderbank, Töter des Myrkensteins, Held des Reiches, stirbt im Alter von 97 Jahren.

**5E91:** Merrili stirbt.

**5E193:** Brega, Sohn Bekkis, Zwergenfürst in den Roten Bergen, stirbt mit 242 Jahren. Damit ist der Letzte unter den sterblichen Helden des Winterkriegs tot.

## Lieder, Inschriften und Deutungen

- Die Ermahnung des alten Barlo: Die Pfeile, die sich verirr'n, kannst du genauso gut verlier'n. (Kap. 5)
- Die Inschrift auf Othrans Grab: Bewahr den roten Pfeil ... (Kap. 5,6,7)
- Raels Rätsel: Keinem von zwei Übeln gelte dein Hieb ... (Kap. 5,6,7)
- Vanidors Todesrätsel: Der Schwärzeste Tag (Kap. 3)

- Lied vom roten Pfeil (Kap. 7)
- Lied vom Eisernen Turm (Kap. 7)

## Übersetzungen von Wörtern und Wendungen

Im *Buch des Raben* erscheinen viele Worte und Ausdrücke aus anderen Sprachen als Pellarion, der Allgemeinsprache. Für an solchen Dingen Interessierte wurden sie in diesem Anhang gesammelt. Es kommen eine Reihe Sprachen vor:

Châkur = Zwergensprache
AHR = Alte Hochsprache von Riamon
AP = Alte Sprache Pellars
AR = Alte Sprache Rians
Slûk = Sprache des Gezüchts
Sylva = Elfensprache
Twyll = Alte Sprache der Wurrlinge
Valur = Alte Kriegssprache Valons

Die folgende Seite gibt einen Überblick über die häufigsten Begriffe, die sich in den verschiedenen Sprachen im *Buch des Raben* finden.

| Wurrling **(Twyll)** | Valon **(Valur)** | Pellar **(Pellarion)** | Kobold **(Sylva)** | Zwerg **(Châkur)** |
|---|---|---|---|---|
| Rukh | Rutch | Rukh | Ruch | Ükh |
| Rukhs | Rutcha | Rukha | Rucha | Ükhs |
| Rukhen | Rutchen | Rukken | Ruchen | Ükken |
| | | | | |
| Hlök | Drökn | Lökh | Lok | Hrök |
| Hlöks | Drökha | Lökha | Loka | Hröks |

| | | | | |
|---|---|---|---|---|
| Hlöken | Drökhen | Lökken | Loken | Hröken |
| | | | | |
| Ghul | Guul | Ghol | Ghûlk | Khol |
| Ghule | Guula | Ghola | Ghûlka | Khols |
| Ghulen | Guulen | Gholen | Ghûlken | Kholen |
| | | | | |
| Gargon | Gargon | Gargon | Gargon | Ghath |
| Gargonen | Gargona | Gargons | Gargoni | Ghaths |
| | | | | |
| Ogru | Ogru | Troll | Troll | Troll |
| | | | | |
| Madenvolk | Wrg | Yrm | Rûpt | Grg |
| | | | | |
| Zwerg | Zwerg | Zwerg | Drimm | Châk |
| Zwerge | Zwerge | Zwerge | Drimma | Châkka |
| Zwergen- | Zwergen- | Zwergen- | Drimmen | Châkka |
| | | | | |
| Elf | Deva | Elf | Lian/Dylvan* | Elf |
| Elfen | Deva'a | Elfen | Lian/Dylvana | Elfen |
| Elfen- | Deven | Elfen- | Lianen/ Dylvanen | Elfen- |
| | | | | |
| Riese | Riese | Utrun | Utrun | Utrun |
| Riesen | Riesen | Utruni | Utruni | Utruni |
| | | | | |
| Wurrling | Waldan | Waerling | Waerling | Waeran |
| Wurrlinge | Waldana | Waerlinga | Waerlinga | Waerans |
| Kleines Volk | Waldfolck | Kleines Volk | – | – |

*Die Elfen bestehen aus zwei Stämmen: a) den Lian, den Ersten Elfen, und b) den Dylvana, den Waldelfen.

Im Folgenden sind Wörter und Begriffe in der Originalsprache aufgelistet. Wo möglich, wurde eine direkte Übersetzung angegeben ( ); in anderen Fällen wurde die Übersetzung aus dem Zusammenhang im *Buch des Raben* abgeleitet { }. Ebenfalls aufgeführt ist der Name des Sprechers, falls bekannt [ ].

**Châkur (Zwergensprache)**

**Châkka djalk aggar theck!** (Zwergen––!) [Brega]

**Kruk!** (Nicht übersetzter Ausruf) [Brega]

**Slûk (Sprache des Gezüchts)**

**Arg tha! Shugg du!** (nicht übersetzt) [Torwächter, Hlök] {Ihr da! Sagt, wer ihr seid!}

**Dolh** (Elf/Elfen) [Modru]

**Dubh** (Zwerg/Zwerge) [Modru]

**Guttra!** [Torwächter] {Halt!}

**Negus** (Herr, König) [Modru] {Negus des Schreckens = Herr des Schreckens = der Gargon}

**Shabba dul!** [Modru] {In die Grube!}

**Slath!** [Modru] {Halt!}

**Theck dral, guth!** [Hlök-Aufseher] {An die Arbeit, du Faulpelz!}

**Sylva (Elfensprache)**

**Aro!** (nicht übersetzter Ausruf) [Gildor]

**Darda Erynian** (Wald des grünen Hauses)

**Eryn** (grün, z. B. Erynfurt = Grünfurt) [Eiron]

**Kel!** (nicht übersetzter Gruß) [Talarin]

**Va Draedan sa nond** (Der Gargon ist tot) [Gildor]

**Valur (Alte Kriegssprache Valons)**

**Hai roi!** (nicht übersetzter Ausruf) [Borel]

**Hál, Deva Talarin! Vanada al tro da halka!** (Heil, Elf Talarin! Gemeinsam werden wir stark sein!) [Vidron]

# GLOSSAR

A

**Adon:** die hohe Gottheit Mithgars. Auch genannt der Hohe, der Eine

**Adonar:** die Welt auf der Hohen Ebene, wo Adon wohnt. Auch genannt die Hohe Welt

**Adons Bann:** s. (der) Bann

**Adons Versprechen:** s. (der) Bann

**Aevor:** Elfenname für den Grimmdorn, so viel wie: Berg der schwarzen Winde

**Aggarath:** Name der Zwerge für den Grimmdorn

**Agrons Armee:** Armee, die unter Führung von Agron einen Feldzug in den großen Sumpf unternahm und nie wieder gesehen wurde

**Alare:** Mensch aus Valon, Ehefrau von Aranor. Königin von Valon zur Zeit des Winterkriegs

**Alban:** ein Land in Mithgar, östlich von Pellar gelegen

**Albin Weidner:** Wurrling aus den Sieben Tälern. Leutnant in der Kompanie von Biskens Scheune

**Alor:** (Sylva: Herr) Elfen-Titel, etwa »Fürst«

**Altbokker:** männlicher Wurrling zwischen sechzig und fünfundachtzig Jahren

**Altersname:** bei Wurrlingen gebräuchliche Namen, um jeweils das generelle Lebensalter anzuzeigen. (Siehe Anhang: *Ein Wort über Wurrlinge)*

**Altmamme:** weiblicher Wurrling zwischen sechzig und fünfundachtzig Jahren

**Alver:** Hauptmann, Befehlshaber der Dorngänger während des Winterkriegs

**Aranor:** Mensch; König von Valon zur Zeit des Winterkriegs

**Arbagon Morast:** ein Wurrling aus dem Weitimholz. Führer des dortigen Kleinen Volkes im Winterkrieg

**Arbalin:** Insel in der Avagon-See vor der Küste von Jugo

**Arbalin:** Insel in der Avagon-See, vor der Küste von Jugo

**Arbin Gräber:** ein Wurrling aus den Sieben Tälern. Angehöriger der Vierten Osttal-Kompanie und der Kompanie des Königs. Gefallen in der Feste Challerain

**Arch Hax:** Wurrling aus den Sieben Tälern; kämpfte dort gegen die Ghule sowie in der Schlacht um den Eisernen Turm

**Arden(-Tal):** ein bewaldetes Felsental im Norden von Rell. Heimat von Talarins Schar der Wächter Lians. Die geheime Zuflucht. Zwei verborgene Eingänge führen ins Tal: im Norden eine tunnelartige Höhle in der Arden-Wand, im Süden eine Straße unter und hinter den Arden-Fällen

**Arden-Furt:** Furt, an der die Querlandstraße den Fluss Fall nahe des Arden-Tals überquert

**Arden-Steilwand:** senkrechte Felswand auf der Außenseite des Ardentals, die das Tal auf der gesamten Länge des Westseite abschließt

**Argo:** ein Wurrling aus den Sieben Tälern. Angehöriger der Vierten Osttal und der Kompanie des Königs. Gefallen in der Feste Challerain

**Argon:** großer Fluss Mithgars, fließt an der Ostflanke des Grimmwalls entlang und ergießt sich in die Avagon-See

**Argon-Fähre:** Fähre an der Pendwyrstraße über den Argon; verbindet Pellar und Valon

**Aric:** Mensch aus Valon; Krieger in Galens Legion

**Arlo Huck:** Wurrling aus den Sieben Tälern, Gatte von Willa Huck. Bauer im Osttal, zu Beginn des Winterkriegs von Vulgs getötet

**Aro:** (Sylva) Ausruf der Überraschung

**Arvin:** Wurrling aus den Sieben Tälern; Angehöriger der Kompanie des König; vor Modrus Festung gefallen

**Aska:** Frau der Baeron, Gemahlin von Ural, der zur Zeit des Winterkriegs Häuptling der Baeron war

**Atalanisch:** die geschriebene Sprache Atalars

**Atalar:** Insel, die durch eine Katastrophe im Meer versank. Auch bekannt als das »vergessene Land«

**Atalar-Klinge:** ein Langmesser aus dem vergessenen Land, das Tuck im Grab von Othran dem Seher findet

**Aurion:** Mensch aus Pellar; Hochkönig von Mithgar. Gefallen in der Schlacht um die Feste Challerain. Auch bekannt als Aurion Rotaug wegen einer scharlachroten Augenklappe, die er über einem im Gefecht erblindeten Auge trägt

**Außerer:** Begriff der Wurrlinge in den Sieben Tälern für jeden, der außerhalb des Dornwalls lebt

**Avagon-See:** Meer, südlich von Pellar, Jugo, Hoven. Im Süden der Avagon-See liegen unter anderem Chabba und Hyree. Die große Insel Kistan liegt in der westlichen Avagon-See.

**Aven:** ein Reich Mithgars; grenzt im Norden an den Grimmwall und im Süden an Nord-Riamon

**B**

**(die) Baeron:** Zweig von Menschen, die über große Kraft verfügen und in den nördlichen Tälern des Argon sowie im Wald Darda Erynian leben. Die Baeron haben im Winterkrieg mit dem Bund gegen Modrus Horden gekämpft. Manche von ihnen sollen ihre Gestalt wechseln können.

**(der) Bann:** Adons Verbannung aller Geschöpfe der Unterwelten aus dem Licht von Mithgars Sonne als Strafe für ihre Unterstützung Gyphons im Großen Krieg. Wer sich dem Bann widersetzt, den tötet das Tageslicht; die Körper schrumpfen zu ausgedörrten Hüllen und verwehen wie Staub. Auch bekannt als Adons Versprechen

**Bannkrieg:** s. (der) Große Krieg

**Barlo:** meist: der alte Barlo. Wurrling aus den Sieben Tälern. Ausbilder der Bogenschützen

**Baskin:** Wurrling aus dem Weitimholz. Mitglied des Weitimholz-Bundes

**Bastheim:** Wurrlingsdorf an der Querlandstraße im Osttal

**Bekki:** Vater von Brega

**Bellon-Fälle:** großer Wasserfall, wo der Argon über den Hohen Abbruch in den Kessel stürzt

**(die) Bendels:** Verwandte Tucks in Ostend

**Bergil:** Mensch aus Rian; Laurelins Kutscher. Beim Überfall auf den Wagenzug von Ghulen getötet

**Berserker:** von der Raserei befallener Kämpfer, nur durch schwere Verwundung aufzuhalten

**Bert Arboran:** Wurrling aus den Sieben Tälern; kämpfte dort gegen die Ghule sowie in der Schlacht um den Eisernen Turm

**Bert Sunderbank:** Wurrling aus den Sieben Tälern, Gatte von Tulpe Sunderbank, Vater von Tuck

**Bessie Holt:** Mamme aus den Sieben Tälern, Gemahlin von Bringo Holt, Mutter von Merrili

**Bingo Prachtl:** Wurrling aus den Sieben Tälern. Angesehener Jäger zur Zeit des Winterkriegs

**Biskens Scheune:** die große Scheune, in der sich die Wurrlinge versammeln und den Widerstand gegen die Ghule organisieren

**Bockelmann Bräuer:** Mensch aus Steinhöhen. Inhaber des Gasthofs zum Weißen Einhorn. Anführer der Menschen des Weitimholz-Bundes

**Bodensaal:** einer der Säle in Kraggen-cor, durch welche die Grubengänger marschieren

**Boeder:** Mensch aus Rian. Mitglied von Galens Hundertschaft, wird von Vulgs getötet, während er mit der Nachricht zum Hochkönig unterwegs ist, dass sich der Dusterschlund nach Süden bewegt

**(der) Bog:** Fluss im Norden von Harth, der zum Spindel fließt

**Bokker:** Altersname für einen männlichen Wurrling zwischen dreißig und sechzig. Auch generelle Bezeichnung für einen männlichen Wurrling

**Borel:** Mensch aus Valon; kämpfte in der Schlacht an der Gûnarring-Schlucht

**Borta:** Zwergenfürst in den Roten Bergen zur Zeit des Winterkriegs

**Braggi:** Zwergenkrieger; Anführer eines Stoßtrupps, der nach Kraggen-cor eindrang, um den Gargon zu töten

**Brega:** Zwerg aus den Roten Bergen, Sohn Bekkis; Held des Winterkriegs und einer der Grubengänger

**Bregas Stoßtrupp:** von Brega angeführte Gruppe, deren Aufgabe es war, am Schwärzesten Tag die Zugbrücke herabzulassen und das Fallgitter zu öffnen; im Einzelnen: Zwerg Brega, Elf Flandrena und Mensch Igon, dazu sechs Wurrlinge: Danner, Harven, Tuck, Rollo, Dink und Patrel

**Brek:** Zwergenkönig in Minenburg zur Zeit des Winterkriegs

**(der junge) Brill:** Mensch aus Wellen, Hauptmann und Mitglied von Aurions Kriegsrat. Berserker. Gefallen in der Schlacht um die Feste Challerain

**Bringo Holt:** Wurrling aus den Sieben Tälern, Gatte von Bessie Holt, Vater von Merrili

**Bringos Stall:** Ponystall im Besitz von Bringo Holt

**(die) Brinhöhen:** in Nord-Süd-Richtung verlaufende Hügelkette an der Grenze zwischen Jugo und Hoven

**(die) Brut:** s. Gezücht

**Buch des Raben:** auch: *Herrn Tuck Sunderbanks unvollendetes Tagebuch und sein Bericht vom Winterkrieg.* Chronik, die von Tuck und verschiedenen Schreibern über den Winterkrieg verfasst wurde

**Bund von Wellen und Arden:** die Streitmacht der Menschen aus Wellen und der Elfen aus Arden, die in der Schlacht am Gruwen-Pass gegen eine von Modrus Horden kämpfte; auch als Vidrons Legion bekannt

C

**Caer Lindor:** Elfenfestung auf einer Insel im Fluss Rissanin; wurde im Großen Krieg zerstört

**Caer Pendwyr:** südliche Festung; Wintersitz und Hof des Hochkönigs auf der Insel Pendwyr in der Avagon See

**Caire:** Fluss im Westen der Rigga-Berge

**Chabba:** Land an der Avagon-See

**Chabbaner:** Mensch aus Chabba. Im Winterkrieg ist eine von Modrus Marionetten ein Chabbaner

**Chagor:** Sylva-Name für den Berg Dachspitz

**Châk,** Plural **Châkka:** (= Zwerg) Bezeichnung der Zwerge für ihre eigene Art

**Châkur:** (= unsere Zunge) die geheime Sprache der Zwerge

**Challerain:** s. Feste Challerain

**Chubb:** Wurrling aus den Sieben Tälern; kämpfte dort gegen die Ghule und fiel in der Schlacht von Farnburg

**Corbi Platt:** Wurrling aus den Sieben Tälern. Mitglied der Vierten Osttal und der Kompanie des Königs. Gefallen in der Feste Challerain

**Coron:** Elfenname für den Berg Stormhelm und Bezeichnung für den Herrscher (König) der Elfen

**Crestan-Pass:** oberhalb des Ardentals gelegener Pass über den Grimmwall

D

**Dachspitz:** einer der vier Berge der Quadra, unter denen Drimmenheim liegt; sein Gestein weist eine blaue Färbung auf; auch bekannt als Chagor (Sylva) und Ghatan (Châkur)

**Dambo Rick:** Wurrling aus den Sieben Tälern, einer der Kämpfer aus Biskens Scheune

**Dämmerritt:** eine Möglichkeit, von Adonar auf der Hohen Ebene nach Mithgar auf der Mittelebene zu gelangen; bevor der Weg zerstört wurde, wechselten Elfen häufig zwischen beiden Welten. Andere Völker waren nicht in der Lage, von einer Ebene zur anderen zu reisen, oder wussten nicht, wie man es macht. Es gibt jedoch Hinweise darauf, dass Adon und Gyphon den Weg für andere öffnen können.

**Dämmertür:** der westliche Eingang nach Kraggen-cor; liegt unter der Halbkuppel der Großen Wand in der Westflanke des Grimmwalls; wurde von dem Zwerg Valki und dem Zauberer Grevan gefertigt. Nach dem Sprechen geheimer Worte kann die Dämmertür von Zwergen mit Hilfe des Zauberworts *Gaard* geöffnet und geschlossen werden.

**Danner Brombeerdorn:** Wurrling aus den Sieben Tälern, Dorngänger. Ein enger Gefährte Tucks

**Dara:** (Sylva: Dame) Titel der Elfen für Gemahlin eines Alor

**Darby:** Wurrling aus den Sieben Tälern; Hauptmann der Vierten Osttal-Kompanie im Winterkrieg

**Darda Erynian:** Elfenname mit der Bedeutung »Wald des grünen Hauses«. Großer Wald östlich des Argon in Riamon

**Darda Galion:** Elfenname mit der Bedeutung: Wald der Silberlerchen. Ein großer Wald aus Greisenbäumen im Südwesten Riamons, westlich des Argon. Letzte wahre Heimat der Elfen in Mithgar, auch bekannt als Lerchenwald

**Delber:** Wurrling aus den Sieben Tälern. Mitglied der Vierten Osttal und der Kompanie des Königs. Gefallen in der Feste Challerain

**Dele:** köstlicher Haferbrei der Elfen

**Dellin-Höhen:** niedrige Hügelkette in Harth

**Die Kämpfe:** Sammelbegriff für die Gefechte der Wurrlinge gegen Modrus Truppen in den Sieben Tälern; auch bekannt als der Siebentalkrieg

**Dilbi:** Wurrling aus den Sieben Tälern. Mitlied der Vierten Osttal und der Kompanie des Königs. Gefallen in der Feste Challerain

**Dill Thorven:** Wurrling aus den Sieben Tälern; kämpfte dort gegen die Ghule und in der Schlacht um den Eisernen Turm

**Dinburg:** Weiler im Osttal, nördlich der Querlandstraße

**Dink Weller:** Wurrling aus den Sieben Tälern; kämpfte dort gegen die Ghule und in der Schlacht um den Eisernen Turm

**Dolh:** (Slûk-Sprache) Bezeichnung des Gezüchts für Elf(en)

**Dorn:** Mensch, König von Riamon zur Zeit des Winterkriegs; Gatte von Alare, Vater von Laurelin

**Dorngänger:** Gruppen von Bogenschützen der Wurrlinge, die in Krisenzeiten an den Eingängen zu den Sieben Tälern Wache halten und nur hereinlassen, wer in einem berechtigten Anliegen kommt. D. gehen auch entlang des Dornwalls Patrouille, daher der Name.

**Dornwall:** eine Barriere aus Dornen (s. Spindeldorn), welche die Sieben Täler schützt. Wo der Dorn nicht natürlich wächst, wurde er kultiviert, um den Wall zu schließen. Der D. ist vierzig bis fünfzig Fuß hoch und eine bis zehn Meilen breit.

**Dörrtod:** Strafe für die Geschöpfe aus der Untargarda, wenn sie sich in Übertretung des Banns in der Sonne Mithgars zeigen: Sie zerfallen zu Staub.

**Dossis Obstgarten:** Obstgarten im Westen von Waldsenken

**Drachen:** eines der Völker Mithgars. Es gibt zwei Stämme: Feuerdrachen und Kaltdrachen. Drachen sind gewaltige Geschöpfe und der Sprache mächtig. Zumeist besitzen sie Flügel und können fliegen. Für gewöhnlich leben sie in abgelegenen Höhlen; sie schlafen eintausend Jahre und bleiben dann zweitausend wach. Oft horten sie Schätze.

Feuerdrachen speien Flammen. Kaltdrachen speien Säure, aber keine Flammen, denn sie waren einst Feuerdrachen, denen Adon als Bestrafung für ihre Unterstützung Gyphons im Großen Krieg das Feuer wegnahm. Kaltdrachen unterliegen dem Bann.

**Drachensäulen:** vier Reihen mächtiger Säulen in der Kriegshalle von Kraggen-cor; sie haben das Aussehen von Drachen, die sich an den Säulen emporwinden

**Drachenstern:** ein Komet, der beinahe mit Mithgar zusammengeprallt wäre

**Drakkalan:** (= Schwarzer Vergießer) die Axt, die Brega von Eiron bekommt

**Drimm:** Elfenname für Zwerg

**Drimmenheim:** (Sylva: Zwergengruben, -minen) Elfenname für Kraggen-cor; auch bekannt als Schwarze Höhlen, Schwarzes Loch oder die Gruben

**Dubh:** (Slûk-Sprache) Bezeichnung des Gezüchts für Zwerg(e)

**Düneburg:** Dorf in den Sieben Tälern, am Oberlandweg im Nordtal gelegen

**Duorn:** ein Elf, Krieger der Lian. Einer der vier Elfen, die ausgesandt werden, Modrus Festung zu erkunden und wenn möglich Prinzessin Laurelin zu befreien. Duorn wird auf dieser Mission getötet.

**Durek:** immer wiederkehrender Name in der Reihe der Zwergenkönige; man glaubte, dass Durek im Laufe der Epochen häufig wiedergeboren wurde, deshalb auch der Beiname Todbezwinger Durek

**Durgans Fabelross:** legendäres Pferd, angeblich aus Eisen; unermesslich schnell, nie ermüdend. Ursprung unbekannt, die Sage stammt aber aus Pellar

**Dusterschlund:** gespenstisches Dunkel, von Modru im Winterkrieg über das Land gelegt, um Adons Bann zu unterlaufen

E

**(Zur) Einäugigen Krähe:** Gasthaus in Waldsenken, auch nur: Zur Krähe

**Eiron:** König der Elfen von Mithgar zur Zeit des Winterkriegs; Gemahl von Faeon

**Eisenwasser:** Fluss, der im Rimmen-Gebirge entspringt

**Eiserner Turm:** Modrus Festung in der Ödnis von Gron

**Elfen:** eins der Völker von Adonar, von denen manche in Mithgar hausen. Besteht aus zwei Stämmen: Lian und Dylvana. Die Erwachsenen werden viereinhalb bis fünfeinhalb Fuß groß. Schlank, lebhaft, schnell, mit scharfen Sinnen ausgestattet; zurückhaltend, Waldbewohner, kunstfertig

**Elfenseil:** außergewöhnlich starkes, geschmeidiges und dabei leichtes Seil, das von den Elfen hergestellt wird

**Elwydd:** Tochter Adons

**Epoche:** historischer Zeitraum auf Mithgar. Epochen werden durch welterschütternde Ereignisse bestimmt, die jeweils zum Ende einer E. und zum Beginn einer neuen führen. Zu Beginn des Winterkriegs zählte man die Vierte Epoche (4E) und das Jahr 2018: 4E2018.

**(die) Eroean:** (Sylva: »eroean« ist ein Elfenwort, das mit dem Wind zu tun hat) ein Elfenschiff, das schnellste Schiff auf Mithgar, eine Art Klipper, ihr Kapitän ist der Elf Aravan. Die Eroean griff in den Winterkrieg ein, um die Flotte der Seeräuber von Kistan in der Avagon-See zu stören. Die Eroean war zuvor mehr als sechstausend Jahre lang nicht in diesen Gewässern gesehen worden und tauchte im Winterkrieg überraschend auf. Nach dem Krieg verschwand sie ebenso plötzlich wieder.

**Eryn-Furt:** (Sylva = Grünfurt) strömungsreiche Furt durch den Fluss Rissanin zwischen Darda Erynian und dem Großwald

F

**Faeon:** Elfe; Herrin von Darda Galion, Gemahlin von Eiron; Tochter Talarins und Raels. Schwester von Gildor und Vanidor. Nach Vanidors Tod unternimmt Faeon den Schattenritt nach Adonar, um den Hohen zu bitten, in den Winterkrieg einzugreifen.

**Falanith:** Elfenname für das Tal zwischen den vier Bergen der Quadra

**Falk:** Mensch aus Wellen. Hauptmann im Bund von Wellen und Arden, führte die Eskorte an, die die Helden der Wurrlinge vom Eisernen Turm nach Hause in die Sieben Täler geleitete

**Fall:** Fluss mit vielen Schnellen und Katarakten, der im Grimmwall entspringt und durch die Arden-Schlucht nach Süden fließt, um in den Caire zu münden

**(das) Fällen der Neun:** frevelhafte Zerstörung von neun Greisenbäumen in Darda Galion durch das Gezücht. Die Übeltäter wurden gefangen und getötet, ihre Überreste zur Abschreckung zur Schau gestellt.

**Farnburg:** Dorf in der westlichen Ecke des Osttals, südlich der Querlandstraße

**Feind in Gron:** Bezeichnung für Modru

**Feste Challerain:** Festung und Stadt im Norden, im Land Rian; Sommersitz und Hof des Hochkönigs. Ort der Eröffnungsschlacht des Winterkriegs. Modrus Horde überwältigte die Verteidiger der Feste, brannte die Stadt nieder und tötete bis auf wenige Ausnahmen alle Krieger des Königs.

**Fiandünen:** flache Hügelkette an der Pendwyrstraße in Pellar

**Finius Handstolz:** Wurrling aus den Sieben Tälern. Stellmacher (Wagner) von Lammdorf

**Finn Wick:** Wurrling aus den Sieben Tälern. Mitglied der Vierten Osttal und der Kompanie des Königs. Gefallen in der Feste Challerain

**Flandrena:** ein Elf; Lian-Krieger. Einer der vier Elfen, die bei einem Stoßtruppunternehmen zum Eisernen Turm Modrus Stärke ausspionieren und, falls möglich, Prinzessin Laurelin retten sollten. Flandrena überlebte als Einziger, weil er dazu bestimmt wurde, die Nachricht von Modrus Truppenstärke ins Arden-Tal zu übermitteln. Flandrena kehrte mit Galens Legion zum Eisernen Turm zurück und rächte den Tod seiner Kameraden; er war Mitglied in Bregas Stoßtrupp.

**Flaumdorf:** Dorf im Osttal, nördlich der Querlandstraße

**Flotte von Arbalin:** Schiffe der Insel Arbalin, hauptsächlich zu Handelszwecken eingesetzt. Im Winterkrieg jedoch sammelten sie sich zur Blockade der Seeräuber von Kistan in der Hile-Bucht.

**(Zum) Fröhlichen Otter:** Gasthaus in Grünwies in den Sieben Tälern

G

**Gagat:** Galens schwarzes Pferd

**Galen:** Mensch aus Pellar. Ältester Sohn von Aurion. Fürst und Prinz, wurde während des Winterkriegs Hochkönig

**Galens Legion:** die fünftausend Krieger, die Galen zum Angriff auf den Eisernen Turm führte; auch als Galens Heer bekannt

**Gann:** Mensch aus Riamon. General, Mitglied von König Aurions Kriegsrat. Gefallen in der Feste Challerain

**Gareth:** erstgeborener Sohn von Galen und Laurelin. Gareth wurde im Jahr 5E46 König.

**Gargon:** (Plural: Gargonen, Gargoni) Vûlk, der Gyphon im Großen Krieg unterstützte. Von den Wächtern Lians im Vergessenen Gefängnis eingesperrt und durch Modrus List befreit. Herrschte mehr als tausend Jahre lang über Drimmenheim, bevor er von den Grubengängern getötet wurde.

Auch bekannt als Draedan (Sylva), Ghath (Châkur) und der Graus

**Gath:** Fluss in Gron, der in nördlicher Richtung aus dem Grumpf zum Nordmeer fließt

**Gelvins Los:** großer Edelstein, dem man magische Eigenschaften nachsagt, ein Zeichen der Macht

**Gemeinsprache:** s. Pellarion

**Geront Kwassel:** Wurrling. Bürgermeister von Waldsenken zur Zeit des Winterkriegs

**(das) Gezücht:** Sammelname für alles Volk und alle Geschöpfe auf der Seite des Bösen, die in Mithgar leben, z. B. Rukhs

**Ghatan:** Name der Zwerge für den Berg Dachspitz

**Ghola:** Pellarion für Ghule

**Ghule:** grausame Räuber; reiten auf Hélrössern. Sehr schwer zu töten. Auch genannt Leichenvolk, Kadaverleute

**Ghûlka:** Elfenname für Ghule

**Gildor:** (Sylva: Goldzweig) Elfenfürst, Krieger der Lian; Sohn von Talarin und Rael

**Glave-Hügel:** Hügelkette zwischen Pellar und dem Großwald in Süd-Riamon

**Gloria Brombeerdorn:** Mamme aus Waldsenken. Gattin von Hanlo Brombeerdorn, Mutter von Danner

**(der) Glorreiche Bund:** die Allianz von Elfen, Menschen, Riesen, Wurrlingen und Zwergen, die im Großen Krieg an der Seite Adons gegen Gyphon, Modru und das Gezücht kämpfte

**Gorburgs Mühle:** Getreidemühle in Waldsenken

**Graulings Fabelbogen:** sagenhafter Bogen, der seinem Benutzer unübertroffene Zielgenauigkeit verleiht; vom Elf Grauling zuerst verwendet

**(der) Graus:** s. Gargon

**Grauturm:** Einer der vier Berge der Quadra, unter denen Kraggen-cor liegt; erhielt seinen Namen von dem grauen

Gestein, aus dem er besteht; auch bekannt als Gralon (Sylva) und Uchan (Châkur)

**Greisenbäume:** große, Hunderte von Fuß hohe Bäume, denen die besondere Eigenschaft nachgesagt wird, das Abendlicht festzuhalten, wenn Elfen in der Nähe sind

**Greiser:** Name für einen Wurrling, der das fünfundachtzigste Lebensjahr überschritten hat

**Grevan:** ein Zauberer Mithgars, der Valki beim Bau der Dämmertür half

**Grimmdorn:** einer der vier Berge der Quadra, unter denen Kraggen-cor liegt. Das Gestein des Grimmdorn ist schwarz, und an seiner Westflanke liegt die Große Wand, in die die Dämmertür gegraben wurde. Auch bekannt als Aevor (Sylva) und Aggarath (Châkur)

**Grimmwall:** ausgedehnte und hohe Gebirgskette in Mithgar, die von Nordost nach Südwest verläuft

**Gron:** Modrus Reich des Bösen. Öd und leer, ein großes, keilförmiges Stück Land zwischen den Gronspitzen im Osten, der Rigga im Westen und dem Nordmeer. Auch bekannt als die Ödnis von Gron

**(die) Gronspitzen:** Gebirgskette, die in Nord-Süd-Richtung vom Nordmeer zum Grimmwall verläuft

**(der) Große Krieg:** der Teil des Krieges zwischen Gyphon und Adon, der in Mithgar ausgefochten wurde. Auch genannt Bannkrieg oder Großer Bannkrieg

**Große Leute:** Bezeichnung der Wurrlinge für die Menschen

**Große Wand:** hohe, senkrechte Wand des Grimmdorns, in der die Dämmertür liegt

**Großwald:** ausgedehnter Wald in Süd-Riamon, der sich vom Fluss Rissanin bis zu den Glave-Hügeln erstreckt

**Grubengänger:** Name der vier Gefährten, die während des Winterkriegs durch das unterirdische Drimmenheim marschierten. Die vier Grubengänger sind Galen, Tuck, Gildor und Brega

**Grume:** Wurrlingsmamme, die älter als fünfundachtzig Jahre ist

**(der) Grumpf:** Großer Sumpf in Gron

**Grünwies:** Weiler in den Sieben Tälern, östlich von Waldsenken

**Gruwen-Pass:** Bergpass zwischen Rhon und Gron, wo sich Gronspitzen und Rigga treffen

**Gûnar:** ein verlassenes Reich Mithgars, vom Grimmwall und vom Gûnarring begrenzt

**(der) Gûnarring:** bogenförmige Gebirgskette, die vom Grimmwall ausgeht und zu ihm zurückführt

**Gûnarring-Schlucht:** Schlucht durch den Gûnarring, die Gûnar mit Valon verbindet

**Gûnarschlitz:** Geländedurchgang im Grimmwall, der Gûnar mit Rell verbindet

**Guula:** (Valur: Kadaverfeind) Valurwort für Ghule

**Gyphon:** der Hohe Vûlk, dessen Kampf gegen Adon um die Herrschaft über die Sphären auf Mithgar überschwappte. Gyphon verlor und wurde jenseits der Sphären verbannt. Im Winterkrieg griff er erneut nach der Herrschaft. Auch genannt der Große Böse, der Meister

## H

**Haddon:** Mensch aus Rian, Krieger in Galens Hundertschaft. Der Bote, der verwundet die Nachricht in die Feste Challerain brachte, dass sich die schwarze Wand nach Süden bewegt. Beim Massaker der Ghule in Laurelins Wagenzug getötet

**Hagan:** Mensch aus Valon, Hauptmann, Mitglied von Aurions Kriegsrat. In der Feste Challerain gefallen

**Hanlo Brombeerdorn:** Wurrling, Gatte von Gloria Brombeerdorn, Vater von Danner

**Harlan:** Wurrling aus den Sieben Tälern, Bauer, dessen Gehöft an der Querlandstraße lag

**Harlingar:** (Valur: Harls Geschlecht) die direkten Nachfahren von Harl dem Starken; allgemein Name der berittenen Krieger Valons

**Harth:** ein Reich Mithgars; liegt südlich des Wildlands, westlich von Rell, östlich der Sieben Täler, nördlich von Trellinath

**Harven Schuldt:** Wurrling aus den Sieben Tälern, kämpfte dort gegen die Ghule, Mitglied von Bregas Stoßtrupp; fiel in der Schlacht um den Eisernen Turm

**Harvor:** ein Elf, Lian-Krieger. Hauptmann von Coron Eirons Torwache zur Zeit des Winterkriegs

**Haus Aurinor:** Zweig von Waffen schmiedenden Lian-Elfen in Duellin, einer Stadt im untergegangenen Atala

**Haushofmeister:** Verwalter des königlichen Hofes, wenn der König selbst auf Reisen ist

**Havor:** ein Elf; Hauptmann von Coron Eirons Torwache zur Zeit des Winterkriegs

**Heiler:** Arzt

**Hélarmer:** Elfenname für den Kraken

**Hélrosse:** pferdeähnliche Kreaturen mit Klumphufen, langen, schuppigen Schwänzen, gelben Augen und schlitzförmigen Pupillen. Stinken bestialisch. Langsamer als Pferde, aber ausdauernder. Reittiere der Ghule

**Hile-Bucht:** Bucht in der Avagon-See in Pellar

**Hlöks:** bösartige, mannshohe und rukhähnliche Wesen; nicht so zahlreich wie Rukhs, beherrschen diese jedoch

**Hob Banderle:** Wurrling, Dorngänger, an der Krähenruh von Vulgs getötet

**(der) Hochkönig:** Lehensherr des gesamten nördlichen Mithgar, dem alle anderen Könige Lehenstreue schwören. Hält Hof in Caer Pendwyr in Pellar und in der Feste Challerain in Rian

**Hogarth:** Mensch aus Rian, Krieger. Hauptmann der Torwache in der Feste Challerain. Dortselbst gefallen

**Hohe Ebene:** eine von drei Ebenen der Schöpfung, enthält die Hohen Welten

**Hoher Abbruch:** markante Felswand, die sich vom Grimmwall im Osten bis zum Großwald im Westen erstreckt. Argon und Nith stürzen in den Bellon- bzw. Vanil-Fällen über den Hohen Abbruch.

**Hohgarda:** alle Welten der Hohen Ebene

**(die) Horde:** auch: Modrus Horde; große Menge von Modrus Brut, die plündernd über das Land zieht

**Horn von Valon:** von den Zwergen stammendes Horn, das im Hort von Schlomp dem Wurm gefunden wurde. Es wurde über Generationen weitergegeben, bis es in Vidrons Besitz gelangte. Aus nicht erläuterten Gründen – vielleicht in einem plötzlichen Anfall von Großmut, wahrscheinlicher aber, weil das Horn danach strebte, seine Bestimmung zu erfüllen – schenkte Vidron es Patrel als Zeichen seines Amtes als Hauptmann. Patrel benutzte es im Winterkrieg, um Truppen in Bewegung zu setzen, ein großartigeres Geschick lag für das Instrument aber in künftigen Ereignissen. Auch bekannt als Reichshorn

**Hoven:** ein Reich Mithgars; grenzt im Norden an den Grimmwall, im Osten an Jugo, im Süden an die Avagon-See und im Westen an Tugal

**(der) Hundertinsel:** Fluss, der in südwestlicher Richtung von Luren zum westlichen Ozean fließt; verdankt seinen Namen den vielen Inseln im Fluss

**Hyranier:** Mensch(en) aus Hyree

**Hyree:** Reich im Süden Mithgars, im Winterkrieg mit Gron verbündet; grenzt im Norden an die Avagon-See

I

**Igon:** Mensch aus Pellar. Jüngster Sohn Aurions. Fürst und Prinz des Reiches, Bruder von Galen

**Inarion:** Elfenfürst aus dem Arden-Tal, Krieger. Führer der Weitimholz-Elfen im Winterkrieg

**(der) Innere Durchbruch:** Lücke im inneren Dornwall, flussaufwärts von der Spindelfurt, verursacht durch eine große Granitplatte, auf der kein Spindeldorn wächst

J

**Jandrel:** ein Elf; Lian-Krieger; Hauptmann der Wache am Südeingang von Arden zur Zeit des Winterkriegs

**Jarriel:** Mensch aus Rian. Hauptmann der Burgwache in der Feste Challerain. Von Ghulen beim Überfall auf Laurelins Wagenzug getötet

**Jenseits der Sphären:** nicht näher bekannter Verbannungsort Gyphons

**Jenseitswache:** Wachposten an den Eingängen zu den Sieben Tälern, die unliebsame Außere fern halten sollen

**Jillische Hügel:** Hügelkette nördlich der Ebene von Dalara, grenzt ans Nordmeer

**Jord:** s. Steppen von Jord

**Jugo:** ein Reich Mithgars, grenzt im Norden an Gûnar, im Osten an Valon, im Süden an die Avagon-See und im Westen an Hoven und die Brinhöhen

**Jul:** zwölf Tage dauerndes Winterfest, beginnend am kürzesten Tag des Jahres (21. Dezember) und endend am ersten Tag des neuen Jahres

**Jungbokker:** männlicher Wurrling zwischen zwanzig und dreißig

**Jungmamme:** weiblicher Wurrling zwischen zwanzig und dreißig

K

**Kaltdrachen:** s. Drachen

**Kel:** (Sylva) Grußwort der Elfen

**(der) Kessel:** riesiger Wasserstrudel, wo die Bellon- und Vanil-Fälle über den Hohen Abbruch in den Argon stürzen

**Kistan:** Inselreich in der Avagon-See, seit alten Zeiten ein Feind Pellars. Heimat von Seeräubern, im Winterkrieg Verbündeter von Gron

**Klauenmoor:** hoch gelegenes Ödland in Gron am Fuß der Gronspitzen. Dort steht der Eiserne Turm.

**Klausenbach:** Wasserlauf in den Sieben Tälern; mündet in den Spindelfluss

**Klausenwald:** Wald in den Sieben Tälern, nördlich von Waldsenken

**Kleines Volk:** s. Wurrlinge

**Klingenjuwel:** besondere Edelsteine, die in Elfenwaffen eingesetzt sind und Licht aussenden, wenn das Böse nahe ist, vor allem Geschöpfe der Untargarda; je heller das Licht, desto näher das Böse

**Kompanie des Königs:** Name, den Patrels Dorngängereinheit von Hauptmann Darby erhielt, bevor sie zur Feste Challerain aufbrach, um dem Ruf des Königs zu folgen

**König des Bachsteins:** Spiel der Wurrlinge, bei dem es darum geht, die alleinige Position auf dem mittleren Stein des Übergangs über den Klausenbach zu behaupten. Danner Brombeerdorn zeichnete sich bei dem Spiel besonders aus.

**Kraftrunen:** geheimnisvolle Symbole und Schriftzeichen, denen magische Eigenschaften nachgesagt werden

**Kraggen-cor:** (Châkur: Bergmacht) das unter der Quadra in den Berg gegrabene Reich der Zwerge; mächtigste aller Zwergenfestungen; war für mehr als tausend Jahre für die Zwerge verloren, da vom Gargon beherrscht; einer der wenigen Orte auf Mithgar, wo Sternsilber zu finden ist. Auch bekannt als Schwarze Gruben, Schwarzes Loch, Drimmenheim

**(die) Krähenruh:** großer Felsenhügel an der Kreuzung der Zweifurtenstraße und des Oberlandwegs

**(der) Krake:** riesiges, bösartiges Meereswesen mit Fangarmen. Im großen Mahlstrom hausen angeblich einige von ihnen. Möglicherweise die weiblichen Geschlechtspartner von Drachen

**Krakenwart:** ein Krake, der im Schwarzen Teich haust und die Dämmertür bewacht. Von Modru beherrscht und von einem Drachen zu dem See gebracht. Auch bekannt als Hélarmer oder der Wächter aus dem schwarzen, schleimigen Schlund

**Kregyn:** (Sylva) Bezeichnung der Elfen für den Gruwen-Pass

**Kriegshalle:** einer der großen Säle in Kraggen-cor, die von den Grubengänger durchschritten werden; diente als Ort der Musterung für die Zwergennation, wenn Krieg drohte; auch als Mustersaal der Ersten Senke bekannt

L

**Lakh:** Name für die Armeen aus Hyree

**Lammdorf:** Weiler in den Sieben Tälern

**Langer Tag des Jahres:** der längste Tag im Jahr, der 21. Juni; auch Mittjahrestag genannt

**Langmesser:** von den Elfen geschmiedete Klinge aus dem Land Duellin. Das von Gildor und Tuck im Winterkrieg benutzte Langmesser ist mit einem Klingenjuwel ausgestattet, das blau aufleuchtet, wenn das Böse in der Nähe ist.

**Lauch:** Dorf in den Sieben Tälern (Osttal), nördlich der Querlandstraße, am Dornwall gelegen

**Laurelin:** Mensch aus Riamon, Prinzessin. Verlobt mit Galen zur Zeit des Winterkriegs; wird von Modru gefangen genommen

**Leichtfuß:** das Pferd Gildors
**Lerchenwald:** s. Darda Galion
**Leuchtfeuerhügel:** der südlichste der Signalberge. Die Querlandstraße führt an seiner Flanke vorbei.
**Lian:** einer von zwei Stämmen der Elfen (der andere sind die Dylvana). Auch das Erste Volk genannt
**Lianion:** Elfenname für das Land Rell, in dem die Elfen einst lebten
**Luren:** die Ruinen einer einstmals großen Handelsstadt; litt unter der Pest, wurde durch Feuer verheert und schließlich aufgegeben
**Luren-Furt:** Furt über den Hundertinsel bei Luren
**Lutz Glucker:** Wurrling aus den Sieben Tälern; Leutnant der Kompanie von Biskens Scheune

M

**Madenvolk:** Name der Wurrlinge für das Gezücht
**(die) Magier von Xian:** ein Zweig von Zauberern
**Mamme:** Altersname eines weiblichen Wurrlings zwischen dreißig und sechzig; auch generelle Bezeichnung für weibliche Wurrlinge
**Medwyn:** Mensch aus Pellar. Hauptmann, Mitglied von Aurions Kriegsrat; in der Feste Challerain gefallen
**Menschen:** die Menschheit, wie wir sie kennen. Eins der freien Völker Mithgars. Verbündet mit Zwergen, Elfen, Wurrlingen
**Merrili Holt:** Wurrling; Tochter von Bringo und Bessie Holt, Angebetete von Tuck
**Mian:** wohlschmeckende Wegzehrung der Elfen
**Minenburg:** wichtige Zwergenfestung im Rimmen-Gebirge in Riamon
**Mithgar:** ein Ausdruck, der allgemein die Welt bezeichnet; im engeren Sinn auch die Reiche unter der Herrschaft des Hochkönigs

**Mittegarda:** alle Welten der Mittelebene

**Mittelebene:** eine der drei Ebenen der Schöpfung, enthält die Mittelwelten

**Mittwald:** Dorf in den Sieben Tälern, am südöstlichen Rand des Ostwalds gelegen

**Modru:** ein böser Zauberer; Diener Gyphons. Auch bekannt als der Feind, der Feind in Gron, der Böse im Norden

**Moos:** Dorf in den Sieben Tälern, südlich des Querlandwegs, im Osttal gelegen

**Morgenschwert:** besondere Waffe, der man die Fähigkeit nachsagt, den Hohen Vûlk persönlich töten zu können. Die Waffe verschwand in der Gegend der Mark Dalgor.

**Morgentor:** der große östliche Eingang nach Kraggen-cor; liegt an der Südostflanke des Stormhelm

**Myrkenstein:** ein Stück des Drachensterns, das auf Mithgar fiel; von Modru zur Erzeugung des Dusterschlunds benutzt

N

**Nachricht von Draußen:** Ausdruck aus den Sieben Tälern, der Neuigkeiten meint, die man erst glaubt, wenn sie bestätigt werden

**Naudron:** Mensch aus dem eisigen Norden; einer von Modrus Gesandten ist ein Naudron

**Ned Fink:** Wurrling aus den Sieben Tälern; fiel in der Schlacht von Farnburg

**Negus des Schreckens:** (Negus = Herr) Bezeichnung Modrus für den Graus

**Nith:** Fluss in Darda Galion, der in den Vanil-Fällen über den Hohen Abbruch stürzt und im Kessel in den Argon mündet

**Nob Heuwald:** Wurrling aus den Sieben Tälern, Kaufmann

**Nordpfad:** Feldweg, der in nördlicher Richtung aus Waldsenken durch den Klausenwald zur Zweifurtenstraße führt

**Nordtal:** eins der Sieben Täler

**Nordwald:** großer Wald im Nordtal

**Nordwaldtunnel:** ein aufgegebener Weg durch den Dornwall. Während die südliche Hälfte des Tunnels zuwuchs, blieb die nördliche offen, und dort gelang es Modrus Gezücht, in die Sieben Täler einzudringen.

**Norv Otker:** Wurrling aus den Sieben Tälern; Leutnant der Kompanie von Biskens Scheune

**O**

**Oberlandweg:** in Nordost-Südwest-Richtung verlaufende Straße zwischen den Sieben Tälern und der Poststraße

**Ochsenhorn:** schwarze Kriegshörner der Männer aus Valon. Sie dienten zum Blasen von Signalen und stammten von wilden schwarzen Rindern.

**Ödfurt:** Furt über den Fluss Caire zwischen der Wildnis nördlich der Wilden Berge und dem Ödwald in Rhon

**Ödwald:** Wald in Rhon, durch den die Querlandstraße verläuft. In diesem Wald sollen einst furchtbare Kreaturen gehaust haben, die während der Säuberung von den Elfen von Arden vertrieben wurden.

**Ogrus:** (Twyll) böse Geschöpfe. Riesenhafte Rukhs, zwölf bis vierzehn Fuß groß. Stumpfsinnig, steinartige Haut, verfügen über gewaltige Kräfte; auch bekannt als Trolle

**Oheim Erlbusch:** Wurrling aus den Sieben Tälern. Früherer Hauptmann der Dorngänger und Greiser zur Zeit des Winterkriegs

**Orbin Thied:** Wurrling aus den Sieben Tälern; Leutnant der Kompanie von Biskens Scheune

**Ostend:** Dorf im Osttal, südlich der Querlandstraße, nahe des Spindel

**Osttal:** eins der Sieben Täler

**Ostwald:** großer Wald im Osttal

**Ostwäldler:** Name der Wurrlingskompanie aus dem Ostwald, die sich zum Kampf gegen Modrus Räuber zusammenfand

**Othen:** einer von vier nördlichen Stämmen der Wurrlinge. Othen wohnen traditionell in Pfahlbauten im Moor

**Othran der Seher:** Mensch aus Atala, dem versunkenen Land. In seinem Grab findet Tuck den roten Pfeil und die Klinge aus Atala

**Othrans Grabmahl:** runenverziertes Steingrab am Fuß des Berges Challerain, in dem die Überreste von Othran dem Seher ruhen

**Overn:** Mensch aus Jugo. Hauptmann, Mitglied von Aurions Kriegsrat; gefallen in der Feste Challerain

## P

**Paren:** einer von vier nördlichen Stämmen der Wurrlinge. Paren wohnen traditionell in Steinhäusern auf Feldern und Wiesen

**Patrel Binsenhaar:** Wurrling aus den Sieben Tälern, Hauptmann der Kompanie des Königs und enger Gefährte Tucks

**Pellar:** ein Reich Mithgars, Sitz des Hochkönigs in Caer Pendwyr. Im Norden von Riamon und Valon begrenzt, im Westen von Jugo und im Süden und Osten von der Avagon See

**Pellarion:** die allgemein gebräuchliche Sprache Mithgars; so genannt, weil sie ursprünglich die Sprache Pellars war; auch als Gemeinsprache bekannt

**Pibb:** Wurrling aus dem Weitimholz

**Poststraße:** die Straße zwischen Luren und der Feste Challerain

## Q

**(die) Quadra:** kollektive Bezeichnung für die vier Berge, unter denen Drimmenheim liegt: Grauturm, Dachspitz, Grimmdorn, Stormhelm

**Quadra-Lauf:** die Straße und der Bach, die vom Quadra-Pass an der Ostseite des Stormhelm herab verlaufen

**Quadra-Pass:** Pass über den Grimmwall durch die Quadra

**(der) Quadrill:** Fluss, der von der Quadra nach Südosten durch Darda Galion fließt und in den Argon mündet

**Querlandstraße:** eine Hauptverbindung Mithgars, verläuft in Ost-West-Richtung, westlich des Grimmwalls

**Quiren:** einer von vier nördlichen Stämmen der Wurrlinge. Quiren wohnen traditionell in Baumhäusern.

R

**Rabe (Sunderbank-Graulock):** Wurrling, Tochter von Tuck und Merrili, Frau von Willem Graulock. Rabe half wesentlich an der Aufzeichnung von Tucks Tagebuch mit.

**Rach:** (Valur) Schimpfwort, das Wut und Enttäuschung ausdrückt

**Rael:** Elfendame, Gemahlin von Talarin

**Ragad-Tal:** Tal im westlichen Grimmwall, das zur Dämmertür am Fuß des Grimmdorns führt; auch bekannt als das Tal der Tür

**Ralo-Pass:** Pass über den Grimmwall zwischen Trellinath und Gûnar

**Ravenor:** (Châkur: Sturmhammer) Name der Zwerge für den Stormhelm

**Reggian:** Haushofmeister zu Caer Pendwyr während des Winterkriegs

**Regin Burk:** Wurrling aus den Sieben Tälern

**Reichsherren:** Beauftragte des Hochkönigs, Verteidiger des Landes, Streiter für die gerechte Sache

**Reichsmarschall:** bei den Vanadurin der Rang unterhalb des Rossmarschalls

**Reichstein:** Obelisk, der die Grenze zwischen den einzelnen Königreichen markiert; am Westufer des Schwarzen

Teichs zeigt ein Reichstein das Gebiet von Kraggen-cor an

**Rell:** verlassenes Land Mithgars; im Norden begrenzt von Arden, im Osten und Süden vom Grimmwall und im Westen vom Fluss Fall

**Rhon:** ein verlassenes Land Mithgars; im Norden begrenzt von der Rigga, im Osten und Süden von Arden und dem Fluss Fall und im Westen vom Caire

**Riamon:** ein Reich Mithgars, das in zwei dünn besiedelte Königreiche unterteilt ist: Nord-Riamon und dessen Treuhandgebiet Süd-Riamon. Im Norden begrenzt von Aven, im Osten von Garia, im Süden von Pellar und Valon und im Westen vom Grimmwall

**Rian:** ein Reich Mithgars. Im Norden begrenzt vom Nordmeer, im Osten vom Rimmengebirge, im Süden von der Wildnis oberhalb Harth und im Westen von der Dalara-Ebene

**(die) Rigga:** Gebirgskette zwischen Rian und Gron, die in Nord-Süd-Richtung vom Nordmeer zum Gruwen-Pass verläuft

**Rimmen-Gebirge:** ringförmige Bergkette in Riamon

**Robin Graulock:** Wurrling aus den Sieben Tälern, Tochter von Willem und Rabe Graulock

**Rollo Bruth:** Wurrling aus den Sieben Tälern; kämpfte dort gegen die Ghule. Mitglied von Bregas Stoßtrupp. In Modrus Festung gefallen

**Rossmarschall:** der höchste Rang unter den Reichsmarschällen Valons. Dritter hinter dem König

**Rost:** Igons rotbraunes Pferd

**Rotaug:** s. Aurion

**Rote Berge:** in Nord-Süd-Richtung verlaufende Bergkette zwischen Jugo und Valon; Heimat von Brega

**(der) rote Pfeil:** aus einem rätselhaften, leichten Metall gefertigter roter Pfeil, den Tuck im Grab von Othran dem Seher findet

**Rothro:** Fluss, der auf der Hochebene östlich des Morgentors entspringt und in den Quadrill mündet

**Rukhs:** bösartige, koboldähnliche Geschöpfe, vier bis fünf Fuß groß; dunkel, spitze Zähne, Fledermausohren, dürre Arme und Beine, dumm und ungeschickt

**Rukhtöter:** Bezeichnung für jeden Krieger, der mehrere Rukhs getötet hat

**Ruten:** Hauptdorf der Sieben Täler, im Mitteltal gelegen; »Verwaltungssitz« der Sieben Täler

S

**Sandor Pendler:** Wurrling aus den Sieben Tälern. Mitglied der Vierten Osttal und der Kompanie des Königs; in der Feste Challerain gefallen

**Saril:** Frau aus Riamon; älteste Hofdame Laurelins. Beim Überfall auf den Wagenzug getötet

**(die) Säuberung:** der erfolgreiche Versuch der Wächter Lians, unheilvolle Geschöpfe aus dem Ödwald zu vertreiben

**Schattenlicht:** das gespenstische Licht im Innern des Duster-schlunds

**Schattenritt:** eine Möglichkeit, von Mithgar auf der Mittel-ebene nach Adonar auf der Hohen Ebene zu wechseln; einem Elf zu Pferd gelingt der Übergang auf unbekannte Weise, andere Völker scheinen dazu nicht in der Lage oder wissen nicht, wie man es macht. Es gibt aber Hinweise darauf, dass Adon und Gyphon den Weg auch für andere öffnen können.

**Schiefer Stein:** großer Stein, der sich oberhalb der Vanil-Fälle am Ufer des Nith befindet; dient den Elfen als Versteck für Boote

**Schilfdorf:** ein Weiler im Untertal

**Schlacht am Gruwen-Pass:** der heldenhafte, fünftägige Kampf des Bundes von Arden und Wellen, um die Horde am Pass aufzuhalten, auch Schlacht am Kregyn

**Schlacht in der Gûnarring-Schlucht:** das dreitägige Gefecht um die Herrschaft über die Schlucht, in dem die Krieger aus Valon schließlich über die Lakh aus Hyree siegten

**Schlacht um den Eisernen Turm:** die Schlacht am Schwärzesten Tag am Eisernen Turm in Gron; Galens Legion griff unter der Führung von Galen, Gildor und Ubrik den Turm an. Mit Hilfe von Bregas Stoßtrupp (s. dort) konnte die Festung eingenommen werden.

**Schlacht von Farnburg:** Gefecht in den Ruinen des Dorfes Farnburg, in dem Wurrlinge gegen die Ghule kämpften. Am Ende retteten Menschen die Wurrlinge, verjagten die Ghule und töteten viele von ihnen.

**Schlacht von Jugo:** die Schlacht am Schwärzesten Tag in Jugo; die Heere von Valon und Pellar kämpften gegen die Lakh von Hyree. Die Heere siegten, als sich die Prophezeiung von Gyphons Rückkehr als falsch herausstellte.

**Schlacht von Lammdorf:** Gefecht, bei dem Ghule von den Wurrlingen in einen Hinterhalt gelockt werden; erste Schlacht der »Kämpfe«

**Schlachtenhügel:** Hügelkette im Westen des Weitimholz. Im Großen Krieg wurde dort eine endlose Reihe von Schlachten geschlagen.

**Schlomp der Wurm:** Kaltdrache, aus dessen Hort das Horn von Valon stammt

**Schupp von der Wüsten:** der Drache, der den Kraken zum Schwarzen Teich an der Dämmertür trug

**(der) Schwarm:** s. Horde

**(das) Schwarze Loch:** Bezeichnung der Menschen für Drimmenheim

**Schwarzer Galgor:** Speer der Elfen, angeblich ein Zeichen der Macht

**Schwarzer Teich:** kleiner, schwarzer See vor der Dämmertür, Wohnsitz des Kraken

**Schwärzester Tag:** der Tag der totalen Sonnenfinsternis im Winterkrieg

**Schwarzhaut:** der größte lebende Drache in Mithgar

**Schwertbrecher:** Name, den Galen von Gildor erhielt, da Galens Schwert in den Eingeweiden des Graus abbrach

**Schwerteid:** Eid, den ein Krieger auf sein Schwert ablegt; verkörpert seine Ehre schlechthin und darf deshalb unter keinen Umständen gebrochen werden

**Seeschlacht in der Hile-Bucht:** Seegefecht, in dem die Flotte von Arbalin gegen die Seeräuber aus Kistan kämpfte. Die Räuber durchbrachen die Blockade und segelten über die Avagon-See davon.

**(die) Sieben Täler:** Siedlungsgebiet der Wurrlinge, das vom Dornwall umgeben ist; grenzt im Norden an Rian, im Osten an Harth, im Süden an Trellinath und im Westen an Wellen. Der Name kommt daher, dass das Land in sieben Bezirke eingeteilt ist, die jeweils nach einem Tal benannt sind: Nord-, Ost-, Süd- und Westtal, Mitteltal, Obertal, Untertal.

**Signalberge:** bogenförmig von Nord nach Süd verlaufende Kette von kahlen, verwitterten, weit auseinander liegenden Hügeln. Challerain ist der nördlichste von ihnen. Sie heißen so, weil über Leuchtfeuer auf ihren Kuppen wichtige Nachrichten verbreitet wurden.

**Silberlerchen:** s. Vani-lêrihha

**Siven:** einer von vier Stämmen der nördlichen Wurrlinge. Siven wohnen traditionell in Höhlen, die sie in Talhänge graben

**Skut:** (Twyll, Valur) Schimpfwort, das bei den Wurrlingen etwa Schmutz bedeutet. In Valon drückt es Zorn aus.

**Slûk:** widerwärtig klingende Sprache des Gezüchts, zuerst von Rukhs und Hlöks benutzt

**Sonnentod:** Ausdruck, der das Übertreten von Adons Bann bezeichnet. Auch die Bezeichnung für eine Sonnenfinsternis; Modrus Siegel

**Sonnentod:** Bezeichnung, die sich auf die Übertretung von Adons Bann bezieht, zugleich Ausdruck für eine totale Sonnenfinstenis; Modrus Siegel

**(die) Sphären:** alle Welten, Sterne, Kometen etc. aller drei Ebenen

**(der) Spindel:** Fluss, der die nördliche und östliche Grenze der Sieben Täler bildet. In seinem Tal wächst der

**Spindeldorn:** eisenhartes Dornengewächs von großer Dichte, das bis zu fünfzig Fuß hoch wird. Kommt natürlicherweise nur in den Sieben Tälern vor und dient als Grundlage des Dornwalls.

**Stahlherz:** ein mit Runen verziertes Elfenschwert, das Hochkönig Galen von Coron Eiron geschenkt bekommt; Stahlherz gilt als unzerbrechlich

**Steinerne Brücke:** Brücke über den Fluss Caire

**Steinhöhen:** Dorf in den südlichen Ausläufern der Schlachtenhügel, am westlichen Rand der Wildnis zwischen Rian und Harth. Liegt an der Kreuzung der Poststraße mit der Querlandstraße

**(die) Steppen von Jord:** nördliches Reich in Mithgar, von kahlen Hochebenen geprägt; grenzt im Süden und Osten an den Grimmwall, im Westen an die Gronspitzen und das Nordmeer

**Sternsilber:** seltenes und kostbares Metall Mithgars, wahrscheinlich eine Legierung

**Stohl:** Mensch aus Wellen, Hauptmann der Wellener, der den Wurrlingen bei den Kämpfen in den Sieben Tälern beistand

**Stormhelm:** einer der vier Berge der Quadra, unter denen

Drimmenheim liegt; sein Gestein hat eine rötliche Färbung; den Zwergen nach der mächtigste Berg Mithgars; hat seinen Namen von den vielen Stürmen, die um seinen Gipfel toben. Auch bekannt als Coron (Sylva) und Ravenor (Châkur)

**Sturmwind:** das graue Pferd Aurions

**Süßbach:** kleiner Bach am westlichen Rand von Waldsenken, der in den Klausenbach fließt

**Sylva:** (= unsere Zunge) Sprache der Elfen (verschiedene Ausdrücke finden sich im Anhang)

T

**Talarin:** Elfenfürst, Krieger der Lian, Gemahl von Rael. Führer der Streitkräfte im Ardental

**Tante Utz:** Hob Banderles Tante, die Küchenlieder sang

**Tarpi Wicklein:** Wurrling aus den Sieben Tälern, Dorngänger; einer von Tucks Kameraden. Bei einem Vulg-Angriff im Spindel ertrunken

**Ted Handstolz:** Wurrling aus den Sieben Tälern; kämpfte dort gegen die Ghule und in der Schlacht um den Eisernen Turm; möglicherweise verwandt mit Finius Handstolz

**Ted Kleeheu:** Wurrling aus den Sieben Tälern; Kutscher

**Thäl:** die Hauptstadt von Nord-Riamon

**Thälwald:** Wald in Riamon

**Theril:** Elf, Lian-Krieger; Mitglied der Grenzwache von Darda Galion zur Zeit des Winterkriegs

**Thyra:** südliches Reich Mithgars

**Tillaron:** Elf, Lian-Krieger; Mitglied der Arden-Wache zur Zeit des Winterkriegs

**Tineweg:** Verbindung zwischen Ruten in den Sieben Tälern und der Poststraße in Harth

**Tobi Holder:** Wurrling aus den Sieben Tälern, Kaufmann; reist oft nach Steinhöhen

**Torhöhe:** Ebene des Morgentors, auf die sich alle anderen Ebenen in Kraggen-cor beziehen; tiefer gelegene heißen Senken, höher gelegene Höhen (z. B. Erste Senke, Dritte Höhe usw.)

**Trellinath:** ein verlassenes Reich Mithgars; grenzt im Norden an Wellen und die Sieben Täler, im Osten an Rell und im Süden an den Grimmwall

**Trolle:** s. Ogrus

**Tuck Sunderbank:** Wurrling aus den Sieben Tälern, Dorngänger, Held des Winterkriegs. Verfasser des Tagebuchs, das als Grundlage für das *Buch des Raben* dient

**Tucks Bau:** der Name, unter dem die *Wurzel* (s. dort) nach dem Winterkrieg bekannt wurde

**Tulpe Sunderbank:** Mamme aus den Sieben Tälern, Gattin von Bert Sunderbank, Mutter von Tuck

**Tuon:** Elf, Hauptmann der Grenzwache von Darda Galion zur Zeit des Winterkriegs; Träger des schwarzen Galgor

**Twillin:** Wurrling aus dem Weitimholz

**Twyll:** die alte Sprache der Wurrlinge

U

**Ubrik:** Mensch aus Valon; Reichsmarschall

**Uchan:** Zwergenname für den Grauturm

**Untargarda:** alle Welten auf der Niederen Ebene

**Untertal:** das südöstlichste der Sieben Täler; bekannt für seinen Tabak

**Utruni:** (Sylva: Steinriesen) ein Volk Mithgars, auch bekannt als Riesen. Setzen sich aus drei Stämmen zusammen. Erwachsene werden zwölf bis siebzehn Fuß hoch; sanftmütig, scheu; leben im Gestein von Mithgar. Hüter des Steins. Formen das Land und sind in der Lage, sich durch massiven Fels zu bewegen. Besitzen juwelenartige Augen, mit deren Hilfe sie offenbar durch massiven Fels sehen können

V

**Valki:** Zwerg aus dem Volk Dureks. Der größte Tormeister der Zwerge, der in der Ersten Epoche zusammen mit dem Zauberer Grevan die Dämmertür baute

**Valon:** ein Reich Mithgars, berühmt für sein saftiges Grasland und rassige Pferde; annähernd rund und in vier so genannte Weiten (Abschnitte) eingeteilt

**Valonischer Langritt:** Methode, die Gangart von Pferden so zu variieren, dass vierzig oder gar fünfzig Meilen am Tag über einen längeren Zeitraum hinweg bewältigt werden können

**Valur:** die alte Kriegssprache Valons

**Vanadurin:** (Valur = unser dauerhafter Bund) Krieger, die durch Eid gebunden sind

**Vanar:** Hauptstadt von Valon, in der Mitte des Reiches gelegen

**Vanidor:** (Sylva: Silberzweig) Elfenfürst, Sohn von Talarin und Rael, Zwillingsbruder Gildors, Bruder von Faeon. Held. Einer der vier Elfen, die Modrus Kräfte im Eisernen Turm erkunden und, falls möglich, Prinzessin Laurelin retten sollen. Vanidor wird von Modru zu Tode gefoltert.

**Vani-lêrihha:** Silberlerchen. Silberner Singvogel, der vor langer Zeit aus Darda Galion verschwand. Es heißt bei den Elfen, wenn die Silberlerchen zurückkehren, brechen schreckliche Zeiten für Mithgar an.

**Vanil-Fälle:** (= Silberfälle) Wasserfall, in dem der Nith über den Hohen Abbruch in den Kessel stürzt

**Varion:** Elf, Lian-Krieger; einer der vier Elfen, die Modrus Stärke im Eisernen Turm erkunden und, falls möglich, die Prinzessin retten sollen. Varion wird auf dieser Mission getötet

**(das) Vergessene Gefängnis:** Ort in Kraggen-cor, wo der Gargon dreitausend Jahre lang eingeschlossen war

**Vidron:** Mensch aus Valon. Kommandeur der Armee in der Feste Challerain. Rossmarschall, Reichsmarschall, Feldmarschall. General des Königs

**Vidrons Legion:** der Bund von Wellen und Arden (s. dort); auch Name für die Wellener, die mit Vidron in die Sieben Täler, zur Gûnarring-Schlucht und zum Gruwen-Pass ritten

**Vulgs:** große, schwarze, wolfsähnliche Wesen. Giftiger Biss. Unterliegen dem Bann. Vulgs dienen als Kundschafter und Spurensucher, greifen aber auch an. Werden auch als Modrus Köter bezeichnet

**Vûlks:** eine Klasse böser Wesen mit besonderen Kräften. Diese Kräfte reichen von denen Gyphons (der Adon nahezu ebenbürtig ist) bis zu der geringeren Wirkung von Ghulen.

W

**(die) Wächter Lians:** Elfen, die Mithgar gegen das Böse schützen

**Waerlinga:** Sylva (Elfensprache) und Pellarion für Wurrlinge

**Waldana:** Valur für Wurrlinge

**Waldesherz:** Festung der Elfen in Darda Galion

**Waldfolck:** anderer Name in Valur für Wurrlinge

**Waldsenken:** kleine Stadt in den Sieben Tälern, nördlich der Querlandstraße, in der westlichen Ecke des Osttals. Heimatort von Tuck und Danner

**Wältiger:** ein mächtiger Sturmbock mit faustförmigem Eisenschlägel

**Wehe:** ein Elfenschwert, vom Haus Aurinor in Duellin für den Einsatz im Großen Krieg geschmiedet. Wehe ist eine unter mehreren scharfen Waffen der Lian, die mit einem Edelstein in der Klinge ausgerüstet sind, der leuchtet, wenn sich das Böse nähert (Wehe leuchtet rot). Das Schwert wird im Winterkrieg von Gildor getragen.

**Weidental:** Dorf in den Sieben Tälern, an der Querlandstraße gelegen

**(Zum) Weißen Einhorn:** Gasthaus in Steinhöhen

**(das) Weitimholz:** großer, gestrüppreicher Wald, ein Siedlungsgebiet von Wurrlingen. In der Wildnis nördlich von Harth und südlich von Rian gelegen

**Wela:** ein berauschender Met der Elfen

**Wellen:** ein Reich Mithgars, das im Osten an die Sieben Täler grenzt

**(der) Wenden:** Fluss, der die südliche und westliche Grenze der Sieben Täler bildet

**Westtal:** eines der Sieben Täler

**(die) Wilden Berge:** niedrige Kette unwirtlicher Berge in der Wildnis am Fluss Caire

**Wilder Fluss:** Fluss zwischen den Dellin-Höhen und den Wilden Bergen; fließt von der Querlandstraße in südöstlicher Richtung und mündet schließlich in den Caire

**Will Langzeh:** Wurrling aus den Sieben Tälern. Stellvertretender Hilfswachtmeister

**Willa Huck:** Mamme aus den Sieben Tälern, Gattin von Arlo Huck. Zu Beginn des Winterkriegs von Vulgs getötet

**Willem Graulock:** Wurrling aus den Sieben Tälern, Gatte von Rabe, Vater von Robin; Gelehrter, Historiker

**Willi:** Wurrling aus den Sieben Tälern. Tucks Vetter, der Tuck bei dessen Abreise zur Spindelfurt das leere Tagebuch schenkte

**Wilro:** Wurrling aus den Sieben Tälern. Angehöriger der Vierten Osttal und der Kompanie des Königs; gefallen in der Feste Challerain

**Winterkrieg:** der Krieg zwischen Modru und dem Bund; Winterkrieg genannt wegen der bitteren Kälte, unter der das Land innerhalb des Dusterschlunds lag

**Worwor:** ein Strudel, in den Durek vom Gezücht geworfen

wurde. Durek wurde dabei in die Höhlen von Kraggen-cor gespült.

**Wurrlinge:** ein Volk Mithgars. Nähere Beschreibung im Anhang *Ein Wort über Wurrlinge*

**Wurz:** Dorf in den Sieben Tälern, an der Querlandstraße im Osttal gelegen

**(die) Wurzel:** Name von Tucks Höhle in Waldsenken. So genannt, weil sie in der Wurzel der Talmulde liegt, die Waldsenken beherbergt

X

**Xian:** ein Land weit im Osten Mithgars, in dem angeblich Zauberer wohnen

Z

**Zeichen der Macht:** jeder Gegenstand, der dazu bestimmt ist, eine Schlüsselrolle in der Geschichte Mithgars zu spielen; der rote Pfeil ist zum Beispiel ein Zeichen der Macht. Es heißt, Zeichen der Macht erfüllen ihre Bestimmung von sich aus.

**(der) Zellener:** Fluss in Darda Galion, mündet in den Quadrill

**Zhon:** dem Tarot ähnliches Kartenspiel

**Zweifurtenstraße:** Nord-Süd-Verbindung der Sieben Täler zwischen Ruten (wo sie den Klausenbach durchquert) und der Spindelfurt

**Zwergenlaterne:** kleine Laterne aus Messing und Kristall, die weiches, blaugrünes Licht verströmt; muss nicht angezündet werden und verbraucht scheinbar keinen Brennstoff

Brillante Autoren – und ein heißes Thema!

Michael Nagula (Hrsg.)

# Feueratem

## Das große Drachen-Lesebuch

Drachen – kein Fabelwesen übt eine solche Faszination aus wie diese edlen Kreaturen oder mörderischen Ungeheuer! Feurigen Lesegenuss auf höchstem Niveau garantieren die deutschen und internationalen Spitzenautoren, die ihre Beiträge exklusiv für dieses Buch geschrieben haben: Hans Bemmann, Andreas Eschbach, Gisbert Haefs, Jörg Kastner, Bernhard Kegel, Tanja Kinkel, Hanns Kneifel, Kari Köster-Lösche, Kai Meyer, Thomas R. P. Mielke, Kristine Kathryn Rusch, Jane Welch, Ulrike Schweikert und viele andere!

Fred Saberhagen

# Das erste Buch der Schwerter

Roman

Ein verheerender Krieg hat die Welt, wie wir sie kennen, ausgelöscht. Die Menschheit ist in ein mittelalterliches Stadium zurückgefallen – und mit Drachen und anderen Fabelwesen sind die Götter auf die Erde zurückgekehrt. Mit zwölf magischen Schwertern beginnen sie ein grausames Spiel, das entscheiden wird, wer die Menschen zukünftig regieren soll – oder wer sie endgültig vernichtet.

Excalibur
bei
Knaur

Juliet Marillier

# Die Tochter der Wälder

Roman

# Der Sohn der Schatten

Roman

Mit ihrer abenteuerlichen Reise durch das Irland des 9. Jahrhunderts hat die willensstarke Sorcha in »Die Tochter der Wälder« eine große Leserschaft begeistert. Nun geht die Saga um Liebe, Macht und Magie in »Der Sohn der Schatten« weiter – mit Sorchas Tochter Liadan!